상

박정선 장편소설

殉國 상

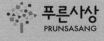
푸른사상
PRUNSASANG

아무도 울어주는 이 없었다
아무도 그의 이름을 불러주는 이 없었다
이만 석 재산과 고귀한 삼한갑족의 명예를
초개처럼 버리고
반드시 그날이 오리라 믿으며
한 점 뼈도 남김없이 산화했지만
아무도 그를 위하여 울어주는 이 없었다
불보다 뜨거운 신념을 안고
얼음보다 차가운 고독을 안고
이름도 얼굴도 없는 익명으로
입을 봉인한 채 눈물조차 아끼며
그날을 기다렸던 시간,
세월이 가고 또 세월이 가도 오직 한 길,
반드시 그날이 오리라 믿으며
일가족이 전멸하여 한 점 혈육조차 남김없이
모든 것을 바쳤지만
아무도 그를 기억하는 이 없었다

용서하소서!

당신을 버려둔 채 살아온 우리를,

이제야 당신의 거룩한 제단에

세상에서 가장 향기로운 꽃을 드리며

눈물 흘리는 우리를 용서하소서,

최후의 순간까지

조국에 대한 통한을 안고

이국 땅 어느 광야에 소리 없이 묻혀버린

이름이여,

홀로 비통하게

이국 땅 어딘가에 버려져 흔적조차 찾을 수 없는

이름이여,

이제는 마음껏 울어보소서,

산이 닳아 평지가 되도록 그리워했던

당신의 조국을 향하여

강물이 말라 사막이 되도록 그리워했던

당신의 조국 산천을 향하여

이제는 목놓아 소리쳐 울어보소서!

유골마저도 망명의 땅 허공에 흩어버린 이석영, 감히 필설로 형용할 수조차 없는 그의 순국은 너무나 비참, 처참했다. 그는 조국을 위하여 혈육 한 점, 뼈 한 조각 남김없이 철저히 산화하고 말았다. 이만 석 재산을 소진하고도 모자라 자식까지 모두 바쳐버린 그는 옷 한 벌, 사진 한 장, 신발 한 짝 남기지 않았다. 무덤조차도 남기지 않았다. 그러나 그를 위해 아무도 울어주는 이 없었고, 기억해주는 이 없었다. 해방의 만세 소리가 산천을 흔들고 애국지사들이 앞다투어 조국의 품으로 돌아올 때도, 그 후 무수한 세월이 흐르고 또 흘렀지만 그를 기억하는 사람이 없었다.

한국에는 수많은 독립운동가들의 비극이 있지만 이보다 더 비극적일 수는 없다. 그래서 "영웅은 그 최후가 비극적이지 않으면 안 된다"는 오스카 와일드의 역설은 이석영의 절대 희생과 일치한다.

독립운동을 하는 데에는 다양한 방법이 있었다. 그 가운데 가장 대표적인 것은 무장투쟁을 전개한 독립군과 광복군, 국내와 일본을 오가며 요인 암살, 중요 기관 폭파를 담당한 의열단, 밀정을 암살하는 다물단을 들 수 있다. 독립군이나 광복군은 말 그대로 전투군인이었다. 의열단은 의로운 일에 모든 것을 바치는 단체라는 의미 그대로, 개인이 폭탄을 투척하거나 요인을 저격하고 자신은 스스로 자결하는 투쟁 방법을 택했다. 다물단은 고구려 때 고구려 옛 영토를 회복한 것을 '다물(多勿)'이라고 명명한 것에서 딴 이름으로 처처에서 소규모 단체가 모여 밀정을 처결했다.

어떤 방법이든 문제는 자금이었고 자금 조달은 가장 중요한 독립운동의 원동력이었다. 그러므로 재산을 바쳐 독립운동을 한 부자들은 더욱 존경을 받았고 그들은 대부분 천석꾼, 만석꾼이었다. 가장 대표적인 인물로 우리는 지금까지 경주 최 부자로 알려진 문파(汶坡) 최준(崔浚, 1884~1970)을 꼽았다. 만석꾼으로 소문난 그는 백산 안희재 선생을 통해 독립자금을 수차례 낸 것으로 잘 알려져 있다. 우리는 그 정도만 해도 감탄과 감동을 금치 못해 존경과 감사와 찬사를 보내고 또 보냈다.

부자라고 다 그랬던가. 독립운동 자금을 낸 부자들은 정의감을 아는 까닭이었다. 부자와 정의에 대하여 『논어』 양화(陽貨)편에서 "군자가 용기는 있으나 정의감이 없으면 반란(역적)을 꿈꿀 수 있고, 소인이 정의감은 없으면서 힘자랑을 하면 도둑이 될 수 있다(君子 有勇而無義 危亂 小人 有勇而無義 爲盜)"고 했는데 그것을 일제 강점기에 비추어 보면, "가진 자가 정의를 모르면 매국노가 될 수 있다"는 말로 풀이할 수 있다.

사실 나는 2011년 우당 이회영 선생의 독립운동을 그린 소설 『백 년 동안의 침묵』을 상재했다. 이제 이회영으로 대표되는 6형제의 집안은 한국의 노블레스 오블리주를 실현한 독립운동가 가문으로 널리 알려져 있다. 그리고 이회영은 우리 국민들에게 매우 익숙한 이름으로 각인되어 있다. 이회영은 20대 청년 시절부터 관직 진출을 포기하고 을미사변부터 을사늑약을 거쳐 항일운동을 이끌면서 언제나 자금을 담당했다. 그러나 젊은 이회영은 부자도 아니었고 녹을 받는 관료도 아니었다. 모든 자금은 그의 둘째 형님 석영으로부터 나온 것이었다. 이회영이 항일운동 자금을 마련하기 위해 인삼밭을 경영하고, 삼림을 조성하고, 제재소를 운영한 것이나 전국에서 찾아오는 동지들을 규합하는 것, 각처에서 항일투쟁을 하는 동지들을 돕는 것 모두, 이석영의 재산이 자금줄이었다.

그러므로 소설『순국』은 이석영을 조명한 작품이지만 두 사람을 분리할 수가 없었다. 두 사람은 실과 바늘, 또는 물과 물고기라고 할 수 있기 때문이다. 회영을 조명한 소설『백 년 동안의 침묵』에서도 석영을 떼어놓을 수가 없었듯이 석영을 조명한『순국』에서도 회영을 떼어놓고는 이야기를 전개할 수가 없었다고 하겠다.

작품에서 묘사했듯이 석영이 부자인 것은 영의정 이유원(李裕元, 1814~1888)에게 양자로 출계하여 재산을 상속받았기 때문이다. 더욱이 석영은 영의정 이유원의 후계자로서 세상의 부러움을 한 몸에 받은 인물이었고, 대대로 정승을 이어온 삼한갑족 세신 가문의 후계자답게 벼슬도 승승장구하여 곧 정승 반열에 오를 위치에 있었다. 그런 탓에 석영과 회영은 한 형제이면서도 각각 영의정 가문과 판서(석영과 회영의 부친 이유승이 당시 이조판서였다) 가문으로 나뉘어 있었다. 그리고 이 두 가문이 망명을 결행한 것은 왕 다음의 영향력을 갖게 마련이었다. 따라서 그들의 망명은 당시 애국지사들에게 독립운동에 대한 용기와 희망을 갖게 했고 많은 애국자들에게 망명을 결단하게 만들었다. 또한 만주에 독립운동 기지를 건설하고 무관학교를 세워 독립군을 길러낸다는 계획은 마치 봉화를 올린 횃불처럼 애국지사들의 가슴에 독립 의지를 불타오르게 했다.

석영은 만주 서간도에 독립군 군사기지인 신흥무관학교를 설립했을 뿐만 아니라 한인촌을 건설했고, 길림성 처처에 학교를 세웠다. 아직도 발굴해야 할 무궁무진한 진실이 숨어 있다고 조선족 교육자 김홍범(중국 매하구시 조선민족교육사) 총재와 조선족 민족사회학회 조문기 부이사장이 증언한 바 있다.

역사적으로 나라가 절체절명의 위기에 처했을 때는 엄중한 선택이 기다리게 마련이고, 그들의 망명은 실로 엄중한 선택이었다. 그것은 곧 백사 이항복의 정신, 가문 정신을 실현하는 일이었고, 백사로부터 이어진 가문 정신은 조선 후기 고종의 등극 이후 불어닥친 혼란 속에서 영의정 이유원에게 짐 지워졌다. 이유원은 조선의 개항 시대에 일본과 강화도조약, 제물포조약을 담당한 전권대신이었고 청나라 북양대신 이홍장을 상대로 국제관계를 이끈 인물이었다.

주지하다시피 당시 열강들은 집요하게 나라의 문을 흔들고, 실권을 장악하고 있는 흥선대원군은 나라를 지킨다는 이유로 나라의 문을 걸어 잠그고 외세를 막는 데 모든 것을 걸었다. 대원군과 대원군을 지지하는 수구파들은 세상을 바꾸려는 개화파들을 나라를 외세에 넘기려는 역적으로 몰아붙였다. 왕은 어떻게든 문을 열고 싶어 했으나 대원군을 추종하는 수구파들이 길을 막았다. 그렇게 극과 극으로 대치하는 상황에서 영의정 이유원은 갖가지 위험을 무릅쓰고 대원군과 맞서야 했다. 그리고 이유원의 뒤를 이은 이석영은 나라의 비운을 맞아 조국을 회복하기 위해 망명이라는 절체절명의 엄중한 선택을 한 것이었다.

그런 정황을 미루어볼 때 이석영은 독립운동의 시작이었고 마지막이었다. 도대체 조국이 뭐길래, 그는 처음부터 끝까지 그토록 처절하게 살아야만 했을까. 지금도 더러 독립운동이 해방을 가져다준 것이 아니라 2차 세계대전이 가져다준 선물이었다고 말하는 사람이 있는 것처럼, 1930년대로 접어들면서 일제가 영원할 것이라는 믿음이 굳어졌고, 계속 독립운동을 한다는 것은 무모한 희생으로 간주되었다. 그리고 전망이 보이지 않는 독립운동은 수많은 독립운동가들을 중도에서 포기하게 만들었다.

그래서 끝까지 나라를 찾겠다는 일념으로 일관한다는 것은 아무나 할 수 있는 일이 아니었다(그래서 더욱 그들은 빛나야 한다). 여기서부터 독립운동의 본질이 갈린다. 당장 일제를 몰아내고 해방을 쟁취하지 못한다 하더라도 끝까지 일관하는 것은『논어』팔일(八佾)편에서 공자가 강조한 활쏘기(射不主皮 爲力不同科 古之道也)를 통해서도 무엇이 진정한 독립운동인지 이해할 수 있다. 공자의 말에 의하면, 또 상식적으로 활쏘기는 과녁에 적중하는 것이 목적이며, 활을 쏠 때 과녁을 뚫는 것에 집중하지 않으면 안 된다. 그런데 예사(禮射)는 반드시 과녁을 뚫는 것만이 목표가 아니라 활쏘기의 과정을 강조한다. 즉 집중이 곧 예사라고 했다. 끝까지 집중하는 태도가 본질이라는 것인데, 정말 선물처럼 해방이 되었을 때, 중도에서 독립운동을 포기한 이들은 가장 먼저 뛰어나와 만세를 부르며 혼자 독립운동을 다 한 것처럼 행세하며 잘 살아왔다. 그리고 끝까지 서럽게 그 길을 갔던 사람들은 대부분 조국의 해방을 보지 못한 채 산화하고 말았다.

이석영이야말로 독립운동의 본질을 보여주었다. 그는 긴긴 세월, 기약 없는 세월을 이름도 얼굴도 없는 익명성으로 일관하면서 내가 누구라는 것을 말하지 않았고, 내가 무엇을 어떻게 했다는 것도 말하지 않았다. 생각할수록 가슴 아픈 것은 79세의 고령까지 무서운 고통을 인내하면서 조국을 위해 모든 것을 다 바쳤음에도 그의 무덤조차 찾을 수 없다는 사실이다. 대한민국 현충원에는 수많은 애국자들이 잠들어 있지만 그의 묘는 없다. 다만 서울 현충원 현충탑 지하에 무후선열(先烈無後, 대를 이을 자손이 없는 선열) 영전에 기록으로 남아 있을 뿐이다.

그러므로 이석영은 더욱더 거룩하고 장렬한 순국을 한 것이다. 그런데 불행하게도 우리는 지금까지 그를 이해할 능력이나 알아줄 능력이 없었다. 자기를 부인한 채, 마치 한 자루 촛불처럼 마지막 숨결까지 남김없이 산화해버린 그를 우리는 기억하지 못했다. 우리는 이제부터라도 그를 기억해야 한다.

『순국』을 집필하는 동안 슬프고 행복했다. 필설로 말할 수 없는 그 처절한 생애가 슬펐고, 고귀한 그분을 가깝게 만날 수 있어 행복했다. 그러나 안타깝게도 이 글은 선생을 제대로 말하지 못했다. 제대로라니, 전혀 말하지 못했다. 능력 부족 탓이다. 그럼에도 불구하고 머지않아 그의 이름이 인구에 회자될 것이라 믿는다. 그는 만대에 빛나야 하기 때문이다. 반드시 그래야 하기 때문이다.

2020년 7월 해운대 집필실에서
박정선

차례

1

고독한 신념

강은 상해를 가로지르며 흘렀다. 거침없이 흐르는 황포강은 바람에도 끄떡없이 자기가 가고자 하는 곳으로 줄기차게 흐르고 있었다. 그에게도 돌아가야 할 조국이 있고 조국을 그리워하면서 타국을 유랑한 지 30년 세월이었다. 돌아갈 날은 묘연하고 자꾸 나이를 먹었다. 나이를 먹을수록 공허한 마음은 하늘보다 넓었다.

노인은 수상 부두에 앉아 길게 한숨을 퍼내며 강을 바라보았다. 강에서는 배들이 물결을 헤치며 오고 갔다. 유람선들은 사람들을 태우고 한가롭게 물결을 타고, 여객선들은 여기저기서 부두를 향해 앞다투어 들어오고 있었다. 배를 맞이할 사람들과 배를 탈 사람들이 부두로 모여들었다. 여객선이 닿을 때마다 한 떼의 사람들이 내리고, 다시 한 떼의 사람들이 배를 탔다.

상해와 대련을 오가는 영국 여객선 남창호는 해가 저물 무렵에야 들어왔다. 뚜우! 하는 뱃고동 소리가 수상 부두에 울려 퍼지자 마중객들과 짐꾼들이 배가 닿는 곳으로 우르르 모여들었다. 배와 부두를 연결하는 긴 발판을 딛고 사람들이 줄지어 내렸다. 노인도 자리에서 일어나 눈으로 사람들을 살피기 시작했다. 남창호는 가장 큰 여객선이고 사흘 간격으로 오는 탓에 승객이 많게는 2백여 명에 이르렀다.

부지런히 사람들을 살피던 노인의 눈이 긴장과 초조로 조여들었다. 승객들 가운데 관동군 장교 복장을 한 일본 군인들이 섞여 있었다. 그들이 내리자 마중을 나온 부하들이 호들갑스럽게 그들을 맞았다. 그들은 만주에서 왔을 것이었다. 만주는 이미 일본의 식민지 괴뢰정부가 되어버렸고 선통제 부의 황제는 만주국의 집정관에 불과한 처지였다.

만주에서 독립운동을 하는 동지들은 모두 흩어져 어디론가 피하기에 바빴다. 노인은 "이 지경에 아우는 어쩌자고 사지로 갔단 말인가! 그리고 왜 아직 돌아오지 않는단 말인가!"라고 속으로 한탄하며 관동군들 몰래 사람들을 살폈다. 관동군들의 눈빛이 사냥감을 찾는 짐승처럼 번득였다. 독립운동가들을 색출하러 온 모양이었다. 관동군 서너 명이 노인을 유심히 살피며 멈칫하더니 그냥 지나갔다. 노인은 몸서리치며 조심스럽게 계속 사람들을 살폈다. 노인은 마지막 한 사람까지 살피다가 허탈해지고 말았다.

오늘도 아우는 보이지 않았다. 노인은 사람들이 다 사라질 때까지 차마 자리를 뜨지 못했다. 어쩌면 아우는 지금 와서는 안 될 것도 같았다. 관동군이 상해를 쓸고 다니는 판에 아우는 그들의 좋은 목표가 될 것이었다. 그렇지 않아도 배가 닿았을 때 "잔당들이 쥐새끼처럼 강가에서 먹을 것을 찾아다닌다는 정보가 있다!"라고 크게 지껄이는 소리가 귓가를 스쳤다.

저녁노을이 사라질 즈음에야 노인은 발길을 돌렸다. 집으로 가기 전에 싸구려 국숫집이 모여 있는 골목으로 향했다. 부둣가에서 가장 후미진 곳에 두붓집을 겸한 국숫집들이 줄지어 있었다. 고양이에 버금가는 쥐들이 오락가락하는 그곳에는 주로 빈민 노동자들이나 가난한 떠돌이들이 단골을 이루었다. 골목 맨 끝에 있는 국숫집으로 갔다. 어제처럼, 그저께처럼, 아니 늘 하는 대로 국숫집 여자가 따로 마련해놓은 국수 한 사발을 내주었다. 노인은 대부분 국수와 비지로 하루하루를 버티고 있었다.

"오늘도 안 왔나 보네요."

인정 많은 국숫집 여자가 국수사리를 하나 더 넣어주면서 혼자 중얼거렸다. 노인은 아우가 만주에서 대련을 거쳐 남창호를 타고 올 것이라고 했다. 그리고 아우가 올 때까지 손님들이 남기고 간 국수를 얻어먹게 해줄 수 없겠느냐고 부탁했다.

노인이 처음부터 그런 부탁을 한 것은 아니었다. 손님들이 남기고 간 국수와 비지를 모으는 통을 밖에 내다 놓으면, 돼지 키우는 남자들이 돼지 밥으로 거둬 가거나 얻어먹는 사람들이 가져가는 것이었다. 상해 황포강 주변에는 얻어먹거나 쓰레기통을 뒤지는 사람들이 많았다. 그런 사람들 가운데는 조선 사람들도 꽤 있다는 것을 국숫집 여자는 잘 알고 있었다. 그들은 일본에 나라를 빼앗기고 나라를 찾겠다고 수십 년 세월을 보내다가 결국 그런 신세가 되었다는 것도 알고 있었다.

손님들이 먹다 남은 국수와 비지는 내다 놓기가 무섭게 사라졌다. 종종 돼지 키우는 남자들과 쓰레기통을 뒤지는 사람들이 서로 버려진 것을 선점하려고 싸우기도 했다. 돼지 키우는 남자들은 큰 통을 메고 다니면서 그런 사람들에게 단 한 사발이라도 빼앗기지 않으려고 눈에 불을 켰다.

노인은 1년 전에 등장했다. 어느 날 밖이 소란했다. 돼지 키우는 남자가 노인에게 거칠게 큰소리를 치고 있었다.

"비켜, 이 노인네야."

돼지 키우는 남자의 말이 떨어지기가 무섭게 억, 하는 짧은 비명 소리가 들렸다. 국숫집 여자는 또 돼지 키우는 남자가 가엾은 그들에게 행패를 부리는 모양이라고 생각했다. 그렇더라도 바깥일에 신경 쓰지 않았다. 그런 일은 매일같이 있는 일이었다. 가끔 돼지 키우는 남자에게 그러지 말라고 당부를 해본 적은 있지만 함부로 나무랄 수도 없었다. 돼지 키우는 남자들은 성질이 난폭해 황포강 주변 음식점 주인들이 내심 두려워하는 존재였다.

그날 돼지 키우는 남자가 사라진 다음 국숫집 여자는 아무래도

순국 상

억, 하는 소리가 마음에 걸려 밖으로 나와 살폈다. 짐작했던 대로 노인이 음식물 쓰레기통 옆으로 넘어진 채 성큼 일어나지 못하고 있었다. 남자가 노인을 밀쳐버린 것이었다. 그나마 다치지 않은 것이 다행이었다. 국숫집 여자가 노인에게 다가가 부축해 일으켜 세웠다. 노인은 배가 등가죽에 붙을 지경으로 피골이 상접해 있었다. 부축을 받고 일어선 노인은 몸을 떨면서 비틀거렸다.

"온종일 아무것도 먹지 못했나 보네요. 자, 안으로 들어가세요. 따뜻한 국수 한 그릇 말아드릴 테니."

국숫집 여자는 노인을 식당 안으로 데리고 들어가 의자에 앉게 하고, 서둘러 국수를 말아 노인 앞에 내밀었다. 그런데 노인이 손을 내저으며 먹지 않으려고 했다.

"왜요? 배가 고파 금방 죽을 것 같은데."

"손님들이 먹다 남긴 거나 좀 주셨으면 하오. 이건 새로 만 국수가 아니오."

"그래요, 일부러 새로 말았어요. 아무 말 말고 어서 먹기나 하세요. 나도 우리 가게 앞에서 노인네가 굶어 죽었다는 말은 듣기 싫으니까."

"난 돈이 없소. 그러니 손님들이 남긴 거나 좀."

"돈 걱정은 마시라니까요."

"그건 안 될 말이오."

"안 되다니요?"

"나는 그저 손님들이 먹다 남긴 것만 먹어도 감사할 따름이오."

"참, 별난 노인 다 보겠네. 그냥 준다는데 고집을 부리다니. 어차피 말아놓은 걸 먹지 않으면 버리게 돼요."

여자 말을 듣고 보니 맞는 말이었다. 이미 말아놓은 국수는 손님에게 팔 수도 없거니와, 누군가 먹지 않으면 쓰레기통에 버릴 수밖에 없는 것이었다.

노인은 하는 수 없이 여자가 말아놓은 국수를 먹기 시작했다. 여자는 고개를 갸웃거리며 노인을 살폈다. 나이가 팔십 가까이 되어 보이는 노인은 비록 얻어먹지만 범상치 않아 보였다. 늙고 초라하지만 이목구비가 흠잡을 데 없이 잘생긴 사람이었다. 기품이 흘렀다. 말씨도 보기 드물게 격이 높았다. 꼭 옛날 귀족을 대하는 것만 같았다. 국숫집 여자는 고개를 갸웃거리며 노인에게 넌지시 물었다.

"아무리 봐도 이렇게 살 분이 아닌 것 같은데, 어쩌다가 이런 신세가 되셨어요? 혹시 고려인? 독립운동이라도 하신 게요?"

중국에서는 조선 사람을 고려인이라고 불렀다. 노인은 대답하지 않았다. 국숫집 여자가 아무리 인정이 많아도 독립운동이라는 말을 함부로 꺼냈다가는 무슨 일이 일어날지 알 수 없었다. 아우를 위해서 언제나 말을 조심해야 했다. 대신 부탁이 있다고 했다.

"저, 미안하오만 이 국수를 내가 좀 가져가도 되겠소?"

노인은 국수를 먹는 둥 마는 둥 하더니 가져가면 안 되겠느냐고 했다.

"왜요? 뒀다 내일 먹기라도 하게요?"

노인은 대답하지 못한 채 머뭇거리면서 제발 가져가게 해달라고 사정했다.

"이거 가져가봐야 내일 못 먹잖아요. 돼지에게나 주면 모를까."

노인은 계속 그렇게 해달라는 표정을 짓고 있었다.

"알았어요. 이거 다 드시고 내일 다시 오세요. 그때 또 말아드릴 테니."

"아니오. 그럴 것까지 없고 이걸 가져가면 되오. 이것도 남길 텐데."

"집에 누가 있어요?"

"그렇다오. 내자가 몸져 누워 있으니."

"맙소사, 노인네 목숨 하나도 건사하기 힘든 처지에 병자 수발까지. 알았어요. 이거 다 드시고 나면 한 그릇 다시 말아드릴 테니 가져가세요."

"그래서는 안 되고, 이걸 가져가면 충분하니 그렇게 해주오."

"내가 시킨 대로 하지 않으면 이 국수도 가져가지 못하게 할 거예요. 그러니 마저 드시기나 하세요."

노인은 여자의 말에 놀라 서둘러 국수를 다 먹고 그릇을 비웠다. 여자는 그때서야 국수 한 그릇을 더 말아주었다. 노인은 그때부터 골목 국숫집에서 날마다 국수를 얻어 갔다. 그런데 노인이 한사코 새로 만 국수는 가져가지 않겠다고 하여 국숫집 여자는 몰래 손님이 남긴 것처럼 꾸며 국수를 가져가게 했다.

오늘도 노인은 국숫집 여자가 내준 국수를 들고 집으로 돌아왔다. 아내는 죽은 듯이 누워 있었다. 노인이 아내를 부축해 일으켰다. 아내는 힘겹게 일어나 국수를 먹기 시작했다. 경술년(1910)까지만 해도 서울 정동 대궐 같은 집, 아흔아홉 칸 집에서 하인들이 차려준 9첩 반상을 받던 아내였다. 12첩 임금님 밥상 다음가는 밥상이었다. 9첩 반상보다 더 귀하게 국수를 먹는 아내를 바라보며 노인은 "먹는 일이 사람을 이다지도 좌우하다니!"라고 한탄했다.

먹는 것 때문에 변절한 독립운동가들을 떠올렸다. 그들을 이해할 수 있을 것 같았다. 그들이 배가 고파 변절했다는 것은 세상이 다 아는 일이었다. 그들은 일제가 주는 밥으로 배를 채운 다음에는 후회했다. 그리고 다시 배가 고파 동지들의 목을 내주었다. 노인은 수많은 그들을 봤고 그들 가운데 적지 않은 사람들이 변절한 것을 후회하면서 죽어가는 것을 보았다. 그들은 죽어가면서 하는 말이 똑같았다. "일제가 준 밥, 결국 독으로 배를 채웠습니다."라고 피눈물을 흘리면서 용서조차 빌지 못한 채 사라져버린 것이었다.

아내는 국수 한 그릇을 먹는데도 기침을 수십 번 했다. 국수를 먹고 기운을 조금 차린 듯하다가도 자지러지듯 기침을 하고 나면 다시 쇠잔해지고 말았다. 이럴 때는 소꼬리 뼈, 아니 그건 언감생심 어림없는 생각이고, 고깃간 주인 칼끝에서 튀어 나간 부스러기라도 구해다가 고아 먹이고 싶은 마음이 간절했다.

"임자, 내일은 소뼈 부스러기라도 구해 올 테니 조금만 기다

순국 상

려요."

"그게 길가에 굴러다니는 돌멩이랍니까."

노인의 말에 아내가 말도 안 되는 소리 하지 말라는 투로 일축했지만, 노인은 방바닥 자리 밑에 넣어둔 돈을 꺼내보았다. 10원이 전부였다. 쌀 두 말 값이었다. 아우가 만주로 가면서 주고 간 돈이었다. 노인은 그 돈은 죽어도 쓸 수가 없었다. 그 돈마저 사라지고 나면 모든 것이 무너질 것만 같았다. 그런데 아내가 너무 측은했다.

"그건 안 돼요. 마지막 버팀목인데."

노인이 자리 밑에서 돈을 꺼내 만지작거리자 아내가 소스라치게 놀랐다.

"마지막 버팀목?"

"그걸 소뼈와 바꾸어버리면 영감님은 어쩌시려고요. 소뼈 국물 먹고 힘 얻어봐야 며칠이나 간다고. 어차피 내 목숨은 얼마 가지 못할 것을."

아내는 겨우 목숨만 붙어 있으면서도 자리 밑, 돈 10원만 꺼내면 그것을 사수하느라 있는 힘을 다해 막았다. 아내의 말은 맞는 말이었다. 돈 10원은 돈이 아니라 천하보다 귀한 보물이었다. 아우가 만주로 가기 전에 주면서 "형님, 굶지 말고 꼭 쌀 사서 밥 지어 드셔야 합니다."라고 당부했지만 단 한 푼도 쓸 수가 없었다. 노인은 그 돈을 마지막 보루처럼, 아니 아우의 흔적인 양 가슴에 품었다. 그리고 아내의 말대로 마지막 힘을 지키듯이 돈을 다시 자리 밑에 넣었다.

아내는 하루하루 기침이 더 심해져갔다. 날이 추워지자 더했다. 창자가 끊어질 지경으로 기침을 하고 나면 죽은 듯이 나른해지고 말았다. 그러다가 국수를 한 그릇 먹고 나면 가뭄에 한줄기 소나기를 만난 풀잎처럼 잠깐 눈을 떴다. 그렇더라도 하루에 국수 한두 그릇과 비지로 아내는 기침으로 소진되는 기력을 감당하기에 벅찼다. 점점 아내가 죽음을 향해 가는 것이 보였다. 노인도 점점 몸이 쇠약해져갔다. 어제와 오늘이 다르고 오늘과 내일이 달랐다. 아내가 걱정이었다. 아내를 혼자 두고 갈 수는 없었다. 아내를 손수 거두어주기 위해서는 어떤 일이 있어도 아내를 먼저 보내고 죽어야 할 것이었다.

아내가 따뜻한 국수를 먹은 덕택에 잠이 들었다. 배가 고플 때면 아내는 잠들지 못했고 기침이 더 심했다. 잠든 아내를 안쓰럽게 바라보면서 만약 아내가 오늘이라도 세상을 떠난다면 노인은 더 이상 살아 있을 이유가 없다고 생각했다. 노인은 나이를 헤아렸다. 을유년(1855, 철종 6)에 태어났으니 올해 일흔아홉이었다. 이만하면 견딜 만큼 견뎠다는 생각이 들었다. 언젠가 국숫집 골목에서 돼지 키우는 남자가 "저런 노인네들은 죽지 않고 왜 사는지 몰라."라고 했을 때 노인은 그 말이 옳다고 생각했다. 몇 번인가 목에 밧줄을 걸었다. 그때마다 "그건 일제가 바라는 것"이라는 소리가 들렸다. 세 번째 목에 밧줄을 걸었을 때는 "그건 일제를 돕는 일"이라고 했다. 수십 년 전, 무자년(1888)에 돌아가신 양부의 음성 같기도 하고 어쩌면 아우의 목소리 같기도 했다.

그렇지 않아도 만주사변 이후 종종 자살하는 독립운동가들이 생겨나기 시작했다. 만주사변으로 일본군에게 쫓긴 만주 지역 동지들이 상해로 모여들었다. 그나마 상해는 외국 조계지가 있어 바람막이가 되어준 탓이었다. 만주를 피해 상해로 왔지만 때마침 임시정부도 윤봉길의 홍구(홍커우) 공원 폭탄 투척 문제로 일경에게 쫓겨 상해를 떠나 항주(항저우)로 피난을 가고 없었다. 그동안 임정은 프랑스 조계지에서 프랑스의 보호를 받고 있었다. 그런데 일본의 압력이 심해지자 프랑스도 입장이 난처해지고 말았다. 상해에 있다 하더라도 임정도 끼니 걱정하기는 마찬가지였다. 임정이 떠나기 전에도 청년 동지들이 영국 전차회사와 버스회사에 다니면서 번 돈을 십시일반으로 모아 임정 요인들이 겨우 연명하고 있었다. 청년 동지들은 모두 동지, 자식들이었고, 그런 도움마저도 미치지 못한 동지들이 대부분이었다. 그들은 교민들의 도움마저 끊어져 강가를 돌면서 음식점 쓰레기통을 뒤지는 것이 일상이었다. 쓰레기통을 뒤지면서 견디는 것도 임정이 상해를 떠나기 전 일이었다.

임정이 일제를 피해 상해를 떠나자 독립운동가들은 끈 떨어진 연처럼 어디론가 정처 없이 떠돌거나 독립운동을 포기하는 사람들이 속출했다. 지금까지 독립운동을 한 것을 후회하면서 지금이라도 일제에게 충성하여 장래를 보장받으려고 친일로 돌아서

거나 밀정이 되어 동지들을 일경에게 넘겨주는 데 앞장서기도 했다. 일제는 영원할 것이고, 조국은 영원히 끝난 것이라고 믿는 탓이었다.

그래도 끝까지 조국을 버리지 못한 동지들은 얻어먹다 지쳐 조국을 끌어안고 죽어갔다. 자살이었다. 일제는 독립운동가들이 자살할 때마다 일본은 "조국의 평화를 훼방하는 공산주의자 빨갱이들이 드디어 참회의 뜻에서 스스로 목숨을 끊고 있다."고 선전했다. 그들은 독립운동가들을 공산주의자로 몰아붙였다.

일경은 마치 죽은 시신을 노리는 매처럼, 동지들이 죽기를 기다렸다가 시신을 이용해 독립운동을 허망한 짓이라고 선전했다. 어디선가 죽은 시신이 나타나면, 그게 독립운동가든 아니든 상관없이 시신을 가져다 길거리에 전시해놓고는 "대일본제국의 과업을 방해한 자들의 말로는 이런 것"이라면서, 사람들에게 침을 뱉거나 발길질을 하도록 했다. 그것도 자기 민족인 조선 사람들에게 시켰다. 독립운동가 시신에 발길질을 한 그들은 처음부터 친일파이거나 독립운동을 하다가 친일로 돌아선 변절자들이었다. 그들은 일본으로부터 한시바삐 신뢰를 얻기 위해 다른 친일파들보다 더 난폭하게 과잉 행동을 했다.

노인은 얼마 전에도 그런 광경을 목격했다. 수상 부두를 벗어나 강을 끼고 한참을 걸어가면 공원이 나왔다. 일찍이 상해에 무역을 튼 영국이 조성했다는 공원은 장미꽃이 무척 아름다웠다. 마

28

치 죽어가는 생명에 수혈을 해주듯 붉게 핀 장미는 위로의 말을 하듯 늘 반갑게 맞이해주었다. 노인이 상해에 오기 전까지만 해도 중국 사람들의 접근을 금지하기 위해, 공원 입구에 "개와 중국인은 출입을 금함"이라는 팻말이 서 있었다는데 이제는 누구나 갈 수 있었다.

공원은 빈민자들의 쉼터로 변했고, 노인은 남창호가 들어오지 않는 날에는 공원으로 갔다. 군데군데 행색이 초라한 빈민자들이 앉아 있었다. 그들은 말이 없었다. 어디서 온 누구인지 묻는 사람도 없고 궁금해하는 사람도 없었다. 노인도 마찬가지로 그들에게 말을 걸 생각 따위는 꿈에도 하지 않은 채 양지바른 곳에 앉아 하늘을 바라보며 아우의 안위를 빌 뿐이었다. 그날도 공원을 찾아갔다. 그런데 공원 입구 쪽에서 사람들이 웅성거렸다. 가끔 자살자인지 타살당한 것인지 알 수 없는 시신이 발견되기도 해 '또 그런가 보다'라고 생각했다. 그런데 갑자기 고함 소리가 들렸다.

"여기 죽어 있는 공산주의자는 우리 대일본제국의 평화적 대업을 방해한 자다. 너희들은 이자에게 무슨 짓을 해도 좋다. 짓밟아도 좋고 돌을 던져도 좋고 몽둥이로 머리통을 박살 내도 좋다. 자, 마음껏 해보라."

소리친 자는 일경이었다. 일경은 눈을 부라리며 둘러선 사람들을 점검하듯 훑었다. 누가 얼마나 잔인하게 시신을 모욕하는지를 살피는 것이었다. 시신은 자는 듯이 누워 있었다. 가슴에 품었던 태극기가 옷 밖으로 밀려 나와 있었다. 죽은 자가 품고 있는 태극기를 바라본 사람들은 선뜻 나서지 못했다. 그러다가 일경의 눈을 의식하면서 누군가 주춤주춤 발길질을 했다. 처음 발길질은 시원치는 않았지만 그것은 주저하는 사람들에게 용기를 주었다. 사람들이 하나둘 따라서 발길질을 하기 시작했다. 나중에는 서로 앞다투어 발길질을 하면서 "이 빨갱이를 우리가 다시 죽이자!"라고 고함을 질렀다. 어떤 사람은 돌멩이를 가져오기도 하고 어떤 사람은 일경이 말한 대로 몽둥이를 가지고 와 무자비하게 시신을 가격하기도 했다.

죽어 있는 시신에서, 아직 식지 않은 선혈이 터져 흘렀다. 머리도 박살이 났다. 태극기가 피로 물들었다. 태극 문양이 사라지고 말았지만 모습은 더욱 장렬했다. 국내에서 조선총독부, 종로경찰서, 밀양경찰서, 부산경찰서, 식산은행, 동양척식주식회사, 일본 왕궁 등에 폭탄을 투척하고 산화한 의열단 청년 동지들의 최후가 떠올랐다. 김익상, 김상옥, 나석주, 최수봉, 박재혁, 김지섭 등, 그들이 모두 거사를 실행하고 사형을 받거나 현장에서 수백 명 경찰이 쏜 총에 벌집이 되어 죽어갈 때 가슴에서 그 거룩한 선혈에 젖은 태극기가 꽃처럼 피어났던 것과 흡사했다.

그들 가운데 김상옥의 최후는 얼마나 처절하고 가슴 뜨거운 것이었던가. 삼일운동이 지나가고 3년 뒤 1923년 1월, 김상옥은 종로경찰서에 폭탄을 던져 세상을 발칵 뒤집어놓은 다음 매부의 집에 숨어 조선총독 암살을 계획하고 있었다. 그런데 친일파의 밀고로 종로경찰서의 수십 명 무장경찰에게 포위되고 말았다. 열

번 쏘면 아홉 번 이상 명중시킨다는 명사수 김상옥은 수십 명 무장경찰을 향해 총을 쏘며 포위망을 뚫고, 맨발로 눈 덮인 남산을 넘어 왕십리까지 간 다음 절에 들어가 승복을 얻어 입고 스님으로 변장했다.

그리고 독립운동가 집에 숨어 다시 총독을 죽일 기회를 노렸으나 이번에도 친일파의 밀고로 일본 경찰에게 발각되고 말았다. 일본 경찰은 4개 경찰서에서 무장경찰 4백여 명을 모아 김상옥이 숨어 있는 독립운동가 집을 포위했다. 김상옥은 지붕을 타고 올라가 양손에 총을 잡고 4백 명 일경과 총격전을 벌이기 시작했다. 세 시간 동안의 총격전 끝에 김상옥은 마지막 남은 총알 하나로 자신의 머리를 쐈다. 그의 몸은 이미 벌집이 된 상태였고, 품에서 피에 물든 태극기가 거룩한 꽃으로 피어나고 있었다.

시신을 모욕하는 자들, 일경의 말에 따른 자들은 한인들 가운데 친일파이거나 변절자들로 보였다. 어떤 잔인한 친일파는 세상을 잘못 본 눈을 없애야 한다면서 손가락으로 눈을 파고 어떤 자는 독립운동을 외치고 다닌 못된 입을 찢어버려야 한다면서 입을 찢었다. 어떤 자는 죽어서도 빨갱이 씨를 퍼뜨리지 못하게 해야 한다면서 하의를 벗겨내고 주요 부위를 잡아 늘이면서 시신을 모욕했다. 그들은 마치 누가 더 잔인한 용맹을 자랑하는지 경쟁이라도 하는 것 같았다.

그렇게 시신을 가지고 한바탕 난장판을 치고 나자 일경이 친일파들에게 시신을 나무에 효수할 것을 지시했다. 그들은 다 허물어진 시신을 나무에 걸쳤다. 일경은 시신을 걸쳐놓은 나무 아래 표지판을 세우고 "이자는 대일본제국의 대평화적 과업을 방해한 조선인으로 빨갱이 공산주의자다. 자신의 행위를 반성하는 뜻으로 제 몸을 이 지경으로 바수어 죽었다."라고 써 붙였다. 시신은 2차로 다시 모욕을 당한 것이었다.

노인은 일경보다 친일자들의 잔악성에 경악했다. 그들은 일제를 하늘처럼 믿고 조국에게 최대의 모욕을 가한 것이었다. 물론 만주에서는 더한 일도 있었으니 따지고 보면 그 정도는 놀랄 일도 아니었다. 일본이 만주사변을 일으켜 만주를 장악할 때였다. 독립운동가 머리 하나에 쌀 한 말씩 포상을 걸었다. 중국에서 쥐를 잡아 꼬리를 한 사발씩 잘라 오면 잡곡 한 되를 주듯이, 독립운동가들 머리 하나를 베어다 일본 경찰에 바치면 쌀 한 말을 포상했다. 그들은 쌀 한 말씩을 받아다 쌀밥을 지어 먹으면서 쌀밥 맛에 취해버리고 말았다. 다시 입안에서 살살 녹는 쌀밥을 먹기 위해 독립운동가 머리를 베러 다녔다. 그것은 독립운동이 끝을 향해 가고 있다는 것을 말해주었다. 노인은 자살자의 최후를 목격한 이후부터 죽음에 대한 생각을 접었다. 만약 자결한다면 일제와 친일파들에게 그런 흉악한 모욕을 당하면서 일제를 선전하는 도구가 될 것이었다.

그런 일이 생길 때면 한동안 사람들이 공원에 나오지 않았다. 노인도 다음 날 공원에 가지 못했다. 그들의 만행이 소름 끼쳐 공원에 갈 수가 없었다. 그런데 시신이 걱정이 되었다. 비록 갈기 갈기 찢어져 만신창이가 되었지만 그 후 어떻게 되었는지 걱정이 되어 견딜 수가 없었다. 3일째 되는 날 다시 공원으로 갔다. 물론 아직까지 시신이 그대로 있을 리는 없었다. 생각했던 대로 나무에는 아무것도 없었다. 대신 핏자국만 나무에 그대로 남아 있었다.

나무는 늙은 소나무였고, 두꺼운 나무껍질이 피를 흡수한 채 말라 있었다. 노인은 나무를 어루만지며 "누구인지는 알 수 없으나 조국은 그대를 기억할 것이오."라고 중얼거렸다. 노인은 다음 날도 다시 그다음 날도 나무를 찾아가 마치 참배하듯 나무를 쓰다듬으며 "먼 훗날 우리 민족이 당신을 기억해줄 것이며 조국을 모욕한 그들, 친일파들을 심판해줄 것이니 너무 슬퍼하지 마시오."라고 위로하는 것을 반복했다.

다시 남창호가 들어오는 날, 노인은 어김없이 부두로 걸음을 옮겼다. 부두는 아직 고요했다. 강물은 언제나 말없이 흐르고 있었다. 그는 늘 앉아서 강을 바라보는 지정석 같은 자리에 앉아 강을 바라보았다. 처음처럼 또다시 마음이 긴장되었다. 남창호가 들어오는 날이면 그는 새로운 기다림으로 가슴이 떨렸다. 아우를 기다리는 일은 희망과 절망 사이를 오갔지만 그래도 '기다린다는 것'은 희망인 탓이었다.

정해진 시간이 되자 남창호가 들어왔다. 그는 늘 하는 대로 자리에서 벌떡 일어나 발판을 딛고 내려오는 사람들을 살폈다. 사람들은 출렁거리는 긴 발판을 조심조심 내려오고, 사람들이 거의 다 내려왔을 때 그는 몸을 움찔했다.

우중충한 중국식 모자를 깊숙이 눌러 쓰고 작은 보퉁이를 든 남자에게 시선이 집중되었다. 노인은 남자를 조금 더 자세히 보기 위해 신경을 모았다. 남자는 발판을 내려와 어디론가 향했다. 남자는 상해에 처음 왔는지 주변을 두리번거리며 낯설어했다. 남자는 뚜벅뚜벅 걷다가 누군가를 붙잡고 길을 묻기도 했다. 그러더니 고개를 들어 하늘을 우러르며 깊은 한숨을 퍼냈다. 남자는 다시 부둣가 쉼터에 있는 의자에 앉아 강을 바라보며 무슨 생각에 잠긴 듯했다. 그리고 우는지 손으로 눈물을 닦았다.

노인은 직감적으로 저건 독립운동가가 틀림없다는 생각이 들었다. 그래서 더 자세히 바라보던 노인의 얼굴에 경련이 일었다. 그때 남자가 자리에서 일어나 어디론가 가려고 했다. 노인은 급히 남자 곁으로 다가갔다.

"혹시?"

남자가 걸음을 멈추고 노인을 돌아봤다.

"그래, 박경만 맞지?"

박경만은 고국에서 노인의 재산을 관리하던 집사였다. 박경만은 유능한 사람이었다. 유능하다는 것은 주인으로부터 신망받는 것을 말했다. 박경만은 만주로 망명할 때도 따라와 10년을 함께 살면서 노인의 재산 관리를 맡았었다. 그런데 독립운동 자금 문제로 노인과 자주 부딪쳤다. 노인은 있는 대로 자금을 바치려 하고 박경만은 말렸다. 그렇게 싸우다 노인의 고집과 신념을 꺾을 수 없다고 판단한 경만은 결국 노인 곁을 떠나고 말았다. 노인은 학수고대 기다렸지만 그는 좀처럼 돌아오지 않았다.

"경만이 틀림없지?"

박경만이 틀림없다는 확신이 든 노인의 얼굴에 경이로운 빛이 스쳤다. 남자는 장승이 된 채 노인을 살피더니 땅에 털썩 주저앉으며 울음을 터트렸다.

"예, 맞습니다. 이놈 박경만입니다."

10년 만이었다. 만주를 떠나 천진으로 갔을 때 40대 초반이었으니 지금은 50대 초반이 됐을 것이었다. 몰라볼 지경으로 변해버린 모습이었다. 노인의 얼굴에 놀람과 슬픔이 어우러졌다. 놀라고 슬픈 건 박경만이 더했다. 노인은 박경만이 기억하고 있는 가장 귀족다웠던 옛 주인의 모습이 아니었다.

오직 눈빛만 비밀처럼 살아 있을 뿐, 남루한 중국 옷 대포 차림에 뼈와 가죽만 남은 노인은 중국 빈민가에서 흔히 보는 비천한 노인일 뿐이었다.

"저를 알아보시다니요."

"30년이 넘도록 한솥밥을 먹고 살았는데 몰라볼 수 있겠느냐."

"제가 잘못했습니다. 주제넘게 그런 짓을 하다니요."

"아니다. 경만이 자네 속을 내가 왜 모르겠느냐."

"그래도 그러는 게 아니었습니다. 그건 그렇고 지금까지 상해에서 지내셨는지요?"

경만은 노인을 찾아 노인이 살았던 천진, 북경을 헤매다가 상해로 온 것이었다.

"천진에서 북경으로 갔다가 3년 전에 상해로 온 것이다. 아무튼 내 생전에 못 만날 줄 알았는데, 꿈만 같구나."

"저는 그때 유하를 거쳐 봉천으로 갔다가 몇 년 후에 다시 천진으로 갔더니 북경 우당 선생님 댁으로 가셨다고 하여 북경으로 갔지만 찾을 길이 없었습니다. 우당 선생님께서 사흘이 멀다 하고 이사를 다닌 탓에 북경에서 석 달을 헤맸지만 허사였습니다. 누가 상해로 가보라고 해, 마지막 희망을 걸고 상해로 왔습니다."

"독립운동가들이 한곳에서 살 수가 있더란 말이냐. 이사도 비밀로 하니 어찌 찾는단 말이냐. 어떻든 살아서 만났으니 됐다."

"어르신을 찾았으니 저는 소원을 풀었습니다."

"참, 준태 소식은 아느냐. 어디서 무얼 하는지?"

준태 역시 망명 전 고국에서 노인의 집사로 일했던 사람이었다.

"준태는 독립군에 들어가 일본 월강추격대 놈들과 용감하게 싸우다 죽었습니다."

"준태가 독립군이 되어 싸우다 죽었다니, 놀랍고 장하구나!"

노인은 슬퍼하면서도 독립군이 되어 싸우다 목숨 바친 준태가 자랑스러웠다. 삼일만세운동 직후 압록강 국경지대에서 독립군이 국내로 진격하기 위해 진공유격전을 벌이자 일본군이 독립군을 토벌하기 위해 보낸 월강추격대와 마주쳐 싸워야 했고, 준태는 그때 희생된 것이었다.

　노인은 경만을 토방으로 이끌었다. 경만은 정작 토방을 보자 넋을 잃었다. 방 안에는 그 고귀하던 안방마님이 백발을 하고 버려진 송장처럼 누워 있었다.

"아, 이럴 수가!"

　경만은 차마 눈 뜨고 볼 수가 없어 고개를 돌렸다. 그러더니 제 가슴을 치며 울부짖었다.

"해도, 해도, 어찌 이 지경까지 되셨단 말씀입니까!"

　경만은 울면서 또 옛날처럼 원망을 쏟아냈다.

"이만 석지기 재산 다 털어 바친 대가가 이거라니요. 어르신께서는 아직도 조국이 있다고 믿으시는지요? 도대체 조국이 어디에 있는지요?"

　경만은 울분을 참지 못해 집 밖으로 뛰쳐나가버리고 말았다.

　노인은 경만의 울분을 생각하며 눈을 감았다. 경만의 말대로 조국은 어디에도 없었다. 조국이 살아 있다고 믿는 사람도 없었다. 조국은 너무 깊이 숨어 있는 탓에 보이지 않았다. 숨어 있는 조국은 보이는 사람들에게만 보일 뿐이었다. 그럴수록 노인은 서럽고 애통한 조국을 끌어안았다. 조국을 끌어안고 속으로 조국은 내 가슴속에 고스란히 살아 있노라고 대답했다. 날마다 조국의 심장 뛰는 소리가 들리노라고 자신을 향해 대답했다. 조국은 결코 사라질 수 없는 하늘인 탓이었다.

그 하늘이 명치끝이 아리도록 그리운 적이 있었다. 아니 30년 동안 그립고 그리웠다. 봄이면 황포강 저편으로 파란 들녘이 질펀했다. 그리움엔 봄이 오히려 독약이라는 말대로 봄은 해마다 형벌처럼 피어나는 것이었다. 마치 산수가 그리워 천석고황(泉石膏肓)을 앓듯, 부지불식간에 당나라 시인 두보가 변방 전장(戰場)에서 고향을 그리워하며 지은 시가 입 밖으로 흘러나오기도 했다.

강이 푸르니 새가 더욱 희게 보이고　　　　　江璧鳥逾白
산이 푸르니 꽃 빛이 불타는 것 같구나　　　　山靑花欲然
올봄도 허무하게 지나가고 마는가　　　　　　今春看又過
아, 어느 날 다시 고향에 돌아갈 수 있으리오　何日是歸年

고국을 떠난 지 수십 년이 되도록 말없이 견뎌온 그리움이 봇물 터지듯 밀어닥친 것이었다. 명치끝이 칼끝으로 저미듯 아리기 시작했다. "오죽했으면 고대 의사들이 약의 효력이 미치지 못하는 곳이라 했을까."라는 탄식을 하다가, 지난해 봄에 꿈길을 가듯 조국을 찾아갔었다. 그랬더니 사람들이 이구동성으로 "나라를 위해 할 만큼 했으니 이제는 고향에 뼈를 묻어야 한다."고 했다. 또 어떤 사람들은 "일본이 망하기를 기다리기보다 황하강이 맑기를 기다림이 더 빠를 것"이라고 했다. 그들이 말하지 않더라도 일제는 이제 세계를 향해 무슨 짓이든지 할 수 있다는 것을 잘 알고 있었다.

그러나 살아생전 조국에 돌아가지 못하더라도, 뼈를 조국 산천에 묻지 못하더라도, 떠도는 조국과 함께해야 한다고 생각하며 다시 상해로 돌아오고 말았다.

그렇게 모두 포기해버린 나라, 나라를 좌지우지하는 그들로부터 버림받은 조국은 지금도 길 잃은 아이처럼 어디선가 길을 찾아 헤매고 있을 것이었다. 경만이 울어 젖히며 원망하듯 저를 버린 제 민족을 원망하면서도, 언젠가는 애국지사들이 조국을 찾아 제자리로 다시 돌려놓을 것이라 믿으며 끝까지 인내하고 있을 것이었다. 살아서 못 하면 죽어서라도 꼭 그러리라 믿을 것이었다.

생각해볼수록 나라를 빼앗긴 것은 그들 때문이었다. 근본은 계해년(1863) 12월 열두 살 먹은 어린 임금이 용상에 앉으면서부터 싹이 자라기 시작했음을 그는 잊을 수가 없었다. 어린 왕은 그림처럼 앉아만 있고, 왕의 아버지가 통째로 왕 노릇을 하던 풍경이 언제나 슬픔으로 가슴속에 자리 잡고 있었다. 어린 왕이 장성하여 자식을 낳은 어른이 되었음에도 왕의 아버지는 아버지라는 무기를 휘두르며 왕을 제치고 천하를 호령했다. 왕의 아버지 눈에는 왕은 언제나 어린아이였다. 그래서 왕의 아버지는 "내가 아니면 절대 안 된다."는 강력한 신념에 빠져 무엇이든지 혼자 다 해야 안심할 수 있고, 왕은 그런 아버지를 아버지인 탓에 차마 어찌

할 수가 없었다.

바람이 불고, 세상은 자고 나면 무슨 일이 일어났다. 가까운 나라와 먼 나라를 가리지 않고 불어오는 바람은 조선의 문을 열고 싶어 야단이고, 왕의 아버지는 바람이 들어올세라 물 샐 틈 없이 나라의 문을 꼭꼭 걸어 잠갔다. 그럴수록 바람은 더 세차게 문을 흔들고, 그럴수록 왕의 아버지는 더 강력하게 문을 걸어 잠갔다. 수구파 유생들은 왕의 아버지를 목숨 바쳐 지켜주고, 왕의 사람들은 단단히 잠긴 문을 열어보려고 안간힘을 썼다. 왕의 아버지는 가차 없이 칼을 휘둘렀다. 그의 길을 방해하는 세력은 왕도, 왕비도, 대비도, 조정대신도, 그 누구도 용납하지 않았다.

건널 수 없는 강이 가로놓이듯 나라가 둘로 갈라졌다. 왕의 아버지를 지키려는 위정척사 수구파들과 왕을 지키려는 개화파들이 맞대결을 펼쳤다. 왕의 사람들은 지금을 지키되 내일로 가야 한다고 믿었다. 왕의 아버지 쪽 수구파들은 지금을 영원히 지키는 것이 나라를 굳건히 지키는 것이라고 믿었다. 수구파들은 개화파들을 향해 나라를 오랑캐들에게 내어주려고 하는 매국노라고 몰아붙였다. 수구파들은 자기네들과 생각이 다른 사람은 모조리 오랑캐로 취급했다.

수구파들은 왕의 아버지가 언제까지나 정권을 놓지 않기를 바라고, 개화파들은 왕이 하루빨리 정권을 잡기를 원했다. 긴 세월 줄다리기 끝에 왕은 왕이 되고 10년 만에야 겨우 왕 노릇을 할 수 있게 되었다. 왕은 이제야말로 당차게 왕 노릇을 해보려고 안간 힘을 썼다. 그러나 어림없는 일이었다. 뒤로 물러나 이를 갈던 왕의 아버지는 궁궐에 불을 지르거나 폭약으로 왕의 측근을 폭살시켜 죽게 하면서 왕을 위협했다. 심지어 왕을 다른 아들로 갈아치우려는 음모를 시도했다. 음모에 실패하자 청나라의 힘을 빌려 다시 왕을 갈아치우려고 했다가 또 실패했다. 실패할 때마다 왕의 아버지는 태연하게 시치미를 떼고 앉아 또다시 서슬 푸른 날을 갈았다.

거침없이 두 번이나 역모를 꾸몄음에도 왕은 아버지의 측근만 제거할 뿐, 아버지는 도무지 어쩌지 못했다. 왕이 아버지의 측근들을 자를 때마다, 수구파들은 왕에게 불효자라는 족쇄를 채웠다. 공자를 숭상하는 나라에서 불효자라는 족쇄는 원자폭탄보다 더 무서운 무기였다. 그들은 왕의 아버지가 저지른 행위로 왕의 아버지가 궁지에 몰릴 때마다 줄지어 상소 올리기 운동을 벌이면서 왕을 패륜아로 몰고 갔다.

왕의 사람들은 그 험한 파도를 헤치며 끊임없이 왕에게 미래를 위해 개화의 세계로 나가야 한다고 설득했다. 연암 박지원의 손자 박규수의 계보로 이어진 김홍집, 박영효, 박영교, 김옥균, 박정양 등 개화파들과 함께 왕도 끝까지 꺾이지 않고 무언가를 해보려고 했다. 그리고 드디어 젊은 그들이 일으킨 갑신정변으로 정녕 세상이 바뀌는가 싶었지만, 그것 또한 어림없는 일이었다. 놀란 수구파 세력들은 더욱더 강하게 뭉치면서 젊은 개화파들을 제거하는 데 총력을 기울였다.

왕은 그쯤에서 개화를 포기하고 말았다. 과연 어떤 길이 길인지 분간하지 못한 왕은 갑신정변에 놀라 오히려 그들을 적으로 단정 짓고 말았다. 박규수의 계열, 그들은 파멸했다. 수구파들에게 맞아 죽거나 남의 나라 어디론가 뿔뿔이 흩어져 난파선처럼 산산조각이 나고 말았다. 왕은 청나라를 믿었다가, 일본도 잠시 믿어봤다가, 마지막엔 러시아를 굳게 믿었다. 일본의 압박을 받게 된 왕은 아관파천을 하게 되고, 아관파천에 공을 세운 신하들을 평생 잊지 못할 은인으로 골수에 새겼다. 그래서 아관파천파 신하들에게 모든 것을 맡겼다. 나라의 운명까지도 맡겨 버렸다. 정유년(1897)에 왕을 황제로 만들었다가 정미년(1907)에 황제를 갈아치운 것도 그들이었다. 그들은 그들 마음대로 나라 운명을 결정 지으면서, 그것이 나라를 위한 최선의 애국이라고 했다.

조국이 그렇게 깊고 어두운 동굴 속에 갇혀 있을 때, 일본은 활짝 열린 하늘을 향해 훨훨 날개를 펼쳤다. 그들은 넓은 세상을 향해 꾸준히 무언가를 진행해오고 있었다. 발 빠르게 구시대의 태정관제를 말끔히 없애고 내각제를 실시하면서 초대 총리대신으로 이토 히로부미(伊藤博文)를 내세웠다. 그들은 이토를 중심으로 아시아를 벗어나 서구를 추종해야 한다는 탈아입구(脫亞入歐)의 깃발을 휘날리며 서구를 향해 달려가고 있었다. 그들은 유럽의 헌법 조사를 위해 이토 히로부미를 유럽으로 파견했고(1882), 명

석한 두뇌를 가진 이토 히로부미는 2년 만에 헌법 초안을 만들어 일본에 바쳤다. 일본에 새로운 세상으로 만들어가는 초석을 놓아준 것이었다. 그리고 이토 히로부미는 깊고 어두운 동굴 안에 갇혀 있는 조선을 향해 거대한 계획을 세우기 시작했다. 그때가 1885년이었다.

2

후계자

　　　　1885년 을유년은 이석영 그에게도 막중하고 중차대
한 해였다. 그해 1월에 영의정 이유원의 양자로 입적을 마쳤으니
또 한 번 다시 태어난 해였다. 그리고 초가을에 과거급제했으므
로 그의 인생에 새로운 세계가 시작된 것이었다.

　그해는 왕에게도 왕의 아버지에게도 새로운 해였다. 왕이 경복
궁을 나간 지 10년 만에 다시 경복궁으로 돌아온 해였다. 왕은 두
번이나 큰불이 난 경복궁이 두려워 갑술년(1874) 12월에 창덕궁으
로 나가 살다가 다시 본궁으로 돌아온 것이었다. 왕은 불을 누가
지른 것인지 뻔히 알면서도 어쩔 도리가 없어 궁을 옮겨버린 것
으로 화풀이를 했고, 그랬다가 왕은 이제부터 새로운 자기 세계
를 펼치고 싶은 꿈을 꾸며 본궁으로 돌아온 것이었다. 누구보다
도 왕의 아버지에게야말로 을유년은 새로운 해였다. 임오군란 때
청나라로 잡혀가 3년 동안 유배살이를 하다가 다시 돌아왔으므로

그에게는 구원의 해였다. 다시 고국으로 돌아온 왕의 아버지는 개선장군처럼 당당했고 왕은 불안해했다.

그리고 을유년 가을, 도성 정동 아흔아홉 칸 저택에서는 이른 아침부터 집안이 분주했다. 집주인 이석영은 양주로 갈 채비를 하고, 하인들은 말을 손질하기 시작했다. 하인들 몇은 말을 빗질하고 몇은 말의 얼굴을 닦았다. 말은 하인들에게 제 몸을 맡긴 채 잠잠히 기다렸다.

"유휘도 오늘이 무슨 날인지 아나 봅니다. 유난히 다소곳한 걸 보면."

집사 박경만이 석영을 향해 기쁜 목소리로 말했다. 석영은 잘 빗질해놓은 백마를 타고 집을 나섰다. 박경만은 석영을 호위하기 위해 하인 두 사람을 데리고 석영의 뒤를 따랐다. 선비 유(儒) 자에 빛날 휘(輝) 자를 이름으로 가진 백마 유휘는 도성을 벗어나자 눈부시도록 하얀 털을 자랑하며 기분 좋게 양주 땅을 달렸다. 산세가 뛰어난 양주는 말을 타고 달리기에 안성맞춤이었다. 조선 유사 이래 왕과 왕족들, 고관대작들이 즐겨 찾는 곳이니 두말할 나위가 없었다.

석영에게 경기 양주는 청년 시절부터 형제들과 말을 달리며 사냥을 했던 곳이었기에 낯설지 않았다. 그런데도 올해부터는 말을 타고 양주를 달릴 때마다 새삼 생경하게 느껴졌다. 멀리 타국에 나가 있다가 돌아온 것만 같았다. 그전에는 말을 타고 달리면서 그야말로 주마간산(走馬看山) 격으로 양주를 바라보았다면 이제는 마음으로 바라본 탓일 것이었다.

"유휘가 오늘따라 기분이 무척 좋은가 봅니다. 꼬리를 한 뼘이나 높이 들어 올렸지 뭡니까."

한참을 달리다 쉬어 가는 길목에서 박경만이 신기하다는 투로 말했다.

"그런가 보군. 좀처럼 꼬리를 들지 않는 성미인데."

"맞습니다. 이 녀석은 이름처럼 자기가 정말 선비인 줄 아는지 자존심이 너무 강해 좀처럼 꼬리를 들지 않으니까요. 영의정 대감마님께서 너무 애지중지한 탓이지 뭡니까."

박경만 말대로 백마 유휘는 이유원 대감이 애지중지하는 보물 같은 말이었다. 본인도 아까워 함부로 타지 않는 말을 새 아들, 석영에게 선물로 준 것이었다.

"나으리, 아직 이른 시간이니 내친김에 천마산 사냥길이나 한 바퀴 돌고 오면 어떨까요? 유휘가 벌써 꼬리를 한 뼘 반이나 들어 올렸거든요?"

"그러지, 유휘의 기분을 위해서."

때마침 가을이라 하늘빛조차 세상을 새로 시작하는 것처럼 맑았다. 높고 낮은 산으로 둘러싸인 들녘이 평화롭기 짝이 없었다. 들녘은 맹추를 맞아 황금빛으로 변해가고 있었다. 질펀하게 펼쳐진 논마다 찰랑찰랑, 사르락, 사르락, 벼들이 서로 얼싸안고 물결치는 소리가 청량하게 들려왔다. 그것 또한 조선팔도 어디 간들

순국 상

들리지 않을까만, 처음 듣는 것처럼 새로웠다. 유휘는 황금물결을 헤치며 시원한 가을바람에 아름다운 갈기를 훨훨 날렸다.

석영이 탄 백마와 경만과 하인 두 사람이 탄 누런 말이 경주를 하듯 달렸다. 경만과 하인들이 탄 말이 유휘를 따라잡지 못했다.

"유휘가 진짜 임자를 만난 것 같습니다. 대감마님이 탈 때는 이렇게 신바람 난 적이 없었거든요."

한참을 달리고 난 후 경만이 유휘를 칭찬하며 목덜미를 쓰다듬어주었다. 유휘가 고개를 몇 번 가로저었다.

"유휘가 나으리의 칭찬을 받고 싶어 합니다. 고개를 가로저은 것이 그 표시거든요."

석영보다 유휘와 더 오래 살아온 경만이 유휘의 성격을 단번에 알아냈다.

"유휘, 내 너를 귀하게 여기느니라. 알겠느냐?"

석영이 유휘를 다독거리며 칭찬을 해주자, 유휘가 절을 하듯 고개를 앞으로 숙이며 콧소리를 몇 번 냈다.

잠시 휴식을 취한 다음 일행은 이유원 대감의 별가가 있는 물안 골로 길을 잡았다. 집이 가까워지자 경만이 하인들을 먼저 보내 석영이 곧 도착한다는 전갈을 전하게 했다. 영의정 대감의 별가는 마을과 상당히 떨어져 있는 곳에 있는 탓에 접어드는 길이 무척 길었다. 그는 별가로 가는 긴 길을 따라 천천히 말을 몰았다. 곧게 뻗어 있는 넓은 길을 따라 질서정연하게 조각된 연화(蓮花) 무늬 담장이 시작되었다. 담장 중간쯤에 자리 잡고 있는 솟을대문 앞에서 말을 멈추었다.

대문 위에는 왕이 내린 휘호 '귤산가오실(橘山嘉梧室)'이라는 현판이 붙어 있었다. '귤산(橘山)'은 이유원 대감의 호이고 '가오실'은 별가를 이르는 말이었다. 귤산은 중국 섬서성 서안(西安)에 있는 고대 명산 종남산(終南山)의 다른 이름이었다. 종남산은 명산인 탓에 고대부터 이름난 명승과 도교의 도인들이 은거하여 수도를 한 곳으로 유명했다. 대감이 귤산을 호로 삼은 것은 종남산이 명승들의 은거지라는 의미를 지녔기 때문이었다.

가오실(嘉梧室)은 이름 그대로 아름다운 집이었다. 아흔아홉 칸 넓은 집은 집 자체로서도 아름다운 구조를 갖추었지만 유별나게 나무와 꽃으로 가득했다. 대감은 꽃 가꾸기를 무척 즐겨 하여 집 안에 온통 꽃이 있었다. 만 평이 넘는 집은 담장을 낮추어 지나가는 사람들이 누구나 꽃을 구경하게 했다. 꽃 중에서도 매화나무를 많이 심었다. 후원뿐만 아니라 사랑채 앞에도 심어 매화나무 숲을 가꾸어놓았다. 사랑채 앞에는 특별히 월사매를 많이 심었다. 월사매는 월사 이정구의 산소 앞에 있는 홍매를 말하는 것이고, 대감이 월사매의 씨앗을 받아다 심은 데는 이유가 있었다.

월사는 선조대 사람이자 조선 중기 4대 문장가 중 한 사람으로 이항복과 평생 지기였다. 11세에 칠언시를 지을 정도로 뛰어난 월사는 27세(선조 23년)에 문과에 급제하여 관직에 올랐다. 중국어도 뛰어나 이항복과 명나라에 파견되기도 했다. 그는 인목대비가 유폐되는 계축옥사 때 벼슬에서 물러나 재야에 있었다. 그때

순국 상

이항복이 유배지에서 세상을 떠났고, 그는 종자기를 잃고 거문고 줄을 끊어버렸다는 백아절현(伯牙絶絃)의 백아처럼 "그리워 잠을 잘 수가 없네, 침상 옆에 거문고가 놓여 있어, 타고 싶으나 세상에 알아주는 이 없으니 무슨 소용인가."라고 한탄하며 슬픔으로 나날을 보냈다고 전해오고 있었다.

월사의 묘 앞에 늘어선 홍매는 마치 그날의 슬픔을 말해주듯이 유난히 붉은 것으로 유명해 사람들은 월사매라고 불렀다. 대감은 월사매를 사랑채 앞에 심어놓고 할아버지 백사와 월사를 함께 생각하는 것이었다.

가오실은 또 얼마나 아름다운 집일까. 가오실은 이유원 대감이 지은 집으로 같은 아흔아홉 칸일지라도 대대로 내려온 정동 집과는 달랐다. 가오실 담장은 연화 무늬부터 아름다웠다. 보통 고관 대작들 집은 격자(格子)로 장식하는 것이 보통이지만 꽃을 좋아하는 대감은 연화 무늬를 선택했다.

집 구조는 대문을 중심으로 양옆으로 길게 행랑채가 서 있고, 유난히 넓은 마당이 펼쳐졌다. 넓은 마당 양쪽으로 다시 행랑채 두 동이 늘어서 있다. 안채는 별당처럼 후원의 숲속에 기역 자로 두 동을 지었다. 마당이 넓고 행랑채가 많은 것은 해마다 추수가 끝나면 소작인들을 불러 모아 잔치를 치러주기 위해서였다. 사랑채는 안채와 반대 방향에 두 동을 나란히 지었다. 하나는 큰사랑채이고 하나는 작은사랑채인데 이유원 대감이 큰사랑채를 사용했다. 그리고 두 개 사랑채 사이에 정자를 지어 담소하는 장소로 삼았다. 다른 아흔아홉 칸 집과 다른 것은 행랑채 모두 꽃과 과실나무가 울창한 뒤뜰을 갖추고 있고 안채가 후원에 있다는 점이다. 그러니까 가오실은 나무와 꽃이 집 전체를 두른 담장처럼 집을 에워싸고 있었다.

석영은 '귤산가오실' 현판을 한참 동안 바라본 다음 말에서 내렸다. 대문은 활짝 열려 있었다. 박경만이 마당에 대고 큰 소리로 외쳤다.

"영석(석영의 호) 나으리께서 당도하셨습니다!"

아흔아홉 칸 가오실 넓은 집이 혼례를 치를 때처럼 잔칫집으로 변해 있었다. 대문에서부터 하인들이 양편으로 서 있고 가운데는 이유원 대감 내외와 종친들이 그를 맞이하기 위해 기다리고 있었다. 그리고 행랑채마다 양주고을 사람들이 가득 차 있었다. 마을 사람들을 청하여 음식을 대접하려는 것이었다.

그는 며칠 전 증광시(增廣試) 문과에 급제했으므로 금의환향하는 것이었다. 이미 서울 정동 집에서 과거급제 축하잔치를 크게 치렀음에도 다시 양주 가오실에서 잔치를 하는 것이었다. 거기에는 두 가지 이유가 있었다. 하나는 양주고을 사람들에게 새 아들을 자랑하기 위해서이고, 하나는 새 아들이 양주고을 사람들과 가까워지기를 바라는 마음이었다. 양주고을 사람들은 대부분 이유원 대감의 소작인들이었다. 어차피 대감은 해마다 가을걷이가 끝나면 소작인들에게 잔치를 베푸는 것을 연례행사로 삼고 있었다.

박경만이 외치는 소리에 마당이 일시에 웅성거렸다. 행랑채마다 모여 있던 양주고을 사람들도 일제히 대문 쪽으로 모여들었다.

"어서 오너라!"

올해부터 그의 양부모가 된 영의정 이유원 대감 내외가 나란히 서서 그를 맞이했다. 노부부의 얼굴에 함박꽃 같은 미소가 가득했다.

"어젯밤에 대감께서 한잠도 주무시지 못하셨단다. 날이 어서 밝기를 기다리며 방문을 열 번도 더 열어봤을 것이다. 사흘마다 너를 보면서도 말이다."

"허, 남 말 하시는구려."

그는 사흘마다 양부모를 뵈러 양주에 오기로 되어 있었다. 이유원 대감 내외가 그렇게 하기를 원해서가 아니라 본인이 스스로 결정한 일이었다. 그래서 엊그제 왔으니 새삼 처음처럼 대할 것은 없었지만 오늘은 특별한 날이었다. 양모(養母)가 두 손으로 그의 손을 꼭 잡아주면서 기뻐했다. 종친들도 앞다투어 그를 반갑게 맞이했다. 종친들 사이로 마을 사람들이 그를 보기 위해 얼굴을 내밀면서 그의 용모에 감탄했다.

"아무리 지체 높은 댁 자손이라지만 어쩌면 저렇게도 잘생기셨을까!"

"옥으로 빚어놓은 것만 같네!"

"백마 타고 하늘에서 내려온 왕자님 같지 않은가."

"그렇지 않아도 오늘 백마 타고 오셨다네."

마을 여자들이 쉬지 않고 수군거렸다. 어떤 남자는 "영의정 대감마님께서 우리 양주고을 사람들에게 인정을 베푸시니 저런 아드님을 얻으신 것이지요."라고 큰 소리로 외쳤다. 마을 사람들의 칭찬을 들으며 대감 내외가 연신 흡족한 표정을 감추지 못했다.

이유원 대감과 종친들이 그를 데리고 사당에 들어 조상들께 인사를 드렸다. 사당에는 경주 이씨 가문의 백사공파 9대조 백사 이항복을 비롯하여 구천 이세필, 양와 이세구, 아곡 이태좌, 입향 이종악, 운곡 이광좌, 오천 이종성, 청헌 이경일, 동강 이석규, 동천 이계조의 위패가 차례대로 모셔져 있었다. 이석규와 이계조는 대감의 직계 조부와 부친이므로 그에게는 증조부와 조부가 되었다.

조상들 앞에서 석영은 과거에 급제한 것은 모두 조상님들의 은덕임을 고했다. 그러나 절을 올리는 순간 막중한 의무감이 엄습했다. 위패의 할아버지들은 모두 영의정에 오른 분들이었다. 그분들은 영의정을 내리 이으면서 삼한갑족(三韓甲族)의 가문을 이루어낸 조선 제일의 조상들이었다. 그렇다면 영의정 이유원 대감도 후계자에 대한 기대가 그만큼 클 것이었다. 그가 짐작했던 대로 대감은 위패의 조상들을 향해 소망을 빌었다.

"백사 할아버님을 위시하여 여러 할아버님들께서 우리 문중 가운데 계선의 둘째로 소자의 뒤를 잇게 하셨으니, 장차 우리 가문을 삼한갑족으로서 명망과 덕을 세상에 빛내는 훌륭한 인물이 되게 하여주시옵기를 축원합니다. 다행히 석영이 이제 막 과거급제를 하였으니 장차 나라와 백성을 위하여, 백사 할아버님의 발자취를 따르게 하소서."

머리를 숙이고 축원을 듣고 있던 그는 산 하나를 짊어진 것만 같았다. 이유원 대감의 후계자라는 것은 곧 대감의 지위뿐만 아니라 대감의 덕망을 이어야 한다는 것을 전제한 탓이었다. 그가 양자로 결정되자 본가 생부는 "열심히 인품을 닦아 영의정 대감만큼은 해야 할 것"이라고 당부하는 것을 잊지 않았다. 지위도 지위지만 세상이 우러러보는 대감의 인품을 이어야 한다는 당부였다. 그러나 산 하나를 짊어진 것 같으면서도 한편으로는 가슴 깊은 곳에서 뜨거운 불덩이 같은 열정이 솟구쳐 올랐다. 그것은 한시도 방심해서는 안 된다는 다짐이었다.

그런데 이유원 대감이 정작 조상들께 비는 것은 일인지하 만인지상의 꽃이 되게 해달라는 것이 아니라, 나라를 위하여 백사 할아버지의 발자취를 따르게 해달라는 것이었다. 백사 이항복의 혼이라면, 이미 골수에 깊숙이 각인되어 있는 것이었다. 생가에도 대감의 사당과 똑같이 백사 이항복 위패부터 시작하여 백사공파 조상들이 모셔져 있고, 지금까지 성장하면서 백사로 이어지는 가문 정신을 가문의 중심으로 받들어온 처지였다.

나이 일흔에 새 아들을 맞이한 대감은 석영을 바라볼 때마다 흐뭇한 심정을 감추지 못했다. 대감은 "이제야 비로소 사는 것 같구나!"라고 하면서 새 아들과 함께 담소하기를 좋아했다. 그럴 때면 두 사람은 아버지와 아들이라기보다는 스승과 제자 같기도 하고, 어려운 시절을 함께하는 동지 같기도 했다. 대감은 새 아들과 함께 담소를 나눌 때마다 "부처님과 가섭존자가 함께 하는 시간이 이런 것이었나 싶다."면서 어느 날 고백 아닌 고백을 했다.

"내가 너를 빼앗았다는 말, 너도 들었을 줄 안다. 소문대로 너를 얻는 일, 쉽지 않았니라."

이유원 대감에게는 아들이 하나 있었다. 그런데 유일한 친아들 이수영이 3년 전(임오년, 1882)에 병사하고 말았다. 영민한 이수영은 갑술년(1874) 17세에 과거급제를 하여 임오년 23세에 정3품 이조참의에 올랐다. 혼인을 했으나 혈육을 얻지 못한 채 병사한 탓에 대감은 가까운 문중에서 양손을 들였다. 그런데 불행하게도 양손은 방탕한 자였다. 이제 막 스물인 양손은 일찍이 주색잡기에 눈을 뜬 것이었다. 자고 나면 추문이 연기처럼 퍼져나갔다. 나중에는 어느 청상과부와 눈이 맞았다는 소문까지 떠돌기 시작했다.

일이 그쯤 되자 대감은 커다란 상심에 빠지고 말았다. 가문을 찬란하게 빛내기는커녕 지금까지 쌓아온 가문의 명예를 한순간에 무너뜨릴 게 불 보듯 뻔했다. 종친들은 "귤산 대감 일이 곧 우리 일인데, 이대로 보고 있을 수만은 없지요. 우리라도 나서서 일을 정리해야 합니다."라고 하며 하루 속히 파양해야 한다고 주장했다. 대를 이을 자식은 가문의 생명과 같은 것이고 보면 종친들의 주장은 옳은 것이었다.

"대감이 못 하면 우리가 하지요."

종친들이 나서자 대감은 서둘러 양손을 파양하고 말았다. 종친들은 다시 모여 이번에는 양손이 아니라 이유원의 양자를 들여야 한다고 주장했다.

그리고 다시 양자를 물색 중이었는데, 어느 날 석영의 생가에 왕의 전교가 내려졌다. "이조판서 이유승의 둘째 자(子) 이석영을 영의정 이유원의 양자로 보낼 것을 허하노라."라는 왕의 전교였다. 물론 이보다 앞서 왕에게 대감이 석영을 양자로 삼게 해달라고 상소를 올렸다는 소문은 조정 대신들 사이에 널리 알려진 일이었다.

보통 양자라면 집안끼리 의논하여 정하는 일임에도 왕에게 상소를 올려 왕의 도움을 청한 것은 석영의 나이 탓이었다. 이유원 대감은 처음부터 석영을 마음에 두고 있었으나 공자가 말한 대로 인생의 목표를 세운다는 서른 나이 '이립(而立)'에 들어선 장성한 사람을 아들로 삼는 일은 쉬운 일이 아니었다. 양자라면 보통 열 살 이쪽저쪽일 때 정하여 양육하는 것이 보통이었다. 그런데 아무리 일국의 재상이며 가까운 문중이라지만 다 키워놓은 자식을 달라고 하는 것은 무리한 일이었다. 그래서 대감은 왕에게 상소를 올리게 되었고, 조정 대신들 사이에는 "영의정 이유원이 판서 이유승의 둘째 아들이 탐이 나 빼앗아갔다."는 소문이 퍼져나가게 된 것이었다.

그리고 부득이 나이 서른에 이른 석영을 후계자로 정한 것은 대감의 나이 탓이었다. 언제 세상을 떠날지 알 수 없는 일흔 나이에 열 살 안팎 어린아이를 데려다 키운다는 것은 형편에 맞지 않았다. 그런데 또 한 가지 고민거리가 있었다. 대감의 친아들 이수영보다 석영이 두 살이 더 많았다. 대감은 친아들을 제치고 석영을 장자로 입적하기 위해 또다시 왕에게 상소를 올렸다.

"신은 아들 하나를 두었습니다. 그러나 운수가 평탄하지 못하여 잃고, 제사를 맡길 만한 아들이 없는 처지에 나이는 어느덧 팔십이 가까워지고 있어 통절한 마음 금할 길 없었습니다. 그러나 성상의 은혜로 10촌 아우인 이유승 판서의 둘째 자(子) 석영을 아들로 삼아 뒷일을 맡길 수 있게 되었습니다. 그런데 신의 친자보다 석영이 두 살이 위입니다. 이것은 윤리상 큰 문제가 아닐 수 없습니다.

국조(國朝)의 진신(縉紳) 간에 이미 시행한 예(禮)를 상고해보니, 사람을 골라서 대를 잇게 하는 일은 비단 오늘뿐만 아니라 옛날에 많이 있었고, 선정신(先正臣) 이이(李珥)가 의견을 내놓기를 '남의 대를 잇는 사람은 마땅히 형제의 차례에 따라 조상의 제사를 받드는 것을 정한다'고 했습니다. 또 송(宋)나라의 예법(禮法)을 빌려 말하기를 '호안국(胡安國)은 친자식이 있는데도 불구하고 대를 이은 양자가 조상의 제사를 받들게 했다.'고 했습니다.

신의 선조인 문경공(文敬公) 신 이세필(李世弼)의 『예론(禮論)』에 아들이 있었으나 일찍 죽어 같은 항렬에서 양자를 취하였을 때는 나이가 많은 쪽으로 형을 삼고 종손(宗孫)을 삼는 것이 타당하므로 아들의 선후는 중하게 여길 필요가 없다고 했습니다. 이것은 당시 제현(諸賢)들이 서로 질문하여 의견을 주고받아 정론(正論)으로 삼고 그것을 조정과 왕께 명을 청하였습니다. 그러하니 신도 옛 사람들의 전례를 본받지 않을 수가 없습니다. 따라서 신도 옛사람들의 전례를 따라 명을 청하옵니다.

이를 위하여 아직 남아 있는 정신을 수습하여 조정에 나와 엎드려 호소하오니 성상께서 신을 가엾이 여기시어 은택을 베풀어주시기를 간절히 바라옵니다."

奉朝賀李裕元疏略

臣賦命不厚, 尙無香火可托之子, 遽迫八十, 不勝痛迫。以十二寸弟前參判 裕承第二子 石榮取, 以爲子可以任後事, 而人倫大事也。稽之國朝縉紳間已行之禮, 則擇定爲嗣, 非但古多有之。先正臣 李珥之議以爲'爲人後者, 當以兄弟之序, 定其奉祀。又引 宋朝禮曰'胡安國有親子, 而乃以繼後之子爲祀。臣先祖 文敬公臣 世弼之『禮論』曰'有子而死, 復於同行取養, 以年多者爲兄爲宗。而子之先後, 不必歸重。其時諸賢, 相與問難, 推以定論。臣於此安敢不畢露情地, 以效古人請命于朝之義也哉? 收拾殘魂, 進伏城闥, 仰首哀號於天地父母之前。伏望聖上特垂矜惻之澤, 俾臣無子而有子, 繼絕而存亡。不勝血祝。批曰

: 繼後子年多於所生, 則爲宗爲兄, 寔合於酌變達權之義。先儒
先正, 旣有定論 況卿先世。『禮說』足爲明證, 當以年齒次序, 定
爲傳重之統。所請依施。*

　왕은 이번에도 흔쾌히 허락해주면서 "대를 이를 양자의 나이가
친자보다 많은 경우에 종으로 삼고 형으로 삼는 것을 참작하여
행하라. 이는 권도(權道)를 취하는 도리에 진실로 부합되는 것으로
서, 이미 선유(先儒)와 선정(先正)들의 정론이 있었다. 또한 경의 선
조가 쓴『예론(禮論)』이 명백한 증거가 되는 만큼 나이순으로 대를
잇는 계통을 정하는 문제는 이(李) 대신이 청한 대로 시행하라."고
명했다. 왕의 허락이 떨어지자 대감은 석영을 장자로 입적할 수
있었고, 세상을 다 얻은 것처럼 기뻐했다.

　이유원 대감은 서울 정동 집을 떠나 양주 별가 가오실에서 거주
하고 있었다. 가능한 조정과 거리를 두기 위해서였다. 버슬을 할
때도 주로 별가에 기거하면서 글을 읽고 꽃을 가꾸거나 손수 지
은 절, 보광사를 찾아가 정진하거나 산 깊은 계곡의 정자에서 쉬
는 것을 즐겼다.
　임오년(1882) 일본 공사 하나부사와 제물포조약을 체결할 때도
왕은 대감을 전권대신으로 내세워 조약을 체결하게 했던 것처럼,

---

* 『고종실록』26책 22권 1장 B면(1885년, 고종 22년 1월 10일)

대감은 임오군란(1882)이 일어나기 1년 전, 신사년(1881)에 67세로 치사(致仕, 나이가 많아 벼슬에서 물러남)하여 봉조하(奉朝賀, 종2품 이상 품계를 가진 자가 벼슬에서 물러났을 때 특별하게 예우하기 위해 주는 지위로 평생 봉록을 받음)로 있으면서 나라의 중대한 일로 왕이 도움을 청할 때만 정사를 돌보고 있었다. 그렇게 조정과 거리를 두고 살아가는 대감은 석영과 함께 담소하며 지내는 것을 마지막 낙으로 삼았다.

"날마다 너와 함께 담소나 나누면서 살았으면 좋겠구나."

대감은 그런 말을 말할 때마다 얼굴에 쓸쓸함이 묻어났다. 석영은 과거급제를 하자 곧바로 예문관 검열로 등용이 되었으므로 관직 생활이 시작되면 자주 시간을 내기가 곤란한 탓이었다. 과거급제를 했더라도 대부분 임명받을 때까지 수년을 기다려야 했다. 더욱이 조정 입성은 아무에게나 주어진 일이 아니었다. 뛰어난 문장도 문장이거니와 무엇보다도 가문이 훌륭해야 했다. 그러므로 가문으로 치나 문장으로 치나 석영이 과거급제를 하기가 무섭게 예문관 검열이 되어 조정에 입성하게 된 것은 당연한 일이었다. 석영은 차라리 이 기회에 대감을 서울 정동 집으로 모셔가고 싶었지만 대감이 들을 리가 없었다. 석영은 궁리 끝에 "닷새마다 달려오겠습니다."라고 약속을 했다가 다시 사흘마다 달려오겠노라고 약속을 수정했다.

석영이 바라본 대감은 늘 쓸쓸했다. 대감의 얼굴에 나타난 쓸쓸함은 지난날 하늘을 나는 새도 떨어뜨리는 대원군과 맞서면서 이

모저모로 받은 상처 때문일 것이었다. 대감은 대원군의 아들 이 명복이 열두 살에 왕으로 등극하면서 좌의정에 올랐고 그때부터 대원군과 부딪치면서 지칠 대로 지쳐 있었다. 왕이 아버지에게 굴욕을 당하는 것만큼 대감도 굴욕을 당해야 했고, 왕이 위험한 만큼 대감도 위험에 처했다. 그런 탓에 자리에서 물러났지만 한시도 왕과 나라 걱정에서 떠날 날이 없었다.

아직도 대원군은 뒤로 물러나 있는 것처럼 보일 뿐 여전히 서슬이 시퍼렇게 살아 있었다. 대감은 늘 그것을 의식하면서 석영과 이야기를 나눌 때마다 "나라는 생물과 같아 항상 움직여야 사는 것인데 나라를 한 곳에 붙잡아두려는 것은 자라나는 아이를 자라지 못하게 짓누르는 것과 같은 것"이라고 했다. 대감은 깊이 잠들어 있는 사람 백 명 가운데 한두 사람만 깨어 있어도 나라가 산다고 하면서 "백 년 전에 내일로 가는 길을 찾는 자가 없었다면 지금은 없었을 것 아니냐. 백 년 전 연암(박지원)이 청나라처럼 물레방아를 만들자고 하지 않았다면 지금 우리 양주 물안골에 물레방아가 돌아가겠느냐."며 대원군이 척화정책으로 나라의 문을 겹겹이 걸어 잠근 것을 비판했다.

대원군이 청나라에 잡혀갔다가 금의환향하듯 돌아온 것은 을유년 8월이었다. 대원군은 잡혀갈 때와 정반대로 원세개가 이끄는 청군의 호위를 받으면서 기세등등하게 돌아온 것이었다. 원세개가 지휘하는 군대의 호위를 받고 대원군이 돌아오자 가장 먼저

순국 상

왕이 긴장했다. 물론 왕은 사적으로는 아들로서 그동안 청나라에 아버지인 대원군을 보내달라고 간청을 했지만 그것은 형식상이었고 그렇게 빨리 돌아올 줄은 미처 생각하지 못한 일이었다. 이유원 대감이 서울 정동 집으로 돌아가지 않으려는 것도 대원군이 돌아온 것 때문이기도 했다. 대감의 심정을 잘 아는 석영이 조심스럽게 말을 꺼냈다.

"대원군 대감께서 돌아오신 날 전하께서 내시 한 사람만 제물포에 보냈다는데 또 무슨 변고를 당하실지 걱정입니다."

"가만히 있을 대원군이 아니다."

대원군은 그동안 자기가 만든 왕을 몰아내고 왕을 바꾸려고 역모를 꾸민 아버지였다. 또 다른 아들 이재선(서장자)을 왕위에 앉히고 다시 권력을 되찾으려 하다가 이재선만 사약을 받고 목숨을 잃고 말았다. 권력욕의 화신이 된 아버지를 위해 자식이 제물이 된 것이었다.

왕을 갈아 치우려고 한 것은 왕이 김홍집 같은 개화파들과 가까이한다는 것 때문이었다. 수신사로 일본에 다녀온 김홍집이 주일 청나라 공사 하여장과 참찬관으로 있는 중국인 황준헌으로부터 받은 『조선책략』을 가지고 와 왕에게 바치면서 나라를 개화할 것을 권했고, 왕이 그것을 받아들여 대신들에게 반포한 것이 화근이었다. 그렇지 않아도 대원군은 왕이 친정을 시작하면서 실권을 잃고 다시 기회를 노리는 중이었다.

수구파들은 마치 들물을 만나 묶여 있는 배를 띄우는 뱃사공 같앗다. 대원군은 수구파 유생들에게 위정척사 운동을 충동했다. 불은 영남에서부터 시작되었다. 퇴계 이황의 자손 이만손을 중심으로 영남 유생 만여 명이 들고 일어나 왕에게 상소를 올렸다. 대원군은 전면에 나서지는 않았으나 충청도 유생 강달선과 승지 안기영을 내세워 서자 이재선을 왕으로 만들려다 실패하여 안기영 등은 참형에 처해졌고, 이재선은 사약을 받게 된 것이었다. 대원군은 언제나 왕의 아버지라는 이유로 무사했다. 다만 측근들이 잘릴 뿐이었다.

"주상이 가엾다. 천성이 여린 분인데 앞으로 또 무슨 일을 당하실지 걱정이구나."

"그런데 청나라와 대원군 간에 무슨 밀약이 있는 듯합니다. 그렇지 않고서야 어찌 잡혀간 나라의 막강한 군대 호위를 받으면서 돌아올 수 있단 말입니까? 그것도 정여창의 수하인 원세개의 호위를 받으면서 말입니다."

"대원군은 처음부터 청나라와 가깝지 않았느냐. 생각해보거라. 서원 철폐를 시작할 때 가장 먼저 만동묘를 무너뜨린 것도 청나라를 기분 좋게 해준 일이었다. 게다가 청나라 돈까지 수입했으니."

만동묘는 송시열의 화양서원 안에 있는 사당이었다. 여기에 명나라 황제의 친필을 모셔놓고 참배를 하라는 송시열의 유언으로 만들어진 사당이 만동묘였다.

"대원군은 아무래도 천운을 타고난 분 같습니다. 이래도 살아나고 저래도 살아나니 말입니다."

"그게 탈인 게지. 대원군이 운이 좋을수록 왕도 나라도 불행하게 될 테니 말이다."

"살아서 대원군이 되는 것이 이런 것인 줄 몰랐습니다."

"살아서 대원군이 된다 하여 누구나 이하응과 같지는 않을 터, 다 본성 탓이니라."

왕이 아니면서 아들이 왕이 되었을 때 붙이는 대원군이라는 존칭은 조선 건국 태조 이후 흥선대원군을 합해 모두 네 사람이었다. 그런데 세 사람은 사후에 얻은 칭호였고, 흥선대원군은 살아서 그 영예를 누리는 사람이었다.

"대원군은 지난날 자신을 버려 오늘을 얻었으니 그만한 보상을 원하는 것이다."

대감 말대로 아들을 왕위에 올린 대원군은 지난날 파락호 세월을 살았던 것을 모조리 보상이라도 받아내려는 것만 같았다. 대원군은 누구든 거슬리는 자는 적으로 간주했다. "내가 어떻게 예까지 왔는데."라는 말을 입버릇처럼 말한다는 소문이 파다했다. 그런 생각을 하자 석영은 대감이 대원군에게 또 무슨 화를 당할지 걱정이 앞섰다.

"그분은 왕을 갈아 치우려는 역모를 꾸며도 왕께서 어쩌지 못하는 분인데, 아버님께서 또 무슨 변고를 당하실지 두렵습니다."

"네 말대로 이 나라에 누가 있어 대원군을 대적하겠느냐. 그러나 대원군을 이겨야 나라가 살 것이다."

"아버님과 함께 추사 문하에서 수학할 때는 어떠했는지요?"

"그때는 겸손함이 흘러넘쳐 포용심이 천 길 바다보다 깊다고들 했지. 그런데 한 가지 특별한 것은 한번 하고자 한 것은 결코 포기하는 법이 없었다. 교우 관계도 저 사람이 필요하다 싶으면 반드시 가까이하고야 마는 성미였으니."

대원군은 한번 마음먹으면 끝을 보는 성품이었다. 한번 누구에게 당하면 열 배 백 배로 반드시 갚아주는 성미였다. 이유원 대감은 곧이곧대로 일을 처리해야 하고, 말을 해야 하고, 행동해야 하는 꼬장꼬장한 성미였다. 두 사람은 고집에 있어서 막상막하이면서 상대를 너무나 잘 알고 있었다. 주변 사람들은 양쪽 다 결코 지지 않을 것이라고 했지만 왕의 신하인 대감은 왕의 아버지를 이길 수는 없었다.

대감은 좌의정 때부터 대원군과 충돌하기 시작하여 마지막 영의정으로 있을 때까지 곤욕을 면치 못했다. 왕의 배려가 아니었다면 영의정에서도 결코 명예롭게 퇴진할 수가 없었다. 명예로운 퇴진이라니, 귀양살이에서 풀려나지도 못했을 것이었다.

대감은 27세에(헌종 7, 1841) 과거 중에 가장 권위를 자랑하는 정시문과에 급제하여 예문관 검열, 규장각 대교를 거쳐, 31세(헌종 12, 1845)에 동지사 서장관(기록관) 자격으로 청나라에 다녀왔다. 연암 박지원이 그랬듯이 청나라에 다녀오면서부터 대감은 세상이 달라져간다는 것을 알게 되었다. 그래서 연암의 손자 박규수 같은 개화파 인물들과 소통이 되었다. 박규수는 대감보다 7년 연상이었지만 관직 생활을 늦게 시작하여 대감보다 관직은 한참 아래였다. 그럼에도 대감은 박규수의 학문과 정신을 존경해 마지않았다.

박규수가 관직 생활을 늦게 시작한 것은 처음부터 관직에 나갈 생각이 없었던 탓이었다. 그는 청년 시절 효명세자와 절친하게 교유한 것으로 유명했다. 그런데 효명이 22세에 요절하자 크게 절망하여 방황하던 중 부모님을 모두 잃게 되자 20년 동안 칩거한 채 글만 읽었다. 글만 읽으면서도 세상이 개화되어야 한다는 신념을 키웠다. 그러다가 세상을 바꾸려면 관직에 들어가야 한다는 걸 깨닫고, 나이 마흔에 과거에 급제하여 관직 생활을 시작했다.

그는 경상도 암행어사(1854)를 하면서 더욱더 세상이 바뀌지 않으면 백성들에게 희망이 없다는 것을 현장에서 체험했다. 부패한 관리들의 횡포는 필설로 다 말할 수 없는 것들이었다. 그것을 지적하다가 김씨 세도가들에게 밀려나고 말았다. 그리고 새로운 왕이 등극하면서 세상이 바뀌자 박규수는 다시 복직되어 평안감사로 있을 때, 영의정에 오른 이유원 대감이 박규수를 우의정에 추천했다. 그리고 왕은 연암의 정신을 이어받은 박규수를 개화 정책의 스승으로 삼아 개화의 길을 모색해보려 했지만 이번에는 위정척사 수구파들이 박규수를 그냥 두지 않았다. 대신 박규수는 김홍집, 박영효, 김옥균 같은 제자들을 길러내어 연암의 정신을 이어가게 했다.

청나라에 다녀온 대감은 의주 부윤, 이조참의(철종 2, 1851) 전라
도 관찰사, 성균관 대사성(철종 6, 1855), 이조참판(철종 9, 1858), 사
헌부 대사헌, 규장각 직제학(철종 10, 1859), 형조판서(철종 11, 1860),
의정부 참찬, 한성판윤, 예조판서(1861), 공조판서, 황해도 관찰사
(철종 13, 1862), 함경도 관찰사 등을 역임하면서 탄탄한 이력을 쌓
아 올렸다.

그리고 계해년(1863), 대원군의 아들 이명복이 왕위에 등극할 때
함경감사로 있는 대감을 좌의정에 제수했다. 대감은 글을 올려
극구 사양하고, 왕명은 간곡하게 거듭 내려졌다.

"그대가 변방에 나가 왕사(王事)를 맡아 수고한 지 4년이 되었
다. 세상이 변한 것에 대한 감회와 대궐로 돌아오고 싶은 마음이
어찌 없겠는가. 나 또한 그대를 의정부로 불러들이고자 마음먹은
지 오래다. 그리하여 내 뜻을 밝혀 대배(大拜, 임명)하는 날, 온 조
정이 기뻐하고 그대의 어진 성품을 칭송했다. 그대가 오랫동안
쌓아온 중한 명망이 이와 같으니 내 기쁨이 어떠하겠는가. 지금
사관(史官)이 가는 길에 먼저 마음을 보내어 하유하니 속히 돌아오
기를 조석으로 바라고 있겠노라."

"그대의 부주(附奏, 상소)를 보고 실망을 금치 못했다. 그리고 다

시 보내온 글을 보니 겸양이 더욱 심해졌다. 그대는 임금의 덕이 성취되느냐의 여부와 정사가 공평하느냐 그렇지 못하느냐의 여부, 세도(世道)가 더러워지느냐 융성하느냐 하는 것과 민생의 편안함과 근심스러움이 모두 정승을 임명하는 것이 어떠한가에 달려 있다고 했는데, 그대의 말을 깊이 상고해보면 그대야말로 정치의 원칙을 알고 시무(時務)를 통달하고 있음을 알겠다. 그러니 한시바삐 돌아와 조정을 도우라."

"조정에 나오는 것은 어렵게 하고 물러나기는 쉽게 한다는 것과 자신의 재량을 헤아린 뒤에 들어간다는 경계는 정녕 반드시 벼슬에 나가거나 물러서며, 관직을 받거나 사양하는 때에 살펴야 하는 것이 맞다. 그러나 그대가 두 조정의 은혜와 지우에 감격하고 선조들(백사 이항복 이하 조상들)이 돈독하게 충성스러웠던 것을 생각한다면 오늘날 임금의 덕을 보도(保導, 이끌어주는 것)하고 민생을 안정시키는 것이 치리와 세도에 있어 급히 먼저 해야 할 것이다. 그러함에도 겸양하는 마음으로 사양하는 것은 내가 결코 바라는 바가 아니다. 그대는 마음을 바꾸어 내가 크게 의지하려는 지극한 뜻에 화답하라."

왕명이 세 차례에 걸쳐 내려지자 대감은 입궐하여 왕 앞에 엎드려 다시 간곡히 사양했다. 어린 왕이 앉아 있는 용상 뒤에는 발을 치고 조대비가 앉아 수렴청정을 하고 있었으므로 실은 조대비가 내린 전교였고 대감은 조대비에게 사양하는 청을 하는 것이었다.

"신이 4년 동안 대궐에서 멀리 나가 있었는데 오늘 다행히 연석 (筵席, 신하가 임금의 자문에 응답하는 자리)에 나와 성상의 용안을 우러러뵈오니 기쁘고 경사스러운 심정을 무어라 형용할 길이 없습니다. 다만 신이 직임을 감당할 수 없으리라는 것은 신 자신이 분명하게 잘 알고 있을 뿐만 아니라 성상께서도 살피고 계시오며 온 조정이 헤아리고 있는 줄 압니다.

오늘 신이 염치를 무릅쓰고 연석에 나온 것은 직접 성상을 뵙고 간절한 신의 마음을 말씀드려 성상께서 밝게 헤아려주실 것을 간청하기 위해서입니다. 신이 자신을 잘 알고 있는데 어찌하여 감히 한 차례 은명(恩命)에 숙배(肅拜)했다는 이유로 태연하게 본래 있었던 벼슬처럼 대신의 일을 행하겠는지요. 삼가 바라옵기는 즉시 체차(遞差, 다른 사람으로 교체)하시어 공적으로나 사적으로 온당하게 하시기를 간청 드립니다."

"정승의 보좌가 어느 때인들 중요하지 않겠는가마는 성상이 아직 나이가 어려 미망인이 청정하고 있는 처지에 날로 시국이 중차대한 지금 믿을 사람은 오직 대신뿐이오. 그러니 오늘 임금과 신하가 서로 만나게 된 것은 나라를 위하여 천만다행한 일이며 하늘의 뜻으로 받아들여야만 하오. 다시는 사양치 말고 나라의 일에 힘을 기울이고 조상(이유원의 조상)을 추모하여 오늘에 보답하는 도리로 삼도록 하시오."

"황천에 계신 조종(祖宗)께서 조선을 돌보시어 전하께서 성스러운 자품을 타고나 왕위를 물려받게 되셨습니다. 여기에 더하여 자전(慈殿, 조대비)께서 가르치고 훈계하심은 전하와 만백성을 위한 커다란 축복인 줄 압니다. 다만 전하께 한 가지 말씀을 드리자면 지금 백성들이 축원하는 것은 전하께서 성군이 되어 나라가 억만년 태평성대를 누리기를 바라는 심정인데, 성군이 되는 근본은 학문에 달려 있으며 나라가 억만년 태평을 누리는 근본은 백성을 사랑하는 것에 달려 있습니다. 학문을 부지런히 하는 것은 시간을 엄격하게 짜놓고 잠시도 중단됨이 없게 하여 날로 고명(高明)한 경지로 향하는 것입니다.

또한 백성을 사랑하는 것은 내 몸이 아픈 것처럼 여기고 어린 아이를 보호하듯이 하여 날로 화락한 경지에 이르게 하는 것입니다. 그리하면 정사와 교화가 융성해지고 화기가 넘쳐 하늘도 기뻐하여 복록을 내리게 되는 것입니다. 신이 두 손 모아 축원하는 것은 실로 여기에 있습니다. 삼가 바라오니 항상 성상의 마음속에 이를 유념하소서."

그러자 어린 왕이 활짝 웃으면서 "경의 말씀이 참 좋습니다. 당부하신 대로 마음속에 깊이 새겨두겠소."라고 대답했다. 어린 왕은 왕이 되어 커다란 용상에 앉아 알아듣지도 못하는 어른들의 말을 장시간 듣는 것만 해도 지겨운 일이었다. 그런데 오랜만에 자상하고 따뜻한 말을 듣자 얼굴에 웃음이 가득 번졌고, 이 일은 시각을 다투어 대원군의 귀에 고스란히 흘러 들어갔다. 대원군은 이유원 대감의 말이 어딘지 모르게 마음에 걸렸다. 아들을 용상에 앉힌 지 반 년이 넘었지만 웃는 일을 단 한 번도 본 적이 없었다. 그런데 이유원이 마치 아버지처럼 따뜻하게 말을 해주었다는 소문이 도는가 하면 어린 왕이 웃는 모습이 꼭 자상한 아버지와 아들 같았다는 소문이 돌자 눈에 불이 켜졌다.

불안은 현실로 다가왔다. 조대비가 수렴청정을 걷고 대원군이 정권을 잡자마자 이유원 대감은 수원 유수(고종 2, 1865)로 좌천되고 말았다. 정1품 정승이 지방 행정관으로 내려가야 하는 것은 굴욕이었다. 사실 대원군은 지난날 이유원 대감과 함께 추사에게 서예와 그림을 배우면서 나눈 정이 있었고, 학문과 인품뿐만 아니라 백사 이항복의 자손인 대감을 존경했던 처지였다. 그러나 막상 정계에서 만나자 사정이 달라지고 말았다. 아들을 왕위에 올린 흥선대원군은 한창 열정이 솟구쳐 오르는 40대로, 날아가는 새도 떨어뜨리는 권세를 차고앉아 뜻에 맞지 않은 인사를 결코 용납하지 않았다. 대원군은 왕과 대신들을 배제하고 국사를 독단적으로 혼자 끌고 가려고 하면서, 어린 왕을 돕는 이유원 대감과 박규수 같은 대신들을 적으로 간주했다.

그렇더라도 대감은 대원군이 충청도 화양서원의 만동묘를 치는 것을 시작으로 서원 철폐를 단행한 것까지는 환영했다. 지금까지 백성들만 내던 군포를 양반들도 내게 하는 것이라든지, 지금까지 병무의 지휘관을 문관으로만 임명했던 것을 무관으로도 돌린 것 등 과단성 있는 정치는 백번 잘한 일이었다. 그러나 외세를 막는다는 이유로 대원군이 병인년(1866)을 맞아 천주교 신자 8

순국 상

천 명과 프랑스 신부 9명을 학살한 것은 외세 배척이라는 명분 아래 자신의 권력을 만천하에 알리는 수단이라는 것에 놀라, 그때부터 이유원 대감도 대원군을 경계해야 할 인물로 취급했다.

'대원군' 하면 산천초목이 떠는 역대 민간인 학살극에 세상은 죽음을 맞은 것처럼 숨소리도 내지 못했다. 왕실의 어른인 조대비조차 잠을 이루지 못하고 떨었다. 조대비의 조카들 가운데도 천주교 신자가 있었고, 대원군은 그것을 빌미로 조대비의 친정 식구들을 줄줄이 좌천시키면서 조대비를 조였다. 놀란 조대비는 급히 수렴청정을 걷고 모든 권한을 대원군에게 넘겨주고 말았다. 다행히 수원 유수로 좌천되었던 대감은 삼사(홍문관, 사간원, 사헌부)에서 수원 유수로 좌천시킨 것이 몹시 부당하다는 상소를 올리자 다시 서울로 복귀했다. 영중추부사(領中樞府事)로 전임은 되었지만, 영중추부사는 명예롭기는 하지만 조정에는 참여할 수가 없었다.

3
세신가(世臣家)의 지조

　　　　　왕이 왕위에 오른 지 10년(1873)을 맞았다. 기다렸다
는 듯이 최익현이 상소를 올렸다. 왕이 이제는 스무 살이 넘었으
니 직접 정치를 해야 할 나이라고 주장했고, 대신들이 거들고 나
서면서 왕이 비로소 친정을 시작할 수 있었다. 왕은 친정을 시작
하자마자 가장 먼저 이유원 대감에게 영의정을 제수했다. 대감은
이번에도 선뜻 받아들이지 않았다. 왕이 친정을 시작했지만 대원
군이 언제 재등장할지 알 수 없는 일이었다. 좌의정 시절 정1품에
서 지방 행정관으로 좌천되는 굴욕을 잊을 수가 없었다. 영의정
이 아무리 일인지하 만인지상의 자리이라 할지라도 지금까지 당
당하게 벼슬 이력을 쌓아온 대감은 두 번 다시 그런 수모를 당할
수는 없었다. 대감은 병을 핑계 대며 왕명을 거두어줄 것을 청했
다. 왕은 간절하게 기다린다는 글을 수차례 보냈다.

"경을 영의정에 제수한 것은 나의 간절한 뜻이오. 경은 수년간 교야(郊野)에서 한가로운 듯 지내면서도, '몸은 비록 견묘(초야)에 있었으나 마음은 항상 조정에 있었다'는 정자(程子)의 말을 어찌 생각지 않겠는가. 지금 묘당(廟堂, 의정부)의 문은 잠겨 있고 처리해야 할 일은 밀려 있소. 언제나 노심초사 나라를 염려하는 경이 아니오. 경은 지체 없이 조정에 나와 학수고대 기다리는 나의 뜻에 따라주기 바라오."

대감은 이번에도 왕의 분부를 끝까지 거절할 수 없어 영상의 자리에 올랐고, 그때 나라가 외교 문제로 심각한 지경에 처해 있었다. 일본과 국교가 끊어진 상태에서 일본이 머지않아 조선을 칠 것이라는 정한설이 나돌고 있었다. 원인은 5년 전 무진년(1868)에 일본이 조선 정부에 보내온 국서가 발단이었다. 그해 가을 일본은 천황 즉위식을 거행하고, 명치(메이지)로 개원하여 세계열강 속으로 진입하는 준비를 마친 상태였다. 선각자 후쿠자와 유키치가 게이오 의숙을 설립하여 문(文)으로 무(武)를 누르고 서구를 추종하기 시작했다.

때마침 중국에서는 태평천국의 난이 끝나자 영국, 프랑스, 미국, 덴마크 네 나라의 연합함대가 남경을 침입하여 대륙이 진동하고 있었다. 러시아는 시베리아를 점령하면서 만주를 노리고 있었다. 어디에서 무슨 일이 일어날지 짐작하기 어려운 상황에 일본이 왕정복고를 했노라고 국서를 보내온 것이었다. 국서에는 황

(皇) 자와 칙(敕) 자가 큼직하게 적혀 있었다. 그때 나라의 실권을 쥐고 있는 대원군은 일본이 자기네 천황을 드높여 조선의 상국으로 군림하려는 속셈이라고 단정하고 동래부에서부터 일본 국서를 받아들이지 못하도록 막아버렸고, 국서를 돌려보내면서 국서를 예전처럼 고쳐 다시 보내든지 아니면 국교를 끊겠다고 선포했다.

그런데 일본은 똑같은 국서를 다시 보내왔다. 이때 조정에서 재고해야 한다는 목소리를 낸 사람들 중심에 이유원 대감이 있었다. 대감은 대원군에게 일본이 보내온 국서를 무조건 내치는 것이 능사가 아니며, 대국적인 자세로 받아들여 국제간 분쟁을 피해야 한다고 주장했다. 대감의 주장에 대하여 대원군과 수구파들이 완강하게 거부하고 나섰다.

수구파들은 국서를 받아들이는 것은 일본에 무릎을 꿇는 것과 다름없는 일이라면서 거세게 반발하고 나섰다. 중과부적이었다. 수구파들에 의해 국서는 다시 일본으로 돌려보내지게 되었다. 그 후 일본과 국교가 단절되었고 일본 신문에 조선을 쳐야 한다는 정한설이 게재되기 시작한 것이었다.

정한설이 나돌자 의정부에서 한목소리로 일본과 국교가 단절된 것이 대원군 탓이라고 성토하기 시작했다. 그렇지 않아도 실권을 잃고 운현궁에 들어앉아 다시 기회를 모색하는 대원군이 생각다 못해 대감을 만나기로 작정하고 사람을 보내 뜻을 전했다.

대원군의 입장에서는 이유원 대감만 설득시킨다면 다 해결될 것이었다.

"운현궁 대감께서 영의정 대감을 만나 뵙기를 청합니다."

"대원위 대감께서 나를 만나보고자 하신단 말이냐?"

대감은 전혀 생각하지 못했던 뜻밖의 제안에 놀라면서도 한편으로는 반가웠다. 대감의 입장에서도 대원군만 설득시킨다면 마음 놓고 정책을 추진할 수 있었다.

"장소는 어디든 좋으니 영의정 대감께서 정하시라고 하셨습니다."

대감은 잠시 생각에 잠겼다. 천마산 계곡에 있는 청간정(淸澗亭), 한강변의 천일정(天壹亭), 남산의 홍엽정(紅葉亭) 등 정자 세 곳을 떠올렸다. 그리고 망설임 없이 홍엽정을 낙점했다.

"홍엽정에서 뵙잔다고 전해라."

대감의 소유인 세 곳 정자들은 경관이 뛰어나기로 유명하여 사대부들로부터 부러움을 사는 곳이었다. 대원군은 대감의 정자를 유난히 좋아했고 그 가운데 천마산 청간정을 가장 좋아했다. 청간정은 눈앞에 맑은 계곡이 흐르고 새소리가 그치지 않고 봄이면 꽃향기, 여름이면 짙은 녹음의 향기, 가을이면 낙엽의 향기 때문에 대원군뿐만 아니라 선비라면 누구나 좋아하는 정자였다. 한강변 천일정은 백사 이항복부터 내려온 정자로 거대한 강을 바라보고 있어 글자 그대로 하늘 아래 오직 하나라는 말 값을 하는 곳이었다. 남산에 있는 홍엽정 또한 백사로부터 내려온 정자로 남산의 경관을 모두 품으면서 도성을 한눈에 내려볼 수 있어 나랏일 등 중요한 일을 생각하기에 알맞았다.

그런데 홍엽정은 대원군과 만나기에는 결코 적합한 곳이 아니었다. 선조 중엽, 백사는 도성에서 가장 경치 좋다는 창동(남산)에서 살았고, 창동에서도 경치가 가장 빼어난 자택 앞에 정자를 짓고, 정자 앞에 나란히 회나무 두 그루를 심었다. 그리고 세월이 많이 흐른 뒤 순조 때 주인이 바뀌면서 새 주인이 정자를 새롭게 수리하게 되었고, 정자 주변에 붉은 단풍나무를 많이 심고는 정자 이름을 홍엽정(紅葉亭)이라고 했다. 그 후 다시 철종 때 이유원 대감이 조상의 흔적을 되찾기 위해 정자를 사들이게 되었는데 백사가 심었다는 회나무 한 그루가 죽어 있었다. 대감은 다시 회나무 한 그루를 심고 정자를 수십 칸으로 확장하여 지은 다음 만조백관을 초청하여 잔치를 베풀면서, 대원군에게 정자 이름을 지어줄 것을 부탁했다. 대원군은 정자 옆 회나무 두 그루를 바라보며 쌍회정(雙檜亭)이라는 휘호를 써주었다. 대감은 대원군이 써준 휘호를 현판에 새겨 정자 기둥에 붙이고 기뻐했는데 뒤에 이상한 소문이 돌기 시작했다. 대원군이 써준 휘호의 회(檜) 자를 송나라 미회(美檜)에 비유하여 "송나라의 미회(美檜)는 일회(一檜, 회자가 하나)임에도 나라를 그르쳤는데 이유원은 이회(二檜, 회나무 두 그루)나 된다."는 말로 이유원 대감을 조롱했다는 것이었다. 소문을 들은 대감은 당장 현판을 떼어내 불태워버리고 말았다. 그런 다음 백사 할아버지를 추모하는 정자에 그런 해괴한 휘호를 잠시나마 붙였다는 것 때문에 사당에 들어 사흘 동안 나오지 않고 잘못을 빌다가 정자 이름을 앞의 주인이 지었다는 이름을 가져와 홍엽정으로 명명했다. 대감이 청간정이나 천일정을 두고도 대원군과 좋지 않은 감정이 얽힌 홍엽정으로 정한 것은 대원군에게 두 번 다시 휘둘리지 않겠다는 다짐이었다.

홍엽정에서 만나자는 전갈을 받은 대원군은 옛날 기억을 말끔히 잊어버린 사람처럼 아무렇지도 않게 홍엽정에 나타났다. 드디어 60대 노재상과 세상의 만고풍상을 두루 겪어온 50대 백전노장 홍선대원군이 마주 보며 대좌했다. 두 사람은 서로를 설득하기 위해 상대를 탐색하기에 바쁘면서도 겉으로는 태연한 얼굴을 했다. 대원군이 먼저 말문을 뗐다.

"홍엽정이야말로 조선의 정자 가운데 제일이지요."

그는 쌍회정을 까맣게 잊어버린 것처럼 홍엽정을 칭찬했다.

"과찬입니다. 그저 조상님의 흔적을 간직할 따름이지요. 그건 그렇고 참 오랜만입니다, 대원위 대감."

"우리가 얼마 만에 마주하여 앉아보는지 모르겠습니다. 지난날 내가 궁색할 때 영상 대감께서 살펴주신 일, 이 사람 잊지 않고 있습니다."

"대원위 대감께서는 자상도 하십니다. 별것도 아닌 것까지 기억하시는 걸 보면."

"어디 그뿐인 줄 아십니까. 영상 대감과 이 사람이 함께 추사 스승님 아래 수학할 때가 가끔 그립다는 걸 아시는지요. 그때 스승님께서 예서의 명필인 영상 대감을 조선 천하제일이라고 칭찬하실 때마다 은근히 샘이 났던 게 아직도 생생하게 떠오르니 말입니다."

"이 사람도 마찬가집니다. 스승님께서 대원위 대감의 난 솜씨야말로 조선의 으뜸이라고 하셨지요. 그때 대감이 참 부러웠는데 지금도 부럽기는 마찬가집니다. 하긴 대원위 대감의 난이야 조선의 선비라면 다 동경하고 있으니 당연한 일이겠지요."

"과찬이십니다. 그건 그렇고, 오늘 단도직입적으로 말씀드려야겠습니다. 영상께서는 누구보다도 이 나라 안위를 걱정하시는 분인데 어찌 사사건건 이 사람과 어긋나려고만 하시는지, 그게 답답하고 안타깝습니다. 우리가 하나가 되면 이 조선 땅을 천하제일로 만들 텐데 말입니다. 아니 그렇습니까."

"이 사람도 답답합니다. 대원위 대감께서는 누구보다도 왕실과 나라와 백성을 위해 한시도 마음을 놓지 않으시는 분인데, 왜 그토록 나라의 문고리를 틀어쥐고 놓지 못하시는지, 마음을 왜 그리 단단히 채우시는지 말입니다. 정녕 우리가 하나가 된다면 우리 조선은 그야말로 날개를 달고 하늘을 나는 참수리가 될 텐데 말입니다."

"잘 아시는 대로 이 사람은 산전수전 다 겪은 몸입니다. 풀잎이 바람 타는 소리만 들어도 세상일을 환히 읽어내지요. 좋은 가문의 후예로 오로지 학문에만 정진해오신 영상 대감의 귀에도 풀잎이 바람 타는 소리가 들리는지는 알 수 없으나, 나는 학문에만 의지하는 탁상공론이 아니라 직접 내 눈으로 보고, 내 몸으로 겪은 것만 믿습니다."

"옳은 말씀입니다만 그것이 어찌 나라의 문을 걸어 잠가야 하는 이유가 될 수 있단 말입니까. 그리고 전하께서도 이제 열두 살 어린아이가 아니십니다. 성년을 훌쩍 넘기셨을 뿐만 아니라 한 아이(완화군)의 아버지가 되셨습니다. 그러니 이제쯤은 주상전하를 믿으시고 그만 품에서 놓아드리세요."

"주상은 이제 겨우 스물두 살입니다. 그 나이에 무엇을 알 수 있단 말입니까. 한비자의 세림편에 노마지지(老馬之智)라는 말이 있습니다. 늙은이가 하나 쓸모 있는 것은 금과옥조와도 같은 경험에서 얻은 지혜 말입니다."

"그 또한 옳은 말씀입니다. 그러나 늙은이의 지혜는 꼭 필요로 할 때 약처럼 써야 금과옥조로 빛날 것입니다. 늙은이가 너무 나서면 길을 막는 수가 있으니 말입니다."

"영상께서 지극히 위험한 말씀만 하십니다. 지금 우리 조선은 약이 필요한 시국입니다. 병이 중증이라는 말씀입니다. 그런데 이런 시국에 약을 멀리하라는 것은 환자를 죽게 내버려두자는 것과 같습니다. 그러니 영상 대감의 말씀은 매우 위험한 것이지요. 공자께서도 옛것을 배우고 익혀 잘 간직하라 하지 않았습니까. 외세로부터 우리 것을 지키지 못하면 나라가 망하는 것입니다. 나라가 짐승의 나라가 되고 만다는 말씀입니다."

"공자께서는 새것에도 관심을 가져야 한다고 하셨지요. 한 가지

세신가(世臣家)의 지조

79

에만 치우치지 말고 두루 살피는 것이 군자의 도리며 백성을 위한 정치라고 하셨습니다. 공중을 나는 새부터 소, 말, 개, 고양이 같은 짐승들도 보세요. 그것들도 제 몸에 난 털을 해마다 새것으로 갈지 않습니까."

"영상의 말씀은 오랑캐들과 화평을 하자는 것인데, 어찌 그런 무서운 말씀을 거침없이 하시는지, 그것은 나라를 오랑캐들에게 내어주자는 매국노와 무엇이 다릅니까."

"대원위 대감과 생각이 다르다 하여 매국노라고 낙인을 찍는 언사는 삼가야 합니다."

"영상 대감, 오랑캐는 칡넝쿨과 같은 존재입니다. 칡넝쿨이 나무를 타고 올라가면 나무를 죽이지 않습니까."

"칡넝쿨이니 그렇지요. 칡넝쿨이 아니라 비슷한 나무라면 나란히 서서 함께 자랄 수도 있을 것이오. 바람 불면 서로 막아줄 수도 있고 비가 오면 서로 빗물을 나눌 수도 있을 것이고. 우리가 합심하여 그렇게 만들어가는 길을 찾아야지요. 그렇게 하십시다, 대원위 대감."

"영상께서는 갈수록 오랑캐들과 똑같은 말씀을 하시는군요. 그들도 그렇게 말하면서, 그게 우리 조선을 위한다고 핑계를 대면서 우리에게 총질을 했습니다."

"그들이 처음부터 총질을 한 것은 아니었습니다. 협상을 하자는 것인데 서로 소통하지 못한 데서 생긴 불상사였지요. 나 또한 그 점을 몹시 유감스럽게 생각하고 있습니다만 언젠가는 서로 협상을 해야 할 것입니다."

"오랑캐 놈들과 협상이라니요. 협상을 해봐야 놈들에게 당할 게 뻔한 것을."

"물론 협상은 서로 주고받는 것이라 자칫 손해 볼 수도 있습니다. 그렇다고 언제까지 그들을 피할 수 있다고 보시오. 장차 더 큰 것을 위해서는 당장 손해를 볼 수도 있는 것입니다. 그것이 시국의 흐름인데, 무조건 불어 닥친 바람을 어찌 석 자 다섯 치밖에 안 되는 도포 자락으로 막으려 하시오. 그러다가 도포 자락이 찢어지는 수가 있어요. 그뿐인 줄 아시오. 속옷까지 찢어지는 수가 있습니다."

"도포 자락이 찢어지면 바지저고리로 막지요. 그것들도 찢어지면 속옷으로 막고, 손바닥 발바닥으로 막고, 망건으로 막지요. 그래도 안 되면 머리털로 막아야지요. 목숨 걸고 끝까지 막아야지요."

"대원위 대감이 수천이라도 막지 못할 것이오."

"영상 대감은 어찌하여 오랑캐 편이 되려 하시오. 오랑캐는 우리에게 적이라는 것을 왜 모르시냐는 말씀입니다."

"공자님도 '적을 친구보다 더 멀리 두어서는 안 된다'고 하셨소이다. 외세를 적으로만 보시면 장차 이 나라는 우물 안 개구리 신세가 되고 말 것이오."

"영상 대감, 과연 누가 우물 안 개구리 신세가 되는지 두고 봅시다."

대원군은 "두고 보자"는 말을 남기고 자리를 박차고 나가버렸다. 그날 두 사람의 대화는 대감의 측근들을 근심 걱정으로 몰아넣었다. 걱정은 거기서 그치지 않았다. 정작 걱정은 이제부터 시작이었다. 대원군의 협박이나 다름없는 말을 듣고도, 대감은 한 술 더 뜨고 나섰다. 일본과 국교를 단절하게 만든 문제의 책임자들을 모두 처벌해야 한다고 주장하면서 대원군을 중심인물로 지목하여 왕에게 주청을 드렸다.

대감은 동래부 왜학훈도 안동준을 처벌해야 하고 서둘러 일본 국정 탐지를 위한 역관을 파견해야 한다고 했다. 사헌부와 사간원 양사에서도 들고 일어나 그들에게 책임을 물어 모두 중벌을 내려야 한다는 상소를 올렸다. 곧 안동준은 파직되고, 경상도 관찰사 김세호는 파면되었다. 동래부사 정현덕은 유배를 받았다. 입장이 난처해진 대원군은 경기도 양주 직곡 산장으로 들어가 은신하며 대감을 향해 복수의 칼을 갈았다.

"두렵지 않으셨는지요? 자기 아들을 왕위에 올려주었을 뿐만 아니라 자기를 살아 있는 대원군으로 만들어준 대비의 침전에 불을 지른 사람인데, 그건 누가 봐도 주변을 놀라게 하는 '타초경사'였는데, 무슨 짓을 할지 알 수 없는 분이었는데."

"왜 두렵지 않았겠느냐. 그렇다고 일국의 재상이 자기 일신에 해가 미칠 것이 두려워 중대 국사를 제대로 판단하지 않는다면 그게 어디 재상이라고 할 수 있겠느냐."

갑술년(1874) 경복궁 조대비의 침전인 자경전에 불이 난 것이야
말로 경악할 일이었다. 오밤중에 난 불이 자경전을 잿더미로 만
들고 말았다. 다행히 대비전에서 미리 알고 피하여 목숨을 지킬
수 있었다. 누구의 소행인지 뻔히 아는 왕은 몸서리를 치며 창덕
궁으로 나가버리고 말았다. 경천동지할 타초경사는 또 있었다.
자경전이 불타고 며칠 지나지 않아 병조판서 민승호의 일가가 폭
살당한 사건이 일어난 것이었다. 왕비의 양오라버니 민승호에게
이른 아침 누군가로부터 포장된 물건이 보내졌다. 때마침 가족들
과 함께 아침 밥상을 받고 있던 민승호가 물건을 풀자 물건이 지
축을 흔들며 폭발하여, 민승호는 물론 함께 밥을 먹고 있던 어린
딸과 왕비의 친정어머니가 폭살되고 말았다.

병조판서 민승호 일가가 폭살당하고 바로 다음 날부터 두 가지
상소가 올라왔다. 하나는 양주 직곡 산장에서 은신하고 있는 대
원군을 모셔와야 한다는 것이었고, 하나는 영의정 이유원 대감에
게 죄를 물어야 한다는 것이었다. 상소를 올린 사람들은 부사과
이휘림과 전 장령(掌令, 사헌부 정4품 벼슬) 손영로였다. 그들은 궁궐
에 불이 나고, 백주 대낮에 서울에서 병조판서 일가족이 폭살당
하는 등 나라가 불안하여 백성들이 한시라도 빨리 대원군을 모셔
오기를 원하는데 왕이 가만히 있는 것은 자식의 도리가 아니라며
왕을 패륜으로 몰아붙였다.

"근래 소문에 대원군 합하께서 궁궐 밖으로 거처를 옮기시고는

도성에 관심을 두지 않는다기에 온 나라 사람들이 의심하고 불안해하고 있습니다. 신이 먼 시골에 있는 탓에 무슨 이유로 이런 지경에 이르렀는지 모르겠으나, 대원군 합하께서 속히 돌아오지 않는 까닭이 무엇입니까. 대원군 합하께서 스스로 번잡한 곳을 버리고 한적한 곳을 취하여 돌아오지 않으시는 것입니까, 혹은 전하께서 대원군 합하의 뜻에 따른다는 생각으로, 빨리 돌아오실 것을 청하지 않은 까닭입니까.

자식을 사랑하는 합하의 지극하신 마음으로는 오래도록 먼 곳에 떨어져 있는 것이 타당하지 못하고, 전하께서 효성이 지극하시다면 오래도록 찾아뵙지 않을 수 없는 것입니다. 더욱이 지금 변경에서는 말썽이 그치지 않고 외적이 틈을 노리고 있으니 경계하고 삼가는 것을 합하께서 멀리 계시니 어찌해야 한단 말입니까.

대원군 합하께서 설사 역정이 나셔서 한적한 곳으로 가셨다 하더라도 전하로서는 응당 황송해서 몸 둘 바를 모른 채 흥분을 가라앉히도록 유연한 말로 아버지의 마음을 돌려세워야 했습니다. 삼가 바라건대 며칠 안으로 행차하여 기일을 정해놓고 돌아오시도록 청하여주시기 바랍니다. (……)"

이휘림의 상소는 왕을 꾸짖고 가르치면서 훈계하는 내용이었다. 사헌부와 사간원, 양사뿐만 아니라 홍문관에서도 한목소리로 이휘림에게 사형을 내려야 한다고 주장했다. 왕은 법도를 무시하는 무리들을 지방 사람들이라 하여 내버려둔다면 나라의 법이 살아 있다고 할 수 없다면서 이휘림을 당장 잡아다가 그 죄를 명백하게 다스리되 멀리 귀양을 보내 위리안치시키라고 명했다. 손영로도 왕을 비판하면서 이유원 대감을 공격하고 나섰다.

"전하께서는 이휘림이 상소를 올려 합하를 잘 보살피지 않는다는 간언을 했다는 이유로 중죄를 내렸습니다. 그리고 전하께서는 합하께서 교외로 나가 머문 것은 적당한 곳을 찾아 몸을 정양하기 위함이니 머지않아 돌아오실 것이라고 전교하셨습니다. 그러나 지금 몇 달이 지나도록 도성으로 돌아오셨다는 소식은 듣지 못했습니다.

지금은 매우 추운 겨울이니 궁벽한 산간마을의 누추한 집에서는 정양하는 데 적당하지 않으니 한시바삐 동가(動駕, 임금이 수레를 타고 대궐 밖으로 나가는 것)하여 돌아오시도록 하는 것이 마땅합니다.

그리고 영의정은 과연 어떤 사람입니까. 지난해에 다시 정승으로 들어온 것은 전하의 마음을 떠보려는 심사였습니다. 조상의 교훈에 가탁하여 해마다 물러갈 것을 청하던 끝에 이때를 이용할 만하다고 생각하고 염치없이 벼슬을 받아들인 것입니다. 그렇다면 그가 운운한 조상의 교훈은 세상을 속이고 명예나 낚자는 계책에 지나지 않습니다. 부모의 교훈을 따르지 않고 임금에게 충성할 수 있다는 이야기를 신은 듣지 못하였습니다. 의정부에서 처리하는 일은 다 남몰래 받은 데서 나왔으며, 서양의 원수들에 대한 원한을 잊어버리고 그들과 거래하여 이익을 취했다고 하니, 악한 거물이 제거되고 조정이 깨끗해진다면 신은 죽어도 영광이 겠습니다. (……) "

"방금, 전 장령 손영로의 상소문을 보니 임금을 협박하는 말과 재상을 모함하는 말이 구절마다 흉악하다. 이것은 근원을 밝혀내지 않을 수가 없으니 손영로를 서둘러 의금부로 하여 형구를 채워 잡아다 추국청을 설치하고 진상을 밝혀내게 하되 영중추부사 홍순목(전 영의정)으로 위관(委官)을 삼으라."

왕은 허무맹랑한 거짓으로 임금을 협박할 뿐만 아니라 재상을 모함하는 손영로를 당장 심문하게 했다. 위관을 만백성이 존경하는 홍순목으로 삼은 것은 그만큼 사안이 중차대한 탓이었다. 그러나 손영로는 심문을 받으면서 이유원 대감이 뇌물을 수수했다는 말만 되풀이할 뿐, 증거나 증인을 대지 못했다. 이번에도 양사와 홍문관과 여러 대신들과 유생들이 손영로를 엄벌에 처해야 한다고 상소를 올렸고, 왕은 손영로를 섬 금감도로 보내 위리안치에 처하라고 명했다.

대원군을 두려워하지 않은 대감은 그런 식으로 대가를 혹독하게 치러야 했다. 대감은 대원군과 이야기를 나눌 때 "영상께서는 갈수록 오랑캐들과 똑같은 말씀을 하십니다."라고 했던 말이 떠올랐다. 매국노 취급을 당한 것이었다. 그러나 정작 견디기 힘든 것은 조상에 대해 언급한 것이었다. 뇌물 수수를 했다는 것은 대대로 재상을 지낸 세신(世臣, 가문 대대로 왕을 섬기는 신하) 가문의 대신으로서 가장 치욕적인 상처가 되고 말았다. 대감은 견딜 수 없는 심정을 안고 양주로 돌아가 사당에 들어 대성통곡을 했다.

"소자가 출중하지 못하여 오늘날 조상님들께 크나큰 누를 끼치게 되었습니다. 그러나 대원군이라는 험한 산을 누군가는 넘어야 할 것인데 소자에게는 그를 이겨낼 능력이 없다는 것을 이제야 알았습니다. 그리하여 사직하고 주상전하께 석고대죄드릴 것을 고하나이다. 부디 못난 소자를 측은히 여기시어 용납하여주시기를 원합니다."

대감은 조상들 앞에 지금부터 처신해야 할 것을 고한 다음 현지 감옥으로 스스로 들어가 왕을 향해 석고대죄를 드리면서 영의정을 거두어줄 것을 청했다.

그때부터 왕과 대감 사이에 힘든 시간이 전개되기 시작했다. 왕은 날마다 사람을 보내 대감을 불러들이는 전교를 내리고 대감은 영의정으로 돌아갈 수 없다는 상소를 올렸다. 왕은 심지어 '수레를 타고 나가 아끼는 재상을 태우고 왔다'는 고사를 언급하면서 돌아오라 사정을 하고, 대감은 왕이 특별히 보낸 명소패(命召牌, 특별한 경우에 임금이 신하를 대궐로 불러들이는 패)를 돌려보내면서 죄인으로 다스려달라고 간청했다. 왕은 달래고 또 달래다 지쳐 파직을 선언하기도 하고 유배령을 내리기도 했다.

"내가 경을 의지하고 경이 나에게 정성을 다하는 것이 과연 어떠하였는가. 그런데 지금 흉악한 협잡꾼들의 말을 혐의로 여기고 물러난 것은 도리어 경의 사체(事體, 위신)를 손상시키는 일이오. 경은 깊이 생각해보라. 지금 나라의 일로 보나 백성으로 보나 경이 하루라도 직무를 비워두어서는 안 될 일이오. 흉악한 상소 문구는 전적으로 과인을 협박하는 것이오. 경에 대하여 조금 언급한 것은 본래 협잡꾼들의 근성이 아니던가. 나라에 대한 변함없는 마음으로 임해온 경의 입장에서는 오히려 분연히 일어나 정토(征討, 상대를 누르는 것)해야 하는데 이렇게 처의(處義, 물러나 앉는 것)하고 있으니 이것은 정녕 과인이 경에게 바라던 바가 아니오. 다시 명소패를 보내어 돌아올 것을 간곡히 칙유하노니 경은 나의 마음을 깊이 헤아려 즉시 돌아오길 바라노라."

"과인뿐만 아니라 대신들이 경을 의지하는 것을 고려하지 않는단 말인가. 명소패를 봉하여 다시 돌려보내니 경은 과인이 애타게 기다리는 심정을 깊이 헤아려 즉시 돌아오라."

"영의정이 나가버린 지 지금 여러 날이다. 억울하다 할지라도 막중한 책임을 맡은 영의정이 이처럼 행동할 수는 없는 일이다. 한낱 막돼먹은 자들의 획책에 벼슬을 내던져버린 채 과인이 아무리 다독여도 태도를 바꾸지 않으니 대신이라고 해서 더 이상 봐줄 수가 없다. 당장 영의정 이유원을 파직하라."

"어제 경을 파직하면서 책망한 것은 사체(체면)상 그렇게 하지 않을 수가 없었다. 그리고 오늘 다시 벼슬을 내린 것도 사체상 그렇게 하지 않을 수가 없는 일이다. 경이 양주로 물러난 후 묘당(의정부)의 일이 밀리고 조정에는 질서가 없고 백성들의 근심과 나라의 계책(업무)은 방법이 없으니 이는 경을 비롯하여 조정의 불행이며 백성들의 불행이 아니고 무엇인가. 나라의 일은 하루도 자리를 비울 수 없다는 것을 경이 더 잘 알지 않는가. 과인이 혼자 나라를 운영할 수 있겠는가. 나라를 책임진 경이 자신의 일신만 깨끗하려고 해서야 되겠는가. 첫째도 경이 과인을 보필하여 바로잡아주어야 할 것이며 둘째도 경이 챙겨주어야 할 일이다. 경은 이런 나의 뜻을 깊이 헤아려 즉시 조정으로 달려와 시국을 타개하여주기 바란다."

재상이 비리 혐의로 탄핵을 받게 되면 설사 그것이 터무니없는 거짓이라 할지라도 관직을 내려놓고 한동안 조정에 나오지 않는 것이 관례였다. 그렇더라도 왕은 하늘처럼 믿었던 대감이 좀처럼 말을 듣지 않자 화가 나 파직을 선언했지만 다음 날 다시 파직을 취소하면서 대감을 달랬다. 그래도 돌아오지 않자 왕은 유배를 선언하면서 답답한 심정을 드러냈지만 유배령도 다음 날 취소하면서 대감이 조정으로 돌아오기를 학수고대했다. 그래도 대감은 시골 감옥에서 석고대죄를 드리면서 계속 영의정을 철회해줄 것을 간청했다.

왕은 달래고 또 달래도 감옥에서 석고대죄를 드리면서 사직을 받아주십사 간청하는 대감에게 이번에는 중도부처(中途付處)를 내렸다가 다음 날 다시 철회한다는 명을 내렸다.

"평소 신뢰하던 경이 이토록 완고하게 고집을 부릴 것이라고는 미처 생각하지 못했다. 영의정을 파직시켰다가 곧바로 다시 임명한 것은 과인이 생각한 바가 있어서 그리한 것이다. 그러함에도 영의정은 지금껏 고집을 부리면서 조금도 변동이 없으니 이는 도리가 아니다. 대신의 체면이 중요한 것이나 이는 더 이상 용납할 수 없는 일이다. 영의정 이유원을 천안군에 중도부처하라!"

"어제 영의정을 천안군에 중도부처하라고 한 전교를 철회한다. 어제 처분은 왕으로서 사체상 그렇게 한 것이고 오늘 철회한 것은 영의정에 대한 예우이다."

"과인이 경을 보지 못한 지 벌써 며칠째인가. 조정의 시무를 오랫동안 처리하지 않아 모든 업무가 말이 아니오. 백성과 나랏일에 대한 계책은 하루하루 더 급하게 되고 내의원 일도 중요하다. 그러니 경은 처음처럼 마음을 돌려세워 즉시 일어나 조정으로 나와 과인의 간절한 기대에 응답하라. 형조참판 김학근을 보내어 전유(傳諭)하니 그와 함께 돌아오도록 하라."

"과인은 경을 돈소(敦召, 부름)하였고 비답(상소에 대한 임금의 대답)으로 하유하는 말에서는 극진한 뜻을 다 말하였다. 경이 비록 과인의 말에 경중을 두지 않더라도 세신의 분의(分義, 격에 맞는 도리)를 생각하지 않으니 장차 나랏일을 어느 지경에 이르게 하려는 것인가. 과인은 이제 다시는 말하지 않을 것이니 즉시 마음을 돌려 과인의 지극한 소망에 응답하라."

왕이 인내하면서 달랜 끝에 대감은 감옥의 석고대죄를 풀고 입궐하여 왕 앞에 나갔다. 왕과의 면대는 손영로의 상소가 있고 16일 만이었다. 대감은 영의정직을 받아들이기 위해서가 아니라 더 이상 왕을 힘들게 할 수 없어 일단 왕 앞에 나가 어떤 해결책을 찾으려는 것이었다. 먼저 왕의 처남인 병조판서 민승호 가문이 폭살당한 것에 대한 위로의 말부터 했다.

"근래에 연이어 슬픈 일을 당하셨사온데 옥체는 어떠하신지요?"

"과인은 손상된 것이 없으니 염려 마시오."

"중궁전께서 애훼(哀毁, 슬픔) 중에 있으니 심신이 어찌 온전하시겠습니까."

"심하지는 않으나 편치 못한 것은 사실이오. 그동안 경이 불행을 만난 것은 참으로 변괴일 뿐이니 너무 심려치 말라."

"많은 죄를 짓고도 처벌받지 않고 은혜를 입고 있으니 신이 무슨 낯으로 다시 대궐의 섬돌에 오르겠나이까."

"한갓 손영로 따위의 패악한 상소문을 가지고 어찌 스스로 인혐(引嫌, 자책)한단 말인가."

"가장 두려운 것이 남의 말이니, 어찌 두렵지 않겠사옵니까."

"상소문은 과인을 핍박하기 위한 것이오. 그러니 마음 쓸 것 없어요."

"전하의 분부는 엄중하오나, 신에게 죄가 없다면 그들의 시비가 이 지경에 이르지는 않았을 것입니다."

"파직을 명하고, 중도부처를 명하는 등, 그동안 내린 처분은 왕의 사체상 부득불 그렇게 한 것이었으나, 마음속으로는 정녕 그리 될까 하여 불안하기 짝이 없었다는 것을 아시는가."

"전하께서 내리신 전후의 처분은 분노가 아니라 신을 영예롭게 해주신 것이었습니다. 신하에 대한 은혜가 너무 지나치면 도리어 신하를 아끼는 도리가 아닌 줄 아옵니다. 그러하오니 전하, 전하께서는 특별히 신을 살려주시는 은혜를 베풀어 물러가라는 명을 내려주시기 바랍니다. 이번에 끝내 허락하여주지 않으시면 신의 목숨은 부지하기 어려울 것입니다."

"한갓 흉악한 상소문 때문에 어찌 세신의 경이 이럴 수 있단 말이오."

"신이 벼슬하여 임금을 섬긴 세월이 30년에 이르렀으나 큰 죄는 짓지 않았다고 내심 자부하며 살아왔습니다. 그런데 이런 지경에 이르고 보니 사람은 제 분수를 미처 헤아리지 못한다는 것을 또한 알게 되었습니다. 전하께서 정녕 세신을 보전하려 하신다면 소신을 서둘러 물리치셔야 마땅하오니 소신의 간절한 청을 부디 용납하소서."

"내 이미 달래고 윽박지르기를 수차례였소. 대신으로서 의리를 펴서 염치와 예의를 살려야 할 것이오. 지금 나라의 계획과 백성들의 우려가 어떠한지 정녕 모른단 말인가. 묘당의 일은 밀린 지가 얼마인가. 물러가겠다는 말은 더 이상 하지 말라."

"신 외에 어찌 사람이 없다 할 수 있겠습니까. 그러나 사은숙배(임금에게 인사를 드리는 것) 하고 면대한 지금 전하께서 간곡한 분부를 내리셨으니, 현재의 급한 시무를 감히 파할 수 있겠나이까. 며칠 동안 처리한 다음에 물러가겠습니다. 그러나 신이 물러가더라도 나라에 큰일이 있을 시는 나서서 도울 것입니다. 신이 양주로 돌아가지 않고 성내에 남아 마땅히 성상께서 명하시는 대로 따르겠나이다. 그러하오니 급한 시무를 처리한 다음에는 반드시 신을 내쳐주시옵소서."

"나는 경의 청을 결코 들어주지 않을 것이오."

"총애가 융숭하여 끝내 윤허를 받지 못한다면 어찌 억울하지 않겠습니까. 신이 평생을 두고 의지하는 것은 임금을 속이지 않는다는 '불기군(不欺君)' 석 자뿐입니다. 그런데 임금을 속였다는 상소를 받았고 죄를 면치 못할 처지에 이르렀으니 감히 임금을 섬길 수는 없는 일이옵니다."

"경이 임금을 속였다는 것은 터무니없는 말이오. 대소의 업무가 모두 경의 손을 거쳤으나 과인이 결정한 것 아닌가. 경이 임금을 속였다고 한다면 그것은 곧 내 마음을 내가 속인 것이 될 것이오. 경이 대궐로 들어와 사은숙배하겠다는 말을 들었을 때, 뛸 듯이 기뻐 밥을 먹고 잠을 자는 것이 모두 편안해졌소. 그런데 오늘 다시 물러간다고 하니 또다시 침식이 불편해지고 말 것이오."

"전하의 분부가 이러하니 참으로 황송하옵니다. 통촉해주시옵기만을 간절히 바랍니다."

왕은 그쯤에서 대답을 피하며 병조판서 민승호의 죽음으로 화제를 돌렸다.

"민승호 대감 집안일을 생각하면 참담하기 짝이 없는 일이오. 장차 크게 등용하려 했는데 갑자기 이런 화를 당하였으니 이 또한 조정의 불행이 아니고 무엇이란 말인가."

"어질고 너그러운 심덕(心德)을 지닌 분이었는데 참혹한 화를 입은 것은 말할 수 없도록 애통한 일입니다."

"하늘 때문인가, 귀신 때문인가, 도대체 그 이유를 모르겠소."

왕은 민승호 가족이 폭살당한 것에 대하여 의미심장한 말을 했다. 그 배후를 다 알면서도 차마 말을 못 하는 심정을 '하늘 때문인지 귀신 때문인지 알 수 없다'는 식으로 돌려 말하면서 하소연을 했지만 대감은 아버지를 어찌할 수 없다는 왕의 속내를 짐작하고도 남았다.

대감은 우선 밀린 업무를 처리하고는 다시 양주로 돌아가 사직을 청하기 시작했다. 대감은 날마다 사직을 청하고 왕은 날마다 거절했다. 다섯 번째 사직을 청했을 때는 왕은 사직서를 봉한 봉투를 개봉하지도 않은 채 사관(史官)을 파견하여 봉투를 양주로 돌려보내고 말았다.

4
가문의 이름을 위하여

        대감에게 사직서를 봉투째로 돌려보내고 난 왕은 생각에 잠겼다. 지금까지 상소는 모두 전직 관료들이 올린 것이었고, 그들이 누구라는 것을 잘 알고 있는 왕은 앞으로는 전직 관료들이 언사(言事)라 하면서 올린 글에 대신을 협잡(挾雜)하는 내용이 있을 시는 절대 봉입(捧入)하지 말라는 명을 내렸다. 그런데 왕명을 거역이라도 하듯이 전 정언(정6품) 정면수가 다시 대감을 모함하는 상소를 올렸고 그것은 대감이 더 강력하게 사직을 청하는 또 하나의 이유가 되었다. 대감은 이 문제에 대해서는 해명을 하고 나섰다.

      "전 정언 정면수가 올린 상소를 들어보면 신이 수성(隨城)의 비석을 사사로이 파다가 조상의 무덤 앞에 세웠다고 했는데, 신은 이에 대하여 놀라고 떨려서 마음을 걷잡을 수가 없습니다. 신이 처벌을 기다리는 죄인이나 이 문제는 진술하지 않을 수가 없습니다.

　지난 을묘년(1855)에 조상의 무덤을 손질하려고 고(故) 조심태의 집안에서 비석을 하나 사면서 그것의 내력을 물어보았는데 조심태 말하기를 전에 임금께서 하사하신 것인데 살림이 넉넉지 못해 판다고 했습니다. 그의 말을 듣고 신은 마음이 편치 못해 사용하지 않고 안치해두었습니다. 그 후 을축년(1865)에 신이 이부에 재직하면서 문서를 살펴보았더니 돌이 있다는 기록이 있었습니다. 그래서 돌이 어디에 있었는지 논하지 않고 돌을 본영(本營)에 맡기는 것이 좋겠다고 생각하고 장리(將吏)를 불러 주(註)를 달아 보내주었습니다. 지금 전 정언 정면수의 상소문에는 신이 사적으로 파다가 우뚝 세워놓았다고 하는데 그런 말은 신으로서는 황당할 뿐입니다. 모든 사실이 이러하며 그대로 둔 연조(年條) 또한 분명하오니 해부(該府)를 시켜 조사해보시면 사실을 명확히 알 수 있는 일입니다. 사실이 이러하온데 신이 어찌 거짓을 말할 수 있으며 전하께 모든 것을 아뢰지 않을 수가 있겠나이까.

　신에 대하여 사람들의 비난이 뜻밖에 줄지어 나오고 있으니 신의 명예에 누를 입힌 것은 차치하고, 전하의 밝은 조정에 허물을 끼치고 있어 죄가 더욱 가중되기만 합니다. 신의 죄가 이 지경에 이르렀으니 어떤 처벌도 달게 받아야 할 줄 압니다. 성상께서는 부디 엄중한 처벌을 내려주시어 조정을 밝게 하시기를 청합니다.”

"나는 지난번 비답에서 이미 허락할 수 없다는 뜻을 다 말했다. 그런데 다시 사임을 청하는 글을 어찌하여 또다시 보냈단 말인가. 부족한 나는 높은 덕과 중한 명망을 지닌 경의 덕을 입고자 한 것이다. 경이 내 곁에서 나를 도와 나라와 백성들을 편안케 해야 할 것이고 조정 신료들과 백성들이 그것을 원하고 있으니, 경이 매일 열 번씩 상소를 올린다 해도 받아들일 수 없다. 정면수의 패악한 상소문에서 죄를 날조하여 모함하는 짓거리, 놀랍고 망측한 행위는 이보다 더 심할 수는 없다. 그래서 이미 처분을 내렸노라.

중한 체모를 지니고 넓은 도량을 지닌 경으로서는 응당 징벌과 장려를 명백히 구별하여 조정의 기율을 엄숙하게 세워야 할 것이다. 그러함에도 거듭 사직을 청하는 것은 임금과 신하 사이에 뜻이 통한다고 할 수 없는 일이다. 경은 당장 사임을 청하는 일을 중단하고 정동 집으로 돌아와 나라의 일에 전념하라."

물론 다른 대신들도 왕이 벼슬을 준다고 하여 덜컥 받아들이지는 않았다. 보통 겸양으로 적당히 사직을 청하다가 못 이기는 척 받아들이는 것이 겸양의 예법이었지만, 대감은 왕의 지극하고 간절한 청을 계속 거절했다. 영의정을 계속 유지하는 것보다 가문의 명예를 지키는 일이 더 중요한 탓이었다. 그리고 이런 일의 배후에는 당연히 대원군이 있다는 것을 알고 있었다.

대감은 왕이 부를 때 보내준 명소패를 승정원에 바치고 다시 양주로 떠나버렸다. 왕은 다시 대감을 파면한다는 전교를 내렸다가 다음 날 다시 파직을 철회한다는 전교를 내렸다. 똑같은 일이 계속 반복되었다. 왕은 끝까지 대감을 포기하지 않으려 하고 대감은 끝까지 사직을 포기하지 않으려고 했다.

"경이 또 물러가버리다니 이 얼마나 지나친 일인가. 명소패를 다시 봉하여 돌려보내니 경은 과인의 마음을 깊이 이해하고 즉시 집으로 돌아오라, 제발!"

"영의정이 줄곧 고집을 부리는 것은 마치 나와 승부를 겨루기라도 하는 것 같지 않은가. 이는 참으로 개탄스러운 일이 아닐 수 없다. 과인이 그토록 사정했건만 어찌 이럴 수 있단 말인가. 공경하는 예는 공경하는 예로 대해주고 분의는 분의대로 해야 할 것이니 오늘 당장 영의정 이유원을 파직하라."

"전 영의정에 대한 어제의 처분은 다만 일의 사체를 보아 그렇게 한 것이다. 예우하는 도리로 다시 생각하지 않을 수 없으니 서용(恕容)하라."

"경이 다시 밖에 나가 머문 지도 며칠이 되었다. 다행히 묘당의 업무가 제대로 돌아가려 했는데 다시 지체되었고 사람들의 심정이 안심하였다가 다시 맥이 풀리게 되었으니 나의 인사에 따른 정사는 벌써 혼란에 빠지고 말았다. 경이 내 말을 듣고도 전혀 돌아서지 않으니 내 성의가 부족한 것이라는 생각이 들 뿐이다.

그러나 거듭 돈면하여 기어이 불러들일 것이다. 어제의 파직과 오늘의 서용에 대한 처분은 사체상 부득이한 것이었다. 원조(元朝, 설날)의 진하(進賀, 경사)도 며칠 남지 않은 탓에 좌의정과 우의정이 모두 입궐하여 명령에 응하고 있다. 경은 나라와 백성에 대한 지극한 계책을 생각하고 공경스럽게 도울 영민한 계책을 생각하여 즉시 양주를 떠나 도성으로 돌아오는 걸음을 멈추지 말라."

곧 해가 바뀌고 을해년(1875)을 맞았다. 새해가 되자 이제 막 첫돌을 지낸 원자에 대한 세자 책봉이 거론되면서 왕이 "올해, 을해년이 태조 대왕께서 탄강하신 지 아홉 갑자가 돌아오는 해이니" 원자를 이해에 세자 책봉을 하는 것이 좋겠다고 해 일이 진행되기 시작했다.

예조에서 세자의 정명 길일을 을해년 1월 7일로 잡고 책례 길일은 2월 18일로 잡아 조정에 보고했다. 세자 책봉 문제는 청나라에 보고하는 절차를 거쳐야 하는 탓에 왕은 이유원 대감을 주청사로 임명했다. 주청사를 보필할 관리로는 김시연을 부사, 박주양을 서장관으로 임현회를 서연관으로 임명했다. 왕은 다시 대감에게 '책봉도감도제조'라는 명예로운 직책을 내린 것이었다. 그러나 대감은 재상에서 이미 해임되었으니 그런 명예로운 직책을 받아서

순국 상

는 안 된다며 사양했다.

"신은 이미 상직(相職)에서 해임된 몸이니 홀가분하게 방랑하면서 여생을 보내고 싶을 따름입니다. 성명(聖明)께서는 하루빨리 조적(朝籍)에서 신의 직명을 삭제하여주시어 궁벽한 시골에서 분수를 지키며 지내게 하여주시옵기를 바라나이다."

"경사스러운 예식이 가까워지고 있는 만큼 책문(冊文)을 짓고 장공인들을 격려하는 일들은 모두 경이 사양하기 어려운 임무이다. 그런데 지금 경이 올린 상소문을 보고 망연자실하여 어찌할 바를 모르겠다. 지금은 경이 비록 직책에서 벗어나 있지만 이제 새해를 맞이하여 세상 만물이 새로워지고 있으니 즉시 조정에 나와 과인에게 훌륭한 방도와 계책을 말해달라."

"영중추부사 이유원을 다시 재상직에 제배(除拜) 하라!"

"이번에 경을 원보(元輔)에 다시 제수하는 나의 뜻이 어찌 우연한 생각이겠는가. 앞에서 잠시 사임을 허락한 것처럼 조처한 것은 특별히 예우하는 마음으로 경의 간절한 청을 무시하기 어려운 탓이었음을 알라. 내가 경을 의지하는 것은 지난날이나 지금이나 차이가 없으나, 경이 수행해야 할 책임은 벼슬에 있을 때와 벼슬에서 물러나 있을 때와 차이가 있을 수 있기 때문이다. 그래서 애써 경에게 맡기려고 하는 것이다. 정녕 나라의 계책으로 백성들의 근심 거리나 걱정이 이만저만이 아니다.

따라서 노성한 경에게 도움을 받아 성과를 거두고자 하는 것이다. 또한 세자 책봉이 하루 앞으로 다가왔는데 사(師, 스승)의 직임은 경이 있어야 갖추어지게 되니 경은 간절히 사모하는 마음으로 즉시 일어나, 과인과 함께 경사를 맞도록 하라. 마음을 펴서 유시를 하고 과인은 난간에 나가 기다리겠노라."

"신은 전후 사정으로 보아 받아들이기 어려웠고 의리로 보아 반드시 사임해야 했던 것은 염방(廉訪, 청렴하고 곧은 것) 때문이었습니다. 그런데 이미 체차된 신을 거듭 제수하셨습니다. 그러나 오늘의 신은 전날의 죄인 된 신에 지나지 않습니다. 지금의 신은 전날과 전혀 다르지 않은데, 전날에 사임했던 벼슬을 오늘 다시 받을 수 있겠나이까. 받지 말아야 할 것을 받는 것은 사람의 양심을 저버리는 것이며 사임하지 말아야 할 것을 사임하는 것은 나라를 배반하는 것입니다. 여기에 한 가지라도 해당된 자가 세상에 나가 행세하거나 조정에 나갔다는 사람을 신은 들어보지 못했습니다. 군신 간에 서로 의지하는 것은 충분히 사료(思料)되오나 명을 받들 길이 없으므로 숭엄(崇嚴)을 무릅쓰고 상소를 올리니 신의 의정(議政, 영의정)의 직함을 어서 체차하시어 나라의 벼슬을 중시하옵시고 신에게는 사사로운 분수를 지키게 하여주소서."

"경을 다시 상직에 제수한 것은 국사(國事)를 위해서 그리한 것이다. 경의 상소에 '사임하지 않아야 할 것을 사임하는 것은 나라를 배반하는 것'이라 했는데 경이 나라를 배반하지 않으려고 한다면 어찌하여 당일로 과인의 명에 응하지 않을 수 있겠는가. 더욱이 지금 책례(册禮)가 하루 앞으로 다가왔고 세자사(世子師)의 중책도 수행해야 할 것이다. 만약 경이 이를 마다하면 세자 책봉마저 허공을 헤맬 것이다. 그러니 경은 즉시 조정에 나와 과인의 뜻에 따르라."

왕은 대감에게 세자사라는 중책을 떠맡기고는 계속 조정에 나올 것을 독촉했다. 세자사야말로 재상 가운데 가장 덕망이 있는 대신을 뽑아 세우는 일이었고 왕은 세자 책봉 문제를 대감에게 일임한 것이었다. 만약 나라와 왕실의 경사마저 끝까지 거절한다면 신하의 도리가 아닐 것이었다. 또 왕의 말대로 세자 책봉 문제까지 외면하게 되면 종묘사직에 큰 죄인이 되는 일이었다. 대감은 그것만은 물리칠 수 없어 입궐하여 왕 앞에 엎드렸다.

"오랜만에 전하를 뵈옵니다."

"경의 얼굴이 많이 수척해지셨소."

"동궁 책례일이 하루 앞으로 다가와 기쁘기 한량없습니다. 동궁의 건강은 평안하신지요?"

"잘 놀고 있소."

"신이 오늘 세자사로 숙배하게 되니 경축하는 마음 한량없습니다."

"오랫동안 세자사를 갖추지 못한 것은 경이 직임에 좀처럼 응해
주지 않은 탓이었으니, 다른 대신들보다 경의 마음은 각별할 것
이오. 경의 고집 때문에 세자사 정하는 일이 얼마나 많이 늦어졌
는지 생각해보라."

"황공하옵니다. 그러나 이번에 명을 받든 것은 경사로 인해 어
쩔 수가 없는 탓입니다. 책례가 끝난 다음, 정성을 다해 간절히
사직을 청해 올리면 그때는 처분을 내려주시기 바랍니다."

"경이 부주한 것에 '사임하지 않아야 할 것을 사임하는 것은 나
라를 배반하는 것'이라 했는데 경이 나라를 배반하지 않는다면
앞으로는 사임을 청하는 일이 없어야 할 것이오. 그건 그렇고, 경
이 세자사가 되었고 세자도 노상 밖에 나가 놀고 싶어하니 나오
게 하여 서로 만나보도록 하시오."

왕의 명에 따라 내시가 서둘러 세자를 안고 왔다. 이제 막 첫돌
이 지난 어린 세자가 대감 앞에 나타났다.

"경이 한번 안아보시오."

"벌써 예자(睿慈, 임금이 될 만한 기품)가 근엄합니다."

"경이 앞으로 오랫동안 사석(師席, 스승)에 있으면서 잘 보도(輔導,
가르치는 일)하도록 하시오."

대감은 어쩔 수 없이 도제조로서 세자 책봉을 마치고, 청나라
이홍장(李鴻章)을 만나 세자 책봉의 중임을 해결하고 돌아왔다. 그

리고 다시 사임을 청해 올려 결국 사임을 허락받고야 말았다. 왕과 대감의 줄다리기는 갑술년(1874) 11월부터 시작하여 을해년(1875) 11월 20일 흥인군(興寅君) 이최응을 좌의정에서 영의정으로 임명하면서 비로소 끝이 난 것이었다. 왕은 서른 번도 넘게 대감을 불러들이는 글과 명소패를 보냈고, 대감은 시골 감옥에 스스로 갇혀 석고대죄를 드리면서 모진 고생을 한 결과였다.

그동안 왕은 상소를 올린 자들의 속내를 훤히 알고 있는 탓에 결코 그들에게 굴복해서는 안 된다는 일념으로 대감을 달래고 또 달래도 듣지 않자 두 번이나 파직을 선고했고 한 번은 천안군에 중도부처를 명하면서 1년을 끌었지만 왕도 더 이상 어쩔 도리가 없었다.

대감은 그렇게 대원군의 사람들인 전직 관료들로부터 세 번 상소를 당했고 1년 동안 사직을 청하면서 고통스럽게 영의정직을 마무리하고, 경진년(1880) 67세에 봉조하가 되었다.

이제 모든 것이 끝나는가 싶었다. 그런데 정작 견디기 힘든 고통이 다시 기다리고 있었다. 다음 해 신사년(1881)에 지방의 수구파 유생들이 김홍집이 일본에서 중국인 황준헌에게 받아 온『조선책략』을 거론하며 다시 위정척사를 들고나온 것이었다. 강원도 유생 홍재학이 상소를 올려 대감과 이홍장이 주고받은 편지를 거론하고 나섰다. 북양대신 이홍장은 일본을 견제하기 위해 대감과 여러 번 편지를 주고받은 적이 있었다.

"신들이 삼가 듣건대 사람이 짐승과 다른 것은 바로 오륜(五倫) 오상(五常)의 법과 중국을 높이고 오랑캐를 배척하는 성품이 있기 때문입니다. 선왕과 선성들이 하늘의 뜻이 여기에 있어 만세에 기준을 세운 것도 이것이고 후대의 임금과 후대의 현인들이 강구하고 밝혀서 후세에 전수할 것도 이것입니다. (……)

대체로 서양의 학문이 원래 천리를 문란케 하고 인륜을 멸하는 짓은 하늘이 노할 지경입니다. 서양의 문물은 태반이 음탕한 것을 조장하고 욕심을 이끌어 윤리를 망치고 사람의 정신이 천지와 통하는 것을 어지럽히니 귀로 들으면 내장이 뒤틀리고 눈으로 보면 창자가 뒤집히며 코로 냄새를 맡거나 입술에 대면 마음이 바뀌어 본성을 잃게 됩니다.

이는 독약을 먹고 갈증을 풀려고 하며 독초를 먹고 굶주림을 면하려 하는 것과 같습니다. 이른바 황준헌의 책자를 가지고 와 전하에게 올리고 조정 반열에도 드러내놓았는데, 만약 전하의 조정에서 집정(執政)하고 있는 재상들이 정당한 의견을 극력 견지하면서 엄하고 굳세게 범접하지 못하게 했다면 이른바 왕명을 전대하는 사실이 어찌 버젓이 이 흉측한 말을 내놓았겠습니까. 이런 것을 본다면 전하의 사신과 집정 재상은 전하의 사신, 집정 재상이 아니라 바로 예수의 심복으로 구라파와 내통한 것이니, 어찌 삼천리 우리 옛 강토가 오늘에 와서 개, 돼지가 사는 곳으로 되고 5백 년 공자와 주자의 예의가 오늘에 와서 더럽혀질 줄 생각이나 했겠습니까.

그러함에도 전하께서는 영남의 이만손을 비롯하여 위정척사 상소를 올린 유생들을 잡아다가 형을 가하고 유배를 보냈으니 이런 처사를 보건대 전하를 어찌 간언(諫言)에 따르는 성주(聖主)라고 할 수 있겠습니까. 전하께서 이처럼 전에 없던 지나친 조치를 취하고도 막연히 깨닫지 못한 것은 학문을 일삼지 않아, 아는 것이 이치에 밝지 못하고 마음은 사심을 이기지 못하며 안일에 빠진 것을 달게 여기고 참소로 권하는 것을 즐기는 탓입니다.

전하께서 배우지 않는 것은 어찌 다른 까닭이 있겠습니까. 성충을 어지럽히는 재상을 비롯한 집정자들이 미련하고 이익만 즐기는 자들이라, 전하의 학문과 덕행이 뛰어나게 되면 어진 사람을 등용할 것이고 간사한 그들을 물리치게 될 것이므로 그것을 우려한 탓입니다."

홍재학의 상소는 조정을 분노의 도가니로 몰아넣었다. 왕을 무지한 폭군으로 간주하면서 그게 다 성충을 어지럽히는 재상을 잘못 등용한 탓으로 몰아붙인 것이나, 감히 학문을 멀리하는 한심한 왕으로 몰아붙인 것은 왕에 대한 정면 도전이었다. 신하가 왕을 몰아세우다 못해 왕과 정면 대결을 한다는 것은 곧 역적에 다름 아니었다.

상소는 그것으로 끝나지 않았다. 홍재학에 이어 올라온 경기도 유생 신섭의 상소도 마찬가지였다. 그러니까 지금까지 위정척사파들은 개화를 물리치기 위해 복합 상소 시위를 벌이고 있었다.

상소 운동의 핵심 인물은 홍재학과 충청도 유생 강달선이었고, 그들은 개화 정책을 추진하는 왕을 폐위하기로 음모를 꾸몄다. 대원군이 서자 이재선을 왕위에 앉히려는 음모도 이런 과정에서 만들어진 우매한 사건이었다.

신섭의 상소 역시 서양을 오랑캐로 보고 서양에 대하여 털끝만큼이라도 관심을 갖거나 호의적으로 말하는 사람을 매국노로 몰아붙이는 위정척사로 일관했다. 이유원 대감에 대해서는 홍재학보다 신섭이 훨씬 더 크게 공격 목표를 잡고 나왔다. 신섭의 상소도 북양대신 이홍장과 대감이 편지를 주고받은 것을 성토한 내용이었다. 김홍집이 들여온 책 『조선책략』과 이홍장의 말이 똑같은 것이니, 김홍집과 내통한 것이라고 주장하면서 왕의 성총을 흐린 자가 곧 이유원 대감이라고 못을 박았다.

"전 수신사 김홍집이 중국인에게 유혹되어 이른바 황준헌이 지었다는 책을 경솔하게 가지고 와 감히 전하께 바쳤습니다. 그가 주장한 것은 북쪽의 러시아가 날뛴다는 것을 빙자하여 우리나라가 서쪽의 미국과 통상할 것을 재촉하며 이교를 논하는 데서 우리 유교의 주자 학설을 비유하기까지 했으니 이것이 무슨 짓이란 말입니까.

저 미국은 예수교의 나라입니다. 그런데 그와 더불어 통상 왕래를 하게 되면 사교에 물들게 될 것은 필연적이고, 그것은 정원에다 범을 기르고 도적을 문 안에 들여놓고 자기를 지켜주기를 바라는 것과 같습니다. 김홍집이 무슨 심보로 이렇게 나오는 것이 겠습니까. 그들의 독소에 중독되어 본심을 잃고 스스로 술책에 빠져 자각하지 못한 탓입니다. 따라서 그의 죄상을 다스리고 그 책자는 엄하게 배척하여 사람들로부터 멀리해야 할 것입니다.

그리고 봉조하 이유원은 큰 은혜를 후하게 입고 높은 자리에 올랐으니 다른 누구보다도 보답해야 할 것입니다. 그런데 신하로서 다른 나라와 내통한 죄를 스스로 짓고 이홍장과 더불어 번번이 서신을 왕래하였으니 어떤 관계가 있는지 모르겠으나, 이홍장의 글을 빙자하여 미국과 통상을 체결할 수 있고 조차지를 각 항구에 허락할 수 있다고 하면서 황준헌의 글이 실로 우리의 생각과 맞다고 했습니다. 심지어 황준헌이『조선책략』에서 사교를 끌어다 비유한 것을 조금도 배척하지 않았으니 김홍집과 암암리에 서로 결탁한 증거는 없지만 의심이 되는 일입니다.

요행히 이홍장의 글과 황준헌의 책은 똑같은 내용이며 이유원과 김홍집은 분명히 안팎으로 호응하는 것으로 장차 사람들의 눈과 귀를 미혹시키고 국시(國是, 국가이념)를 문란시키려는 것이니 이런 자가 무슨 짓인들 못 하겠습니까. 이것부터 논하자면 그들은 모두 신이 말한 도적 편의 사람들입니다. 전하께서는 무엇 때문에 이런 무리들을 가까이하여 높은 벼슬을 주고 높이 우대하시는 것인지요. 그러면서 나라의 위엄을 높이고 나라의 기강을 떨치려 하다니요. 이 모든 것이 전하께서 환히 듣지 못하고, 학문이 고명한 경지에 이르지 못한 탓입니다. 그것은 그들에게 가려져서 그렇게 된 것입니다. 그러니 전하께서는 결단을 내리시어 간사한 자들을 물리치고 충직한 사람들을 등용하신다면 나라를 위험에서 구출하여 반석같이 다질 수 있을 것이며 종묘사직을 보존할 수 있을 것입니다."

대감은 세자 책봉 문제를 계기로 북양대신 이홍장과 외교 문제에 대한 서신을 주고받았다. 황준헌이 준 『조선책략』에서도 서양과 조약을 맺을 것을 권했듯이 이홍장은 조선이 중국과 함께 서양과 관계를 맺어야 일본과 러시아를 막아낼 수가 있다고 권했다. 서양은 공법을 중요시하는 사람들이므로 함부로 남의 나라를 침범하는 짓을 하지 않는 사람들인 데다, 조선 땅과 거리가 먼 탓에 침략하기도 쉬운 일이 아니어서 관계를 잘 맺어나간다면 힘들 때 큰 도움이 될 것이라는 말이었다.

대감은 이홍장의 권고를 고마워하면서도 한편으로는 서양이 정말 공법을 중요시하는 나라인지를 여러 번 확인하는 편지를 보냈다. 국가의 중대 기밀이라 두 사람은 비밀리에 편지를 주고받았고 대원군을 중심으로 하는 수구척사파들은 비밀리에 주고받은 편지에는 분명 어떤 거래가 있을 것이라는 의심을 제기하고 나선 것이었다. 편지는 세자 책봉 문제로 만나야 하는 우리 쪽에서 먼저 보냈고. 이홍장이 답장을 보내는 순서로 진행되었다.

"2월경에 객(客)이 도착하여 작년 섣달 보름(1878.12.15)에 보낸

혜서(惠書, 상대방 편지에 대한 높임말)는 잘 받았습니다. 외교 문제를 가지고 이득과 손실에 대해 구명하고 정세에 대한 분석을 되풀이 해가면서 설명한 것은 충성스러운 시책과 커다란 계획으로서 감복하는 마음이 한량없습니다. 많은 연세에 건강하게 지내시고 나랏일도 잘 처리하여 국토를 보전하고 외적을 방어하는 조처가 모두 합당하니 매우 칭송하고 뜻을 받들게 됩니다.

일본은 최근 서양 제도를 숭상하여 허다한 것을 새로 만들면서 벌써 부강해질 방도를 얻었다고 스스로 말합니다. 그러나 이로 말미암아 창고는 텅 비고 국채는 쌓이고 처처에서 말썽을 일으키면서 널리 땅을 개척하여 그런 비용을 보상하려고 하는 것입니다. 그 강토가 서로 바라보이는 곳이 북쪽으로는 귀국(조선)이고 남쪽으로는 중국의 대만이니 더욱 주의해야 할 것입니다. 중국과 귀국에 대해서도 장차 틈을 엿보아 제멋대로 행동하지 않으리라 보장하기 어렵습니다. 중국은 병력과 군량이 일본의 열 배나 되기 때문에 스스로 견뎌낼 수 있으나 귀국을 위해서는 여러 가지로 생각하게 됩니다. 지금부터 은밀히 무비(武備)를 닦고 군량도 마련하고 군사도 훈련시키는 동시에 방어를 튼튼히 하면서 기색을 나타내지 말고 그들을 잘 다루어야 할 것입니다.

그런데 귀국은 이전부터 문화를 숭상하는 나라로 알려져 있으나 경제력은 대단히 약한 탓에 즉시 명령을 내려 신속히 도모한다 해도 짧은 시일에 효과를 거두지는 못할 것입니다. 더욱이 걱정되는 것은 일본이 서양 사람들을 널리 초빙해다가 해군과 육군의 병법을 훈련하고 있으므로 그들의 대포와 군함을 귀국으로서는 대적하기 어려울 것입니다. 작년에 서양 사람들이 귀국과 통상을 하자고 했다가 거절당하고 갔으니 그들의 마음은 종시 석연치 못할 것입니다. 그런데 만약 일본이 뒤에서 영국, 프랑스, 미국 등 여러 나라와 결탁하여 개항에 대한 이득으로 서양을 유혹하거나 혹은 북쪽 러시아와 결탁하여 영토 확장에 대한 음모로 유인한다면 귀국은 고립되는 형세에 몰리게 될 것입니다.

이미 귀국이 어쩔 수 없이 일본과 조약을 체결하고 통상을 한다는 사실이 벌써 그 시초를 연 것이니 다른 여러 나라도 반드시 생각하게 될 것이며 일본도 이를 좋은 기회로 삼을 것입니다. 사정이 이러하니 지금은 독으로 독을 치고 적을 끌어 적을 제압하는 계책을 써서 이 기회에 서양의 나라들과 조약을 체결하여 일본을 견제해야 할 것입니다. (……)

일본이 겁을 내는 것은 서양입니다. 귀국의 힘만으로 일본을 제압하기에는 부족하겠지만 서양과 통상하면서 일본을 견제한다면 충분하고도 남음이 있을 것입니다.

작년에 터키가 러시아로부터 침범을 받아 사태가 매우 위험했을 때 영국, 이탈리아 같은 여러 나라가 나서서 쟁론(爭論)을 하자 비로소 러시아는 군사를 이끌고 물러났습니다. 그때 터키가 고립무원이었다면 러시아는 벌써 욕심을 채우고 말았을 것입니다. 뿐만 아니라 구라파의 벨기에와 덴마크도 아주 작은 나라이지만 여러 나라들과 조약을 체결하자 함부로 침략하는 자가 없었습니다.

순국 상

이것은 모두 강자와 약자가 서로 견제하면서 존재한다는 명백한
증거입니다. 만약 귀국에서 영국, 독일, 프랑스, 미국과 관계를
가진다면 일본만 견제되는 것이 아니라 러시아가 엿보는 것까지
막아낼 수 있습니다.

　조약을 체결한 나라들에 때때로 관리들을 파견하여 서로 방문
(聘問)하고 정의(情誼)를 맺어 사건마다 모두 협력하도록 조종한다
면 일본을 견제하는 방도로서 이보다 더 좋은 계책이 없을 것입
니다. 단지 중국과 귀국은 한집안이나 같으며 우리나라의 동삼성
(東三省)을 병풍처럼 막아주고 있으니 서로 순망치한처럼 의존하
고 있습니다. 그러니 귀국의 근심이 곧 우리 중국의 근심입니다.
그런 탓에 주제넘은 줄 알면서도 귀국을 위한 대책을 생각하여
진정으로 솔직하게 제기하는 것입니다. 부디 귀국의 임금님에게
제 뜻을 올리시고 정신(廷臣)들을 널리 모아 심사원려(深思遠慮) 하
시어 가부(可否)를 비밀리에 토의하시기 바랍니다."

　"최근에 우리나라에서 일본과 화친하고 조약도 맺고 통상도 하
는 것은 어쩔 수 없는 탓에 하는 일이지만 그들과의 접촉에서 부
디 의심하는 속내를 보이지 말아야 한다는 충언은 그대로 지키고
있습니다. 그때 일본이 규정한 이외의 다른 항구를 지적하여 개
방해달라 했고, 우리는 어느 곳이나 중요한 지역인지라 두 시간
이 넘게 승강이를 한 뒤에 원산진(元山津)으로 승낙해주었습니다.
인천은 도성과 가까운 곳이라 끝까지 그들의 요구에 응하지 않았

더니 불만을 품기는 했으나 교제가 파탄되지는 않았습니다.

올봄에 유구국(오키나와에 있었던 나라)을 멸망시킨 것이라든지 요즘 대포와 군함을 연습한 일들은 이렇게 비밀리에 기별하여 알려주지 않았더라면 눈과 귀를 막고 앉아 있는 우리로서는 얻어들을 수 없는 일입니다. 북양대신의 어진 덕으로 우리나라를 염려해준 것은 오래전부터이지만 우리를 대신하여 이렇게 위험이 닥치거나 환난이 일어나기 전에 방지할 대책을 강구해주실 줄은 미처 생각하지 못했습니다. 독으로 독을 치고 적을 끌어 적을 제압하는 계책에 대하여 자세히 설명해주신 바를 소견이 암둔한 자이지만 어찌 깨닫지 못하겠습니까.

북양대신의 글은 서양 각국과 먼저 통상을 맺으면 일본이 견제될 것이며 일본이 견제되면 러시아가 틈을 엿보는 것도 걱정이 없을 것이라는 내용입니다. 우리나라는 한쪽 모퉁이에 외따로 있으면서 옛 법을 지키고 문약(文弱)함에 편안히 거처하며 나라 안이나 스스로 다스렸을 뿐, 외교할 겨를이 없었습니다. 더욱이 서양의 예수교는 오도(吾道, 유교)와 달라 이는 인간의 윤리를 그르치는 것으로 우리 백성들은 그것을 맹렬히 타오르는 불처럼 두려워하고 독화살처럼 피하고 귀신을 대하듯 멀리 배척합니다.

우리나라에서는 예수교에 물든 자에 대해서는 절대로 용서한 적이 없습니다. 이것을 미루어보더라도 잘 알 수 있을 것입니다. 아편을 판다든지 예수교를 퍼뜨린다 해도 약하고 순한 우리 백성들 힘으로는 성난 짐승처럼 덤벼드는 그들을 당해내지 못할 것입

니다. (······)

북양대신의 위엄과 명망이 천하에 떨치고 계교와 책략이 내외의 정세에 들어맞아 저 거대한 러시아나 서양 나라들이나 일본도 진심으로 무릎을 꿇지 않는 자가 없으니 일본 사람들이 대만을 노린다고 하여도 해를 입을 턱이 없다고 봅니다. 우리나라 역시 오랫동안 북양대신의 덕을 입어왔고 지금도 믿고 있기에 든든한 것이 사실입니다.

그런데 서양의 공법은 이유 없이 남의 나라를 빼앗거나 멸망시키지 못하도록 되어 있기 때문에 러시아와 같은 강국도 귀국에서 군대를 철수했고, 터키를 위기에서 구해준 것으로 보아서는 공법이 믿을 만하기는 하나 혹시 우리나라가 남의 침략을 당하는 경우에도 여러 나라에서 공동으로 규탄하여 나서준다는 것을 믿을 수가 있겠는지 의문이 가지 않을 수 없습니다. (······)

또 우리나라가 정책을 바꾸어 항구를 크게 열어 가까운 여러 나라들과 통상을 하고 기술을 배운다고 하더라도 틀림없이 그들과 교제하고 거래를 하다가 결국 창고를 몽땅 털리고 말 것입니다. 우리나라는 토산물이 변변치 못하고 물품의 질이 낮다는 것은 다 아는 바입니다. 각국에서 멀리 무역을 하러 온다 해도 몇 집끼리 운영하는 시장에 불과해 천 리 밖에서 온 큰 장사를 받아주기는 어려우니 주인이나 손님이나 무슨 이득이 있겠습니까. 그리고 우리나라가 함부로 중국을 따라가려고 하는 것은 하루살이가 새처럼 날아보려고 하는 것과 다르지 않을 것입니다.

대신께서는 간절히 일러주고 우리로 하여 해를 입지 않게 하려
고 하시나 형편이 허락지 않아 뜻을 받들어 시행하지 못하니 이
는 어리석고 부족한 저의 탓도 있을 것입니다. 그러나 대신을 의
지하고 믿는 것은 여전합니다. 서양 나라들과 일본도 대신의 위
엄 아래서는 감히 방자하게 행동하지 못하는 만큼 앞으로 나라에
중요한 일이 있을 때마다 대신의 지도 받기를 원하고 덕을 입기
를 원합니다."

대감의 답글 편지에는 북양대신 이홍장과 어떤 비밀스러운 거
래를 했다는 의심을 살 만한 구석이 단 한 글자도 보이지 않았다.
오히려 이홍장의 말을 믿지 못해 그의 제안을 받아들이지 않았음
을 알 수 있는 글이었다.

감히 임금을 능멸하는 언사로 가득 찬 홍재학과 신섭의 상소문
은 조정을 발칵 뒤집어놓고 말았다. 사헌부, 사간원, 홍문관, 삼
사에서 연명으로 상소를 올려 임금을 능멸한 그들을 엄벌할 것을
주장했다. 왕은 즉시 국청을 설치하라 명하여 그들을 엄히 치죄
한 후 모두 유배에 처했다.

그런데 홍재학, 신섭 등에게 사형을 내려야 한다고 삼사에서 연
명으로 상소를 올린 관료들은 대감에게도 벌을 주어야 한다 주장
하고 나섰다. 대감은 신섭의 상소문을 보고 왕에게 상소를 올렸
는데, 상소문에 신섭이 제기한 이홍장과 주고받은 편지와 김홍집
이 들여온 『조선책략』에 대하여 소명하기에 급급했을 뿐, 왕을 능

멸한 홍재학과 신섭에게 죄를 물어야 한다는 말을 하지 않았다는 것이 이유였다.

삼사의 연명자들은 대감이 자신의 명예가 왕보다 더 중요할 수 없는데 오로지 자신의 명예를 지키기에 급급했고, 또 그들에게 엄벌을 내리라고 주장하지 않은 것은 그들을 지지하는 것과 같은 것이며 대감은 오로지 자신만을 보호하려고 했다고 주장했다. 상소는 갈수록 거세어지고 왕이 아무리 대감의 심중을 헤아린다 하더라도 삼사의 연명 상소를 당해낼 방법이 없었다. 왕은 대감을 충청도 지방으로 유배 보내라고 명했다. 그러자 삼사에서 다시 들고 일어나 더 엄한 벌을 내려야 한다고 밀고 나갔다. 왕은 하는 수 없이 거제도 유배령을 내렸다.

대감은 뜬금없이 67세 노구의 몸으로, 남도의 머나먼 섬 거제도로 유배를 떠났다. 왕이 대감을 결국 유배 보낸 것은 삼사의 연명을 거부할 수 없는 탓이었다.

한여름에 유배를 떠나 섬에서 겨울을 맞았을 때, 왕은 본의 아니게 대감을 유배 보내놓고 눈물을 흘리며 노심초사 걱정을 하던 끝에 그해 12월에 석방령을 내렸다. 그런데 의금부에서 인사 교체 문제로 당장 거행하기가 어렵다고 하자 왕은 즉시 거행하라며 불같이 화를 냈다. 그래도 일이 늦어지자 왕은 새로 제수한 대간(臺諫)을 불러 "다른 업무를 미루고 즉시 일을 처리하라!"고 엄명을 내렸다.

대감은 임오년(1882) 1월에 유배에서 돌아왔다. 유배살이 5개월 만이었으니 비교적 짧은 편이었다. 그렇더라도 나이 칠순을 눈앞에 둔 몸이었고, 또 1년 동안 석고대죄를 드리면서 지쳐버린 몸은 말이 아니었다.

그런데 대감이 유배지에서 돌아와 노독을 풀 시간도 없이 임오군란이 일어났다. 장호원으로 피한 왕비가 청군을 청하여 난은 평정했으나 일본이 문제로 떠올랐다. 일본은 임오군란 때문에 일본 공사관과 일본 거류민들이 입은 피해를 보상하라며 군대를 이끌고 와 조약을 종용한 것이었다. 왕은 대감을 전권대신으로 내세워 일본 공사 하나부사와 제물포조약을 체결하게 했다.

"경을 유배지에서 불러들이지 않았다면 누가 이 어려운 일을 감당할 수 있더란 말인가."

"그렇지 않습니다. 모두 소신보다 훌륭한 대신들입니다."

"그들은 하야시 공사와 만나는 일을 꺼려 경에게 미루고 회피했는데 훌륭하다니."

"그것은 겸양이었을 것입니다."

"겸양이 아니라 조약에 대한 부담을 지지 않으려는 심산이었소."

왕의 말대로 신료들은 감당하기 어려운 일본 공사 하나부사와 마주하기를 꺼렸다. 무엇보다도 잔뜩 벼르고 있는 일본의 무리한 요구를 조정하기란 쉬운 문제가 아니었다. 그들은 "경륜으로 보나 지혜로 보나 영부사 이유원 대감이 적격인 줄 압니다."라고 이

구동성으로 대감을 거론했고, 왕은 힘든 일에 나서준 대감에게
고마운 마음을 숨기지 않았다.

5
가문 정신

　　대원군과 그의 수족들이 끈질기게 대감을 찍어내
려 해도 왕은 그들에게 좀처럼 넘어가지 않았다. 대원군이 왕에
게 "주상의 애비가 누구인지 헷갈린 게 한두 번이 아닙니다."라고
불만을 말했다는 소문이 늘 끊이지 않게 돌아다닌 것도 그래서였
다. 대원군이 왕에게 불평한 대로 대감과 왕은 마음이 그렇게 통
했다. 대감은 왕이 아버지의 그늘에서 정책을 마음껏 펴지 못한
것을 늘 안타깝게 여기고, 왕은 대대로 왕을 섬겨온 세신가의 노
(老)대신을 정치적 스승으로 의지한 것이었다. 그래서 왕은 친정
을 시작하자마자 불과 닷새 만에 대감을 영의정에 제수했고, 대
감은 흥선대원군과는 대척점에 서게 된 것이었다. 그리고 이제
모든 시련은 그쯤에서 마무리되었다.

　석영은 대감을 새롭게 존경하게 되었다. 그리고 왕이 그토록 대

감을 정신적, 정치적 스승으로 여긴 이유를 알 것 같았다. 한집에서 가까이 바라본 대감은 멀리서 볼 때와 전혀 달랐다. 대감은 하인들까지 세심하게 살피는 성미였다. 하인들 표정이 조금만 언짢아 보여도 집사 박경만을 시켜 그 연유를 알아냈다. 만약 박경만이 태만하여 늦게라도 알아내는 날에는 혼을 냈다. 감기만 들어도 탕제를 지시하면서 자식을 걱정하듯 했다. 그럴 때마다 박경만은 "아랫것들에게 너무 잘해주시면 제 분수를 잊어버리는 수가 있습니다."라고 걱정을 했다가 혼이 나는 것이었다.

임오군란이 나라를 휩쓸고 지나간 후 살기가 어려워지자 도적 떼가 출몰하여 민가를 휩쓸었을 때 부자들이 표적이 된 것은 두말할 필요가 없었다. 그런데 대감은 안전했다. 도적 떼들이 이유원 대감은 고을 사람들에게 선을 베푼 어른이니 영의정 대감 댁은 건드리지 말자고 했기 때문이었다.

사람뿐만 아니라 대감은 짐승도 무던히 아꼈다. 그래서 하인들이 말을 관리하는 것을 직접 바라보기를 좋아했다. 대감은 석영이 타는 유휘를 더욱 애지중지했다.

"살살 하거라. 유휘가 아프지 않겠느냐."

하인들이 빗질을 좀 거칠게 한다고 생각되면 안타까운 마음을 감추지 못했다. 발굽에 편자를 갈아 끼우러 갈 때도 마음이 놓이지 않아 하인을 두 번 세 번 불러 세워놓고 "말발굽 아프지 않게 조심조심하라고 이르는 것을 잊지 말라."고 당부했다. 그럴 때마다 하인들은 "예, 예." 하면서도 저희들끼리 걸어가면서 "말이 아프기는 뭘 아프다고. 거친 들을 뛰어다니는 놈들인데."라고 했다. 그러다 대감께 들킨 적이 있었다. 대감은 눈을 크게 뜨고 "말도 사람과 똑같이 숨을 쉬고 사느니라. 너희들만 아픈 줄 아느냐. 말 못 하는 짐승을 더 애처롭게 여길 줄 알아야 사람이니라."라고 일침을 놓았다.

집안에서 키우는 거위들도 사람을 알아보았다. 하인들이 다가가면 부리로 쪼면서 소리를 지르기 일쑤였다. 그런데 대감이 다가가면 조용했다. 대감이 손바닥에 모이를 놓고 "이리 오너라." 하고 부르면 긴 목을 저으며 다가와 조심조심 모이를 쪼아먹고는 마치 고맙다는 듯이 고개를 조아리고는 제자리로 돌아가는 것이었다.

"저런 것들도 자기에게 따뜻하게 하는지 쌀쌀맞게 하는지 다 아는 모양입니다."

경만은 그렇게 말하면서 하인들에게 "모이 줄 때 구박하면서 주니까 모이 주고도 대접을 받지 못하는 것"이라고 했다.

집안 식구들이 마실 물을 멀리 계곡에서 길어 오게 한 것도 처음에는 어떤 하인 때문이라고 박경만이 귀띔을 해주었다. 그 특별한 샘물을 마시면 소경이 눈을 뜬다고 하여 집안에 눈먼 사람이 있는 사람들이나 길어다 마시는 것으로 전해오고 있었다. 대감은 집 안에 우물을 두고도, 멀리 계곡에 있는 그 물을 길어 오게 했다. 하인들 가운데 눈이 흐려지는 자가 있다는 것을 안 뒤부터였다.

하인들이 그 물을 길어 오자면 반나절이 족히 걸렸다. 물을 길어 오면 대감은 맨 먼저 그 물을 사당에 올린 다음, 눈이 흐린 하인에게 마시게 하고 대감도 직접 마셨다. 물을 마실 때면 왕에게 무엇을 바치듯, 또는 사당에 제사를 올릴 때처럼 두 손으로 물그릇을 정성껏 받쳐 들고 조심스럽게 마셨다. 물 탓인지는 알 수 없으나 하인은 몇 달 뒤에 눈이 좋아졌다고 했다.

하인의 눈이 좋아졌음에도 대감은 계속 그 물을 길어 오게 하여 집안 사람들에게 마시게 하면서 "물은 사람이 먹는 가장 첫째 것으로 육신의 생명을 지탱해줄 뿐만 아니라 마음의 눈을 뜨게 해주는 것"이라고 강조했다. 대감은 석영에게도 그 물을 마시게 했고, 석영은 진정으로 마음의 눈을 뜨기를 바라며 그 물을 열심히 마시기 시작했다. 대감이 하는 것처럼 정성껏 두 손으로 사발을 받쳐 들고 물을 마시고 난 다음 고개를 들면 하늘이 새롭게 보이면서 마음속이 활짝 열리는 것 같았다.

대감은 석영을 대동하고 보광사를 자주 찾았다. 보광사는 대감이 직접 지은 절이었다. 본래 보광사는 천년 고찰이었으나 임진왜란 때 불타버리고 말았다. 흔적 없이 사라져버린 채 수백 년이 지나간 빈터에 새로 절을 지은 것은 세상이 흠모한 화담 경화 스님(1786~1848)을 기리기 위해서였다. 대감은 국사가 어지러워 숨통이 막히면, 손수 지은 보광사를 찾아가 경화 스님을 만났다.

경화 스님은 대감보다 28년 연상이었고 이미 세상을 떠났지만 늘 마음속에 스님을 모시고 살고 있었다. 경화 스님은 화엄의 대가로 세상이 우러른 학승이었다. 정조 10년(1786)에 밀양에서 태어나 18세에 양주 화양사 월화 스님을 은사로 출가하여 가야산 해인사에서 정진하고, 청고 스님으로부터 구족계를 받고 지각 스님의 불법을 이어받아 화엄계의 계보인 휴정, 편양, 풍담, 월담, 환성, 완월, 한암, 화악으로 이어지는 법통을 계승했다.

스님은 전국 사찰을 돌면서 중생들에게 화엄을 강론하다가 가평 현등사에서 입적했다. 평생 솔잎과 죽만 먹고 밤낮 수행에 정진했던 경화 스님은 63세에 열반했고 대감은 스님이 돌아가신 지 3년 만에 절을 지어 경화 스님을 모신 것이었다. 대감이 경화 스님을 알게 된 것은 자연스러운 일이었다. 경화 스님은 문장에도 뛰어나 조선의 제일가는 유생들과 교유하기를 즐겼다. 그들 가운데 이유원과 아버지 이계조가 있었다. 대감은 청년 시절 화양사에서 공부한 적이 있고, 화양사는 경화 스님이 출가한 맨 처음 절이었다.

"내가 맨 처음 경화 스님을 뵈었을 때 스님의 눈매에서 찬바람이 서늘하게 돌았느니라."

대감은 경화 스님의 진영을 바라보며 옛날을 떠올렸다. 그때 대감은 20대 젊은 나이였고 경화 스님은 50대였는데, 스님을 만나면 마치 찬물이 전신을 타고 흐르는 것 같은 느낌이 들었다고 했다. 그래서 스님이 별 말씀을 하지 않으시는데도 깊은 땅속에서 찬물이 솟아오르듯 가슴속으로 말씀이 흘러넘쳤다며 그때를 술

회했다.

석영이 진영으로만 봐도 싸늘한 냉기가 느껴졌다. 예리한 눈과 가늘게 솟은 콧날과 마르고 갸름한 얼굴에서 준엄함이 흘렀다. 평생 솔잎과 죽만 먹는 규칙을 고수하면서 오로지 불경에만 정진한 흔적일 것이었다.

"이 소나무를 보아라. 저희들끼리 원을 그리며 잘 어우러진 것이 얼마나 화애롭고 평화로운 것이냐. 학문의 요체는 중용에 있고, 중용의 도리는 전적으로 마음을 화평하게 하고 기운을 조화롭게 하여 천지에 화기를 퍼지게 하는 데 있느니라. 옛날 주자는 학문을 하는 데 있어 지극히 노력해야 한다고 이르면서 '일신이 중화를 얻게 되면 일신을 살찌게 한다'고 했는데, 그런 것이 경화 스님의 정신이었느니라."

대감이 말한 대로 절을 지을 때 함께 심었다는 반송은 멧방석처럼 원을 그리며 서로 잘 어우러져 있었다. 경화 스님의 화엄은 서로 잘 어우러져 하나의 원을 그리는 것이었다.

"중생의 한 사람마다 꽃(華)을 피워 온 우주를 장엄(莊嚴)하게 해야 한다는 것이 화엄(華嚴)의 참뜻이니라."

하나의 원은 윤회의 진리처럼 시작과 끝이 함께 만나 다시 시작하기를 끝이 없이 한다는 것을 석영도 잘 알고 있었다. 그러나 그뿐이었는데 반송의 어우러짐을 보자 원의 의미가 새로웠다. 아니 그것보다도 큰 소나무는 가지마다 따로따로 솔잎을 피운 것에 반하여 반송의 수십 가지가 저마다 피워 올린 그 작은 잎, 가늘고

뾰족한 솔잎으로 원을 그린 것이 소중한 깨달음을 준 것이었다.

"세상 이치가 먼 데 있지 않은데 왜 사람들은 먼 곳에서 찾으려고 하는지 모르겠다고 스님이 늘 말씀하셨다. 나는 그 말씀을 나무를 심듯 가슴속에 심었느니라. 스님 열반하시고 그 말씀이 늘 새로워서, 그래서 절을 짓고 무슨 나무를 심을까 생각하다가 반송을 심은 것이다. 일찍이 태조께서도 석왕사에 소나무를 심지 않았느냐."

석왕사는 이성계가 왕이 되기 전에 꾼 꿈을 무학대사가 장차 왕이 될 꿈이라고 해몽하자 왕이 되기를 기원하기 위해 함경도 안변에 세운 절이었다. 이성계가 왕이 되고 나서 석왕사는 큰 절이되었고, 태종 때 이성계가 보름 동안 머물면서 소나무와 배나무를 심었는데 그때부터 조선 팔도 소나무 벌목을 금하고 배는 임금에게 진상품이 된 것으로 전해오고 있었다.

대감이 자주 절을 찾는 이유는 한 가지가 더 있었다. 절에서 조금 더 오르면 폭포수가 쏟아지는 계곡이 있었다. 대감은 그곳에 정자를 짓고 흐르는 계곡 물소리를 들으면서 시를 짓거나 명상에 잠겼다. 거기에는 지고한 문장가들의 암각이 서로 실력을 겨루는 듯한데 대감이 새겨놓은 암각의 시는 계곡의 맑음을 가슴으로 느끼게 하고도 남았다.

옥빛인 듯 맑은 물은 갓끈을 적실 만하고   淸可濯我纓
청량한 물소리는 세상사 귀를 멀게 하네   聲可聾我耳

어디를 둘러봐도 하늘 닮은 명산뿐이니　　何處匪名山
여기에 오면 저절로 군자가 되고 말아라　　何人匪君子

　석영의 관직 생활은 대감의 전철을 밟아가고 있었다. 그는 과거
급제를 하고, 예문관 검열을 거쳐 홍문록에 추천되어 정6품 홍문
관 수찬, 중추검열, 정언을 역임한 다음 승정원 승지 대리가 되었
다. 첫 번째 벼슬 정9품 예문관 검열에서 세 단계를 건너뛰어 정6
품으로 승진했고, 다시 세 단계를 건너뛰어 정3품 승정원 관리가
된 것이었다. 그런 과정은 이유원 대감과 흡사했다. 대감 또한 정
시 문과에 급제한 후 정9품 예문관 검열과 규장각 대교를 거쳐 정
6품이나 정5품에서 선임하는 동지사 서장관으로 임명되었다. 서
장관을 다녀와서는 종2품 의주 부윤에 이어 함경도 관찰사에 임
명되었다. 대감이 함경도 관찰사가 되었을 때는 33세였고 석영은
34세에 승정원 관리가 되었으므로 두 사람은 품계에 따른 나이도
비슷했다. 그것은 또한 백사 이항복이 거친 길이기도 했다.
　"벼슬 시작은 나를 닮았지만 너는 백사 할아버님처럼 홍문록의
권점(비밀 투표)까지 거쳤으니 나보다 한 수 위니라."
　"천부당만부당하신 말씀입니다."
　대감은 아들이 승정원 관리가 되자 기쁨을 감추지 못해 아낌없
이 칭찬을 했다. 대감이 아들을 칭찬한 것은 당연했다. 대감 말대
로 석영은 두 번의 권점을 거쳐야 했고 그것은 조선 사대부들에
게 선망의 대상이었다. 또한 명문가의 상징이었으므로 가문의 영

광이었다.

나라의 학문 기관인 예문관과 홍문관의 관리는 가장 신중하고 엄격하게 권점제를 통해 관리를 선발했다. 예문관은 춘추관 사관을 겸임하면서 역사를 기록하고 왕의 말과 명령을 찬술하는 중요한 학술 기관이었다. 예문관의 직제는 정1품 영사를 비롯해 정2품에서 정9품까지 품계별로 대제학, 제학, 직제학, 응교, 봉교, 대교, 검열 등 8명으로 구성되어 있고, 이들은 한림이라는 칭호와 더불어 존경을 받는 탓에 자부심 하나만으로도 바랄 게 없었다.

홍문관은 사헌부, 사간원과 함께 언론 삼사로 그 위상을 자랑하면서 부제학, 수찬, 부수찬, 교리 등 관리들이 옥처럼 귀한 존재라는 의미로 옥당이라고 불렀다. 또 맑고 청렴결백한 곳이라 하여 청연각(淸燕閣)이라고도 했다. 홍문관 관리는 그만큼 청렴해야 하고 가문에 일체의 허점이 없어야 했다. 또 홍문관 관리는 왕에게 강론하는 경연관을 겸한 탓에 왕이 내리는 교서를 쓸 만한 문장력이 있어야 하고, 경서를 강론할 만한 학문과 소양을 갖추어야 했다.

먼저 과거급제자들 가운데 훌륭한 가문 출신들을 열다섯 명 정도 가려 뽑은 다음 두 차례에 걸쳐 권점을 시행했다. 1차 권점에는 해당 기관의 부제학 이하 관리들이 대상자 이름에 영표를 하여 2차 권점기관인 의정부와 이조로 보내주면 의정부 우참찬 이상의 관리들과 이조의 당상관들이 추천자 이름에 다시 동그라미 표시를 했다. 그런 다음 왕에게 넘겨주면 왕이 표를 가장 많이 받은 자를 한두 명 가려 뽑아 임명했다. 그런데 예문관은 다시 역사 시험을 별도로 치러야 했으므로 3차 관문을 통과해야 했다.

어려운 관문을 통과한 만큼 그들에게는 출세가 보장되어 있고, 석영은 이제 승승장구할 날만 남아 있었다. 대감은 연일 기쁨을 감추지 못했다.

"사람들이 내가 너를 탐냈다는 말이 다시 떠오르는구나."

"과찬이십니다, 아버님."

그런데 호사다마라고 했던가, 대감은 갈수록 몸이 쇠약해져가기 시작했다. 3년 전 거제도 유배를 다녀오고부터 몸이 좋지 않았다. 몸이 좋지 않은 상태에서 지금까지 집필해놓은 글을 정리하여 책을 출간할 준비를 하고 있었다. 글을 정리하는 일은 만만치 않아 눈에 보이게 몸이 지쳐갔다. 발목과 다리가 부었다. 의원은 가슴에 열이 찬 탓이라고 했다. 화병이라는 말이었다. 의원은 화로 열이 솟구쳐 올라 심장을 덥게 한 탓이라면서 열을 내려주어야 하니 아무것도 생각하지 말고, 아무 일도 하지 말고, 그저 심신을 편안하게 해야 한다고 했다.

석영은 대감을 양주 별가에 두어서는 안 된다는 것을 직감했다. 대감에게 정동 집으로 돌아가자고 졸랐지만 좀처럼 움직이지 않았다. "하긴 왕도 꺾지 못한 고집인데."라고 석영은 속으로 생각하며 한 가지 방법을 생각해냈다.

"아버님, 외람되지만 이틀이 멀다 하고 양주와 도성을 오가는 소자의 처지도 좀 생각해주셨으면 합니다."

석영은 왕이 쓴 방법을 따라 해본 것이었다. 왕이 달래고 또 달래도 듣지 않자 대감을 파직시키기도 하고 유배령이나 다름없는 중도부처를 내리기도 했다가 다음 날 다시 취소했던 것처럼, 과감하게 나가보았다. 그러자 대감은 "부모 이긴 자식은 있어도 자식 이긴 부모는 없다지."라며 겨우 응해주었다. 석영은 대감을 정동 집으로 모셔놓고 장안에서 가장 유명하다는 의원을 불러들이면서 조석으로 돌봤다.

그런 덕인지 가을에 정동 집으로 왔다가 봄이 되자 대감은 몸이 조금 호전되었다. 햇살이 화창한 날 대감이 경화 스님을 뵈러 가자고 했다. 석영은 대감을 모시고 보광사에 올랐다. 보광사에 오르면서 대감은 여전히 나라 걱정을 하기 시작했다.

"나라가 장차 큰일이구나. 대원군이 이준용 역모 사건으로 지금은 움츠리고 있지만 또다시 무언가를 꾸밀 것이다."

"두 번이나 역모를 꾸몄다가 실패했는데, 더 이상 꾸밀 일이 무엇이 있겠는지요."

"그건 대원군을 몰라서 하는 소리다."

"소자는 믿어지지 않습니다."

"그 사람 권력 욕심은 죽어야 끝이 날 것이야."

"그렇다면 큰일입니다. 이제 산수나 즐기시고 난이나 치면서 여생을 편안하게 사시면 좋으련만."

대감은 그쯤에서 걸음을 멈추고 제자리에 선 채로 멀리 들녘을 바라보았다. 보광사에 오르자면 마을을 지나야 하고 들을 지나야 했다. 그리고 천마산에 올라 절을 향해 가는 길 중간쯤에서 바라보면 대감이 소유하고 있는 땅이 보였다. 대감은 자신이 소유한 땅, 끝없이 펼쳐진 넓은 땅을 바라보며 깊은 생각에 잠겨 있더니 불쑥 "너는 가문의 영광이 무엇이라고 생각하느냐? 천하에 이름을 떨치는 권력과 명예이더냐?"라고 했다.

석영은 느닷없는 질문에 잠시 당황했지만, 어김없이 백사 할아버지를 떠올렸다. 임진왜란의 난국과 광해가 인목대비를 폐비시킨 것도 모자라 폐모한 일을 거두어야 한다고 충언하다가 유배를 받았던 일을 떠올리면서 한 치 망설임 없이 '선택'이라고 대답했다.

"가장 어려울 때 가장 힘든 선택을 하는 것이 가문의 영광이라고 생각합니다."

"그런데 권력과 명예를 얻는 게 조선 명문가의 전부이거늘, 어찌하여 그런 생각을 하는 게냐?"

"예, 권력과 명예가 우리 조선 명문가의 전부인 만큼 그래서 가장 어려울 때 가장 어려운 선택이 더욱 빛날 수밖에요. 권력과 명예가 한철 피는 꽃이라면 가장 어려울 때 가장 힘든 선택은 사시사철 푸른 상록수와 같기 때문입니다."

"너도 장차 백사 할아버님의 전철을 밟을지 모르겠구나."

대감은 백사 할아버님처럼 나라가 어려움을 당했을 때 목숨까지도 버릴 줄 알아야 한다고 직접 설명하지는 않으나 석영은 그렇게 알아들었다.

"명심하겠습니다."

석영은 짧게 대답을 하면서 대감이 지금까지 나라가 외국 문제로 어려울 때마다 어려운 선택을 해야만 했던 일들을 생각했다. 대감은 마치 연암 박지원이 청나라에 다녀와 개화를 서둘렀던 것처럼 나이 서른한 살에 동지사 서장관으로 청나라에 다녀올 때부터 이미 깨어 있었다. 또 세자 책봉 문제로 이홍장을 만나 서로 비밀리에 편지를 주고받으면서 개화에 대한 확신이 더욱 굳어지게 되었다.

"저 들을 보거라."

대감인 이번에는 땅을 가리켰다.

"너도 알다시피 저 땅은 맨 먼저 백사 할아버님이 터를 잡아주신 것이다."

"예, 소자도 알고 있습니다."

임진왜란이 끝나고 선조 임금께서 임란 때 공을 높이 사 이곳 땅 얼마를 하사하셨고 그 후로 후손들이 늘려온 땅이란 것을 문중 사람들은 누구나 잘 알고 있었다.

"이 땅을 두고 우리를 일러 사람들은 부자라고 이르느니라. 너는 과연 우리가 부자라고 생각하느냐?"

대감은 서울과 경기를 통틀어 세 번째 부자이고, 전국에서는 열 손가락 안에 든 부자였다. 이만 석지기 땅은 그야말로 가늠할 수 없을 정도로 넓었다. 어디서부터 어디까지가 경계인지 알 수 없었다. 아득한 지평선만 보일 뿐이었다. 그는 성큼 대답을 할 수가 없었다. 부자에 대하여 생각해본 적이 단 한 번도 없는 탓이었다. 그래도 대답을 해야 할 것이었다.

"들을 아무리 살펴보아도 끝이 없으니 사람들 말이 맞는 듯합니다."

"그렇다면 재물이란 무엇이더냐?"

과연 재물이란 무엇인지 그것은 더욱 알 수가 없었다. 지금까지 재물에 대해서도 생각해본 바가 없기도 하지만 대감이 왜 그런 질문을 하는지 헤아리기 어려웠다. 그는 들녘을 바라보며 잠시 생각에 잠겼다. 들에서 모내기가 한창이었다. 하얀 옷을 입은 농부들이 엎드려 모를 심는 모습이 마치 새 떼가 모여 있는 것처럼 평화롭게 보였다. 한편으로 안쓰럽다는 생각이 들었다. 평화롭게 보인 것은 모두 함께 모여 일을 하는 풍경 탓이었고, 안쓰럽게 보인 것은 남의 땅 농사를 짓는 소작인들이라는 생각에서였다. 그는 마음속에 떠오른 대로 대답했다.

"함께 모여 정답게 일을 하는 모습은 평화로운데, 한편으로는 안쓰럽다는 생각이 들기도 합니다."

"안쓰럽다니, 왜 그런 것이냐?"

"남의 땅 농사를 짓는다는 것은 남의 땅에 얹혀사는 것과 다름 없기 때문입니다."

"너는 지금 측은지심으로 저 사람들을 바라본 탓이다. 그런데 저 사람들 모두 우리 식솔들이니라. 지주는 소작인들을 측은하게 여기는 것이 아니라 식솔로 여겨야 한다는 말이다."

가문 정신

133

"아버님 말씀 명심하겠습니다."

"그건 그렇고 앞으로 내가 죽고 나면 이 땅은 모두 네 것이 될 텐데, 더 늘려갈 셈이냐?"

대감은 갈수록 어려운 질문을 하고, 그는 이번에도 대답하지 못했다. 그런 질문에 대답을 한다는 것 자체가 감당할 수 없는 일이었다. 그러나 냉정하게 생각해보면, 언젠가는 이 광대한 땅을 떠맡아야 할 것이었다. 그렇다면 무슨 말인가 하지 않을 수가 없었다. 대답 대신 질문을 했다.

"백사 할아버님께서는 후손들이 땅을 늘려가기를 원하셨을까요?"

"그러셨을 것이다."

"왜 그렇게 생각하시는지요?"

"백사 할아버님께서는 임란 때 땅이 곧 힘이라는 걸 뼈가 저리도록 느끼셨으니 아마도 그럴 것이다. 전쟁의 끝도 군량미가 아니더냐."

"그렇다면 아버님께서도 제가 땅을 더 늘려가기를 원하시는지요?"

"공자께서 '부자가 되는 일이 힘써서 될 일이라면 마부가 되어 채찍질하는 일이라도 할 것'이라고 하신 말씀 기억하느냐?"

"기억합니다. 논어 술이(述而)편에 나와 있는 말씀이지요. 부자는 하늘이 낸다는 뜻으로 알고 있습니다."

"하늘이 왜 부자를 낸다고 생각하느냐?"

"그것은 미처 생각해보지 못했습니다."

"사람이 재물을 모으는 게 아니라 재물이 스스로 모이는 것이다. 재물은 재물이 할 일이 있어서지. 재물은 반드시 제가 할 일을 찾아 움직이는 생물과 같느니라."

"재물이 움직이는 생물과 같다니요?"

"재물은 한자리에 결코 붙박혀 있지 못한 법이다. 이 모양 저 모양으로 언젠가는 옮겨가게 마련이지."

"그렇다면 그 모양이 문제이겠군요?"

"옳은 말이다. 어떤 모양으로 옮겨가느냐 하는 문제는 소유자의 선택에 달린 것이니."

대감은 한참 동안 침묵한 끝에 다시 입을 열었다.

"나도 재물은 모아보지 못했느니라. 다만 조상님들이 물려주신 것을 지켰을 뿐이다. 그러나 한 가지 분명한 것은 백사 할아버님께서 터를 닦아주신 저 땅은 언젠가는 백사 할아버님 이름답게 쓰여져야 한다는 것이다. 그러니 저 땅, 우리 것이 아니니라."

"우리가 짊어진 사명이 있다는 말씀인지요?"

"그렇다. 그런데 사명이란 누가 가르쳐주는 것이 아니라 스스로 깨닫는 것이다."

"이것이 사명이라고 생각되면, 그것이 곧 하늘이 내린 뜻으로 알아야 한다는 말씀인지요?"

"내가 사람 보는 눈이 확실하구나. 너는 나를 뛰어넘을 것이다."

"듣기에 민망합니다. 소자가 어찌 아버님을 뛰어넘을 수 있겠는지요."

"너는 나를 뛰어넘어야 한다는 걸 잊어서는 안 된다. 내가 하지 못한 것을 너는 해야 하기 때문이다."

대감은 매우 의미심장한 말을 하고, 석영은 막중한 책임감이 느껴졌다. 그리고 떨렸다. 앞으로 물려받아야 할 거대한 재물은 장차 자신의 선택에 따라 어떤 모양으로 움직인다는 것이 두려운 탓이었다.

6

변화

　무자년(1888)에 석영은 우부승지가 되었다. 승지 벼슬은 재상으로 가는 길목이었다. 그래서 정3품이면서도 종2품 이상의 대접을 받았다. 승정원에는 도승지, 좌승지, 우승지, 좌부승지, 우부승지, 동부승지 등 여섯 승지가 있고 이들은 육조의 업무를 각각 직책대로 맡았다. 도승지는 이조를, 좌승지는 호조를, 우승지는 예조를, 좌부승지는 병조를, 우부승지는 형조를, 동부승지는 공조를 맡았다. 승지는 조정 회의에 참여하여 왕이 앉아 있는 당상 대청마루에 앉을 수 있어 당상관이라고 불렸고, 망건에는 한 점 티 없는 옥관자를 붙였다. 석영의 나이 겨우 서른다섯이었다.

"너는 물가에 심어놓은 물푸레나무 같구나."

"모든 게 조상님들과 아버님의 은덕입니다."

"이제부터 시작이니라."

대감은 무척 진지한 얼굴로 말했다. 이제부터 조정의 핵심 인물로 들어가는 단계라는 말이었다. 정2품 참찬, 판서, 판윤, 대제학 등이 눈앞에 있었다.

석영은 그렇게 날로 승승장구하는데 대감은 건강이 다시 나빠지기 시작했다. 소변의 양이 줄어들면서 발목과 종아리가 붓는가 하면 숨이 차올라 오래 걸을 수가 없었다. 석영은 다시 의원을 불러들였다. 의원은 이번에도 속에 열이 차서 생긴 병이라면서 화병이라고 했다. 대감과 석영은 의원의 소견을 수긍했다. 지난날 외국 문제로 언제나 어려운 국사를 감당해야 했고, 대원군과 갈등을 겪으면서 힘들었던 일은 말할 수 없는 것이었다. 무엇보다도 나이 칠십을 바라보면서 겪은 거제도 유배살이는 기간이 짧든 길든 심신에 큰 타격을 가한 일이었다.

"땅속이나 사람 속이나 화(火)가 쌓이다 보면 터지는 법. 이제 분화(噴火)할 일만 남았겠지."

"아닙니다. 탕제를 잘 드시고 편히 쉬시면 곧 좋아지실 것이니 너무 심려하지 않으셔도 됩니다. 대신 아무것도 생각하지 마시고 그저 편안하셔야 합니다."

이제 분화할 일만 남았다는 대감의 말에 의원이 화들짝 놀라 위로했다. 그러자 대감은 "의원들은 환자에게 아무것도 생각하지 말고 그저 편안해야 한다고 하는데, 그게 어디 살아 있음이라 할 수 있겠는가."라며 허탈하게 웃었다. 허탈하게 웃는 대감의 웃음이 석영의 가슴을 몹시 아프게 했다.

대감은 탕제를 열심히 복용했지만 별 차도가 없었다. 소식을 들은 왕이 어의와 탕제를 보내주면서 "봉조하 이(李) 대신은 반드시 일어나 나에게 얼굴을 보여주어야 할 것이오."라는 격려문도 함께 보내주었다. 왕이 보내준 어의도 속에 열이 찬 탓이라면서 탕제로 열을 끄면서 그저 편안하게 지내는 것이 최선의 방책이라고 했다. 대감은 의원들 말을 듣지 않았다. 글을 정리하는 일에 평소보다 두세 배나 열중했다. 사랑채의 불은 밤늦게까지 꺼지지 않았고, 첫닭이 울면 다시 켜졌다. 석영은 가슴을 졸였다.

"아버님, 의원들이 아무것도 생각하지 말고 편안하게 살라는 것은 과로하지 말라는 뜻인데 책 발간하는 일을 당분간 미루심이 좋을 듯합니다."

"지금까지 미루고 미루다가 예까지 왔다. 또 미루다가는 내 생전에 끝내지 못할 것이야."

대감은 한시가 급한 것처럼 일에 매달린 탓에 과로가 겹치고 말았다. 이번에는 기침이 심해지면서 고열이 올랐다. 소변 보는 문제도 더 나빠졌고, 몸의 부기도 더 심해졌다. 고민에 싸인 석영은 문득 아우 회영이 가까이 지내는 서양 의사를 떠올렸다. 석영에게는 6형제가 있고, 그 가운데 13년 아래인 아우 회영이 서양 의사와 가까이 지내고 있었다.

20대 초반인 회영은 벌써 세상의 흐름을 읽고 있었다. 마치 먹이를 물어 나르는 제비처럼 어려서부터 장터를 돌아다니며 이야기를 물어 날라다 형제들에게 들려주었다. 종현성당(명동성당) 아래 생가인 저동 집에서 잠시 내려가면 상동골이 나오고 장안에서 가장 큰 상동 장터(남대문시장)에는 구경거리가 많았다. 장이 설 때마다 키 큰 서양 선교사들이 나타났다. 아이들은 장대처럼 키가 크고 얼굴이 창호지처럼 희고 깎아 세운 듯 코가 높은 선교사들을 볼 때마다 "귀신이다!"라고 외치며 돌을 던지거나 막대기를 휘둘렀다. 선교사들은 이마가 터지거나 코피를 흘렸다. 그런데 선교사들은 코피를 흘리면서도 화를 내기는커녕 오히려 반갑다는 표정으로 웃더라는 이야기를 할 때면 회영의 눈시울이 붉게 변해버리고 말았다. 반대로 일본 상인들 이야기를 할 때는 흥분하며 화를 냈다.

장터에는 일제 잡동사니 물건을 펼쳐놓고 파는 일본 상인들도 많았다. 강화도조약으로 부산항과 원산항을 개항한 이후부터 그런 현상이 나타났다. 조약대로 한다면 서울까지 들어올 수 없음에도 강압으로 조약을 만들어냈듯이 일본 상인들은 법을 어기고 버젓이 서울 장안 장터에 앉아 물건을 팔면서 신식 물건에 낯선 조선 백성들의 혼을 뺐다. 달콤한 눈깔사탕은 아이들을 도둑으로 만들어갔다. 장터 아이들은 사탕 하나 먹어보는 것이 소원이고 사탕을 훔치는 데 총력을 기울였다. 훔치다 붙잡혀 매를 맞는 것이 보통이었다. 가끔 회영이 참견하고 나섰다.

"단 것 때문에 그들에게 매를 맞다니, 너희들은 속도 없느냐?"

아이들은 오히려 회영의 참견을 비웃으며 매를 맞더라도 단 것 훔치기를 그만둘 생각을 하지 않았다. 그런데 회영이 정작 화가 난 것은 아이들보다 어른들이었다. 일본 물건을 좋아하는 쪽은 아이들보다 어른들이 더했다. 남자들보다 여자들이 훨씬 더했다. 여자들은 얼굴에 바르는 분과 거울, 바늘, 실, 가위 같은 방물 앞에 넋을 빼앗겼다. 일제 물건에 홀려 팔러 온 곡식을 몽땅 일본 상인에게 넘겨주고 방물을 사버리기 일쑤였다. 그런 다음 정신이 돌아와 다시 바꾸자고 사정하는 여자들이 많았다. 하루는 어떤 여자가 콩 한 말을 이고 나와 일본 상인에게 몽땅 안겨주고 방물을 사더니 잠시 뒤에 다시 와 물건을 내밀며 콩 자루를 내어주든지 아니면 현금을 주고 콩을 사달라고 사정하고 있었다. 일본 상인은 상을 찌푸리며 손을 내저었다. 사정이 통하지 않자 여자가 울상이 되고 말았다. 그러자 일본 상인이 실 한 타래를 내어주면서 달랬다. 그래도 여자가 돌아갈 생각을 하지 않자 다시 바늘 한 쌈을 툭 던져주면서 냉큼 사라지라고 소리를 질렀다. 여자는 콩을 팔아 제사를 지낼 쌀을 사야 하는데 그만 정신 나간 짓을 했다면서 계속 사정을 했지만 소용없는 일이었다. 회영이 여자에게 다가가 물었다.

"일본 물건이 그리도 좋소?"

"조선 아낙치고 일본제 물건에 반하지 않는 이가 있으면 나와 보라 하시오. 어린 도련님이 무얼 안다고."

여자가 얼굴이 빨개지면서 변명을 하고는 결국 콩을 포기한 채 사라지고 말았다.

장터를 헤매고 다니며 이야기를 물어 나른 회영은 이야기만 물어 나르는 게 아니었다. 종종 장터 아이들을 집으로 데려오기도 했다. 그때마다 하인들과 대문을 사이에 두고 무엇이 되느니 안되느니 야단이었다.

"짚신장수, 숯장수, 빗자루장수, 참새장수, 나무장수, 이번엔 또 무슨 장숩니까요?"

상동 장터에는 나무를 파는 아이, 숯을 파는 아이, 짚신을 파는 아이, 자기 키 높이보다 긴 싸리 빗자루를 짊어지고 다니며 파는 아이, 꿩이나 참새를 잡아다 파는 아이들이 있는가 하면, 먹을 것을 구걸하는 수표교 다리 밑 아이들도 많았다. 회영은 종종 그들을 집으로 데리고 와 물건을 팔고 가도록 하고 하인들은 "이번이 마지막입니다."라는 말을 되풀이하면서 마지못해 대문을 열어주는 것이었다. 누구보다도 어머니의 걱정이 늘어갔다.

"그렇다고 맹모삼천지교를 할 수도 없고, 아무래도 저 아이 이름 탓인 것만 같구나."

회영의 이름은 모을 회(會) 자에 영화로울 영(榮) 자였다.

"염려 마세요. 상동골이 어딥니까. 세상이 다 우러러보는 상 정승께서 사시던 곳 아닙니까."

회영을 믿는 석영이 어머니를 안심시켰다. 상동골은 명종 시대에 영의정을 지낸 상진(尙震)이 관직에서 물러나 살던 곳에 그의 성을 따 이름 지은 곳이었다. 영의정 상진은 역대 영의정 가운데 가장 겸손하고 검소하기로 유명했다. 관복 외엔 평생 비단옷을 입어본 적이 없을 정도로 청빈한 데다, 자기 이름이나 얼굴을 드러내기보다는 아랫사람을 섬기듯 존중한 탓에 길이길이 존경받는 인물로 전해오고 있었다.

석영은 회영을 믿으면서도 어느 날 회영에게 물었다.

"너는 그런 아이들과 신분이 다른데 어찌하여 그런 아이들과 어울린단 말이냐. 우리 조선은 신분을 엄격히 지키는 것이 법도니라."

"형님, 저도 알고 있습니다. 그런데 장터 아이들이 늘 궁금해집니다. 숯은 다 팔았는지, 짚신은 다 팔았는지."

석영은 그만 입을 다물고 말았다. 하필이면 왜 그런 일에 궁금증을 품느냐고 묻거나 못마땅하게 여긴다는 것은 하필이면 왜, 인의 단초인 측은지심을 타고났느냐고 묻는 것과 같은 것이기 때문이었다. 뿐만 아니라 그것은 공자가 가장 중요하게 여긴 군자의 근본이었다.

회영은 그렇게 상동 장터를 돌아다니다 서양 의사를 알게 되었다. 불법으로 들어온 일본 상인들로 하여 장터도 딴판으로 변해 갔다. 가장 놀라운 것은 장이 설 때마다 사람들이 둘러싸고 북소리와 노랫소리가 장터를 사로잡는 풍경이었다.

"무릎뼈가 으스러지도록 아픈 데, 삭신이 칼로 저미듯 쑤신 데, 이 약 서너 포만 먹으면 감쪽같이 낫고 말아."

약장수의 등장이었다. 지금까지 힘들게 한약만 먹어온 조선 사람들은 처음 보는 신약을 받으려고 장사진을 이루었다. 장이 설 때마다 약 이름도 모르는 만병통치약이 무섭게 동이 나기 시작했다.

"처녀가 이 약을 먹으면 얼굴이 보름달처럼 둥글어지고 분결처럼 고와지고 허리가 퉁퉁해져서 시집가면 떡두꺼비 같은 아들을 쑥쑥 잘도 낳아. 아이를 서넛 낳은 여자가 먹으면 기생 명월이에게 반한 남편이 냉큼 돌아와. 아무에게나 안 줘. 내 말을 열심히 듣는 사람에게만 줘."

약장수가 약 선전을 하면서 하얀 가루약이 든 약봉지를 흔들 때마다 꿀을 향해 날아드는 벌떼처럼 사람들이 우르르 달려들었다.

"대체 저게 무슨 약이란 말이냐?"

"일본에는 별별 약이 다 있다고 합니다. 죽은 사람도 살려내는 약도 있다는데요, 도련님."

그림자처럼 따라다니는 하인 홍순이 얻어들은 대로 말했다. 홍순의 말대로 일본 사람들이 조선 사람을 앞세워 장터마다 찾아다니면서 약장사 판을 벌이고, 판을 벌였다 하면 그물이 찢어질 지경으로 만선을 올렸다.

약장수 말대로 약을 먹고 하루 이틀 만에 효과가 나타나기 시작했다. 걸을 때마다 무릎 관절로 고통스러워하던 사람들이 날듯이 걷기 시작하고, 끊어질 듯 아리던 허리가 멀쩡하게 나았다. 얼굴은 정말 보름달만 하게 떠오르면서 살결이 비단결처럼 매끄러워 세수하는 손이 슬슬 미끄러져 내렸다. 얼굴뿐만 아니라 여자들은 젖가슴도 터질 듯이 차오르고 엉덩잇살도 펑퍼짐하게 불어났다.

점점 가루약은 신비한 약으로 신뢰를 받게 되고 주막집 남자들에게는 감칠맛 나는 안줏감으로 떠올랐다.

"막대기나 다름없던 마누라가 통통한 양귀비가 됐다니까. 그래서 그런지 밤일도 전과 달리 확, 땡기지 뭔가."

"자네도 그래? 나도 요새는 해 지기만 기다린다니까."

"그게 참말인가?"

"유식한 말로 백문이 불여일견이라 했네. 당장 마누라에게 먹여보라니까."

약은 온갖 소문을 퍼뜨리며 하늘에서 뚝 떨어진 신비한 명약으로 인식되어가고, 약삭빠른 사람들은 그 약을 사다가 허풍을 떨며 몇 배 값을 받고 되팔기도 했다.

그 무렵 미국에서 의사 선교사들이 가방 속에 성경을 몰래 감추고 들어와 겉으로는 의술을 펴고 안으로는 은밀히 선교를 하기 시작했다. 재동에 있는 홍영식의 집에서는 의사 알렌이 광혜원을 열었고, 정동에서는 의사 스크랜턴이 정동병원을 열었다. 환자들이 매일 떼를 지어 양쪽 병원으로 몰려들었다. 결핵이나 콜레라 같은 전염병부터 시작하여 고름이 흐르는 귓병, 피부병, 매독에 걸린 환자들이었다.

그리고 아주 특별한 환자들이 찾아오기 시작했다. 얼굴에 좁쌀을 뿌려놓은 듯 붉은 반점이 뒤덮이면서 눈은 토끼 눈처럼 빨강

게 변하고 자고 나면 살이 쑥쑥 찌면서 심장이 뛰고 호흡이 가쁘다고 호소했다. 그들은 모두 장터 약장수들이 파는 하얀 가루약을 먹고부터라고 입을 모았다. 약의 실체를 알게 된 의사 선교사들이 노! 노!를 외쳤다. 부신피질호르몬제의 과다 복용 부작용이었다. 그런 약은 꼭 사용해야 할 경우에만 써야 하고 꼭 사용해야 하는 경우에도 매우 신중하게 사용해야 하는 약이라고 알렌과 스크랜턴이 경고하고 나섰다.

의사들의 말에 이번에는 일제 약이 독약이라는 소문이 퍼져나갔다. 일본인 약장수들이 긴장하기 시작했다. 선교사들이 서울에 있는 한 약장사를 해먹기는 틀린 일이었다. 약장수들은 선교사들을 몰아낼 방법을 찾기 시작했다. 알렌과 스크랜턴 외에도 계속 선교사들이 들어왔고 그들은 각양각색의 사람이 모여드는 장터를 찾아다니면서 사진 찍기를 좋아했다. 장터 풍경을 찍어 미국이나 영국 교회의 선교부로 보내주면 그곳에서는 조선의 형편을 파악하면서 선교 활동 방향을 연구하는 참고 자료로 사용하는 것이었다.

그런데 사람들은 사진기를 들이대기가 무섭게 기겁을 하며 도망치기에 바빴다. 사진에 찍히게 되면 혼이 빠져나간다는 소문 탓이었다. 답답해진 선교사들은 도망치는 어른들 대신 어린아이들에게 렌즈를 맞추기 시작했다. 엄마 등에 업혀 있는 아이들부터 엄마 젖을 먹는 아이들을 슬쩍 찍거나 흙바닥에 앉아 놀거나 울고 있는 아이들, 아무 곳에서나 잠든 아이들을 찍었다. 유심히

순국 상

그런 광경을 지켜본 일본인 약장수들이 무릎을 쳤다. 병에 시달리는 사람을 제외하고 서양 사람을 무서워한 조선 사람들 심리를 이용하기로 했다. 서양 사람들이 어린아이들을 잡아다가 눈은 빼서 사진기 눈으로 쓰고 간은 약으로 쓴다는 소문을 만들어 장터에 퍼뜨리기 시작했다. 소문은 급속도로 퍼져가면서 사람들이 너도나도 분노하기 시작했다.

여자들이 아이를 업고 광혜원이 있는 재동을 지나가거나 시병원이 있는 정동을 지나가는 날이면 남의 집 아이를 몰래 훔쳐다 서양 의사들에게 팔러 가는 것으로 간주하고 아기 업은 여자들을 쫓아가기도 했다. 결국 발단은 아기 업은 여자로부터 시작되었다. 한 여자가 아이를 업고 광혜원 앞을 지나가는 걸 목격한 사람들이 여자를 덮쳐 때려 죽이고 아이를 빼앗은 다음 선교사들 병원을 습격했다. 소문은 장안을 휩쓸고 회영은 정동으로 달려갔다. 정동병원은 스크랜턴이 가정집을 사 들여 병원으로 개조하여 사용하고 있었다. 백성들을 치료해주는 것에 감동하여 왕이 '시병원(施病院)'이란 이름을 내려준 현판이 사람들 발아래 무참히 짓밟혀 산산조각이 나고 말았다. 마당에는 값비싼 의료 장비들이 부서진 채 널려 있고 마당은 아이들 시신을 찾아내겠다며 구석구석 파헤쳐놓은 상태였다.

"당장 조선을 떠나라. 그러면 목숨만은 살려주겠다."

사람들이 스크랜턴에게 서울을 떠나지 않으면 죽이겠다고 협박하고 있었다. 말이 통하지 않아 이유를 알지 못한 스크랜턴이 어찌할 바를 모르고, 옆에서 한 소년이 사람들 앞을 가로막으며 소리쳤다.

"폐병, 열병, 매독, 학질, 호열자(콜레라)로 죽어간 이 나라 사람들을 누가 고쳐주었소? 고름이 질질 흐른 귓병이며 먹는 것마다 토해내는 위장병을 고쳐준 사람이 누구냐 말이오! 어디 그뿐이오? 뱃속 가득 우글거린 회충은 누가 없애주었느냐 말이오!"

"집어치워라. 이 세상에 일산 약만큼 좋은 것은 없다!"

사람들이 소년의 말을 비웃으며 돌을 던졌다. 소년의 이마에서 피가 흘렀다. 회영은 문득 장터에서 사람들이 던진 돌을 맞고 피를 흘리던 선교사들을 떠올리며 당장 뛰어나가 소년 곁에 섰다. 그리고 큰 소리로 외쳤다.

"이 아이 말이 맞소. 무서운 병에 시달리는 수많은 병자들이 이분들 때문에 생명을 건졌다는 말을 들었소. 그래서 임금님께서 고마운 뜻에서 시병원이란 간판을 내려주신 것이오. 그런데 임금님께서 내리신 현판을 산산조각을 내버렸으니 큰일이 나고 말았소. 불문곡직하고 엄벌에 처할 것이오. 이제 어찌할 것이오?"

사람들 틈 여기저기에서 어! 하는 소리가 터져 나왔다.

"상동 저잣거리를 암행어사처럼 돌아다니는 그 도련님 아니야?"

"맞아, 저동 대감댁 도련님이다!"

"어릴 때부터 장터 아이들을 도와준다는 그 도련님이란 말인가?"

"그렇다니까."

상동 장터 토박이 장사꾼이라면 회영을 모르는 사람이 없는 탓에 여기저기서 웅성거렸다. 그보다도 왕이 내린 현판이라는 말에 화들짝 놀라 벌벌 떨었다. 회영의 말대로 대궐에 알려지는 날엔 엄벌에 처하고도 남을 일이었다. 사람들은 앞다퉈 도망치듯 사라져버리고 말았다.

모두 사라지고 나자 스크랜턴과 소년이 고마운 눈빛으로 회영을 바라보며 인사를 했다. 선교사는 거듭 땡큐만 연발하고 소년이 스크랜턴 대신 "도와줘서 고맙습니다."라는 말이라고 통역해주었다.

"참 용감하구나. 그런데 넌 누구냐?"

회영이 묻자 소년은 열두 살이고 이름은 전덕기이며 부모는 모두 돌아가셨고 시병원에서 스크랜턴과 함께 살면서 일도 하고 공부도 한다고 했다. 갸름한 얼굴에 이마는 훤칠하고 눈이 유난히 선했다.

"열두 살인데 그리도 용감하더란 말이냐. 자칫하다가는 그들 손에 죽을 수도 있지 않았느냐."

"스크랜턴 선생님이 다쳐서는 절대 안 된다는 생각만 했습니다. 새벽부터 밤중까지 쉴 새 없이 환자들이 찾아들고 선생님은 눈 붙일 새도 없이 치료를 해주십니다."

"그들이 다시 오면 어찌할 테냐?"

"열 번을 와도 선생님을 지킬 것입니다."

서양 선교사들이 물러가지 않자 일본 약장수들은 더 큰 일본인 세력을 모아 다른 방법을 쓰기로 했다. 더욱 조직적으로 조선 사람들을 선동하면서 이번에는 선교사들이 세운 학교를 공격하기 시작했다. 일이 그쯤 되자 조정에서 미국 함대에 도움을 요청하고 나섰다. 미국과 이미 조미수호통상조약(1882)을 맺었으므로 미국 군함이 인천항을 드나들었고 때마침 정박 중이었다. 조미수호조약은 일본과 맺은 강화도조약보다는 평화조약이었으므로 조정에서도 미국에 대해 미안하기 짝이 없었다.

미 해군이 출현하자 약장수 조직폭력배들이 꼬리를 감추고 말았다. 조정이 나서서 난동을 진압한 후에 스크랜턴은 다시 미국 선교부에 자금을 요청해 아예 상동 장터에 상동약국을 열었다. 상동약국은 조선 국법이 선교를 불허한 탓에 겉으로는 진료소이고 안으로는 교회였다. 다시 진료가 시작되고 환자들이 몰려들었다. 장터인 데다 서울역이 가까워 지방에서도 줄지어 상경했다. 환자들이 점점 교인이 되어가면서 점점 교회가 형성되어갔다.

스크랜턴은 치료해주고 전덕기는 통역하면서 약을 내주었다. 말이 서로 통하지 않는 미국 의사와 조선 사람 사이에 전덕기는 없어서는 안 될 존재였다. 환자들은 병세를 이야기할 때도 전덕기에게 해야 하고 약에 대한 설명도 전덕기에게 들어야 했다.

의사 스크랜턴의 명성과 함께 전덕기의 이름도 널리 알려지기 시작하고 회영은 그런 전덕기를 바라볼 때마다 흐뭇했다. 더욱

흥미로운 것은 전덕기가 신학문을 공부하는 모습이었다. 전덕기는 바쁜 와중에도 틈틈이 성경, 영어, 불어, 수학, 과학 등을 배우고 있었다. 회영 일행은 신학문 책을 처음 접한 탓에 가슴이 설렜다. 날이 갈수록 전덕기가 근사하게 보였다.

7
유산

      석영의 부탁을 받은 회영이 서양 의사 스크랜턴을 데리고 왔다. 스크랜턴은 대감을 진찰하더니 심부전증이라고 했다. 심장과 관계된 병인데 그 병은 본래 타고나기도 하지만 고령에 그런 병을 만난 것은 극심한 일로 충격을 받거나 숨이 끊어질 지경으로 신경을 쓴 경우에 올 수 있다고 했다. 석영이 생각해도 타고나기보다는 후자일 것이었다.

    스크랜턴은 앞으로 열이 오르지 않도록 조심해야 하고 과로를 피해야 하고 감기에 걸리지 않아야 한다고 당부했다. 감기에 걸리게 되면 폐렴이 올 수 있고 폐렴이 오면 생명이 위험한 탓이었다. 그러나 대감은 "사람 목숨이 어느 날 갑자기 끊어질 수야 없지 않겠느냐."면서 이만큼 살았으니 나잇값을 하고 가려는 것이라며 태연하게 말했다. 다행히 스크랜턴이 준 약 덕택에 병이 호전되었다.

"거참, 서양 약은 신통하기도 하구나. 녹두알만 한 이 작은 것 세 개만 삼키면 살 만하니 말이다."

대감은 그렇게 말하면서 은근히 서양을 부러워하는 눈치였다.

대감은 스크랜턴이 처방해준 약 덕분에 하던 일을 마칠 수 있었다. 그러나 과로한 탓에 자리에 눕고 말았다. 스크랜턴은 염려했던 대로 폐렴이라고 했다. 숨 쉬는 폐에 고름이 생겼다면서 집중적인 치료에 들어갔다. 왕은 석영에게 업무를 중단하고라도 대감 곁을 떠나지 말 것을 명령했다.

들녘은 가을이 되어 논마다 추수가 한창인데 석영은 불안하기 짝이 없었다. 대감은 날로 숨이 차 힘들어했다.

"나는 말년에 조상님들 은덕으로 너 같은 아들을 얻었으니 이제 죽어도 한이 없다. 그런데 걱정이구나. 너에게 큰 짐을 지워주고 가게 생겼으니."

대감은 유언 같은 말을 했다.

"가시다니요, 말씀을 거두어주십시오."

"나라는 장차 큰 어려움을 당하게 될 것이다. 주상이 가엾구나. 주상은 마음이 무척 여린 분인데……. 그리고 내가 죽고 나면 책을 출간하여 주상께 봉헌하여라."

그리고 열흘이 지났을 때, 대감은 몸이 불덩이로 변하면서 숨결이 급해졌다. 소식을 들은 왕은 서둘러 어의 가운데 가장 높은 수태의를 보내주었다. 어의는 고개를 흔들며 가망이 없다고 했다.

회영이 급히 스크랜턴을 데리고 왔다. 스크랜턴도 임종이 가까워졌다면서 준비를 하라고 했다. 그때 대감이 반짝 기운을 차리더니 석영을 향해 입을 열었다.

"너는 언젠가 가문의 영광을 선택이라고 했는데 기억하느냐?"

"예, 기억합니다."

"머지않아 너는 나라의 어려움 앞에 그 말을 실현해야 할 때가 올 것이다. 그때 가서 정녕 너의 일신을 던질 수 있겠느냐?"

"아버님!"

"그때가 언제가 되든 너는 우리 가문 정신을 잊어서는 안 된다. 선택 말이다."

대감은 그 말을 마치고는 숨을 거두었다. 대감은 못다 한 정을 아쉬워하듯 석영의 손을 꼭 잡은 채 눈을 감았다. 석영을 아들로 들인 지 불과 4년 만이었다.

그는 비로소 함께 담소하기를 원했던 대감의 속뜻을 알 것 같았다. 죽기 전에 새로 얻은 아들과 되도록 많은 시간을 함께하고 싶어 했던 간절한 심정을 헤아리지 못했던 것이 안타깝고 죄송하여 가슴이 미어지도록 아팠다. 석영은 슬픔과 충격을 감당할 수가 없는데, 왕도 충격을 받기는 마찬가지였다. 조선 천하가 다 알 듯이 왕이 대감과 함께한 세월은 눈물겨운 것이었다. 수구파들의 상소에 못 이겨 마음에도 없는 유배를 보내야 했던 일은 두고두고 가슴 아픈 일이었다. 왕은 아버지를 잃은 것보다 더 슬퍼하면서 조정 대신들에게 지시를 내렸다.

"이(李) 대신은 남달리 학문과 인품이 뛰어난 대신이었다. 무엇보다도 강직한 지조를 지닌 대신이었다. 지난날 과인은 매사에 그를 의지했고, 깊이 신뢰했다. 그래서 가장 어려운 국사를 모두 그에게 맡겼고, 그는 어떤 어려운 일도 마다하지 않고 해결했으니 그의 공적은 매우 크다 할 것이다. 과인은 벼슬에서 물러나 쉬겠다는 그의 간절한 청을 결국 허락하였으나 도움을 바라는 마음은 언제나 간절했다. 이(李) 대신은 벼슬에서 물러나 있으면서도 자리에 있을 때나 마찬가지로 변함없이 나라를 염려했다.

그는 나라가 어려운 일을 당할 때마다 일을 담당하여 뛰어난 지혜로 훌륭하게 일을 처리해주었다. 이(李) 대신은 고령임에도 기력은 언제나 왕성하여 험한 일을 마다한 적이 없었다. 이(李) 대신은 그렇게 온 정성을 다하여 나라에 보답했던 탓에 과인과 특별한 정을 쌓았던 것이다. 그래서 의주견권(倚注繾綣, 의지하는 정이 곡진하여 물이 흐르듯 하다) 이 네 글자로 상을 내렸으나 이제 생을 마감했으니 언제 다시 만나볼 수 있단 말인가! 말을 하자니 감회가 일고 슬픔이 솟구쳐 올라 무엇이라 말하기조차 어렵구나.

작고한 이(李) 봉조하의 상사에 동원부기(東園副器, 궁에서 미리 만들어 보관했다가 필요할 때 사용하는 관곽) 1부(部)를 보내고 성복일(成服日, 상주가 상복을 입는 날, 상을 당하고 3일째 되는 날 상복을 입었음)에 승지를 파견하여 치제(致祭, 왕족이나 대신이 죽었을 때 제물과 제문을 보내어 죽은 신하를 위해 제사를 지내게 하는 것)하도록 하라.

제문은 과인이 직접 지을 것이다. 시호(諡號)를 내리는 은전은 봉상시(奉常寺)에 명하여 행장(行狀)의 제작을 기다리지 말고 즉시

처리하라. 봉록은 앞으로 3년 동안 지급하고 예장(禮葬)하는 일은
규례대로 거행하라."

왕은 친히 제문을 지어 보냈다. 조정 대신들에게 장례절차를 지
시하면서도 떨리는 목소리였다. 대감이 나라가 어려울 때마다 어
려운 일을 마다하지 않고 처리한 업적과 대감의 뛰어난 지혜와 행
정 능력을 높이 평가해주었다. 그래서 시호를 내리는 것도 즉시
처리하라고 명령한 것이었다. 내려진 시호는 '충문(忠文)'이었다.
학문이 뛰어날 뿐만 아니라 참마음으로 진실하게 나라에 충성을
바쳤다는 의미였다.

의정부 정1품부터 정3품 당상관까지 신, 구 조정 대신들이 조
문하느라 줄을 섰다. 왕족들도 왔다. 그 가운데는 평생 숙적으로
여기면서 대감을 좌천시키거나 영의정 자리에서 몰아내려고 수
단과 방법을 가리지 않았던 대원군도 있었다. 대감은 일흔다섯에
생을 마감했고, 대원군은 예순아홉이었다. 대원군은 나라의 대들
보가 무너졌다면서 고인을 향해 모처럼 순수하게 속마음을 털어
놨다.

"영부사 대감, 지난날 거지 신세를 면치 못한 이 사람을 돌봐 준
정리를 잊어서는 안 되는 것이기에 왔습니다. 영부사 대감, 지나
고 보니 다 헛된 것을 그랬습니다. '바람을 어찌 막으려 하시오.
대원위 대감이 백이라도 막지 못할 것이오'라고 하셨던 영부사
대감 말씀이 옳았습니다. 이 사람, 다 잃고 말았습니다. 도포 자

락이 찢어지고 속옷이 드러났습니다. 속옷으로 막았더니 망건까지 벗겨내지 뭡니까. 그래서 머리털로 막아보았지만 영부사 대감 말씀대로 이 사람의 능력이 모자란 것입니다.

세상이 이미 서쪽으로 머리를 틀었는데 나는 자꾸 동쪽으로 머리를 돌리려고 했던 것입니다. 같은 강물은 저희들끼리 소용돌이치고 서로 부딪쳐봐야 결국 같은 강물로 잦아들고 말지 않습니까. 우리가 그랬습니다. 우리끼리 서로 으르렁댔지만 결국 우리는 같은 물이 아닙니까. 그러니 영부사 대감의 그 후덕하신 인품으로 이 사람을 용납하여주시고 나중에 구천에서 뵈올 때, 부디 외면하지는 마시기 바랍니다. 이제 나라 걱정 모든 염려 내려놓으시고 이 사람과의 불편한 심정도 풀어주시고 평안히 영면하시오!"

석영은 고개를 숙인 채 묵묵히 듣고 있었다. 힘이 빠질 대로 빠져버린 대원군이 측은한 생각이 들 지경이었다. 청나라에서 돌아왔을 때만 해도 다시 정권을 쥔 것만 같았다. 예상했던 대로 대원군은 다시 정권을 잡으려고 호시탐탐 기회를 노렸다. 결국엔 청나라 원세개와 힘을 합해 왕을 폐위시키고 손자 이준용을 그 자리에 앉히려는 계책을 꾸미다가 실패하고 말았다. 아직 열다섯 살밖에 안 된 이준용은 사형을 받았지만 왕의 어머니가 손자를 살려달라고 간절히 간청한 덕에 겨우 사형은 면하고 유배를 갔다. 대원군은 양주로 들어가 불쌍한 준용을 생각하며 은신하고 있는 중이었다.

앞으로 또 무슨 일이 일어날지 알 수 없지만 대감의 영전에서 하는 말로 봐서는 딴사람이 된 것처럼 보였다. 그러나 대원군의 속내를 안다는 것은 천길 물속을 헤아리는 것보다 더 어렵다는 것을 생각하자, 석영은 혼란스러웠다. 그렇더라도 직접 문상을 와준 것만은 고맙기 짝이 없는 일이었다. 대원군은 조문을 마치고 가면서 석영에게 "영부사 대감이 자네 같은 아들을 얻었으니 편히 눈을 감으셨을 것이네. 부디 영부사 대감의 뒤를 이으시게." 라고 했다.

대원군의 조문에 이어 대원군과 가장 가까운 사람으로 알려진 이호준이 조문을 했다. 이호준은 이조판서 자격으로 조문을 온 것이었다. 대감 살아생전에는 감히 얼씬도 하지 못했던 인물이었다. 그는 불혹을 훨씬 넘긴 44세라는 나이에 과거급제하여 대원군 인맥으로 벼락출세를 하면서 정2품 이조판서 자리에 올라 있었다.

사람들은 대원군과 이호준을 두고 유유상종의 본보기라고 했다. 두 사람의 인생살이는 마치 함께 흐르는 물줄기 같았다. 대원군의 아들이 왕위에 오르기 전에는 둘 다 아무도 거들떠보지 않는 별 할 일이 없는 처지였다. 그러다가 대원군의 아들이 왕위에 오르면서 대원군은 왕의 아버지가 되었고, 이호준은 마흔넷이라는 나이에 갑자기 과거급제하여 벼락출세를 한 것이었다. 대원군보다 한 살 아래인 이호준은 청년 시절부터 대원군과 절친이었다. 과거급제를 못해 44세까지도 이렇다 할 벼슬이 없었다. 다만 조상의 품계에 따른 음관(蔭官) 제도 덕에 평안남도에서 군수를 지낸 것이 전부였다. 그의 조상 7대조 이상(李翔)은 우암 송시열의 천거로 이조참판과 대사헌을 지내다가 당쟁에 휘말려 옥사한 인물이었다. 6대조 이만성(李晩成)도 이조판서를 지냈다. 이만성은 우의정을 지낸 이숙의 아들로 태어나 이상의 양자가 된 사람이었다. 이만성은 소론이 주도한 신임사화에 연루되어 귀양을 갔다가 서울로 압송되어 옥사했는데, 신임사화는 왕위 문제를 놓고 벌어진 노론과 소론의 싸움이었다. 경종이 숙종의 뒤를 잇자, 노론이 경종이 몸이 약하다는 이유를 들어 물러가게 하고 연잉군을 옹립하려고 하자 소론이 노론을 숙청한 사건이었다.

이호준의 아내는 여흥 민씨 가문의 이조판서를 지낸 민용현의 딸이었다. 대원군 아내와 같은 여흥 민씨였다. 그런저런 이유로 친해진 두 사람은 친구에서 사돈지간으로 발전했다. 이효준의 서자 이윤용과 대원군의 서자 이재선의 딸이 혼인하여 사돈지간이 되었다. 이호준은 대원군뿐만 아니라 조대비와도 사돈을 맺었다. 조대비의 친정 조카 조성하가 이호준의 사위였다.

이호준은 대원군과 조대비 사이에 다리를 놓으면서 대원군이 아들 이명복을 왕으로 만드는 데 커다란 공헌을 했다. 그런 덕택인지 이호준은 이명복이 왕위에 오른 다음 해(1864)에 증광별시 문과에 급제했다. 그때 44세로 며느리를 보고 사위를 보고 난 다음이었다. 이호준은 그때부터 부지런히 엮어놓은 인맥을 타고 거침없이 출세하기 시작했다. 마흔넷의 나이에 과거급제를 한 것도 승진이 빠른 것도 모두 대원군의 힘이었다.

이호준에 이어 조문한 사람은 이호준의 양아들 이완용이었다. 이완용은 승정원 동부승지로서 당상관 자격으로 조문을 한 것이었다. 이호준은 1876년 병자년에 경기도 광주에 사는 같은 우봉 이씨 집안에서 열 살 난 이완용을 양자로 들였다. 이완용의 부친은 겨우 선비 행세를 하는 가난한 처지였다. 이호준과는 32촌도 넘어 남이나 다름없었지만 아이가 글 읽기를 무척 좋아한다는 소문이 마을에 자자했고, 이호준이 소문을 듣고 데려온 것이었다.

"이호준 대감이 양아들로 하여 가문을 일으킬 것이라고 벼르고 있다는데 양아들이 승정원에 입성했으니 뜻을 이루었구만."

"대원군처럼 해낼 것이라고 벼른다지요."

조문객들이 나직이 말을 주고받았다.

그렇지 않아도 대원군이 아들을 왕위에 올리자 이호준이 대원군에게 "대감은 왕족이니 아들을 왕으로 만들 수 있었으나 나는 그럴 수는 없으니, 장차 내 아들은 왕의 바로 아래쯤은 만들어야겠지요."라고 했다는 말이 화제가 된 적이 있었다.

그런데 시골에서 올라온 아이는 양어머니의 마음에 썩 들지 않았다. 타고난 성품이 내성적인 데다 생전 처음 서울로 올라온 아이는 기가 죽었다. 그가 열한 살일 때 양어머니를 따라 대갓집 잔

순국 상

칫집에 갔을 때였다. 거기에는 대갓집 아이들이 다수가 있었고 그들과 하늘과 땅처럼 비교가 되었다. 그렇지 않아도 몸이 왜소하고 내성적인 아이는 더욱 기가 죽고 말았다. 누가 봐도 촌티가 졸졸 흐르고, 그것은 아이를 미천해 보이게 만들었다. 사람들이 숙덕거렸다.

"촌아이라더니, 정말일세."

"글 읽기를 남달리 좋아하는 아이라 양자로 들였다지만, 보아하니 영 아닐세 그려."

"소몰이나 할 아이지, 어딜 봐도 인물이 될 성싶지는 않아 보이네."

양어머니와 아이의 귀에 사람들이 수군대는 소리가 고스란히 들렸다.

자존심이 상한 양어머니는 집으로 돌아오는 길에 아이에게 화를 냈다.

"넌 열한 살이나 먹었고 서울에 온 지 1년이 다 되었는데도 아직 촌티를 벗지 못하니 그런 소릴 듣지. 다른 아이들 봐라. 얼마나 의젓하더냐. 하긴 그게 다 가문 탓이지 네 탓이겠냐만."

자존심이 상한 양어머니는 일종의 화풀이를 한 셈이었다. 움츠러들 대로 움츠러든 아이는 가슴속에서 불덩이가 타올랐다. '오기'였다. 언젠가는 반드시 대갓집에서 수군대는 그들에게 복수하리라 다짐했다.

양어머니는 아이가 도무지 미덥지 않아 아이를 데리고 장안에서 유명하다는 맹인 관상쟁이를 찾아갔다.

"이 아이의 관상 좀 봐주세요. 돈은 두 배로 줄 테니 꼼꼼하게 잘 봐주어야 해요."

맹인 관상쟁이는 양손을 들어 올려 열 손가락으로 아이 얼굴을 더듬기 시작했다. 이마부터 천천히 내려오면서 눈, 코, 입, 귀, 턱을 더듬었다. 그렇게 이목구비를 하나하나 더듬고 난 다음 얼굴 전체를 두 손으로 감싸 쥐고 한참을 생각에 잠겼다가 손을 내렸다.

"얼굴이 동그랗고 눈, 코, 입이 서로 가까이 안으로 모여 있으니 하고자 하는 일을 반드시 해내는 성미이고, 눈은 작고 코는 적당하고 입술은 두터운 편이니 겉으로 드러내지 않고 안으로 계획을 세우는 용의주도한 고집을 가졌고, 귀가 오목하게 생겼으니 남의 말을 번개처럼 알아듣는 총명함이 있고, 아무튼 부지런히 글을 읽는다면 장원급제를 하여 크게 될 상이오."

"그렇지 않아도 이 아이가 글을 잘 읽는다는 소문이 자자했는데, 용하게도 맞추시네요."

"그런데,"

"왜 그러세요?"

"크게 될수록 큰일이 따를 상인데……."

"크게 되면 자연히 큰일이 따를 수밖에요."

양어머니는 당연한 말을 한다는 식으로 짜증을 내며 일어섰다.

"내 말을 마저 듣고 가시오."

양어머니는 이미 몇 걸음 멀어져 있었다. 관상쟁이는 양어머니 등 뒤에 대고 "그 상은 크게 될수록 망하는 상이야."라고 쏘아붙 이며 침을 퉤, 뱉었다.

아이는 집으로 돌아오면서 글만 열심히 읽으면 장원급제를 하 여 크게 될 상이라는 관상쟁이의 말을 가슴에 품었다. 한편 아내 로부터 관상쟁이의 말을 들은 이호준은 왕의 관상을 보고 왕이 될 것이라고 예언을 했던 애꾸눈 관상쟁이 박유붕을 떠올렸다. 한쪽 눈이 애꾸가 되면 출세한다는 것을 믿고, 한쪽 눈을 일부러 찔러 애꾸눈이 된 박유붕을 대원군은 왕이 어렸을 때 잠저(潛邸, 임금이 되기 전에 살았던 집)로 데려와 아들 이명복의 관상을 보게 했 다. 박유붕은 이명복 얼굴을 유심히 살피더니 깜짝 놀라며 "장차 왕이 되실 상입니다. 아무에게도 이 말을 누설하지 말고 잠자코 때를 기다리십시오."라고 당부를 하고는 돌아갔다. 그 후 박유붕 의 예언대로 이명복은 왕이 되었고, 대원군은 박유붕에게 남양부 사라는 벼슬에 이어 수사(水使, 수군절도사) 직을 내렸다.

이호준은 맹인 관상쟁이의 말을 박유붕의 말처럼 믿고 당장 독 선생을 들어앉혀 이완용에게 맹렬하게 공부를 시켰다. 아이는 촌 놈이라고 비웃은 그들을 기억하며 열심히 공부에 매달리고, 이호 준은 양아들을 공부시켜 가문을 일으켜 세우겠다는 일념에 매달 렸다.

이완용은 1882년 임오년 25세에 증광별시 문과에 급제했다. 장원급제는 못 했지만 관상쟁이 말대로 된 것이었다. 증광별시는 왕이 즉위하거나, 세자 책봉, 원자 탄생 등 나라에 큰 경사가 있을 때 특별히 실시하는 시험이었다. 그해는 임오군란으로 왕비가 피난을 갔다가 환궁한 것을 기념하기 위해 실시한 과거였다. 그러나 이완용은 과거급제를 하고도 임용이 안 되어 4년이 넘도록 기다려야 했다. 과거급제를 했다 하더라도 출신 가문에 따라 임용이 다른 탓이었고, 그는 임용이 4년이나 늦어진 것은 보잘것없는 생가 탓일 거라고 생각했다. 양부 이호준이 명문가에 속한다고는 하지만 이호준도 과거를 보기 전에는 이렇다 할 벼슬 이력이 없었다.

자리를 옮겨 음식상을 받은 조문객들이 이호준 부자의 조문을 질타하기 시작했다. 정2품까지 조문이 끝나야 정3품이 조문을 할 수 있었다. 그런데 이완용은 아버지에 이어 바로 조문을 한 탓이었다.

"이호준 저자가 언제부터 벼슬을 했다고 저리 거들먹거리는지 원."

"그러게 말입니다. 영부사 대감 초상이 어떤 초상이라고. 분수를 몰라도 너무 모르는 거지요."

"아들도 마찬가집니다. 이 댁이 어느 댁이라고 이제 막 당상관에 오른 자가."

"생각해보니 이호준 아들이 동부승지에 오른 게 불과 엊그제 아닌가?"

"누가 아니랍니까."

"이호준이 시킨 게 분명해요."

"그러고도 남을 사람이지요."

"이럴 때 아들을 띄우자는 속셈이겠지요."

"사실 이완용도 만만치 않아요. 육영공원에서 신학문을 배운 것 때문에 주상께서 앞으로 크게 쓸 것이라는 소문이 돌고 있어요."

"벌써 주미 대리공사로 낙점해두었다는 말이 있어요."

"흠, 이호준처럼 벼락출세를 하는군."

이완용은 30세에 정9품 규장각 대교로 임용이 되자 조선에서 처음으로 실시한 신학문 관립학교인 육영공원 1기생으로 입학했다. 육영공원은 보빙사(외교사절)로 미국을 다녀온 민영익이 서양식 학교를 세워 신학문을 가르쳐야 한다고 청하여 설립되었다. 학제는 좌원과 우원 두 개의 반을 두고, 좌원은 현직 관료 중에서 젊고 뛰어난 자를 선발했다. 우원은 귀족들 자녀 가운데 15세에서 20세 미만인 청소년들에게 입학 자격을 주었다. 1기생은 이완용을 합해 관리들로 이루어진 좌원이 14명이었고, 귀족 집 자녀들로 이루어진 우원은 21명이었다.

육영공원에서는 말부터 영어만을 사용하면서 어학은 영어 과목을 중심으로 각국 외국어를 가르쳤다. 사회과학 부문은 수학, 지리, 만물격치, 세계역사, 정치 등을 가르쳤다. 초대 교사로는 헐버트, 길모어, 벙커 등이 포진했고 이완용은 자연스럽게 서양 선생들과 친해지면서 서양 문물을 가까이 느낄 수 있었다. 그리고 왕은 서양 문물에 관심이 많아 이완용에게 기대를 걸었다.

이완용은 대감의 조문을 마친 다음 석영에게 절을 했다. 석영은 이완용보다 3년 연상이었고, 승정원 선배였다. 같은 당상관으로 승정원에서 얼굴을 대한 적이 두어 번 있었다. 석영은 이완용보다 3년 늦게 과거급제를 했으나 바로 임용된 탓에 과거급제가 4년이나 더 빠른 이완용보다 벼슬로는 선배였다. 그런데 이완용이 어느새 같은 승정원의 반열에 서게 되었고, 사람들이 수군거린 대로 이완용은 앞길이 훤히 열려 있었다.

이완용은 상주 석영에게 의례적인 절을 하고 일어선 다음 다시 한번 허리를 반으로 접어 정중하게 읍을 하고는 말없이 밖으로 나갔다. 밖으로 나온 이완용은 음식상을 받지 않고 곧바로 돌아가고 말았다. 그는 아직도 내성적이었고 그 내면에는 어릴 때 품은 오기가 고스란히 살아 있었다.

날마다 사당에 들어 석영을 위해 빌었던 대감은 이제 조상들과 나란히 사당에 올랐다. 석영은 대감이 생전에 했던 대로 날마다 사당에 들어 대감의 명복을 빌었다. 그리고 서둘러 대감이 정리해놓은 글을 간행소에 넘겼다. 책은『임하필기』『귤산문고』『해동악부』『가오고략』등 네 권이 출간되었다.『임하필기』는 조선과 중국의 사물에 대하여 고증한 내용으로 광범위한 분야에 걸쳐 분석

한 책이었다. 경(經), 사(史), 자(子), 집(集)을 비롯하여 조선의 전고
(典故)를 밝힌 역사, 지리, 산물, 서화, 전적, 시문, 가사, 정치, 외
교, 제도, 궁중비사 등을 총망라한 백과사전이었다. 『귤산문고』는
대감의 호 귤산을 딴 것으로 평생 벼슬을 하면서 보고 듣고 느낀
이야기를 엮은 회고록이었다. 『해동악부』와 『가오고략』은 제목에
서 보여준 대로 조선의 노래와 아름다운 시문을 모은 시가집이었
다. 석영은 책이 출간되자마자 서둘러 왕에게 봉헌했다.

"책을 보니 영부사를 직접 대하는 것만 같구나. 그래, 영부사가
과인에게 남긴 말이라도 있느냐?"
"마지막 임종에 주상전하 말씀을 하시면서 눈물을 흘리셨습니
다."
"정녕 그러했던가?"
"그러하옵니다. 그러면서……."
"그러면서 무어라 했느냐? 어서 말해보아라."
누구든 왕 앞에 서면 발이 허공을 딛는 것만 같고 말은 어디서
나오는지 분간하기 어렵다는 말이 허언이 아님을 실감했다. 당상
관으로서 왕을 대할 때와는 전혀 달랐다. 그는 대감이 마지막에
"주상전하가 가엾다"고 했던 말은 함부로 할 수가 없는 말인데,
정녕 말이 어디서 나온 것인지도 모르게 그만 '그러면서'라는 말
을 한 것이 후회되어 어쩔 줄 몰랐다.
"어서 말을 하라지 않느냐."

왕이 독촉했다. 독촉이 아니라 '어서 말을 하라'는 것은 왕의 지엄한 명령이었다.

"아버님께서 크게 염려하는 심정으로 주상전하께 가엾다고 하셨습니다."

왕은 말이 없었다. 왕은 왈칵 눈물이 솟구쳐 오름을 참느라 눈을 감았지만 이미 눈 안에 눈물이 가득 고여 있었다.

"영부사는 죽는 순간까지도 나를 염려했구나. 그 말은 내 가슴에 묻을 일이다. 조선 천지에 누가 있어 과인을 그토록 염려한단 말이냐. 모두 저 살자고 날뛰는 세상이다. 그 밖에 또 무슨 말을 했는지 말해줄 수 있겠느냐?"

이번에도 석영은 대감이 남긴 말을 말하지 않을 수가 없었다. '말해줄 수 있겠느냐'는 것은 부드러운 청이었지만 그것 역시 명령이었다.

"나라가 장차 큰 어려움을 당하게 될 것이라고 하셨습니다."

"과연 영부사다운 유언이다."

왕은 석영에게 다시 말을 했다.

"영부사가 이(李) 승지 같은 아들을 얻었으니, 마음 놓고 눈을 감았을 것이다. 과인 또한 영부사가 아들을 얻는 데 한몫을 한 것 아니겠느냐. 과인이 앞으로도 영부사가 그리우면 언제든지 부를 것이니 감기가 들어 기침 소리를 내더라도 오너라."

석영은 대감이 사당에서 축원한 대로 물 흐르듯 정3품 승지에서 종2품 소경에 올랐지만 대감의 3년상을 끝낼 때까지는 관직 생활을 중단해야 했다. 대감이 생전에 그랬던 것처럼 그는 양주 별가에서 기거하면서 산소를 지켰다. 그는 산소를 돌보면서 대감이 그리울 때마다 보광사를 찾았다. 갈 때마다 걸음을 멈추고 조상 대대로 내려온 들녘을 바라보았다.

"땅을 더 늘리겠느냐?"

그날 대감이 질문했던 말이 귀에 쟁쟁하게 들려왔다. 대감은 결코 땅을 더 늘리기를 원해서 했던 말이 아니었음을 그는 잘 알고 있었다. 어떻든 공자는 부모가 돌아가신 뒤에 부모의 법을 3년 동안 바꾸지 말고 그대로 지켜야 한다고 했지만 그는 평생을 두고 지키기로 마음먹었다. 양주고을 사람들에게 대감이 베푼 일들과 보광사를 위해 해온 일, 집안 하인들에게도 사람대접을 해준 일을 한 치 어긋남 없이 그대로 유지하기로 마음먹었다.

대감을 곁에서 모신 세월은 짧았지만 서로 나눈 이야기는 백 년이나 된 듯했다. 그는 사람이 함께 산다는 것은 얼마나 긴 시간을 함께 살았느냐가 중요한 게 아니라 얼마나 많은 이야기를 나누었는지, 그게 더 중요하다는 것을 알았다. 그동안 대감과 나눈 이야기가 날마다 한 대목씩 되풀이되면서 앞으로 살아갈 날을 인도해준 탓이었다.

혼자 보광사에 올라 대감의 명복을 빌 때면 부지불식간에 눈물이 흘러내렸다. 이제 할 수 있는 일은 양모님을 성심으로 모시는 일이었다. 대감을 위해 하지 못한 일을 양모님에게 모두 쏟아야 할 것이었다. 그는 상주가 되어 3년 동안 벼슬에서 내려와 별가에서 지내면서도, 사흘마다 말을 달려 정동 집으로 가 양모님에게 문안을 드렸다. 대감이 살아 있을 때 양주로 사흘마다 찾아뵈었던 것과 반대로 이제는 양주에서 정동 집으로 말을 달려 양모를 위로했다.

"어머님, 오늘은 어떻게 지내셨어요? 진지는 맛있게 드셨는지요?"

그는 조석으로 문안을 할 때마다 그렇게 여쭈었고, 양모는 석영의 손을 꼭 잡아주면서 "자네의 지극한 효성 때문에 이렇게 잘 지내니 걱정 마시게."라고 했다.

석영은 대감 3년 상을 탈상하고 다시 복직했다. 뭐니 뭐니 해도 양모님을 가장 기쁘게 해드린 것은 첫아들을 얻은 일이었다. 기해년(1899), 대감이 떠나고 10년 만에야 첫아들을 낳아 양모님께 안겨드렸다. 그의 나이 마흔넷이었다. 마흔넷이면 남들은 며느리나 사위를 볼 나이였다. 3년 동안 상주로 살아야 하는 세월을 제외하고, 그동안 죄인이 되어 아침저녁으로 양모님께 문안을 드릴 때마다 고개를 들지 못했다. 답답했던 그의 아내는 본가가 손이 번성한 집안이라, 석영이 출계하지 않았다면 그의 동생들처럼 아들을 낳았어도 두어 명은 낳지 않았겠느냐는 말까지 했다.

아내 말대로 그의 형제들은 자식이 번성했다. 회영 아우는 아들 둘을 낳았고, 그 아래 아우들도 아들딸을 낳았다. 양모는 석영 내외가 죄송해할 것을 생각하여 전혀 섭섭함을 드러내지 않다가 손자가 태어났을 때에야 "이제는 죽어서 조상님들과 대감을 뵐 면목이 섰구나."라고 하면서 기뻐했다.

그는 가문의 관례에 따라 조카들 항렬의 돌림자인 홀 규(圭) 자를 써서 아이 이름을 '규준'이라고 지었다. 양모는 그렇게 손자 소원을 이루고 1년 동안 아이가 자라는 것을 낙으로 삼고 살다가 잠을 자던 중 세상을 떠났다. 연세 여든둘이었다. 문중에서는 호상이라고 했지만 석영은 대감이 돌아가셨을 때와 마찬가지로 황망한 슬픔에 빠지고 말았다. "우리 규준이가 어서 입을 열어야 할미가 소리를 들을 수 있을 텐데, 내가 그때까지 살지 모르겠구나."라고 했던 말이 늘 귓가에 맴돌았다.

양모마저 세상을 떠나버리자 집안에 어른이 없었다. 이제 집안 모든 것을 석영이 직접 감당해야 했다. 막대한 재산뿐만 아니라 하인들까지 수많은 식솔을 이끌어간다는 것은 쉬운 일이 아니었다. 물론 소작 관리며 재산 관리는 집사들이 해냈지만 주인도 그들과 함께 하지 않으면 안 되는 부분이 있었다.

집사는 모두 네 사람이었다. 그들은 박씨와 김씨 두 가문으로 각자 아버지와 아들로 부자간이었다. 박경만과 김준태는 아들이었고 그들은 대를 이어 이유원 대감 가문의 집사를 이어오고 있었다. 박경만 부자(父子) 집사는 재산 관리와 집안 관리를 맡고, 김준태 부자는 소작인들과 농지 관리를 맡았다. 그들은 모두 정직하고 성실했다. 대감이 생전에 그들을 신뢰했듯이 석영도 그들을 신뢰했다.

회오리바람

　　남산에서 내려다본 서울은 닭이 알을 품고 있는 듯 평화스러웠다. 알을 품고 있는 닭이 자칫 일본군들의 무자비한 발길에 치일 것만 같았다. 임오군란 이후 조선에 주둔하게 된 일본군과 청군이 제 나라처럼 도성을 활보했다. 회영은 청군보다 일본군이 더 경계되었다. 가끔 총칼을 번득이며 도성을 행진하는 일본 군사들을 볼 때마다 가슴속 깊이 서늘함이 스쳤다. 무언가가 다가오고 있다는 느낌을 지울 수가 없었다. 더욱이 일본은 갑신정변 때만 해도 김옥균을 내세워 정변을 일으키도록 응원을 해주더니 이제는 그를 제거하면서 조선 정부를 흔들어대는 간계를 쓰고 있었다.

　　회영은 그런 걱정을 하며 죽마고우 이상설과 남산 홍엽정에 올랐다. 남산에 오르면 무엇보다도 솔바람 소리가 좋았다. 솔바람 소리는 거침없는 청년의 소리 같았다. 태양이 하루를 마치고 산

봉우리에서 마지막 빛살을 쏘고 있었다. 단풍과 솔숲 사이로 햇살이 길게 뻗쳤다. 빛은 장엄하고 화려하고 강력했다. 태양은 늘 그랬다. 아침에 떠오를 때나 한낮보다 최후가 더 화려하고 힘이 있었다. 회영이 태양의 최후를 바라보며 숨도 쉬지 않는 듯했다.

"우당 형은 매번 지는 해에 넋을 놓습니다."

옆에서 이상설이 회영을 흔들어 깨웠다.

"맞는 말이오. 그런데 하루 중 마지막 햇살이 왜 저토록 장엄하단 말이오. 도무지 입을 열 수가 없으니."

"나도 그런 생각이 들지 않은 것은 아니나 우당 형처럼 넋을 놓지는 않은 걸 보면 아무래도 이 사람은 감성이 무딘 듯합니다."

"부재야말로 식년감시(式年監試)에 장원급제를 할 만큼 그 영민함이 유생들 사이에 유명하질 않소. 기억나시오? 신흥사에서 합숙하며 공부에 매진할 때 일 말이오."

이상설은 유생들 가운데 뛰어난 수재로 알려져 있었고 어느 날 자다가 벌떡 일어나 대수학을 풀었노라고 외치는 바람에 모두 잠에서 깨어나 "부재는 자면서도 공부를 한다."는 소문이 퍼졌다.

"시묘살이를 하느라 세월을 보낸 처지였으니 남보다 열심을 냈던 것뿐이었지요."

"어떻든 부재가 열을 깨우치면 나는 그중 하나를 알까 말까 합니다."

"내가 우당 형을 존경하는 마음을 전혀 모르시는 말씀이오."

"존경이라니요. 그건 내가 할 소리오."

회영과 이상설은 어려서부터 서로 자신보다 뛰어난 사람으로 신뢰하면서 상대를 스승처럼 여겼다.

　두 사람이 만난 건 아주 어린 시절부터였다. 회영의 집 옆집은 같은 경주 이씨인 동부승지 이용우 대감 집이었고 이용우 대감에게는 대를 이을 후사가 없었다. 양자를 들이기로 하고 경주 이씨 집성촌인 진천으로 내려가 문중에서 고르고 골라 한 아이를 서울로 데려왔다. 아이가 시골 진천에서 올라온 지 열흘쯤 되는 날 회영이 집을 나섰다가 그 아이와 마주쳤다. 대문 밖에서 혼자 주위를 낯설게 두리번거리며 서 있는 아이는 촌티가 가득함에도 당차 보였다. 갸름한 얼굴에 이마가 훤하고 눈빛이 총총했다. 회영이 먼저 말을 걸었다.

　"이름이 무엇이며 올해 몇 살이냐?"

　"진천에서는 이복남이었지만 지금은 이상설이다. 내 나이는 일곱 살이다. 그런 너는 누구냐?"

　아이는 두 가지 이름을 모두 대주며 회영에게 대뜸 너도 이름과 나이를 대라는 식으로 말했다. 회영은 생각보다 나이가 어리다는 것에 놀랐고 또 보기보다 훨씬 용감하고 당차다는 것에 놀랐다.

　"내 이름은 이회영이다. 그리고 나이는 열 살이니 너보다 세 살이나 더 많구나."

　"그러면 내가 형이라고 불러야겠소."

　"동무를 하면 되지 않느냐. 보아하니 너는 나보다 어리지만 나를 능가하겠다."

"그래도 형이라고 해야 하오. 나는 소학을 읽었으므로 오륜(五倫)을 배웠소. 그래서 장유지서(長幼之序)를 아는데 그럴 수는 없소."

"고집이 센 아이로구나. 그런데 벌써 소학을 읽었느냐?"

"그렇소. 이제부터 사서삼경을 읽을 참이오."

이상설은 회영을 형이라 부르겠다고 고집하면서 당장 반말을 고쳤다. 회영은 이상설의 말이 맞다고 생각했다. 두 살 아래인 동생 시영도 이상설보다 한 살이 더 많으니 형이라고 불러야 마땅한 일이었다.

"너는 무척 영특한 아이임에 틀림없구나. 나는 여덟 살에야 소학을 떼고 사서에 입문했느니라. 앞으로 함께 절차탁마(切磋琢磨)하여 학업을 닦고 덕성을 기르자꾸나."

"좋소. 소학의 붕우지교(朋友之交)에서 증자가 말하기를 '군자는 학문을 강론하는 일로 벗을 모으고 벗의 선함을 본받아 인덕을 기르라' 하였으니 형의 말이 옳소."

"네가 비록 나를 형이라고 부르나 마치 내 맏형님 말씀을 듣고 있는 것만 같구나. 내 맏형님은 지금 스물네 살이고 혼인하여 자식까지 둔 어른이니라."

회영은 단번에 소통한 이상설이 세 살이나 아래임에도 한참 손위처럼 여겨졌다.

"그런데 부재, 이 사람은 지는 해를 바라볼 때마다 부지불식간에 사람의 최후를 생각하게 됩니다. 사람의 최후도 저렇게 장엄하고 경건해야 한다고 말이오."

"그것 보세요. 우당 형은 생각이 벌써 거기까지 미치지 않았소. 나는 형의 그런 예지가 늘 존경스럽습니다."

회영은 25세에, 이상설은 22세에 과거에 급제하여 나라의 부름을 기다리고 있었다. 회영의 동생 이시영(후일 대한민국 초대 부통령)은 17세에 급제를 했으므로 두 사람보다 여러 해 앞서 있었고 벌써 형조좌랑에 앉아 있었다. 회영은 처음부터 관계 진출에 뜻을 두지 않았던 탓이었고 이상설은 죽은 양부의 묘 옆에서 3년 동안 시묘살이를 한 탓이었다. 어떻든 두 사람 모두 관에 나간다는 것은 틀림없는 사실이고 이변만 없다면 벼슬길은 시간과 함께 쭉쭉 뻗어갈 것이었다.

이미 탁지부 판임관 임명을 받은 회영은 선택의 기로에 선 심정이었다. 관에 진출하는 것보다 나라의 장래에 대해 고민하기 시작했다. 남산에 오를 때마다 솔바람 소리가 가슴을 때렸다. 결단하라는 독촉이었다. 판에 박힌 정사(政事)를 보고 앉아 있을 것이 아니라 정작 가야 할 길이 따로 있다는 것을 알았다. 과감히 관계 진출을 접기로 결심했다. 위로 건영, 석영, 철영 세 형님들이 의정부 고위직에 있거나 역임했고, 또 동생 시영이 관직에 진출했으므로 남들이 말한 삼한갑족 가문의 내력을 잇는 것은 그 정도만 해도 충분할 것이었다.

"관계 진출을 접겠다니요?"

회영의 결단에 이상설이 화들짝 놀란 얼굴로 물었다.

"나는 처음부터 관계 진출에 뜻이 없었다는 걸 부재도 잘 알고 있지 않소. 과거를 본 것도 부재의 성화 탓이었고요."

"우당 형, 조금만 더 생각해보면 안 되겠소?"

"내가 가야 할 길이 따로 있음이오. 부재도 알다시피 불시에 결심한 일이 아니니 염려 놓으시오."

"그렇다면 나도 형을 따르겠소."

"그건 안 될 말이오. 나는 나대로 할 일이 있고 부재는 부재대로 할 일이 있다는 걸 아셔야지요."

이상설은 곧 회영을 이해했다. 어려서부터 바라본 회영은 언제나 남이 미처 생각하지 못한 것을 생각하고 당장 행동으로 옮기는 행동주의자였다. 시대를 뛰어넘기를 갈망하고 있었다. 노비와 아전을 대하는 일만 해도 그랬다. 그들에게 '하게'라고 하거나 나이가 지긋한 노비에게는 아예 존댓말을 한 것은 시대가 아직 이해하기 어려운 일이었다.

"형이 할 일이란 무엇이오?"

"교육이 나라를 이끌어가는 힘이란 걸 일본이 구구절절 보여주지 않았소. 우리에겐 왜 일본의 후쿠자와 유키치 같은 인물이 없을까, 하는 생각이 드는 것이오."

메이지 유신을 주도한 일본의 선각자 중 근대화의 아버지로 추앙받는 후쿠자와 유키치. 아시아를 탈피하여 서구를 추종해야 한다는 탈아입구론을 내세우며 메이지 유신을 성공시킨 주역인 그를 이상설도 늘 부러워하고 있었다.

"그렇다고 우리가 당장 무얼 할 수 있단 말이오?"

"우리는 예로부터 논(論)에서 논으로 끝나는 것이 예사였소. 도전을 두려워했던 게요."

"우리나라 백성들이 앞서가는 일본을 동경하고 있으니 이 사람도 답답한 생각이 드는 것이 사실이오."

"바로 그것이오. 일본의 문물 앞에 이 나라 백성들이 꼼짝하지 못하는 것, 일본제 눈깔사탕부터 시작하여 바늘과 실타래까지 일산 물건에 남녀노소를 불문하고 혼을 빼앗기는 것, 그것은 이제 생각하니 강자와 약자의 모습이었소. 이게 다 신학문과 신경제를 모른 탓이 아니고 무엇이란 말이오."

회영이 어려서 장터에서 보았던 일본 상인들과 조선 사람들은 돌이켜볼수록 강자와 약자의 모습이었다. 하찮은 물건으로 조선인을 농락한 일본 상인들은 강자였고 사탕을 훔치고 매를 맞는 아이들이나 콩을 몽땅 넘겨주고 울상이 된 여인들이나 약을 사기 위해 벌떼같이 몰려든 사람들은 약자였다.

"신학문과 유키치, 그리고 게이오 의숙!"

이상설이 갑자기 신기한 발견이라도 한 것처럼 소리치며 회영을 바라보았다.

"그렇소. 후쿠자와가 탈아입구를 성공시킨 것은 게이오 의숙을 세워 신학문을 가르친 것이 가장 큰 힘이었다는 것을 생각해야 하오."

"우당 형, 이 사람도 지금 당장 관계로 진출할 것이 아니라 신학 문을 배우러 일본으로 가야겠소. 게이오 의숙으로 말이오."

"듣던 중 반가운 소리요. 부재 같은 인재가 하루빨리 신학문을 배워 와 우리 백성들에게 새로운 세상을 가르쳐야 하오. 이제 더 이상 논어 1만 1천 자, 맹자 3만 자, 주역 2만 5천 자, 서전 2만 5천 자, 시경 4만 자, 춘추좌전 2십만 자를 외우는 데 청춘을 바치게 해서는 안 됩니다."

"옳은 말이오. 그런데 이 나라 사대부들이 용납할 것 같소이까?"

"백년하청(百年河淸)이지요. 부재, 늦었지만 후쿠자와 유키치처럼 우리가 나서야 합니다. 서둘러 무언가를 시작해야 해요."

"그럼 우당 형도 함께 일본으로 가 신학문을 배워야 하지 않겠소?"

"부재는 남달리 하나를 배우면 열을 깨치니 열 사람 몫을 배워올 수 있을 것이오. 나는 부재가 신학문을 배우고 돌아올 동안 상동청년회 동지들과 함께 민족자본을 만들겠소. 그리고 부재가 돌아오면 서둘러 이 땅에 신학문을 전파할 학교를 세우도록 할 것이오."

세상은 혼란한 가운데서도 하루가 다르게 변해가기 시작했다. 지금까지 묶여 있던 서양 선교에 대한 국법이 풀리는가 하면 청년들은 신지식과 새로운 세계를 갈망했다. 그들은 모두 혼란스러운 나라를 걱정하는 애국청년들이었고 세상을 변화시키려고 애쓰는 개혁주의자들이었다.

그러나 세상이 변화하는 움직임이 보일수록 수구파 세력들은 여전히 자기네 기득권을 지키기 위해 새로운 세계로 나아가는 것을 완강하게 거부하고 있었다. 신학문은 구학문에 대한 도전이고, 새로운 경제는 지금까지 조선의 경제구조를 갈아치울 것이기 때문이었다. 그렇게 되면 가진 자들, 기득권자들이 손해를 보게 마련이었다. 그래서 그들은 기를 쓰고 이를 저지하는 데 총력을 기울이고, 청년들은 이를 뚫고 나가려고 했다. 그런 분위기에서 석영의 아우 회영의 적극적인 활동은 애국청년들에게 신선한 충격이었다. 벼슬길을 버리고 민족운동을 하겠다고 나선 것은 사대부들에게 충격이었고 애국청년들에게는 희망이었다.

회영은 애국청년들을 이끌고 이제는 친형님 석영의 소유가 된 홍엽정에서 모였다. 홍엽정은 보통 정자와 달리 수십 칸이었고, 잠을 잘 수도 있고 기거할 수도 있는 곳이었다. 청년들은 수시로 홍엽정에 모여 나라를 위해 무엇을 할 것인지를 토론했다. 그리고 석영은 홍엽정을 청년들에게 나라를 위한 토론의 장으로 제공했다.

또 하나 애국청년들에게 길이 열린 것은 상동교회였다. 그동안 상동 장터에 스크랜턴이 위장하여 열었던 상동약국은 당당하게 상동교회로 이름을 바꾸고 교회에서 신학문을 가르치기 시작했다. 그러자 신학문을 갈망하는 지식인 청년들이 상동교회로 모여

들었다. 거기에 새로운 세상으로 나아가는 길이 있었다.

애국청년들은 흥엽정과 상동교회를 중심으로 모여 앞으로 민족 개화 운동을 하려면 자본이 필요하다는 것에 의견을 모으고, 민족자본을 조성하는 문제를 놓고 머리를 맞댔다.

"동지들은 그동안 심사숙고한 것을 기탄없이 말해보시오."

회영이 먼저 입을 열었다. 회영의 동생 시영과 이동녕, 여준, 장유순, 이강년, 이범세, 서만순 등이 각자의 생각을 말하기 시작했다.

"인삼 재배나 금광 채굴이 어떨까요?"

"금광은 모험입니다. 인삼을 재배하는 것이 시간은 좀 걸리지만 적합할 듯합니다."

"인삼 재배, 그거 만만치 않아요. 땅도 찾기 힘든 데다 관리는 또 얼마나 까다롭습니까. 빠른 시일 안에 큰 자본을 마련하자면 금광이 제일이지요."

"맞습니다. 금광이 오히려 인삼보다 더 쉬울 겁니다. 금광 재벌 내장원경 이용익을 보십시오. 그는 한낱 보부상에 불과하지 않았습니까."

"보부상이었으니 가능했지요. 수십 년 동안 전국을 떠돌면서 듣고 본 것이 길을 가르쳐주었으니까요."

"맞아요. 금을 캐는 일은 칡뿌리를 캐는 일이 아닙니다. 금을 캐자면 먼저 경험이 필요하고 자본이 있어야 해요."

몇몇 사람은 금광을 채굴하는 것이 가장 빨리 큰돈을 벌 수 있다고 주장했으나 동지들 대부분은 인삼 재배가 접근하기에 용이하다고 판단했다.

"인삼 재배를 하자면 땅은 또 어떻게 구해야 할지 생각해봐야지요."

"인삼 재배야말로 적지를 찾아야 합니다."

"개성 지역에 인삼으로 적지인 땅이 있기는 있습니다만."

"오라, 장 동지가 바로 인삼곳 사람이 아니오. 어서 말해보세요."

대뜸 땅이 있다고 말한 사람은 개성 출신 장유순이었다. 수리개발 전문가인 장유순은 땅의 속성을 잘 알고 있었고, 땅에 대한 정보에도 밝았다. 개성은 원산에서 서울을 잇는 추가령을 따라 태백산맥의 시작점과 광주산맥 시작점이 만나면서 매봉산, 백암산, 점봉산, 방태산 등 고산준령이 둘러쳐져 있는 분지 형태라 최소의 일조량과 선선한 기후 탓에 인삼밭으로는 최고의 적지였다.

"왕실 소유인데 인삼밭으로 조성하기에 안성맞춤인 곳입니다. 그 땅을 빌릴 수만 있다면 인삼 재배 절반은 성공한 거나 다름없지요."

"왕실 땅을 빌릴 수만 있다면?"

"듣기로는 개간할 사람을 찾고 있는데 아무나 덤비지 못한다고 합니다. 그리고 왕실에서 내건 조건도 만만치 않고, 아무튼 그 문제는 내장원경 이용익에게 달려 있습니다."

이용익은 전국을 떠돌며 보부상으로 번 돈을 금광에 투자하여 수십 구 금광을 소유한 재벌이었다. 그는 많은 돈을 벌자 왕과 왕비에게 금괴를 바치면서 충성한 끝에 벼슬을 얻게 되어 함경남도 병마절도사를 거쳐 왕실 재정을 관리하는 내장원경의 자리에 올라 왕의 수족이 되어 있었다.

"그 일은 내가 맡지요. 영석 형님에게 이용익을 만나보라 부탁드리겠소."

묵묵히 동지들 말을 듣고 있던 회영이 나섰다. 금광을 개발하든 인삼을 재배하든 그에 필요한 자본은 회영이 담당할 수밖에 없었다.

"아, 벌써 길이 환히 보입니다."

회영이 석영을 만나겠다고 하자 동지들이 흥분을 감추지 못했다.

회영의 말을 들은 석영이 당장 친분이 있는 내관 안호형을 통해 어렵지 않게 이용익과 만났다. 이용익은 전 영의정 이유원 대감의 아들 이석영이라고 하자 버선발로 뛰어나오듯 반겼다.

"영의정 이유원 대감 가문의 부탁이니, 전하께서도 기뻐하실 것입니다. 그렇지 않아도 왕실 사업으로 홍삼제조원을 설립할 계획인데 잘 되었습니다. 개성에 인삼 재배지로 적지인 땅 2정보가 있는데 그걸 내어드릴 수 있습니다. 농사를 잘 지어 민족자본을 마련하라 하십시오. 그리고 인삼이 잘 되면 왕실 비자금이나 조금 생각해주시면 됩니다."

"그렇게 이르지요."

이용익은 곧바로 땅을 사용할 수 있도록 일을 처리해주고 회영 일행은 계획대로 일을 착수하기 시작했다.

3만 평이라는 땅을 인삼밭으로 일구자면 웬만한 자본으로는 어림없는 일이었다. 무슨 일을 하든지 자본 문제는 회영이 담당하게 마련이고 회영은 석영을 믿었다.

"너는 어려서부터 생각이 남달랐고 지금까지 네가 하는 일은 모두 옳았느니라."

어려서부터 회영을 끔찍이 아끼는 석영은 칭찬까지 해주면서 적극적으로 지원하고 나섰다. 인삼밭은 순조롭게 조성되어갔다. 내친김에 삼목도 심고 서울에서 제일가는 제재소도 열었다.

"2정보 땅, 3만 평 인삼밭만 해도 입이 떡 벌어지는데 삼목에다 제재소라니요."

"형님이 아니면 꿈도 꿀 수 없는 일입니다."

"정동 대감께서 회영 동지를 워낙에 신뢰하신 덕이 아니고 무엇이겠소."

회영이 큰 사업을 벌이자 권문세가들이 명문가 자제가 벼슬도 마다하고 엉뚱한 짓을 하고 다닌다며 수군대기 시작했다. 더욱이 석영이 자본을 댄다는 소문이 나자 그들은 더욱 비난을 퍼부었다.

소문은 장안 구석구석을 돌아 경무청 고문 후쿠다 요시모토의 귀에도 들어갔다. 후쿠다는 고개를 갸웃거리며 조선에 주재하고 있는 고위층 일본인들이 모인 자리에서 무척 신중하게 입을 열었다.

"조선 귀족 청년 중에도 그런 인물이 있다는 사실을 간과해서는 안 됩니다."

"우리도 이회영에 대해 듣고 있습니다."

"조선에도 그런 청년이 존재한다는 자체가 우리에겐 경계의 대상이란 걸 기억해야 해요. 감히 우리 일본에 대항하자는 야심이 아니고 무엇이냔 말이오."

"그렇다고 우리가 나서서 사업을 중단하라고 제지할 수는 없질 않습니까?"

"제지할 수 없다?"

"그렇습니다, 아직은."

"무슨 계책을 써서라도 반드시 제지해야 합니다. 그 얄미운 애송이를 지켜보면서 계책을 강구할 수밖에요."

개성의 야산 구릉을 따라 펼쳐진 수만 평 인삼밭은 꿈과 희망의 상징이었다. 해가림 볏짚 아래 한 자 이상 높은 둑에 뿌리내린 인삼은 별 탈 없이 잘 자라주었다. 한편에서는 인삼이 크고 한편에서는 삼목이 자라고 제재소도 잘되어갔다. 내장원경 이용익도 가끔 인삼밭으로 나와 인삼 상태를 흐뭇하게 구경한 다음 왕에게

순국 상

보고했다.

"잎은 뿌리의 낯이라고 하는데 시원한 갈대밭 그늘에서 빛깔도 푸르게 살랑거리는 인삼 잎이 충실하기 그지없습니다. 벌써 잎들이 인삼 내음을 물씬 풍기고 있어 잠시만 옆에 서 있어도 인삼 내음이 몸에 젖은 듯 배어드는 것이 전도유망합니다."

"암, 암, 아무쪼록 전도유망해야지. 그런데 올해 몇 년 차인가?"

"벌써 4년 차에 접어들었는데 주근이 살이 오르기 시작하고 곁뿌리인 지근과 세근이 생장을 촉진하여 인삼의 형체가 완성되었사옵니다. 생각해볼수록 이석영과 그의 아우 이회영은 남다른 인물임이 틀림없습니다."

"조선 제일 세신 가문의 형제들이 아니냐."

이용익은 인삼 몇 뿌리를 뽑아 가지고 와 왕에게 보이면서 자랑스럽게 보고하고, 왕은 기쁨을 감추지 못했다. 인삼은 누가 봐도 탐이 나게 잘 자랐다. 가끔 후쿠다 고문도 인삼밭 구경을 하러 나섰다. 그렇지 않아도 후쿠다는 평소 한국의 인삼에 관심이 많아 조선의 인삼밭을 꿰고 있었다. 그는 회영의 인삼밭을 눈여겨보기 시작했다.

회영의 인삼밭은 조선에서 가장 넓은 인삼밭 중 하나였다. 후쿠다는 바다 같은 인삼밭을 바라보며 "건방진 놈! 감히 일본을 흉내 내겠다? 흥! 네가 아무리 몸부림쳐도 넌 조선 안 개구리에 불과하지."라고 비웃는 것을 잊지 않았다.

인삼은 뇌두와 동체 각부가 균형 있게 발달된 큰 뿌리로 키워내야 좋은 값을 받을 수 있었다. 회영과 동지들은 그런 훌륭한 인삼을 키워내기 위해 인삼밭에서 살다시피 하면서, 둑이 견실한가, 햇빛가리개는 달아난 곳이 없는가, 배수로는 상태가 좋은가 등등을 살피며 일꾼들을 격려했다.

인삼이 점점 성년이 되어갈 즈음 세상에는 태풍이 몰려오고 있었다. 장차 나라에 큰일이 일어날 것이라고 했던 이유원 대감의 걱정이 현실로 드러나기 시작한 것이었다. 전국에서 농민들의 함성이 들려왔다. 분노였다. 탐관오리들의 횡포는 갈 데까지 갔고 일본으로 쌀과 콩 같은 주요 곡물이 대량으로 유출되는가 하면, 궁에서는 날마다 어마어마한 돈을 주고 굿을 하는 등 낭비가 심하다는 소문이 세상을 휩쓸었다. 거기다 백성들은 굶으면서 하루를 기적처럼 버티는데 조정에서는 조세를 올리고 나섰다. 배고픈 농민들은 굶어 죽으나 싸우다 죽으나 마찬가지라고 결론을 내리고는 죽을 바엔 싸우다 죽기로 작정했다. 조정을 향해 난을 일으켰다.

갑오년(1894) 6월 임오군란을 방불케 하는 동학 농민군이 대거 봉기한 것이었다. 처음에는 탐관오리 고부 군수 조병갑 때문에 일어난 동학군은 대원군이 배후 조종자라는 소문이 파다했다. 그런 소문은 누구보다도 12년 전 임오군란 당시 죽음에서 살아난 왕비를 떨게 했다. 왕비가 서둘러 주찰조선총리교섭통상사로 조선에 와 있는 청나라 원세개에게 도움을 청했다.

"지난 임오년(임오군란)과 갑신년(갑신정변) 두 번의 내란 때도 청국의 군대에 의지하여 안정을 찾을 수 있었습니다. 이번 원군 문제도 간청하오니 속히 북양대신 이홍장께 전문을 보내어 몇 개 부대를 보내도록 하여주시기를 간청합니다."

원세개로부터 전문을 받은 북양대신 이홍장은 2천 명 병력을 조선으로 급파했다. 그러자 일본은 일본 거류민을 보호한다면서 5천 명 군사를 보냈다. 청나라 병력은 아산에 상륙하고 일본 병력은 인천에 상륙했다. 인천은 서울과 가까웠고 일본 병력이 청나라 군대보다 훨씬 많았다. 상황이 심상치 않다는 것을 알아차린 동학군은 겁을 먹고 자진 해산하고 말았다. 그런데 이미 조선을 노린 일본은 청나라를 이번 기회에 조선에서 몰아내리라 마음먹고 만반의 전쟁 준비를 갖추고 있었다. 동학군이 물러갔는데도 일본은 더 많은 병력을 상륙시켜 도성 안에 8천이 넘는 군사를 풀어놓았다.

기선을 잡은 일본은 마음 놓고 조선을 좌우할 수 있게 되었다. 일본 공사 오토리는 직접 일본 병력을 이끌고 궁에 난입하여 왕과 왕비를 감금하고 "국내외 대권을 의정부에 귀속시킬 것, 궁중과 의정부의 구별을 엄격히 하고 궁중이 의정부에 간섭하지 말 것, 문벌을 없애고 인재를 등용할 것" 등 열 가지에 걸쳐 조선의 정책을 개혁할 것을 요구하고 나섰다. 조선 백성을 위한다는 명분을 내세워 왕권을 제한하려는 계략이었다.

오토리가 함부로 궁에 들이닥쳐 왕과 왕비를 감금할 수 있는 것도 대원군과 합의했기 때문에 가능했다는 소문이 퍼졌다. 오토리가 궁을 점령한 후에 모든 권력을 대원군에게 위임하겠다는 약속이 깔려 있다는 것이었다. 대원군은 마치 금의환향을 하듯 원세개의 호위를 받으며 을유년(1885) 청에서 돌아왔지만 10년 동안 꼼짝하지 못한 채 살아온 처지였다.

소문대로 왕은 어전회의(1895.6)에서 "앞으로 대신들은 모든 사무와 군사 업무를 태공(대원군)에게 아뢰도록 하라."는 분부를 내렸다. 상황이 무섭게 급변하기 시작했다. 청나라는 영국 함대 세척을 띄워 증원군을 보내기 시작했다. 일본은 연합함대를 보냈다. 양쪽 함대가 아산만에서 만났다. 일본의 도고 헤이하치로 함장이 먼저 선제공격을 퍼부어 청나라 함대를 대파시켰다. 일본과 청나라는 서로 물러설 수 없게 되면서, 청나라는 황제의 명으로 일본에서는 천황의 명으로 선전포고를 하고 본격적인 청일전쟁이 시작되었다.

전쟁은 평양으로 옮겨가게 되고 양쪽 병력도 1만 7천여 명씩 비슷했다. 두 나라는 조선 땅에서 1년이 넘도록 전쟁을 벌인 끝에 일본이 대승을 거두고 말았다. 전쟁을 끝낸 이토 히로부미와 이홍장은 강화조약을 체결하게 되고, 일본이 청나라에 무거운 조건을 제시하고 나섰다. 일본은 청에게 조선이 독립국임을 인정하라고 요구했다. 조선에서 손을 떼라는 것이었다. 일본과 청나라가 일곱 차례나 만나고 헤어지기를 되풀이하다가, 결국 청나라는 일본의 요구를 모두 들어주고 말았다. 조약의 핵심은 "조선의 독립"

문제였고 지금까지 조선을 간섭했던 청국의 권력이 일본으로 넘어가게 된 것이었다. 조선에게는 청나라든 일본이든 러시아든 주변국의 힘이 한쪽으로 몰리는 것은 어느 것이나 위험하고 두려운 일이었다.

왕과 왕비는 궁여지책으로 러시아에 의지하기로 했다. 러시아에 의지하면서 왕은 친일파 관리들을 숙청하고 친러 관리들을 등용하기 시작했다.

일본은 오토리 공사가 물러가고 이노우에에 이어 군인 출신 미우라 고노가 부임했다. 악명 높은 미우라가 부임하자 청군을 몰아낸 일본 군인들이 더 거칠어지기 시작했다. 그들이 지나가는 곳마다 부녀자들이 겁탈을 당하면서 죽어 나갔다. 대낮에도 거리낌 없이 겁탈이 일어나, 여염집 여자들이 집 밖으로 나가는 것을 두려워할 때, 미우라는 일본 낭인들을 데리고 궁에 침입하여 왕비를 시해하고 말았다. 왕비가 시해되고 나자 대원군의 장남 이재면은 궁내부 대신에 임명되고 시해당한 왕비는 폐위를 당했다. 왕비가 민씨 척족 문제로 나라를 어지럽혔다는 이유를 들어 대원군이 왕에게 폐위를 강요한 것이었다. 그리고 왕의 호위는 왕비 시해를 도운 훈련대가 맡았다. 훈련대는 일본군의 교관이 지도하는 부대였다.

왕은 경복궁에서 맨 끝 건청궁 장안당에 갇힌 신세가 되고 말았다. 시종들은 대부분 도망을 쳤고 남아 있는 사람들도 믿을 수가 없었다. 왕이 믿을 수 있는 사람은 외국인들뿐이었다. 알렌, 헐버트, 언더우드, 아펜젤러, 에비슨 등이 왕을 교대로 지켰다. 알렌은 왕의 주치의이면서 미국 공사관 서기관이었다. 헐버트는 육영공원 교사 겸 선교사였다. 언더우드, 아펜젤러, 에비슨은 선교사였다. 왕은 믿을 사람이 하나도 없는 대궐에서 주는 음식을 먹지 않고, 언더우드 등 외국 선교사들이 밖에서 날라준 음식만 먹었다. 선교사들이 교대로 왕을 경호했지만 건청궁 후원의 우거진 나무가 바람에 흔들려도 왕은 몸을 떨었다.

그때 이완용은 친일에서 친러로 돌아선 입장이라 몇몇 측근들과 함께 알렌이 있는 미국 공사관으로 피신했다. 이완용은 육영공원을 졸업하고 미국 주재 공사관 참찬관으로부터 시작하여 주미 대리공사 등으로 자주 미국을 드나들었고, 그러면서 알렌과 친분을 쌓을 수 있었다. 이완용은 측근들과 함께 미국 공사관에 은거하면서 왕을 경복궁 밖으로 빼낼 연구를 했다. 알렌을 통해 날마다 왕의 소식을 들었다.

"알렌, 무슨 수를 써서라도 전하를 궐 밖으로 모셔올 것입니다. 그때까지 잘 부탁합니다."

"왕은 공포에 질린 어린아이와 같아요. 함께 있다가 '내일 다시 오겠습니다' 하고 인사를 드리면 내 옷자락을 붙잡으며 눈에 눈물이 글썽글썽해집니다. 가슴이 무척 아파요."

"왜 아니 그러시겠소. 제발 도와주시오."

"그럼요. 우리 선교사들이 있는 힘을 다해 왕을 도울 것입니다."

"제발 그래주시오."

　왕비가 시해당하고 한 달쯤 지났을 때, 정작 일은 왕당파 핵심
인물인 이재순이 계획하고 있었다. 당시 조정 사람들은 친일개화
파와 친러파와 오로지 왕을 지키고 조정을 지키려는 왕당파로 나
뉘어 있었다. 이재순은 친일도 친러도 아닌 오로지 왕과 조정만
을 생각하는 사람으로 시종원경과 시종장을 겸하고 있었다. 그래
서 왕과 가까이 내통할 수 있었고, 왕을 궁 밖으로 빼내는 데 가
장 적임자였다. 이재순은 뜻을 같이할 측근들과 왕당파 인사들을
모았다. 또 미국인 다이 장군이 담당하고 있는 시위대 대장들을
포섭했다. 그들은 모두 왕비가 시해당한 이후 친일파 정권으로부
터 밀려난 사람들이었다. 왕당파 인사들은 안경수, 이범진, 임최
수, 윤응렬 등이었고, 시위대 대장은 김진호, 이진호, 홍진길, 이
도철 등이었다. 이재순은 외국 공사관의 도움도 끌어들였다. 윤
응렬의 아들 윤치호가 미국 공사관 통역관이었다. 이범진은 러시
아 공사관 베베르의 협력을 얻어냈다.
　이재순은 왕의 밀지도 받아냈다. 왕은 "병력을 이끌고 와 궁을
보호할 것이며 역적들을 토벌하라. 그리고 임최수는 믿을 만한
신하이니 대소 신민들은 모두 떨치고 일어나길 바란다."는 밀지
를 내렸고 이재순은 밀지를 가슴속에 품고 거사를 시작했다. 드
디어 거사일이 다가왔다. 1895년 11월 28일 아직 어두운 새벽,
시위대 대장 김진호, 이진호, 홍진길, 이도철은 병력을 이끌고 경

복궁 동문 건춘문으로 진입하려고 했지만 사정이 여의치 않았다. 시위대는 북문인 춘생문으로 들어가기 위해 움직였다. 대열이 춘생문으로 가는 도중에 안경수(『금수회의록』 저자 안국선의 양부)가 몰래 대열을 빠져나가 친일파 외부대신 김윤식에게 밀고 해버리고 말았다.

대열이 춘생문에 당도했을 때 느닷없이 대열을 향해 총알이 날아들었다. 춘생문을 열어주기로 한 이진호가 이미 배신한 탓이었다. 처음에 거사를 꾸밀 때 건춘문으로 들어가 왕을 호위하여 춘생문으로 나간다는 계획이 짜여 있었지만 이진호는 어쩐지 자신이 없었다. 시위대는 일본 군인들에게 일망타진되고 말았다. 살아남은 사람들은 간신히 외국 공사관으로 피했다. 윤웅렬은 미국 공사관으로 피했고, 이범진은 러시아 공사관으로 피신해 있다가 러시아 함대를 타고 상해로 빠져나갔다. 미국 공사관에서 윤웅렬이 이완용을 만나 뼈 있는 말을 했다. 윤웅렬은 무과에 급제하여 군부대신을 지낸 인물이었다.

"이 대신께서는 이 와중에도 참 편안해 보입니다."

"그건 무모한 짓이었어요. 전하만 더 힘들게 만들지 않았습니까."

"처음에는 앞장설 것 같더니. 이제야 그런 말씀을 하다니요. 그럼 어떻게 해야 하는지, 복안이 있으면 말해보세요."

이완용은 말이 없었다.

"이 대신을 보면, 문득 차려놓은 밥상에 숟가락 없다는 말이 생각나더군요."

이완용은 여전히 말이 없었다.

다시 계획을 세운 것은 전 농상공부대신 이범진이었다. 이완용
말대로 2개 대대나 되는 시위대가 동원되고, 밀려난 조정 대신들
이 나서는 것은 위험하기 짝이 없는 일이었다. 이범진은 조용한,
그야말로 기상천외한 발상을 구상하고 있었다. 러시아 공사관에
피신해 있던 이범진은 러시아 함대를 타고 상해로 건너가 자취를
감추었다가 그 기발한 구상을 오로지 혼자만 품고 12월 말경 서
울로 잠입하여 러시아 공사관에 다시 몸을 숨겼다.

이범진은 왕이 특별히 기억하고 있는 사람이었다. 갑신정변으
로 청군과 일본군이 창덕궁에서 총격전을 벌일 때 몰래 왕비를
업고 대궐을 빠져나가 왕비를 구했던 인물이었다. 그 후 왕비가
러시아의 힘을 빌려 일제를 제거하려고 할 때도 이범진이 러시아
공사관과 연락을 취한 덕택이었다. 왕은 엄 상궁을 통해 은밀히
이범진과 연락을 취하면서 이범진이 제시한 "엄 상궁 가마를 타
고 궁을 빠져나간다."는 계획에 모든 것을 걸었고 거사는 대성공
이었다. 왕은 베베르의 환영을 받으며 러시아 공사관에 안착하여
숨을 돌리기도 전에 경무관을 불러 지시를 내렸다.

"총리대신 김홍집, 내부대신 유길준, 농상공부대신 정병하, 군
부대신 조희연, 법부대신 장박 등 다섯 역적을 당장 포살하라!"

왕은 그들을 최소한 문초하는 절차도 무시한 채 당장 죽이라는

명령을 내린 것이었다. 아무도 왕에게 "사형을 내리더라도 절차는 따라야 합니다."라는 말을 하지 않았다. 이젠 왕이 하는 대로 구경만 하고 있으면 사형으로 사라진 자들의 자리가, 호박이 넝쿨째 굴러오듯 자연스럽게 굴러들어올 것이었다.

김홍집은 왕이 스승으로 여긴 박규수의 문하생으로 왕의 총애를 한 몸에 받은 인물이었다. 개화파였지만 김옥균 등과는 달리 온건파였다. 1880년 일본 수신사로 파견되었다가 가지고 온 『조선책략』으로 조선을 개화시켜보려고 함께 안간힘을 썼던 왕이었다. 일본 수신사 이후 개방을 역설하면서 미국, 영국 등과 국교 문제 실무를 담당했고, 그 후 임오군란, 갑신정변, 청일전쟁을 거쳐 지금까지 영의정으로 시작하여 세 번이나 총리대신을 역임한 인물이기도 했다. 그런 김홍집에게 왕은 당장 포살하라는 명을 내린 것이었다.

그날 비운의 시간이 오기까지, 김홍집은 왕이 러시아 공사관으로 가버린 사실을 알고 허둥지둥 왕을 만나기 위해 대궐을 나와 러시아 공사관으로 갔지만 왕을 만나지 못한 채 발길을 돌려야 했다. 그리고 광화문 앞에서 김홍집을 체포하러 경복궁으로 가고 있는 경무청 경찰들과 맞닥뜨렸다. 김홍집은 즉시 상황을 알아차리면서도 피하거나 저항하지 않고 순순히 오랏줄을 받았다. 경찰이 경무청으로 김홍집을 포박하여 데려가던 중 "죽여라!"라는 고함 소리와 함께 군중들이 나타났다. 경찰은 군중들에게 김홍집을 맡겨버렸다.

196

"이놈, 백성들 상투를 강제로 잘라내더니 천벌을 받았구나!"

"이놈, 네가 우리 상투를 잘랐듯이 네 목을 잘라주마!"

을미사변 직후 총리대신 김홍집은 전국에 단발령을 내렸고, 전국에서 의병이 일어날 정도로 저항이 심했다. 학부대신 이도재는 머리를 자를 수 없다면서 벼슬을 버렸고, 서울에 왔다가 길에서 강제로 상투를 잘린 사람들은 상투를 주워 품에 안고 통곡하면서 집으로 돌아갔다. 유생들 중에는 목숨을 버리는 일까지 발생하면서 김홍집은 민족을 배반한 역적으로 간주되었다.

군중의 분노는 하늘을 찌르고도 남았다. 군중들은 김홍집의 손발을 꽁꽁 묶어 타살한 다음 시신을 광화문에서 종로 네거리까지 끌고 다니면서 폭력을 가했다. 시신은 그렇게 시달리다가 만신창이가 된 채 거리에 며칠이나 버려진 채로 있었다. 탁지부대신 어윤중은 충청도로 도망을 가다가 군중들에게 붙잡혀 타살당하고 말았다. 나머지 세 사람은 일본이나 상해로 도피하여 참변을 면했다.

이제부터 이완용의 세상이 열렸다. 왕은 이완용에게 외부대신, 학부대신 서리, 농상공부대신 세 개를 내렸다. 이완용뿐만 아니라 이완용의 형 이윤용(이호준의 서자)에게는 군부대신과 경무사 자리를 주었다. 이 모든 게 알렌의 입김이었다. 알렌이 왕을 지켜줄 때, 이완용이 걱정하는 말을 그대로 전해준 탓이었다. 그때 "우리가 왕을 대궐 밖으로 모셔낼 것"이라는 말은 사면초가에 갇힌 왕에게 유일한 희망이었다. 이완용과 그의 형님(비록 피 한 방울 섞이지 않았지만)이 마치 잔치 떡을 받듯 대신 자리를 두세 개씩 꿰어 차자 왕당파들이 어안이 벙벙해지고 말았다.

정작 러시아 공사관으로 피신하게 만든 이범진은 아무것도 받지 못한 채 어리둥절했다. 왕은 아관파천 문제에 있어서 이완용을 가장 충신으로 믿는 탓이었다. 한편으로는 이범진의 출신이 미천한 탓이기도 했다. 이범진은 부친 이경하의 서자였고 그의 어머니는 기생 출신이었다. 이경하는 조대비와 친척 관계였지만 대원군의 힘으로 포도대장이 되었다. 그때 이경하는 대원군의 지시에 따라 천주교도 학살을 무자비하게 자행하여 일명 염라대왕이라고 부를 정도였다. 대원군이 백을 죽이라고 하면 그는 이백을 죽였다. 대원군은 그런 이경하를 향해 "그는 장점이라고는 찾아볼 수 없으나 오직 사람을 잘 죽이는 능력이 뛰어나 쓸 만하다."고 칭찬했다는 말은 백성들까지도 다 아는 일이었다.

일본도 이완용이 아관파천을 주도하지 않았다는 것을 안 이상, 이완용에 대한 감정은 갖지 않았다. 오히려 왕의 총애를 받는 이완용에게 주목하기 시작했다. 이완용은 왕의 분신이 되었다는 것에 자부심에 가득 차 있었다. 왕당파 사람들은 씁쓸한 심정을 감추지 못한 채 이완용에 대한 뒷말만 늘어놓을 뿐이었다.

"그가 무엇을 했단 말이오?"

"그저 지켜볼 뿐이었지 하긴 뭘 해요."

"이게 다 알렌의 힘이지 뭐겠소."

"아무튼 인맥을 쌓는 데는 귀재입니다."

"과연 이호준 아들답지 않습니까."

"나라가 어려워질수록 그에게는 출세의 길이 열리다니. 참 괴상한 운명이에요."

9

날카로운 발톱

왕비가 시해당한 다음, 울분이 조선 천지에 충천했다. 글만 읽는 유생들이 의병을 일으키면서 전국이 들끓고 있었다.

"우당, 자금을 마련해주시오. 이 사람도 나서야겠소."

성격이 불같은 이강년이 벌떡 일어섰다. 이강년은 37세로 동지들 가운데 가장 연장자였고 무과에 급제하여 벼슬을 얻었지만, 갑신정변 때 그만두고 상동교회 청년 동지들과 뜻을 함께하고 있었다. 이강년 또한 홍엽정에서부터 함께한 애국동지였다.

"어디로 갈 생각이오?"

"일단 고향 문경으로 내려가 백성들 피를 빨아먹은 놈들부터 목을 칠 것이오. 안동 관찰사 김석중, 순검 이호윤과 김인담부터, 그런 다음 유인석 선생을 찾아 제천으로 갈 생각이오."

유인석은 제천 지역의 보기 드문 유학자로 천여 명에 달하는 의

200

병을 움직이고 있는 거물이었다. 의병을 지원할 자금이라면 단위가 적지 않았다.

"자금이 한두 푼이 아닌데 어쩐단 말이오?"

이동녕이 동지들을 둘러보았다.

"논마지기라도 팔아서 십시일반으로 자금을 만들어야 하지 않겠소?"

장유순이 걱정스러운 얼굴로 대답했다. 말은 그렇게 했지만 논한 뼘 없는 동지들이 대부분이었다.

"석영 형님에게 말씀드릴 수밖에요."

동지들 형편을 뻔히 아는 회영이 다시 자금을 구하러 석영을 찾아갔다. 석영은 서둘러 자금을 내주었다.

회영이 마련해준 자금을 들고 이강년이 떠난 후 동지들은 앞으로 의병 지원 문제를 놓고 고민하기 시작했다.

"의병 지원에 대해 계획이 있어야 할 것이오. 정동 대감께서는 이미 큰 자금을 여러 번 내주었는데 자꾸 자금을 달라고 해서는 안 됩니다."

이동녕이 대책을 독촉하고 나섰다.

"인삼을 캐면 어떻겠소?"

"인삼이 5년 차이고 4년근입니다. 인삼은 4년근부터 출하를 할 수 있으니 지금 캐도 좋은 값을 받을 수 있을 것이오."

"안 됩니다. 앞으로 1, 2년만 더 기다리면 홍삼용으로 값이 배나 되는데 아깝지 않습니까."

"자금이란 필요할 때 사용하는 것이 가장 가치 있는 일이오."

"그렇다면 절반만 출하하기로 합시다."

장유순이 못내 아쉬워하면서 절반만 캘 것을 주장하고 나섰다. 동지들도 아까운 마음은 똑같은 탓에 장유순의 의견에 따르기로 했다.

모두 인삼밭으로 나가 인삼을 쑥 뽑아 들었다. 뇌두와 동체가 균형이 잘 잡힌 성년의 인삼이었다. 말(馬)로 친다면 장정을 태우고 벌판을 달릴 수 있는 힘이 충분했다.

전국에서 의병 활동이 들불처럼 타오르고 있을 때, 서울에서는 독립협회가 백성들의 관심을 집중시켰다. 청나라의 간섭에서 벗어났으므로 조선은 확실한 독립국이 되었다는 의미에서 안경수, 이완용, 서재필이 중심이 되어 만든 단체였다. 관료들이 너도나도 회원이 되기를 희망했다. 회비를 내는 관료라면 누구든지 회원이 될 수 있었다. 협회 설립 취지는 서재필이『독립신문』발행인이 되어 신문을 발행하고 조선 수백 년 동안 명나라 사신부터 청나라 사절단을 맞이하던 영은문을 허물어 독립문을 세우고 사절단을 모시던 영빈관인 모화관을 독립관으로 고치고 독립을 기념하는 독립공원을 건설하자는 것이었다.

협회 인기는 단번에 치솟고 관료들 외에도 애국심에 불탄 지식인들이 가입하기 시작했다. 윤치호, 남궁억, 이상재, 이동녕, 이승만, 이상설, 이범세, 전덕기 등 상동교회 회원들이 대거 포진하면서 조정 관료 회원들을 능가하는 수준에 달했다. 관료 외, 지식인 회원들은 협회 취지를 확장하여 국민을 계몽하는 사업을 하면서 『독립신문』을 통해 조정과 외세를 비판하기 시작했다.

그들은 백성들을 불러 모아 만민공동회를 자주 열어 열강의 이권 침탈에 빌붙어 자기네들 위치를 지키려는 수구파 대신들을 탄핵하여 내각을 퇴진시키기도 하고 조선에서 또 하나의 세력으로 영향권을 발휘하는 러시아를 저지하면서 민중을 움직여 나갔다. 의병 활동이나 독립협회는 둘 다 외세를 배척하고 민중을 살리겠다는 목적이었고 의병은 무력으로, 독립협회는 정신의 힘으로 밀어붙인 것이었다.

양쪽에서 조여오자 조정 대신들이 긴장했다. 한쪽은 무력으로, 한쪽은 정신으로 쳐들어온다면 조정을 무너뜨릴 수도 있다고 보았다. 바짝 긴장한 조정에서 관군을 풀어 의병을 소탕하기 시작했다. 의병들은 산산이 흩어져 어디론가 숨기에 바빴다. 이강년이 야밤을 틈타 몰래 들어와 멀리 북쪽으로 피하겠다고 했다.

"우당 동지, 기회를 봐서 다시 오리다."

"목숨이 위태하니 잘 피하셨다가 다시 상면하지요."

이강년은 다시 회영이 마련해준 자금을 가지고 멀리 피신했지만, 이강년이 처음에 말한 대로 안동 관찰사 김석중, 순검 이호윤과 김인담의 목을 쳐 효수했고, 유인석 밑에서 유격대장을 맡아 제천, 충주, 단양, 원주 지역을 석권하면서 일본군과 친일 관료들을 부지기수로 처단하는 등 기세를 떨쳤으니, 반분은 푼 셈이었다.

독립협회에도 강력한 철퇴가 내려졌다. 왕실을 없애고 공화제를 기도한다는 이유로 중심인물들이 모두 체포되면서 해산하고 말았다. 안경수, 이완용 등 관료들은 독립협회가 민중 계몽으로 선회할 때, 벌써 사정을 눈치채고 미리 탈퇴해버린 뒤였으므로 무사했다. 관료들 외, 독립협회 애국지사들이 상동교회로 모였다. 전덕기는 독립협회 재무 담당이었고 남궁억, 이상재, 이동녕, 이승만 등은 처음부터 상동교회 교인이었다. 상동교회로 모인 애국지사들은 전보다 더 강하게 결속되고 더 넓게 뿌리내리기 시작했다. 일요일, 수요일마다 예배를 본 다음 모여 동지애를 결속하고 목요일에는 시국강연회와 애국 토론회를 열었다. 강사는 독립협회 중심인물이었던 남궁억, 이상재, 이승만, 이상설, 양기탁이 주로 맡았다. 이상설은 일본 유학을 마치고 돌아와 성균관 관장으로 부임해 있었다.

상동청년회는 더 큰 청년회로 확장되어가면서 애국심을 다져가고 인삼은 목표대로 6년을 꽉 채워 수확기를 기다리고 있었다. 인삼은 의병 활동 자금으로 절반을 사용하자고 했는데, 의병 활동이 중단된 탓에 3분의 1을 거두었고, 2만 평 정도가 남아 있었다.

"2만 평 인삼을 수확하면 웬만한 학교 하나쯤은 세우고도 남을 것입니다."

"그렇다마다요. 인삼 값이 금값이니 말이오."

"아, 벌써부터 근사한 학교가 눈앞에 그려집니다."

동지들은 모두 명절을 기다리는 아이들처럼 부푼 가슴을 안고 가을을 맞았다. 10월 말경부터 인삼을 캐기로 날을 잡았다. 10월 중순쯤 접어들자 산에는 단풍이 들기 시작했다.

매봉산, 백암산, 방태산, 단풍이 유난히 붉었다. 단풍이 붉을수록 인삼이 살찌고 향이 짙어진다는 말이 있었다. 수확할 날이 하루하루 다가오고 있었다. 11월 초 닷새로 날을 잡았다. 그런데 11월 초하룻날 일꾼들이 달려와 울부짖었다.

"인삼이 모조리 사라졌습니다!"

"무엇이!"

"어제까지만 해도 멀쩡했던 인삼이 모조리 사라지고 말았습니다."

일꾼들이 보고한 대로 바다 같은 인삼밭이 텅 비어 있었다. 2만 평을 하룻밤 사이에 싹쓸이하자면 군인을 동원한다 해도 한두 부대로는 어림없는 일이었다. 여기저기 흘려놓은 인삼이 있었다. 잘생긴 인삼이 적군의 습격을 받고 쓰러진 병사들처럼 누워 있었다. 모두 넋을 놓았다. 소식을 들은 석영이 펄쩍 뛰었다.

"도대체 누구 짓이란 말이냐?"

"아무래도 일본인들 짓인 것 같습니다."

"반드시 도둑을 잡아 응징할 것입니다."

"그래야 하고말고."

회영과 동지들이 도둑을 잡기 위해 일대를 뒤지기 시작했다. 열흘 만에 범행을 주동한 자가 경무청 고문 후쿠다 요시모토란 걸 알아냈다.

인삼밭은 움막을 짓고 잠을 자면서 지켜야 했다. 회영은 현지인 일꾼들을 고용해 인삼밭을 지켜나갔다. 그런데 현지인 일꾼들이 수확기를 앞두고 후쿠다에게 매수되었고 후쿠다는 일본 군인들을 동원하여 인삼을 모조리 도둑질한 것이었다.

"내가 직접 인삼밭에서 잠을 자면서 지키지 못한 탓이오!"

"그렇지 않소. 열 사람이 도둑 하나를 지키지 못한다는 말이 있어요. 도둑이 노리는 데는 못 당하는 법이오."

회영이 한탄하고 동지들이 위로했지만 모두 똑같은 심정이었다. 잠을 자면서 지키지 않은 것도 아니었다. 사실 회영은 인삼밭을 지키느라 독립협회를 만들 때 참여하지도 못했고 서울과 개성을 오가느라 짬이 없었다. 그래서 며칠 동안 쉬느라 일꾼들에게 밭을 맡겨놓은 채 나가지 못한 것이 화근이었다.

당장 경무청에 고발했다. 그러자 경무청은 도리어 인삼 재배가 무허가라며 엄포를 놓기 시작했다. 격분한 회영이 경무청과 후쿠다 고문의 방문을 부숴버렸다. 그래도 분이 풀리지 않아 의자를 들어 후쿠다를 향해 던져버렸다. 후쿠다가 재빠르게 의자를 피했다. 화를 낸 적이 없는 회영이 포효하는 사자로 변해버리자 동지들이 놀랐다. 후환이 두려워 말렸지만 눈썹 하나 까딱하지 않은 채 다시 의자를 들어 창문을 향해 던졌다. 유리 조각이 날아와 후쿠다의 이마를 스치고 지나갔다. 동지들이 염려한 대로 회영은 곧 구금되고 말았다.

석영이 서둘러 무인 나인영을 불렀다. 나인영이 평소 존경하는 회영을 구하기 위해 협객들을 데리고 와 경무청을 공격했다. 그러자 후쿠다가 군인을 불러들여 나인영과 협객들을 붙잡아 감옥에 넣어버렸다. 내장원경 이용익이 소식을 듣고 인삼 사건을 왕에게 보고했다. 그런데 뜻밖에 왕이 놀라운 말을 했다.

"속 한번 후련하구나. 정녕 이석영의 아우가 의자를 던져 후쿠다 방을 박살을 내버렸단 말이냐?"

"예, 천길만길 뛰면서 난장판을 만들어버렸다고 합니다. 그런데 전하, 속이 그리도 후련하시옵니까?"

"못 믿겠느냐? 그렇다면 내 속을 한번 들여다보거라. 아마도 대천 한바다처럼 훤하게 뚫려 있을 것이야. 내가 이렇게 웃어보기는 이 나라 왕이 되고 처음이니라."

이용익은 민망하여 안절부절못한 채 왕을 바라보았다. 이용익도 왕을 모신 이래로 그렇게 웃는 것은 처음 보는 일이었다. 석영이 나서고, 뒤이어 왕이 나서자 경무청은 회영을 방면하지 않을 수 없었다. 후쿠다가 이를 갈았다.

"가소로운 애송이 녀석, 언젠가는 이 후쿠다의 이름으로 응징하고야 말 것이다. 내가 못 하면 내 아들, 내 아들이 못 하면 내 손자 대에 가서라도 기필코. 그런데 말이야, 애송이 녀석이 어디서 그런 큰 자금을 구할 수 있는지 그게 궁금하지 않나?"

후쿠다는 느닷없이 자금 출처에 대해 궁금증을 품자 그의 부하가 대답했다.

"재벌 이석영이지요. 그의 형님 말입니다."

"조선 부자 이석영이 그 애송이의 형님이란 말인가?"

"그렇습니다. 친형님이라고 합니다."

"그래, 애송이 녀석이 날뛰는 데는 믿는 구석이 있음이야. 이석영의 이름을 기억해둘 필요가 있겠군."

러시아 공사관으로 이거한 왕은 1년 만에 환궁(1897.2.20)했지만 왕비가 시해당한 경복궁으로 가지 않고 경운궁(덕수궁)을 택했다. 환궁과 함께 왕은 줄지어 올라오는 상소문 읽기에 여념이 없었다. 상소문은 왕에게 경복궁으로 돌아갈 것과 황제로 즉위할 것을 요구했다. 왕이 황제로 즉위하고 연호를 새로 정해 을미사변과 아관파천으로 추락한 왕실의 위신을 높여야 한다는 주장이었다.

왕은 죽어도 경복궁으로 돌아갈 수 없다고 일축해버렸다. 다만 황제로 즉위하는 것만 받아들이기로 했다. 사실 황제로 즉위해야 한다는 주장은 왕을 기쁘게 한 것이었고 그런 상소는 아관파천파 대신들이 주로 올린 것이었다. 아관파천파 대신들은 또 한 번 왕을 기쁘게 해준 것이었다. 왕은 황제로 즉위하여 연호를 광무로 바꾸고 나라 이름도 대한제국이라고 했다. 나라 이름은 바뀌었지만 광무라는 연호는 처음이 아니었다. 이미 1895년 김홍집 내각이 관제 개혁을 추진하면서 조선 개국 505년부터 연호를 정하고 그때까지 사용해온 음력 대신 1896년 1월 1일부터 양력을 사용하기로 하고 연호를 건양(建陽)이라고 정했던 탓에 광무는 두 번째 연호였다.

왕은 황제가 되었고 나라는 제국이 되었지만 상동청년회 동지들은 뭔가 오히려 잘못되어간다는 느낌을 지울 수가 없었다. 전현직 관료들이 상소를 올려 마지못해 황제가 되었다고는 하지만 실은 새로 입각한 아관파천파 대신들이 부추겨서 된 황제라는 것 때문이었다. 그들은 황제권을 제한할 수 있는 어떤 조항도 두지 않았다. 그것은 겉으로 보기에는 황제권을 강화하여 나라를 국내외적으로 강하게 만든 것처럼 보였으나 깊이 생각해보면 문제가 거기에 숨어 있었다. 왕을 황제로 만들어놓은 그들은 강력한 황제권을 방패막이로 자기네들이 하고자 하는 일을 마음대로 할 수 있을 것이었다.

"황제가 된 것이 오히려 슬프게 보일 뿐입니다. 왕이 화려한 곤면(袞冕, 황제의 옷과 면류관)을 걸치고 나라 이름을 제국으로 바꾼다고 하여 제국이 될 수는 없으니 말입니다."

"아관파천은 결국 그들의 권세를 위한 첩경이 되고 말았어요."

"그러니 앞으로 저들이 무슨 짓을 할지 잘 지켜봐야 합니다."

상동청년회가 걱정하는 대로 왕은 황제가 되었음에도 황제로서의 면모를 보이거나 힘을 발휘하지 못했다. 오히려 두려움에서 벗어나지 못해 무당이나 역술인을 가까이한다는 소문이 자자했다. 소문대로 왕은 무당이나 역술인을 자주 불러들여 언제쯤이면 불안에서 벗어나 편안하게 살 수 있는지를 물었다. 왕이 무당이나 역술인을 신뢰하는 것은 왕비의 영향이었고, 한편으로는 어려서 관상쟁이 박유붕의 예언이 맞아떨어진 것에 대한 확신 탓이었다.

왕은 영험하기로 소문난 경상도 무당 성강호를 불러들여 점을 치거나 왕비의 명복을 비는 제를 올렸다. 어느 날 또 그를 불러들여 왕비의 혼백을 모신 경효전에서 다례를 올릴 때였다. 다례를 올리던 도중 성강호가 황급히 경효전 계단 아래로 내려가 마치 왕을 맞이하듯 엎드린 것이었다. 왕이 왜 그러느냐고 묻자 성강호는 벌벌 떨면서 "지금 황후마마의 혼백이 빈전의 자리에 오르고 계십니다."라고 했다. 왕은 성강호의 말이 떨어지자마자 대성통곡을 하기 시작했다.

"황후!"

"폐하, 그렇게 큰 소리로 통곡하시면 혼백이 놀라 떠나십니다."

성강호가 말리자 왕은 깜짝 놀라 당장 울음을 그치고 텅 빈 빈전을 어루만지면서 낮은 소리로 울었다. 그때부터 왕은 왕비가 생각날 때마다 성강호를 불러들여 왕비의 혼령을 만나고 싶어 했다. 무당 성강호는 1년 동안 그렇게 영험을 부리고 왕은 무당에게 궁내부 협판이라는 벼슬을 내렸다.

왕이 그렇게 불안에 시달리는 동안 일본은 러시아를 치기 시작했다. 곧 닥쳐올 고난을 예고라도 하듯 날씨가 무섭게 급변했다. 태풍이 휘몰아치면서 나뭇가지가 찢어지고 초가지붕이 벗겨져 날아갔다. 일본은 한일의정서에 따라 조선 땅을 군용지로 사용할 수 있었고, 한일협약에 따라서는 일본인 한 명을 재정 고문으로, 외국인 한 명을 외교 고문으로 추천할 권리를 갖고 있었다. 그런 권한에 따라 일본은 조선 정부 재정에 간섭할 수 있고, 외교권도 좌지우지할 수 있게 되었다. 일본은 재정 고문으로 일본인 메가다를, 외교 고문으로는 미국인 스티븐스를 추천하여 해당 업무를 맡겼다.

그들은 조약에 따라 조선 땅에 군인을 배치했다. 총칼을 착용한 일본군 2개 사단이 서울 장안을 행진하기 시작했다. 무서운 구령 소리와 군홧발 소리에 울던 아이들이 울음을 그치고 짖던 개들도 입을 다물었다. 한 가닥 희망은 세계 열강들이 일본이 러시아 함대를 이길 수 없다고 예단한 것이었다. 그때 세계에 이름을 떨친 함장 로제스트벤스키가 이끄는 발틱 함대가 지구 저편에서 대한해협을 향해 오는 중이었다. 그런데 상황이 엉뚱하게 돌아가기 시작했다. 대한해협에서 로제스트벤스키가 이끄는 38척 발틱 함대를 맞은 일본이 불과 이틀 만에 대승을 거두면서 세계의 예단을 뒤엎어버린 것이었다. 러시아 발틱 함대는 겨우 세 척이 반파된 채 도망가고 로제스트벤스키가 탄 기함 스바로프호까지 물속으로 수장되고 마는 참담한 현실이 전개된 것이었다. 세계가 어리둥절했다.

　놀라운 일은 곧 서울로 이어졌다. 이토 히로부미의 출현이었다.
러일전쟁이 끝나기가 무섭게 일본 천황이 보낸 '대특사'가 서울에
입성했다는 기사가 이토 히로부미의 사진과 함께 신문에 대서특
필되었다.
　회영은 몹시 침울하고 불안한 느낌으로 종로를 걷고 있었다. 그
때 이토 히로부미(1905.11)가 탄 마차가 종로를 지나고 있었다. 회
영이 걸음을 멈추고 이토를 쏘아보았다. 총칼로 무장한 기마병에
둘러싸인 채 거만하게 몸을 뒤로 젖히고 서울을 응시하는 이토의
눈빛이 위엄으로 가득 차 있었다.
　황급히 동지들을 소집했다. 이상설, 이시영, 이동녕, 양기탁, 장
유순 등이 상동교회로 달려왔다. 이상설은 성균관 관장에서 의정
부 참찬으로 자리를 옮겨 앉았고 회영의 아우 시영은 사헌부 사
간원을 거쳐 외부 교섭국장에 올라 있었다. 회영은 동지들과 함
께 정동 석영의 집으로 갔다.
　"형님, 오늘 종로에서 이토가 지나가는 것을 보았습니다."
　회영이 석영을 향해 근심에 찬 표정으로 말했다.
　"일본 천황의 특명으로 이토가 전권대사로 왔다는데 이번에 무
언가 확실히 해두자는 속셈이 분명합니다."
　"러일 강화조약에서 러시아로부터 조선의 관할권을 인정받았
으니 충분히 그럴 것이다."

묵묵히 듣고 있던 석영의 머릿속에 "장차 나라에 큰일이 닥칠 것"이라고 했던 양부 이유원 대감의 유언과 이토가 겹쳤다. 이토가 누구던가. 초대 총리대신으로 사실상 일본을 이만큼 이끌어 온 인물이었다. 그런 인물을 일본 천황이 특사로 파견한 것은, 그동안 하야시, 오토리, 이노우에 등 일본 공사들로는 해낼 수 없는 큰 그림을 그리고 있는 것이 분명했다.

"이토가 온 것은 이제부터 본격적으로 무얼 하려는 것으로 보입니다."

"이번에도 틀림없이 무슨 조약을 하자 할 것인데."

"만약 이번에 또 무슨 조약을 요구한다면 그야말로 나라가 절단 날 수도 있을 것입니다."

"조약 따위를 하지 못하도록 서둘러 대책을 세워야 해요."

"무슨 일이 있어도 사전에 막아야 해요. 외부대신 박제순 대감을 만나 단단히 일러두는 것이 좋을 듯합니다."

"그럴 시간이 없다. 서둘러 민영환을 부르거라."

잠자코 듣고 있던 석영이 급하게 말했다.

"형님 말씀대로 먼저 민영환을 불러 숙의하는 것이 급선무인 것 같습니다."

민영환은 왕을 보필하고 있는 시종무관장이었다. 곧 민영환이 석영의 집으로 달려와 동지들과 함께 머리를 맞댔다.

"그렇지 않아도 동지들을 만나려고 했습니다."

민영환 역시 동지들과 같은 생각을 하고 있었다.

"폐하께서는 어떤가? 이토 특사의 내한에 대해서 말이네."

"폐하께서는 경천동지한 일을 너무 많이 겪은 탓인지 그저 잠잠하실 뿐입니다. 문제는 아관파천 대신들이지요. 황제의 권한을 그들이 쥐고 있다는 생각이 들 때가 한두 번이 아닙니다."

"그래도 폐하께서는 여전히 그들을 신뢰하고 있지 않는가. 특히 이완용을."

"그렇습니다. 폐하께서 종종 '이 대신의 공을 잊으면 사람이 아니지'라고 말씀하신 것으로 봐서는 아직도 아관파천 때 일을 잊지 못하신 것 같습니다."

"그러니, 민 공이 폐하께 이토의 요구에 응해서는 안 된다는 것을 잘 말씀드려야 하네."

"물론입니다. 문제는 대신들입니다. 앞으로 대신들이 어떻게 처신하느냐에 따라 이토의 목적이 좌우될 것입니다."

민영환의 마지막 말은 의미심장했다. 이완용은 러일전쟁에서 러시아가 패하자 벌써 친일로 돌아섰고 민영환은 그것을 걱정한 것이었다. 왕은 이토와 친일로 돌아선 그들을 당해내지 못한다는 것을 잘 알고 있는 탓이었다.

외교 조약에 능통한 이토는 이미 왕과 왕의 측근으로 알려진 대신들의 마음을 꿰뚫고 있었다. 러일전쟁 초입 '한일의정서'를 체결했을 때, 왕은 조약에 대해 불만을 품고 있었다. 한일의정서는 황제의 권한을 박탈하는 조약이기 때문이었다. 그때 이토는 황제가 품고 있는 불만을 불식시키기 위해 왕실을 방문하여 왕과 독대한 적이 있었다.

"지금 우리 조정 대신들은 짐이 국정에 관여하지 못하도록 하고 있소. 그들은 일의 대소사를 막론하고 모두 짐에게 결재를 받기는 하지만 짐은 단지 그들이 하자는 대로 하는 것 외에는 권한이 없는 실정이라는 말이오. 만약 짐이 그들에게 고쳐야 할 것을 지적하면 그들은 거침없이 짐을 핍박하면서 비난하기를 서슴지 않고, 매사에 반대 주장만 하고 있어요."

"그건 걱정할 일이 아닙니다. 국정의 일이란 내각회의를 거쳐 실행되는 것입니다. 내각의 대신들은 폐하로부터 위임을 받았기 때문이지요. 그렇더라도 폐하께서 조약문을 보시고 수정해야 할 필요가 있다고 판단될 때는 다시 지시하여 재의하게 할 수가 있습니다. 그러나 폐하께서는 신료들에게 권한을 부여하였으니 내각을 믿고 내각회의를 거친 것을 받아들여야 합니다."

왕은 한일의정서가 왕의 의지대로 만들어진 것이 아니라 내각 대신들이 만들었다는 불만을 말한 것이었지만 이토는 왕을 위로하는 척하면서 내각에게 모든 것을 맡겼으면 그들이 하는 대로 따르는 것이 옳다는 것을 강조했다. 이토가 대신들을 두둔한 것은 앞으로도 그들과 해야 할 일이 많은 탓이었다.

이토는 서울에 도착하기가 무섭게 왕에게 일본 천황의 친서를 전달했다. 친서에는 동양 평화와 대한제국의 안전을 위해 양국이 서로 친선과 협력을 더욱 굳건히 해야 한다는 내용이 담겨 있었다. 한마디로 줄이면 일본은 조선을 보호해주어야 한다는 것이었다. 이토는 그날은 그 정도로 인사만 하고 돌아갔다가 다음 날 다시 왕을 만나러 왔을 때는 미리 만들어 온 조약문을 왕에게 내밀었다.

"이런 문제는 우리 외부와 일본 공사가 미리 교섭해야 하고 또 내각에서 협의하여 짐에게 재가를 받는 것이 절차이거늘, 어찌 그런 절차도 없이 이런 걸 짐에게 내민단 말이오?"

"물론입니다. 그러나 이번 경우는 사정이 다릅니다."

"사정이라니, 그게 무엇이오?"

"우리 대일본제국은 일러 강화조약을 통해 동양 평화를 영구히 유지해야 할 막중한 의무를 지게 되었습니다. 즉 대한제국을 확실히 보호한다는 조건을 한시바삐 이행해야 하는 과제를 안고 있다는 말씀입니다. 실은 이런 절차 없이 바로 처리할 수도 있습니다. 그러나 폐하를 존중하는 의미에서 우리 천황께서 큰 은혜를 베풀어주신 것입니다."

"조약문을 보면 우리나라 외교권을 일본이 갖겠다는 것인데, 이래도 된단 말인가."

"염려할 것 없습니다. 우리는 오로지 동양 평화와 대한제국 황실의 안전과 존엄을 지켜드리고 싶을 뿐입니다. 지금처럼 폐하께서는 대한제국의 황제로서 나라를 다스리시면 되는 것입니다. 다만 앞으로 외세를 끌어들이거나 그들과 손잡고 평화를 해치는 일

216

은 삼가야 합니다."

왕은 이토의 설명을 들으면서 무슨 말을 해야 할지 모른 채 혼란한 상태이고, 이토는 지난해에 한일의정서를 두고 왕과 이야기를 나누었을 때를 생각하고 있었다. 그때 왕의 말은 비록 한일의정서에 대한 불만을 우회적으로 항의하는 것이었지만 내각 대신들이 왕을 누르고 있다는 것을 눈치챘다. 그러니까 왕은 이미 허수아비일 뿐 내각 대신들이 정권을 쥐고 국사를 좌지우지한다는 것을 알아차린 것이었다.

왕은 민영환으로부터 절대로 이토가 하자는 대로 해서는 안 된다는 말을 들었으나 이토 앞에서 꼼짝할 수가 없었다.

이토는 계속 왕을 몰아붙였다.

"외교권을 우리 일본이 관리한다는 것은 앞으로도 대한제국은 동양에 전쟁이 일어날 수 있는 원인을 만들 수 있는 위험이 있기 때문입니다."

"그럼 조약문을 변경하시오."

"이 조약은 우리 대일본제국에서 확정한 것이니 변경할 수가 없거니와 만약 거부한다면 대한제국은 곤란한 처지에 빠지게 될 것입니다."

"그럼 절차대로 하시오. 외부대신 박제순과 일본 공사 하야시가 이 문제를 가지고 먼저 교섭을 해야 하고, 그다음 내각 신료들이 심사숙고하여 결정할 것이오."

"그렇다면 폐하께서는 내각이 어떤 결정을 하든 그들 결정에 따르시겠다는 말씀입니까?"

"그렇소. 내각의 결정에 짐은 따를 것이오."

"대한제국은 군주국으로서 내각 결정보다는 군주의 결정이 절대적인 것으로 알고 있습니다."

왕은 잠시 말이 없었다. 이토 말대로 군주로서 모든 결정은 군주가 하면 그만이었다. 그런데 이번에는 한일의정서와 많이 달랐다. 외교권을 내주는 일이었다. 외교권을 내준다는 것은 나라를 고립시키는 일이었다. 어떻게 해야 좋을지 자신이 없었다. 일단 내각으로 넘겨주면 내각에서 현명한 결정을 할 것이라고 생각했다. 더욱이 미국 공사까지 지낸 이완용이 있었다. 그의 지혜를 믿고 싶었다.

그런데 이토는 이토대로 왕이 내각으로 문제를 떠넘겨버린다는 것을 알고 집요하게 그 점을 확답받으려고 했다.

"황제의 절대적인 결정권이 있음에도 그걸 무시하고, 내각 결정에 따르시겠다는 말씀입니까?"

"그렇소. 내각에서 현명한 판단을 할 것이오."

왕은 그쯤에서 피곤을 느끼며 빨리 이토와 말을 끝내고 싶었다. 일단 내각으로 넘겨준 다음, 내각에서 결정하면 그때 가서 생각하기로 하고 이토를 물렀다.

그날 밤, 이토는 서둘러 내각 대신들을 숙소로 불러들였다. 학부대신 이완용, 참정대신 한규설, 내부대신 이지용, 법부대신 이하영, 농상공부대신 권중현, 군부대신 이근택, 탁지부대신 민영기 등이 이토의 숙소로 모였다. 그 시간 한편에서는 외부대신 박제순이 일본 공사 하야시와 조약 문제를 협의하고 있었다. 박제순을 제외하고 내각 대신들이 다 모이자 이토가 입을 열었다.

"내가 급히 조선에 온 목적을 제군들은 이미 다 알고 있으리라 믿소."

제군? 느닷없이 제군이라는 호칭에 대신들이 황당함을 감추지 못했다. 이토는 대신들을 부하 취급을 하면서 처음부터 기를 죽여 나갔다. 잠시 침묵이 흘렀다.

"제군이라는 말은 여기 모인 대신들에게 하시는 말씀입니까?"

참정대신 한규설이 이토를 향해 물었다. 분위기가 싸늘하게 얼어붙고 말았다. 이완용이 기침을 했다. 이완용에 이어 이지용도 기침을 했다. 두 사람의 기침이 분위기를 조금 녹였을 때 이토가 다시 입을 열었다.

"제군들은 황제로부터 조약 문제에 대하여 명령을 받은 적이 있는가?"

이토는 거침없이 반말을 했다.

"들었소이다. 그러나 외교의 형식은 지켜야 하는 줄 압니다."

이번에도 한규설이 말했다. 이토가 한규설을 쏘아보며 본격적으로 꾸짖기 시작했다.

"제군들은 금세 우리 일본의 은혜를 잊었단 말인가! 일찍이 청나라의 속국인 조선을 우리 일본이 일청전쟁에서 승리로 구해주었다. 또 러시아의 속국이 될 것을 이번에는 일러전쟁에서 이겨 막아주었다. 전쟁으로 소모된 우리 일본의 피해는 조선 두 개를 팔아도 갚지 못할 것이야. 너희들이 이번 조약을 거부한다고 해서 우리 일본이 그냥 넘어갈 수 있겠는가. 러시아를 무너뜨린 일본이 과연 무슨 일을 할지 상상을 해보란 말이야."

마치 스승에게 잘못을 저지른 제자들처럼 대신들은 고개를 숙인 채 꾸지람을 들으며 입도 벙긋하지 못했다. 잠잠한 가운데 법부대신 이하영이 입을 열었다.

"각하의 말씀은 지당하십니다. 우리가 오늘날 이만큼 독립된 것을 어찌 잊을 수가 있겠습니까. 그런데 안타깝게도 잠시 잊은 대신들이 있다면 지금 각하 앞에서 반성해야 할 줄 압니다."

이하영은 이완용과 함께 초대 주미공사관으로 일한 경력을 갖고 있었다. 또 일본 주재 공사를 지내면서 오래전부터 일본의 주구(走狗) 노릇을 하고 있었다. 이하영의 말이 끝나자 누군가 길게 한숨을 퍼냈지만 입은 열지 않았다. 다시 잠잠한 가운데 이번에는 이완용이 말을 이었다.

"일본이 조선 문제 때문에 두 번씩이나 큰 전쟁을 치렀다는 것은 삼척동자도 다 아는 사실이오. 이제는 러시아까지 격파했으니 일본이 조선에서 무슨 일을 해도 지나침이 없다 할 것이오. 그러함에도 일본 천황 폐하와 일본 정부가 우리와 타협하여 일을 처리하려고 하니, 우리로서는 그저 감읍할 따름이오. 더욱이 오늘날 동아 형세를 볼 때 대사(천황이 보낸 특사)의 제안에 따르는 것이 마땅한

순국 상

일이고, 그것이 우리 정부가 취할 도리가 아니겠소.”

이하영에 이어 이완용이 말을 마치고 나자 이토가 흐뭇한 표정을 지으며 대신들을 둘러봤다. 모두 고개를 숙인 채 정말 반성하는 것 같은 표정을 하고 있었다. 이토는 이완용을 향해 미소를 지었다. 고맙다는 표시였다. 이토는 이하영이 일본 주재 공사로 있을 때 만나봤으므로 어떤 인물이라는 것을 잘 알고 있었지만 이완용은 새로운 존재였다. 이토는 사실 이완용이 친러파로서 아관파천을 주도했다는 정보를 이미 갖고 있었으므로 놀람과 감동은 더욱 큰 것이었다. 이토는 그날 사람들이 돌아간 다음 이완용에게 전화를 걸어 칭찬을 했다

“오늘 이 공의 용기와 탁견에 매우 놀랐소. 이 공은 조선이라는 작은 나라에서 살기엔 너무 아까운 인물이오. 앞으로 나와 함께 조선을 큰 나라로 만드는 데 그 능력을 마음껏 발휘해주기 바라오.”

다음 날 보호조약을 타결하기 위해 일본 공사관으로 내각 대신들이 모였다. 일본 측은 일본 공사 하야시 한 사람만 참석했다. 이미 일은 끝난 것이나 마찬가지였지만 형식상 절차를 밟는 것이었다. 하야시가 조약문을 읽는 것으로 회의가 시작되었다. 조약문은 모두 4개 조항으로 꾸민 것이었다.

“첫째, 금후 일본은 대한제국의 외국 관계와 사무를 감독 지휘

할 것이며 일본의 외교 대표와 영사는 외국에 있는 대한제국의 관리와 백성과 그 이익을 보호한다.

둘째, 일본은 대한제국과 다른 나라 사이에 현존하는 조약의 실행을 완전히 책임질 것이며 대한제국은 이후부터 일본의 중개를 거치지 않고는 외국과 어떤 조약이나 약속을 할 수 없다.

셋째, 일본은 대한제국 황제 아래 한 명의 통감을 두며, 통감은 전적으로 외교에 관한 사항을 관리하기 위해 서울에 주재하면서 직접 대한제국 황제를 만날 권리를 가진다. 일본은 대한제국의 각 개항장과 기타 일본이 필요하다고 생각되는 곳에 이사관을 둘 권리를 가진다. 이사관은 통감의 지휘 아래 지금까지의 일본 영사에게 속해온 모든 직권을 행사한다. 아울러 이 협약의 조항을 완전히 실행하는 데 필요한 모든 사무를 맡아서 처리한다.

넷째, 일본과 대한제국 사이에 현존하는 조약과 약속은 이 협약의 조항에 저촉되는 것을 제외하고 모두 그 효력이 계속되는 것으로 한다."

조약문을 다 읽은 하야시는 대신들을 둘러보며 조약문에 대하여 의견을 말해보라고 했다. 대신들은 전날 밤 이토의 숙소에 모였을 때 이미 조약문을 봤으므로 조약문 내용을 다 알고 있었다.

대신들은 누구도 선뜻 말을 꺼내지 못하다가 농상공부대신 권중현이 입을 열었다.

"우리는 아직 외부에서 내각에 제의한 것을 접수하지 못했으니 지금 당장 이렇다 저렇다 말할 수 있는 문제가 아닌 줄 압니다."

"뭣이오? 당신들이 지금 서양이나 대일본제국 같은 입헌국을 따라 하자는 것이오? 당신들 나라는 황제가 모든 것을 결정하는 군국주의 나라라는 것을 잊었느냔 말이오. 내가 알기로는 황제 폐하와 이토 각하 두 분이 이미 결정한 일이오."

하야시는 이토로부터 황제가 내각이 결정한 대로 따르기로 했고, 내각도 협조할 것이라고 들은 탓에 당장 왕을 불러다 대면이라도 시킬 것처럼 펄쩍 뛰었다.

다음 날 회의는 어전으로 옮겨가게 되었다. 대신들은 모두 어전으로 몰려가 회의를 열었다. 이번에는 이완용이 먼저 입을 열었다.

"이제 문제를 결정지어야 할 처지에 와 있습니다. 여기 모인 저희들의 힘으로 이 문제를 어찌 막아낼 수가 있겠는지요. 폐하께서 넓으신 도량으로 이 문제를 허락하신다면, 그에 대하여 저희들이 미리 대책을 세워야 할 줄 압니다."

이완용의 말 '넓으신 도량으로 허락하신다면'은 황제가 허락할 수밖에 없다는 것을 의미했다. 그러니 자기네들은 후속 대책이나 세워야 한다는 것이었다. 다른 대신들은 이완용이 하는 말에 대하여 감히 의견을 말하지 못했다. 회의를 이끌어가는 이완용이 다시 입을 열었다.

"조약을 받아들이게 된다면 몇 곳 수정할 것을 의논해야 할 것입니다."

"학부대신 말이 옳습니다, 폐하."

이번에는 이지용이 이완용의 말을 찬성하고 나섰다.

"그럼, 조약문을 살펴보고 그렇게 하시오."

왕은 그 말을 남기고는 어전을 떠나버렸다. 대신들은 조약문 가운데 외교권을 언제까지 일본이 가질 것인지를 따져야 하고, 황실의 존엄과 안녕에 조금도 손상을 주어서는 안 된다는 말을 추가하여 넣어야 한다고 했다.

이때 이토는 조선 주둔군 하세가와 대장과 일본군 헌병사령관, 군사령부 부관 등을 대동하고 어전회의장으로 들어왔다. 밖에서는 중무장한 일본군이 궁 안팎을 겹겹이 둘러치고 있었다. 어전에는 한규설, 박제순, 민영기, 이하영, 이완용, 권중현, 이지용 등 일곱 대신이 모여 있었다. 이토는 왕이 이미 퇴장하고 없다는 것을 알고, 속으로 회심의 미소를 지었다. 이제 대신들만 윽박지르면 문제는 해결되는 것이었다. 이토는 마지막 담판을 짓기 위해 대신들에게 차례대로 의견을 물었다. 대신들이 함부로 말을 하지 못한 채 우왕좌왕하자 이완용이 이번에도 찬성 쪽으로 상황을 이끌어 나갔다.

이토는 대신들을 심문하듯 차례대로 의견을 물은 다음, 반대하는 사람은 참정대신 한규설과 탁지부대신 민영기 두 사람뿐이라고 왕에게 전갈을 보내며 조약을 어서 조인해줄 것을 독촉했다.

일이 그쯤 되자 한규설은 눈물을 흘리며 밖으로 뛰쳐나갔다가 실신하고 말았다. 한규설은 어전 밖에 쓰러져 있고, 어전에서는 나머지 사람들이 조약문에 넣을 것과 뺄 것을 찾느라 부산을 떨고 있었다. 이토는 속으로 웃고 있었다. 다섯 대신들이 큰 물고기는 건드리지 못한 채, 잔챙이만 걸러내거나 집어넣느라 야단을 떤 탓이었다.

이완용이 나서서 매우 용의주도하게 조약문을 따져가면서 이토에게 요구사항을 말하고, 다른 대신들은 그가 하는 대로 고개를 끄덕였다. 결국 그들이 심사숙고하여 이토에게 요구한 것은, 대한제국의 독립과 종묘사직을 지켜줄 것, 황실의 존엄과 안녕을 더욱 높이 엄숙하게 유지해줄 것, 내정 간섭은 없어야 할 것 등등이었다. 그런 것은 넣으나 마나 한 것들이었다. 이토는 내각 대신들이 넣어달라는 것을 흔쾌히 받아들이며 속으로 '제법 용의주도한 척하면서 넣으나 마나 한 것만 잘도 찾아내었군'이라며 이완용을 향해 기특하다는 표정을 지었다.

결국 내각 대신들의 요청으로 일본이 만들어 온 4개 조항에 조항 하나가 더 늘어나게 되었다. 이토는 마치 인심을 쓰듯 "제5조, 일본은 대한제국 황실의 안녕과 존엄을 유지할 것을 보증한다."는 것을 추가해주었다. 그렇게 하여 조약은 모두 5개 조항으로 정리가 되었다. 조항을 하나 더 달게 한 대신들은 이제 조인을 해도 문제 될 게 없다는 결론을 내리고 이완용이 그 타당성을 발표했다.

"이 조약은 독립이라는 단어가 엄연히 살아 있고, 대한제국이라는 나라 이름도 전혀 건드리지 않은 조약문입니다. 황실의 존엄도 안녕도 전혀 문제가 없으며 종묘사직도 안전합니다. 다만 우리의 외교권만 잠시 일본에 맡기는 것뿐인데, 그것은 후일 세계 질서가 잡히고 우리가 일본의 보호를 받지 않아도 될 때, 다시 돌려받을 것이니 문제 될 게 없다고 봅니다."

이완용의 발표가 끝나자 모든 것이 마무리되어 외부대신 박제순이 왕의 재가를 받아 일본 공사 하야시와 드디어 조약을 체결했다. 조약을 마치고 나자 시간은 새벽 1시였다. 회의실을 나가다가 쓰러진 한규설이 정신을 차렸을 때 그 소식을 들었다. 한규설은 캄캄한 밤하늘을 바라보며 "청천이여, 어찌하오리까!"라고 소리치며 통곡하다 또 실신하고 말았다.

불과 나흘 만에 조선의 외교권을 박탈하고 앞으로 조선을 통감 아래 둔다는 을사늑약이 일사천리로 만들어졌다. 일을 성사시킨 이토는 조약에 협력해준 다섯 대신에게 은전을 베풀었다. 먼저 참정대신 한규설을 파직시켜 멀리 귀양을 보내고, 외부대신 박제순에게 참정대신 자리를 내주었다. 이완용에게는 학부대신 겸 외부대신 서리 자리를 주었다.

그런데 이토가 이완용을 만나게 된 것은, 아니 이완용이 이토를 만나게 된 것은 운명 같은 것인지도 모를 일이었다. 이들은 서로 비켜갈 수도 있었음에도 기묘하게 시기가 들어맞았다. 이완용은 몇 해 전 왕의 아관파천(1896)에 가담한 후 외부대신 겸 학부대신 서리, 농상공부대신 서리에 임명되면서 왕의 오른팔로 날개를 달았다. 그리고 4년 후 정2품 전라도 관찰사에 올랐다가 암행어사에 의해 공금 20만 원 유용 혐의를 받고 면직당했던 것은 신문(『황성신문』)에도 난 터라 조선의 삼척동자도 다 아는 일이었다.

　　전라도 관찰사 이완용 씨는 근일 정읍, 순창, 장성, 남원, 부안 등 5개 군을 유람하는 데 대동한 기생이 4명이고, 주사 6명, 나졸 수십 명을 합해 행차 인원이 백여 명에 이르렀다. 명산대찰과 포구의 낙조를 감상하며 다니는데 유독 부안은 명승지인 탓에 며칠을 묵으므로 접대 비용만 4천여 냥에 달할 뿐만 아니라 나졸들의 행패가 심하여 군민들 원성이 매우 높았다고 한다. 이(李) 관찰사의 명예를 위하여 이를 애석히 여기는 바이다.

　20만 원은 워낙에 거금인지라 이제는 조정에 나가지 못할 것이라고 모두 입을 모았다. 그러나 왕은 아관파천 때 지켜준 일을 두고두고 고마워한 탓에 1년 만에 다시 그를 불러들여 궁내부 특진관에 임명했다. 그런데 때마침 양부 이호준이 사망하자 다시 벼슬에서 물러나야 했다. 그는 3년 상을 치르고 1년을 더 쉰 후에야 왕이 다시 불러들였고, 그가 학부대신이 되어 돌아왔을 때 이토가 보호조약을 추진하고 있었고, 이토는 뜻밖에 우군을 만나 생각했던 것보다 훨씬 수월하게 일을 성사시킨 것이었다. 이토는 이 모두가 이완용의 덕임을 기억하면서 앞으로 이완용과 더 큰일을 할 수 있음을 직감했다.

을사늑약을 완성한 다음 외부대신 서리가 된 이완용은 즉시 조약을 이행하기 시작했다. 이제 조선은 외국에 공사를 보낼 수 없게 되었으므로 외국에 나가 있는 공사들을 모두 국내로 불러들였다. 그러자 그의 형 이윤용이 "민심이 걱정인데 괜찮겠느냐?"며 걱정스럽게 물었다. 그는 때에 따라 유효적절하게 변역(變易)을 할 줄 알아야 산다면서 지금까지 살아온 소신을 말했다.

"나는 청년 시절에는 조선 사람들이 누구나 목표로 삼았던 문과에 급제했어요. 그러나 미국과 교제가 중요하다는 것을 알고 신설된 육영공원에 즉시 입학하여 미국에 가게 되면서 출세의 길이 열렸던 것입니다. 그대로 머물러 있어서는 안 되니 말입니다. 그 후 나라의 변란으로 아관파천과 관련해서는 친러파라는 말을 들었습니다. 다시 일러전쟁이 끝났을 때 나는 급히 방향을 바꾸었던 탓에 친일파라는 칭호를 얻게 되었습니다. 나로서는 때에 따라 마땅한 것을 따를 뿐입니다. 무릇 천도(天道)에 춘하추동이 있어 이를 변역이라 하며 인사(人事)에 동서남북이 있어 이 또한 변역이라고 합니다. 천도와 인사가 때에 따라 변역하지 않으면 이는 실리를 잃게 되어 결코 성취하는 바가 없을 것입니다."

"일당(이완용의 호) 아우는 그만큼 머리가 좋은 탓이지."

"좋은 머리도 흐르는 물과 같지요. 제자리에 가만히 두면 썩어 버리는 물 말입니다."

"내가 뭘 알겠나. 나는 그저 일당 아우만 믿겠네."

10

진혼곡

을사늑약으로 조선에는 분노의 불꽃이 활활 타올랐
다. 『황성신문』 사설에 실린 「시일야방성대곡」은 전국의 방성대곡
을 대변했다. 조약을 반대하다 파직을 당한 한규설이 때마침 귀
양지로 떠나고 있었다. 이토가 왕을 종용하여 3년 유배를 책정한
것이었다. 백성들이 한규설을 태운 수레를 쫓아가며 울부짖었다.

"죄인들은 호사하고, 애국자는 죄인이 되어 귀양을 가다니, 이
세상이 온전한 세상인가!"

누군가 소리치며 수레를 가로막았다.

"이토와 이완용을 죽여라!"

"박제순, 이하영, 권중현, 이지용을 죽여라!"

군중이 수레를 에워싸며 그들 이름을 불렀다. 그때 어디선가 일
본 경찰이 떼로 몰려와 공포탄을 쏘며 군중을 위협했다. 그래도
수레를 둘러싸고 물러가지 않자, 일본 경찰은 본보기로 군중들

몇을 쏘아 죽였다. 군중들이 어쩔 수 없이 수레를 내주고 흩어지고 말았다. 전국이 통곡 소리로 뒤덮였다. 조약 무효를 주장하면서 원로대신 조병세가 음독 자결을 했다. 참판을 지낸 홍만식이 자결을 하고 대사헌을 지낸 송병선이 뒤따라 자결을 하면서 전국 각지에서 계속 죽음의 항거가 이어졌다.

석영은 종2품 장례원 소경 벼슬을 버렸다. 그리고 생각에 잠겼다. 대감의 유언을 떠올렸다. "너는 언젠가 가문의 영광을 선택이라고 했느니라. 머지않아 너는 나라의 어려움 앞에 그 말을 실현해야 할 때가 올 것이다. 그때 가서 너의 일신을 던질 수 있겠느냐?"고 물으셨던 마지막 말이 머릿속을 가득 채웠다. 하인들에게 말을 내오라고 일렀다. 하인들이 말을 준비하려고 마구간으로 가자 박경만이 금세 눈치채고 석영의 동태를 살폈다. 그렇지 않아도 박경만은 원로대신 조병세를 비롯하여 여기저기서 자결을 하자 석영을 감시하기 시작했다. 밤에도 하인들을 대동하여 잠을 자지 않고 교대로 석영의 사랑채를 맴돌며 지키던 터였다. 하인들이 말 유휘를 내왔다.

"오늘은 아무도 따르지 말거라."

말을 내오라는 것은 멀리 간다는 뜻이고 그때마다 누군가 주인을 호위하는 것이 관례였다. 사실 석영이 말을 타고 출타할 때는 박경만이 주로 호위했다. 그런데 박경만에게도 말하지 않고 혼자 가려는 것이었다.

석영이 말을 타고 집을 나서자 경만도 말을 타고 몰래 뒤를 쫓았다. 석영은 도성을 벗어나 양주 선산으로 향했다. 석영은 마치 전쟁터를 달리는 장수처럼 말을 급히 몰았다. 힘 좋은 유휘는 날 듯이 달렸다. 경만도 적당한 거리를 두고 속력을 냈다. 마치 쫓고 쫓기는 것처럼 두 사람은 앞만 보고 달렸다. 석영은 곧장 선산으로 가 양부 이유원 대감의 무덤 앞에 절을 올리고는 무릎을 꿇고 앉았다. 경만은 참나무 뒤에 숨어 가슴을 조이며 석영의 행동을 주시했다. 석영은 그렇게 무릎을 꿇고 앉아 입을 열었다.

"아버님, 이것이옵니까? 나라가 큰 어려움에 처한다고 하셨던 말씀 말입니다. 그렇다면 소자 어떤 선택을 해야 하는지 알 수가 없습니다. 지금 무엇을 어찌해야 제 일신을 버리는 일인지, 그것이 지금인지 아니면 또 다른 고난이 이 나라를 기다리고 있는지 알 수가 없습니다. 소자, 오늘 아버님 앞에서 선택을 결정해야만 할 것 같습니다. 죽어서 나라가 숨을 쉬게 된다면 기꺼이 죽겠습니다."

석영은 말을 마치자 품에서 하얀 무명천으로 된 띠를 꺼내 무덤 앞에 놓고 몸을 일으켜 다시 절을 올리는 것이었다. 박경만은 더이상 보고만 있을 수가 없었다. 급히 달려 나와 무덤 앞에 펼쳐놓은 띠를 거두어 멀리 던져버렸다.

"이놈, 지금 무슨 짓을 하는 게냐!"

석영이 깜짝 놀라며 고함을 질렀다.

"예, 대감마님. 오늘은 무엄한 짓을 해야겠습니다."

"네가 감히 내 일에 참견하려 들다니!"

"무슨 말씀을 하셔도 소용없으십니다."

석영이 그렇게 화를 내는 일은 처음이었다. 박경만이 눈물을 흘렸다. 화를 내는 것이 두렵고 억울해서가 아니라 나라의 현실이 슬프고 충성을 바쳐 모시는 주인의 현실이 슬픈 탓이었다. 경만은 걸음을 옮겨 참나무 가지를 꺾어와 석영에게 내밀었다.

"소인을 벌하여주십시오."

석영은 마치 기다렸다는 듯이 참나무 가지를 받아들고 경만의 종아리를 쳤다. 있는 힘을 다해 쳤다.

"예, 소인이 이토 놈이라고 생각하시고 치십시오. 이토와 농간을 부린 다섯 놈이라고 생각하시고 마구 치십시오. 살이 무너져 뼈가 보이도록 치십시오."

경만은 회초리를 맞으면서 울부짖었다. 종아리를 치는 석영의 눈에서는 눈물이 흐르고 있었다. 경만이 다시 울부짖었다.

"대감마님께서 그런 일을 벌이시면 저승에 계신 큰사랑 대감마님은 두 번 돌아가실 것입니다. 죽어서 싸우는 것과 살아서 싸우는 것, 어느 것이 더 쉬운 일인지 소인은 압니다. 죽어버리면 이 꼴 저 꼴 안 봐도 되니 얼마나 편합니까. 일제는 또 얼마나 좋아하고요."

석영은 한참 만에야 회초리를 내려놓았다. 경만의 종아리는 붉게 부어올라 있고 핏줄이 그어져 있었다.

"많이 아프겠구나!"

"이제 숨을 쉬시겠는지요?"

석영이 측은한 표정으로 경만을 바라보며 묻자 경만이 석영을 위로했다.

"쥐도 새도 모르게 왔는데, 어찌 알고 여기까지 쫓아온 게냐."

"대감마님 가신 곳에 제 발길이 닿지 않았던 적이 있었던지요."

"너를 때리면서 네가 한 말을 생각했다. 살아서 싸우는 일이 더 어렵다는 것 말이다."

"송구합니다. 외람되게 대감마님 앞에서 못 하는 말이 없었습니다. 워낙 급해서 나오는 대로 지껄여댔습니다."

"그렇지 않다. 너는 오늘 나를 가르쳤느니라. 저승에 계신 아버님께서 너의 입을 통해 말씀하신 것만 같구나."

석영은 정말 그렇게 생각했다. 이유원 대감이 경만의 입을 통해 죽지 말고 살아서 일제와 싸우는 것이 네가 할 일이라고 말해준 것만 같았다.

"아버님, 그리 하겠습니다. 살아서 일제와 싸우겠습니다. 그 길이 지금 소자가 가야 할 길이라는 것을 깨달았습니다."

석영은 이유원 대감 앞에서 굳게 다짐을 하고 산소에서 돌아왔다.

석영의 다섯째 동생 시영도 외부 교섭국장 직을 버렸다. 이상설도 참찬관 직을 버렸다. 석영과 회영의 첫째 형님 건영의 딸과 외부대신 박제순 아들과의 정혼도 깨기로 선언했다.

"우리 가문에 파혼이라니!"

형제들이 탄식을 금치 못했다. 문중에서도 전례 없는 파혼 문제로 당황했지만 조약에 합의한 박제순과 사돈을 맺는다는 것은 천부당만부당한 일이었다. 석영 형제들의 부친 이유승도 식음을 전폐한 채 누워 있다가 자리에서 일어나지 못했다. 이유승은 이조판서와 우찬성을 지낸 원로였다. 이유승은 결국 자식들에게 "너희 형제들은 어떤 일이 있어도 나라를 위해 모든 것을 바쳐야 한다. 가문도 바쳐야 한다는 것을 잊어서는 안 된다."는 유언을 남기고 숨을 거두었다. 영의정 이유원 대감과 똑같은 유언을 남긴 것이었다.

날이 갈수록 나라는 의분으로 불타올랐다. 깊은 산골 마을까지 전국에서 의병이 일어났다. 이강년이 어디선가 나타나 회영을 찾아왔다.

"우당 동지, 의병들을 집결시켜놓았소이다."

이강년은 백남규, 이만원, 윤기영, 건용일, 하한서 등 유능한 장졸들을 이끌고 강원도에서 전열을 가다듬고 있었다. 석영은 이번에도 거액의 자금을 내주었다. 의병들은 피를 뿌리며 항쟁을 했지만 일본 군대를 당해낼 수는 없었다. 목숨을 버리는 자결도 의병 투쟁도 늑약을 어쩌지 못한 채 시간이 흘러가고 있었다. 상동청년회가 상동교회에 모여 조약을 물리칠 방법을 모색하기 시작했다.

"죽음으로 해결될 일이 아닙니다."

"그래요, 다른 방법을 찾아야 합니다."

"정면 대결이 필요합니다. 집단 시위 말입니다."

"우당 선생님, 전국기독교청년회를 소집해야겠습니다."

전덕기가 회영을 향해 결의에 찬 어조로 말했다.

"그 방법이 좋겠군요. 서두릅시다."

전덕기는 전도사가 되어 상동교회를 이끌고 있었으므로 기독교 청년 소집 문제는 어렵지 않게 할 수 있었다. 시국이 시국이니만큼 전덕기가 감리교 기독교 청년회 전국 연합회에 상동교회로 모이라는 소집장을 내기가 무섭게 각지의 대표들이 상동교회로 모여들었다. 진남포 감리교 청년회 총무 김구도 성난 범처럼 상동교회로 달려왔다. 청년들은 왕에게 조약 무효 상소를 올리며 시위 준비를 했다.

왕은 조약을 무효화하기 위해 미국으로 밀사를 보냈다. 조약을 승인한 지 닷새 만이었다. 일본과의 조약은 일본이 무력으로 밀어붙인 것이며 이는 불법이므로 무효라고 주장한 서찰을 가장 신뢰하는 내장원경 이용익에게 맡겨 극비리에 미국으로 보냈다. 그런데 소식은 절망이었다. 이용익이 미국으로 가는 길에 상해에서 일본 관리에게 발각되고 만 것이었다. 설사 발각되지 않았다 하더라도 미국은 이미 조약을 체결하기 석 달 전에 일본의 가쓰라와 미국의 태프트가 만나 일본이 조선을 침략함을 용인하고 묵인하기로 굳게 밀약을 한 상태였다. 일본은 암살을 지시하고 이용익은 두 발의 총탄을 맞았다. 이용익은 다행히 목숨을 건져 블라디보스토크로 빠져나갔지만 다시는 왕 곁으로 돌아올 수 없는 운명이 되고 말았다.

시위대는 날로 참여자가 불어나면서 시종무관장 민영환도 함께 시위를 하겠다며 달려왔다.

"조약 파기가 아니면 죽음이오."

첫 선발대가 죽기를 맹세한 기도를 하고 상동교회를 떠났다. 왕이 있는 덕수궁 앞 대한문에서 소리치기 시작했다.

"폐하, 속임수 조약을 파기하소서!"

"파기하소서!"

일경들이 우르르 몰려왔다. 시위대의 선발대와 일경이 맞붙었다. 스물아홉 살 김구가 거침없이 일경 앞으로 나서며 피를 토할 듯 호통을 쳤다.

"비키지 못할까! 내 나라 황제께 백성들이 상소를 올리는데 너희가 무엇이관대 길을 막고 나서느냐?"

쩌렁쩌렁한 김구의 호통 소리에 일경들이 주춤했다. 사실 상소는 왕에게 올리는 것이 아니라 일본에 대한 항의였으므로 정작 일경과의 싸움이었다. 이동녕, 이시영, 최재학 등 수십 명이 경무청으로 끌려가고 말았다. 다행히 체포를 피한 청년들이 이번엔 거리를 걸어가면서 가두 연설을 시작했다.

"동포 여러분, 보호조약은 우리 주권을 빼앗겠다는 속임수입니다. 조약을 무효화시켜야 합니다!"

사람들이 모여들기 시작했다. 어떤 사람들은 주먹을 불끈 쥐고 부르르 떨기도 하고 어떤 사람들은 눈물을 흘리며 발을 구르기도 했다. 다시 일경이 급습하여 해산을 명령하며 위협을 가했다.

한 청년이 분을 못 이겨 위협하는 일경을 발길로 걷어차버리고 말았다. 구경하던 군중들이 "만세!"를 부르며 합세했다. 제지하던 일경들이 군중을 향해 발포하기 시작하고, 일본군 보병 2개 중대가 몰려와 청년들을 모조리 체포했다. 그때 민영환이 자결했다는 비보가 날아들었다. 민영환은 상소 시위 도중 조약 파기의 가망이 없어 보이자 집으로 돌아가 목숨을 끊어버린 것이었다. 민영환은 열아홉 살에 과거급제하여 젊은 나이로 병조판서와 형조판서를 지낸 인물이었다. 모두 허겁지겁 민영환의 집으로 달려갔다. 유서가 있었다.

"우리의 국치 민욕이 이에 이르렀으니, (……) 살려는 자는 반드시 죽을 것이요. 죽음을 두려워하지 않는 자는 살 것이다."

유서는 나라를 위해 목숨을 바치자는 절규였고 애국청년들 가슴마다 용광로 같은 불꽃이 타올랐다. 일행이 민영환을 조상하고 통분하며 돌아오는 길에 일행은 거리에서 큰 소리로 우는 사람을 실은 인력거를 발견했다. 회영이 눈을 크게 뜨며 걸음을 멈추었다. 인력거에는 피가 낭자한 중년 남자가 부축을 받고 앉아 통곡하고 있었다.

"부재!"

가까이 다가간 회영이 파랗게 질린 얼굴로 소리쳤다. 이상설이 땅바닥에 머리를 찧어 자결을 시도하다 미수에 그친 것이었다. 회영은 피가 거꾸로 솟구쳐 올랐다.

"부재, 분해도 살아야 하오. 살아야 나라를 살리지요."

회영은 이상설을 끌어안고 치를 떨며 오적 암살을 결심했다. 당장 석영 형님에게 달려갔다.

"형님, 무인 협객들을 모아 이완용 무리의 목을 칠 겁니다."

"일본군이 겹겹이 지키고 있는데 그게 가능하겠느냐?"

"그래서 협객을 포섭하려는 것입니다."

석영은 서둘러 자금을 준비하고, 회영은 나인영, 기산도, 오기호 등 무인 협객들을 불러 일을 의논했다. 그들은 30여 명 부하 협객을 모아들여 오적의 움직임을 탐색하기 시작했다. 먼저 이완용을 목표로 삼았다. 남대문 밖 중림동에 있는 그의 집 주변, 통감부로 가는 길, 그들이 자주 간다는 요정, 그들이 자주 간다는 음식점, 그들의 첩이 사는 집까지 한시도 눈을 떼지 않고 추적했다.

조약에 찬성한 자들에 대한 통감부의 경호는 놀라운 것이었다. 일본 경호군들이 그들의 일거수일투족에서 눈을 떼지 않았다. 경호군들이 집을 에워싸고 있었다. 측간으로 용변을 보러 가는 길까지 경호군들이 따라 붙었다. 이완용을 죽일 수 있는 딱 한 번의 기회가 있기는 했다. 이완용이 잠자리에 들었을 때 열 명 협객들이 한밤중 지붕을 타고 마당으로 날아들었다. 경호군 30여 명이 지키고 있었다. 방문을 가르는 데까지는 성공했으나 곧 경호군들이 쏜 총에 협객들이 부상을 당해 후퇴하지 않을 수 없었다. 협객들은 어렵게 군부대신 이근택을 찌르고 모두 체포되고 말았다.

통감부는 그들을 지키는 경호를 수십 배로 강화하면서 상소 운동을 일으킨 근원지를 추적한 끝에 상동교회를 찾아냈다. 선교사 스크랜턴 목사를 통감부로 불러들였다.

"만약 또다시 이런 일이 발생할 시는 교회를 폐쇄하고 당신을 본국으로 추방할 것이오. 특히 당신 수하 전덕기란 자를 주목하고 있다는 사실을 명심하란 말이오."

놀란 스크랜턴이 서울에 모인 기독교 청년회 대표들을 해산시켜버리고 말았다.

"목사님, 그래서는 안 됩니다."

전덕기가 펄쩍 뛰며 스크랜턴을 제지하고 나섰다.

"청년회가 본래의 사명을 저버리고 정치적으로 심각한 사태를 초래하는 것은 하나님의 뜻이 아닙니다."

"하나님의 뜻은 바로 정의입니다. 목사님은 조국을 강도당하지 않아서 우리 조선 사람의 심정을 모르십니다."

"순종하십시오, 전덕기 전도사님."

"저는 하나님께 순종합니다."

"지금 전도사님은 순종을 거부하고 있습니다."

"그렇다면 한 가지만 묻겠습니다. 과연 목사님의 조국이라면 그럴 수 있겠는지요?"

스크랜턴은 입을 다물었다.

"예수님도 이런 상황이라면 반드시 나처럼 하실 것입니다. 이것이 나의 믿음입니다."

"오! 전덕기."

스크랜턴이 탄식하며 입을 다물지 못했다. 스크랜턴은 전덕기를 만났을 때를 생각했다. 스크랜턴 목사는 이화학당을 설립한 어머니 스크랜턴 선교사와 함께 상동 장터에서 전덕기를 만났다. 부모를 모두 잃은 아홉 살 전덕기는 숯장수 삼촌을 따라 상동 장터에서 숯을 팔고 있었다. 어느 날 전도를 하러 나온 스크랜턴 모자(母子)가 전덕기 앞에서 발걸음을 멈추었다. 전덕기가 놀라 눈길을 피했다. 며칠 전만 해도 친구들과 함께 선교사들이 사는 집에 돌을 던졌기 때문이었다. 유리창이 깨지기도 하고 때로는 이마가 찢겨 피를 흘리면서도 빙그레 웃어주던 기억이 생생한데 여전히 자신을 바라보며 웃고 있었다.

"소년, 공부하고 싶지 않느냐?"

"제가요?"

스크랜턴 모자는 길거리에서 구걸하는 거지일지라도 똑똑해 보이는 아이들을 만날 때면 서슴없이 그런 질문을 던졌다. 어머니 스크랜턴은 그런 식으로 여자아이들을 모아들여 이화학당을 만든 장본인이었다.

"넌 여기서 숯을 팔기보다는 공부를 하는 게 더 좋을 것 같구나. 네 눈이 공부하고 싶다고 말하고 있거든."

"어떻게요?"

"내가 있는 곳으로 오면 공부를 할 수 있단다. 마음이 내키면 언제든지 나를 찾아오너라."

스크랜턴이 정동에 있는 시병원을 가르쳐주었다.

"내일 당장 갈게요."

전덕기는 다음 날 숯 짐을 팽개치고 정동병원으로 스크랜턴을 찾아갔다. 전덕기는 그날부터 스크랜턴 목사 밑에서 병원 일과 교회 일을 도우면서 성경과 영어 등 신학문을 공부하기 시작했고, 신학을 공부하여 전도사가 되었으므로 스크랜턴 모자는 신앙을 뛰어넘어 인간적으로 은인이었다.

그런데 시대의 운명 앞에 서로 처지가 달랐다. 스크랜턴은 전국 기독교 청년회를 해산시킬 수밖에 없고, 전덕기는 반항할 수밖에 없었다.

"전도사님, 스크랜턴 목사님을 원망해서는 안 됩니다. 소년 시절 스크랜턴을 지키기 위해 폭도들 앞을 가로막고 나섰을 때를 생각해 보세요. 지금까지 우리를 위해 많은 일을 해주신 분입니다."

회영이 스크랜턴 목사의 공을 상기시키면서 전덕기를 달랬다. 사실은 일본의 압력에 미 국무성이 조약을 지지하는 입장인 만큼 전덕기는 스크랜턴의 고육책을 원망할 수도 없었다.

"제가 왜 스크랜턴 목사님 입장을 모르겠습니까. 그러나 이렇게 주저앉아버릴 수는 없질 않습니까."

"주저앉다니요. 방법을 찾아야지요."

"방법이라니요?"

"일단은 상동학원을 확장하여 교육 사업에 매진하면서 장차 계획을 세워나가야 할 줄 압니다."

"교육 사업에 매진하자구요?"

"그렇습니다. 지금은 일본과 정면 대결을 하는 것보다는 국민을 무지에서 깨어나게 하는 것이 시급한 문제입니다."

전덕기는 회영의 말이 옳다고 생각했다. 교육 사업이라면 감리교회의 교육 사업 전통과 일맥상통하는 일이므로 스크랜턴 선교사도 반대할 이유가 없었다. 상동교회에는 스크랜턴 목사의 어머니인 메리 스크랜턴이 설립한 공옥여학교와 공옥학교(1897)가 있었고 둘 다 초등교육 과정으로 영어, 성경, 불어를 가르치고 있었다. 그리고 공옥학교 외에 또 하나 상동학원(1904)이 있었다. 상동학원은 미국에서 어느 교포가 보내준 자금과 전덕기가 자비를 털어 넣어 시작했으므로 선교사의 제약을 받지 않아도 되었다.

뜻밖에 일이 잘 풀려나갔다. 1년쯤 지나 스크랜턴이 선교 목사임기를 마치고 미국으로 돌아가게 되자 전덕기는 한국선교연합회에서 목사 안수를 받고 상동교회 담임목사로 임명되었다. 이제부터는 선교사의 관리 제약에서 완전히 벗어나 마음껏 민족운동을 전개할 수 있었다. 상동학원은 남궁억 초대원장을 거쳐 이승만이 원장을 역임했고 전덕기가 담임목사로서 당연직 원장이 되면서 활기를 띠기 시작했다. 회영은 학감으로 취임했다. 지금까지 상동학원은 전덕기가 교회에서 받은 생활비를 털어 넣어 겨우 지탱해온 탓에 회영이 학감을 맡은 것은 전적으로 교육 자금을 담당한 것이었다.

교육에 박차를 가하기 시작한 두 사람은 호흡이 잘 맞았다. 전덕기는 8년 연상인 회영을 존경하고 회영은 8년 연하인 전덕기를 존경했다. 학감이 된 회영은 20대부터 신교육으로 세상을 깨워야 한다는 일념으로 가득 차 있었던 포부를 마음껏 펼치기 시작했다. 조선의 도도(滔滔)한 정신, 성리학으로 뿌리 깊은 집안부터 허물기 시작했다. 5백 년 유구한 역사적 전통을 바꾸는 것은 그야말로 혁명적 전투가 아니면 어림없는 일이었다. 소극적인 생각은 처음부터 하지 않는 게 좋았다.

과감해야 했다. 선입학 후설득 작전을 세우고 조카들을 불러 모아 단발을 시켜 상동학원으로 내몰았다. 막내 아우 호영도 상투를 자르게 하고 신학문을 배우도록 상동학원에 입학시켰다. 호영의 아내와 호영의 소실부터 시작해 집안의 젊은 여자들과 노비 가족들도 모두 학원으로 내몰았다. 회영은 사대부들뿐만 아니라 어린 시절 그랬듯이, 상동 장터를 돌며 상인, 백정, 상두꾼, 아전, 노비 등을 가리지 않고 배워야 사람답게 살 수 있고, 배워야 애국할 수 있다고 설득했다.

그렇게 사람을 가리지 않고 불러들인 탓에 상동학원은 귀족부터 천민들이 한데 뒤섞였다. 숯 장수, 짚신 장수, 상두꾼들 입에서 영어가 술술 새어 나오고 구구법을 암송하는 소리가 합창처럼

울려 퍼졌다. 장터를 돌다 보면 상동학원생들의 태도가 예전과
전혀 달랐다. 장사를 하면서도 시간만 나면 영어 단어를 외우고
구구단을 외우는 모습을 종종 볼 수 있었다. 재미있는 일도 많았
다. 구구법을 배운 사람이 셈을 해주러 다니는가 하면 책을 읽어
주는 풍경도 자주 눈에 띄었다. 어느 날은 청년들이 무엇인가를
가지고 논쟁을 하고 있었다.

"이 사람아, 노다지란 금이 쏟아진다는 말이라니까."

"글쎄, 노다지는 금이 아니라니까."

"노다지가 금이라는 건 삼척동자도 아는 것인데 자네만 우길 거
야?"

장작을 파는 20대 청년과 약초를 파는 청년이 '노다지'라는 말
을 두고 벌이는 논쟁이었다. 장작 장수 청년은 상동학원 학생이
었다. 장작 장수 청년이 회영을 발견하자 얼굴을 붉히며 인사를
했다. 그리고 자기 말이 맞다는 것을 증언이라도 해달라는 듯 큰
소리로 물었다.

"학감님, 노다지가 금이 아니라 손대지 말라는 말이 맞지요?"

"그렇다고 나도 배웠다."

일본이 강화도조약, 제물포조약을 성공시킨 발판으로 관세협
정권, 외국화폐통용권, 통상권, 연안해운권, 정부철도부설권, 경
인철도부설권, 평양탄광석탄전매권, 충남직산금광채굴권, 경기
도연해어업권, 충청도·황해도·평안도 각 지역 연해어업권, 인
삼독점수출권 등 권(權)이란 권을 모두 손아귀에 넣었을 때 미국,

러시아, 영국, 프랑스 등도 일본이 차지하고 남은 것을 가지고 각축전을 벌이면서 저마다 한두 개씩 권을 차지했다.

그때 미국이 평북 운산금광채굴권을 차지하면서 금이 나올 때마다 조선 사람들의 접근을 막기 위해 노 터치(No touch)를 외쳤다. 그러자 조선 사람들은 그것을 노다지로 알아듣고 금이 나오는 것을 노다지로 인식하고 있었다. 조선팔도 삼척동자 사이에서도 노다지라면 금이 쏟아지는 것으로 통하고 있었고 장작 장수 청년은 영어 시간에 노 터치의 옳은 뜻을 배운 탓에 약초 장수 청년이 답답한 것이었다.

"노다지가 금인 줄만 알았을 때를 생각하니 한심하기 짝이 없습니다."

장작 장수 청년이 약초 장수 청년에게 들으라는 듯이 의기양양하게 말했다.

"그래서 배움이란 좋은 것이다. 열심히 배워서 밥 짓는 장작만 파는 게 아니라 애국심에 불 지르는 장작도 팔거라."

"예, 학감님. 이 모든 것이 학감님 덕분입니다."

상동학원 강사들은 전국에서 유명한 지식인들로 포진되어 있고, 명문으로 소문이 났다. 영어는 선교사인 헐버트와 초대 원장을 지낸 남궁억과 목사 현순이 가르쳤다. 남궁억은 영문법을, 헐버트와 현순은 회화를 가르쳤다. 현순은 설교를 영어로 할 정도로 영어에 능통했다. 주시경은 한글을 가르치고, 역사는 최남선과 장유순의 동생 장도빈이 맡았다. 한문은 조성환과 이회영이 맡고, 체육은 조선무관학교 출신 이필주가 맡았다.

가장 인기가 많은 과목은 한글이었다. 한글 시간이면 입추의 여지 없이 사람들이 몰려들었다. 주시경이 한글장려운동을 펼치면서 상동학원을 한글 보급의 요람으로 만들어간 탓이었다. 여름방학에는 국어 교사들을 위한 국어강습회를 열었다. 광고가 나가기가 무섭게 전국에서 교사 청강생들이 상동학원으로 줄을 이었다. 교사들에게는 음학(音學), 자분학(字分學), 격분학(格分學), 도해학(圖解學), 변성학(變性學), 실용연습(實用演習) 등 여섯 과목을 가르쳤다.

장도빈은 『발해조선사』를 집필한 저자로 직접 발해조선사를 강의했다. 최남선은 유창한 역사 강의로 유명했다. 강의가 끝났는데도 사람들이 일어날 줄 모른 채 앉아 있었다. 무슨 과목이든지 배우러 온 사람들이나 가르치는 선생들이 모두 나라를 생각하며 울었다. 가르치면서 울고 배우면서 울었다. 성악 시간에 노래를 부르면서도 울었다. 애국가를 부를 때는 목이 메어 소리가 나오지 않거나 흐느낌으로 변해버리기 일쑤였다. 체육 시간에는 거리에서 울었다. 이필주가 담당한 체육은 군사훈련에 버금가는 것이었다. 학생들은 군복 비슷한 정복을 입고 목총을 메고 북을 치며 군가를 불렀다. 거리에 나가 행진을 하는 날이면 길에 늘어선 구경꾼들도 애국심이 끓어올라 눈물을 흘렸다. 체육 시간을 이용해 시민들과 함께 울면서 일본에 시위를 벌인 셈이었다.

그런데 시국은 자꾸만 나빠져갔다. 이완용은 조약을 체결한 이후 학부대신으로서 이토와 함께 학제 개편을 시도하고 나섰다. 6년제 소학교를 보통학교라고 명명한 것인데, 조선의 교육시설이 빈약한 탓에 일본과 똑같이 6년제 교육을 할 수 없다는 이유로 6년을 4년제로 개편(1906.8)한 것이었다. 왕은 이완용에게 교육제도 개편에 대한 공로로 훈장을 내렸다. 그들의 학제 개편 목적은 학명을 바꾸고 수업 연한을 바꾸는 것에 있는 게 아니라 수업 내용에 있었다. 보통학교령이 실시되면서 이토는 한국인 개개인을 위해 일본어 교육을 해야 한다고 주장하고 나섰다. 사회 각층에서 극렬한 반대가 일어났다. 이완용은 일본어를 교육의 가장 중요 과목으로 못을 박고 주당 일본어 수업을 가장 많이 배정했다. 일본 언론은 "당시 한국의 형편으로 보아 이 같은 결정은 결코 쉽지 않은 용단이며 오로지 이완용의 밝은 지혜와 무쇠 같은 의지에 의해 비로소 가능했다."며 그를 높이 존경한다고 찬사를 퍼부었다.

"우당 형, 생각보다 빠르게 다가오고 있습니다."

"이완용과 이토의 작전 말이오?"

"지금 통감부에서 학제 개편에 따라 올가을부터 전국적으로 보통학교 교감과 중등학교 학감을 일본 사람에게 맡긴다고 합니다."

일본은 보통학교령뿐만 아니라 사범학교령, 고등학교령, 외국

어학교령을 공포하고 학교 교육을 일본식으로 추진하는 중이었
다.

"외교권, 사법권을 틀어쥐었으니 이제는 교육을 휘어잡아 우리
정신까지 옭아매자는 것이오."

회영이 한탄하며 가슴을 쳤다.

"그러니 우리도 서둘러 대책을 세워야 합니다."

"복안을 말해보시오, 부재."

"앞으로 국내에서는 지금 우리가 하고 있는 교육 사업도 어렵게
되고 말 것입니다. 그러니 해외에 있는 우리 한인 자녀들을 교육
하여 독립군으로 길러야 합니다."

"역시 부재다운 생각이오. 그럼 구체적인 안을 생각해보셨소?"

"내가 하루라도 빨리 해외로 나가 교육을 담당해야겠어요."

"부재가 직접 망명을 하겠다는 말이오?"

"그렇습니다."

"그렇다면 이 문제를 상동청년회 동지들과 함께 논의하는 것이
좋겠소이다."

"그래서 먼저 우당 형과 의논을 한 것입니다."

이상설의 생각은 동지들에게 중요한 문제로 부각되면서 상동
청년회 중심인물들이 교회에 모였다. 회영과 이상설, 양기탁, 이
동녕, 김진호, 이준, 그리고 상동교회 전덕기 목사 등이었다.

"부재 동지의 복안에 대해서는 우리가 다 인식하고 있는 일이므

로 곧바로 해외에 학교 설립 문제를 의논토록 합시다."

이동녕이 회의를 진행하고 나섰다.

"부재 동지께서 정확하게 보셨습니다. 앞으로 6개월 후면 우리나라 교육 현실이 전혀 딴판으로 변해버리고 말 것이오. 그러니 해외에 있는 한인 자녀들을 교육시켜 독립운동을 전개해 나가야 한다는 것은 빠르면 빠를수록 좋습니다."

『대한매일신보』 주필 양기탁이 언론인답게 말했다. 정확한 정보를 입수한 탓이었다.

"그렇다면 학교를 세울 적합한 지역과 학교를 맡아 교육을 담당할 동지를 결정해야 합니다."

"만주 용정이 적격이오. 우리 한인들이 많이 모여 있는 곳이고 남으로, 북으로, 교통의 중심지가 아니오?"

"그럼 누가 용정으로 나가 학교를 설립할지 말씀해보세요."

"내가 갈 것이오."

"부재야말로 성균관 관장을 지냈으니 적격이오."

이상설은 학자로서 덕망과 식견이 높은 탓에 모두 찬성했다.

"이 사람도 용정으로 가 부재 동지를 돕겠소."

이동녕이 이상설과 함께 가겠다고 나섰다.

"거국적인 운동 방향을 설정했으니 이제 상동청년회라는 이름으로는 그 뜻을 표현하기에 약한 듯합니다. 민족운동에 대한 의미가 좀 더 강한 이름이 필요하다고 봅니다."

양기탁이 운동 방향에 걸맞는 새로운 이름을 짓자는 제안을 내놓았다.

"옳은 말씀입니다."

모두 한참 동안 생각에 잠겼다.

"새로운 세상의 새로운 백성이라는 의미는 어떻겠소?"

회영이 의견을 제시했다.

"새로운 세상으로 나아가는 새로운 백성이란 뜻은 우리가 처음부터 지향했던 바이니 우당 동지 말씀대로 '신민회'가 좋을 듯합니다."

이상설이 동지들을 둘러보며 대답을 기다렸다.

"신민회라! 아주 적절합니다."

"좋습니다."

"규약도 채택해야 합니다."

"규약 초안을 신채호 동지에게 부탁하면 어떻겠소?"

"그렇게 하지요. 촌철살인의 필력을 날리는 단재(신채호의 호)라면 우리 신민회 정신을 확실하게 담아낼 것입니다."

이상설이 신채호를 추천하자 모두 찬성했다. 신채호는 19세에 고향 청원에서 상경하여 성균관에 입교했으므로 이상설과 사제 지간이었다.

"그럼 회를 총괄할 총책과 살림을 맡을 재무를 선정합시다."

"우당 선생님을 총책으로 함이 옳은 듯합니다."

"그렇습니다."

전덕기와 양기탁이 회영을 총책으로 추대하고 나섰다.

"총책은 정보에 밝고 또 국제 정세에도 안목이 넓어야 하니 운강이 적절하다고 봅니다."

회영이 손을 저으며 양기탁 주필을 추대했다. 회영의 말대로 양기탁은 언론인인 만큼 정보에 밝았다. 앞으로는 무엇보다도 정보가 중요한 탓에 동지들은 회영의 뜻을 받아들여 양기탁을 총책으로 결정했다. 재무는 교회라는 가장 안전한 조건을 갖추고 있는 전덕기 목사를 선정했다. 신민회의 첫 출발은 그렇게 시작되고 이상설과 이동녕이 조국 광복이라는 신민회의 목표를 안고 서둘러 만주 용정으로 떠났다.

11

사면초가

해가 바뀌고, 을사늑약은 2년 차를 맞으면서 탄탄하게 뿌리를 내려갔다. 밀사로 보낸 이용익이 일을 실패하고 돌아오지도 못하자 비통한 심정을 주체할 수 없었던 왕은 정월 초하룻날 만백성 앞에 국서를 통해 을사늑약은 불법이므로 무효라고 선언하려고 했다. 그런데 미리 국서를 본 친일파 대신들이 완강하게 저항하고 나섰다. 왕은 다른 방법을 생각해냈다. 미국인 헐버트를 왕실 고문으로 임용하여 9개국 국가원수들에게 밀서를 전달하는 비밀특사로 파견했다.

왕의 밀서를 받아든 헐버트가 반드시 성공하리라 다짐하고 떠났지만 열강들은 냉담했다. 헐버트가 도리없이 돌아와 영국 『런던 트리뷴』지 기자인 스토리에게 부탁할 것을 권했다. 헐버트의 조언대로 왕은 선교사 겸 기자인 스토리에게 친서를 주며 길을 찾아달라고 부탁했다. 왕에게 직접 친서를 받고 정의감에 불타오른 스토리 기자가 길을 찾으려고 애썼다.

스토리는 일본 몰래 중국 주재 영국 총영사지부에 밀서를 보내 『트리뷴』지에 실어줄 것을 부탁했다. 스토리 덕분에 왕의 친서는 『런던 트리뷴』지에 발표되어 을사늑약이 불법이라는 왕의 주장이 영국에 알려지게 되었다. 그런데 조선이 어느 나라인지 알지 못하는 영국 국민들은 관심이 없었다. 영국 정부도 민감한 국제 정세에 관한 문제는 관망하는 것이 상책이라고 생각했다. 결국 기대하는 성과는 얻을 수 없었지만 왕의 주장은 영국인 베델과 양기탁이 함께 만드는『대한매일신보』에 실리게 되었다. 무언가 될 것만 같은 분위기가 돌기 시작하고, 그때 베델이 몹시 흥분된 목소리로 양기탁에게 속삭였다.

"곧 헤이그에서 만국평화회의가 열린다는 정보가 있어요. 그때 일본의 불법을 알리세요."

"베델, 그게 정말이오?"

"벌써 7월 5일로 날짜가 잡혀 있으니 3개월 남았군요. 서둘러야 합니다. 어쩌면 이게 마지막 기회인지도 모릅니다."

양기탁이 급히 회영에게 달려왔다.

"하늘이 내린 기회를 놓쳐서는 안 됩니다. 만국평화회의에 밀사를 보내는 길을 찾아야 하지 않겠습니까?"

"폐하께서 들으시면 이보다 더 반가운 일이 없을 것이오. 먼저 폐하와 밀통할 수 있는 길을 모색해야 합니다."

왕은 두 번이나 밀서를 보냈다가 발각된 탓에 일본군은 왕이 거처하는 경운궁(덕수궁)을 겹겹이 에워싸고 있었다.

왕과 밀통을 트기 위해서는 양파껍질을 벗기듯 일본군의 감시
망을 뚫어야 했다. 감시망은 눈에 보이는 것 외에도 일본 공사 하
야시 곤스케가 요소마다 심어놓은 첩자가 왕의 일거수일투족을
감시하고 있었다. 왕과 가장 가까운 사람들을 물색해야 했다.

"우당 동지, 무슨 좋은 방도가 없겠습니까?"

"석영 형님께 말씀드려 폐하의 측근인 조정구 대감과 내관 안호
형을 만나보자고 의논을 해야겠습니다."

조정구 대감은 왕의 매부이고 왕실의례를 관장하는 궁내부 요
직을 맡고 있으므로 왕과 접촉이 가능했다. 내관 안호형은 왕을
모시는 최측근이었다.

"월남 이상재 선생께서도 폐하 곁에 계신 분이니 함께 논의하는
것이 좋을 듯합니다."

"폐하께서 이상재 선생을 깊이 의지하고 있으니 옳은 말씀이
오."

이상설이 을사늑약 사건으로 참찬관을 버렸을 때 이상재 또한
관직을 버리고 말았다. 그런데 왕이 이상재마저 놓쳐버릴 수 없
어 간절히 애원하여 참찬으로 불러들였고 이상재는 차마 고독한
왕 곁을 떠나지 못하고 있었다.

석영의 주선으로 이회영, 양기탁, 조정구, 이상재, 안호형, 전덕
기 등이 모여 대책을 숙의했다.

"폐하께서 신임장을 쓰시기도 어렵거니와 무사히 가지고 나오는 것도 어려운 일입니다."

어려운 상황을 가장 잘 아는 안호형이 안타까워했다.

"그러나 하야시 군대가 아무리 철통같이 지킨다 하더라도 어딘가 허점이 있을 겁니다."

"바로 그겁니다. 그걸 찾아내야 해요."

"그리고 특사를 천거하는 일이 매우 중요한데, 과연 특사로 누가 적합하겠소이까?"

양기탁이 미리 특사부터 정하자고 했다.

"외국어에 능할 뿐만 아니라 국제법에도 밝은 사람이니 정사(正使)로는 지금 용정에 있는 이상설이 적합하다고 봅니다."

"부재의 능력과 인물됨은 세상이 다 아는 것이니 더할 나위가 없겠지요."

모두 고개를 끄떡이며 만족한 표정을 지었다. 부사(副使)에는 전 평리원 검사 출신 이준을 천거하고 통역 겸 보조자로 러시아 한국 공사 서기관이었던 이위종을 뽑았다. 이위종은 어려서부터 외국 생활을 많이 해온 탓에 유럽 각국의 언어에 능통했다.

부사로 천거한 이준은 을사늑약 이후 상동교회를 드나들면서 일할 기회를 찾던 중이었다. 그는 왕이 새로운 사법제도를 도입하면서 세운 법관양성소 제1회 출신으로 일본 와세다대학에서 국제법을 공부한 조선 당대 최고의 국제법 전문가에 한성재판소의 이름난 검사였다. 건장한 체격에 상대를 압도하는 카리스마를 갖춘 이준은 역시 과감했다. 일본이 조선 땅을 일본인에게 부당하게 대부해준 황무지 불하 취소 운동을 벌여 일본 공사로부터 황무지 문건을 탈취하여 왕에게 바치는 쾌거를 보여준 적이 있었다. 그리고 어용단체인 일진회에 대항하는 공진회를 조직하여 탐관오리를 탄핵하는 운동을 펼치다 6개월간 황주에 있는 철도 섬에 유배당하는 어려움을 겪기도 했다. 그는 국제법 전문가인 만큼 헤이그 밀사로 적격자였다.

이위종은 아관파천 때 엄 상궁과 모의하여 왕을 러시아 공사관으로 빼돌린 이범진의 아들이며 이경하의 손자였다. 위종은 7세 때 러시아 한국 공사로 나간 아버지를 따라 러시아에서 살기 시작했고 영국, 프랑스 등을 돌며 유럽 생활을 했으므로 여러 외국어에 능통했다. 을사늑약으로 외교권을 박탈하면서 일본이 각국마다 한국 공사관을 폐쇄하고 공사들에게 철수하라는 명령을 내렸음에도 이범진은 귀국하지 않고 가족들과 러시아에 눌러앉고 말았다. 특사로 정한 세 인물에 대해 만족해하며 조정구와 이상재가 왕을 알현했다.

"정녕 하늘이 내린 기회가 아닌가!"

밀서를 보내는 일을 두 번이나 실패한 왕이 반가움에 몸을 떨었다.

왕은 마지막 희망을 걸고 밀서를 쓸 기회를 노렸다. 평화회의는 7월 5일 열린다고 했으므로 한 달 보름이 남아 있었다. 만주와 러시아를 거쳐 네덜란드로 가려면 시간이 없었다. 시간은 촉박한데 예상했던 대로 좀처럼 기회를 잡을 수가 없었다. 하루 이틀 시간만 가고 있었다. 취침 시간이 아니면 생각조차 못 할 일이었다. 잠자리를 펼 때도 김 상궁 옆에 궁녀가 따라 붙었다. 김 상궁은 왕을 모시는 대전상궁으로 전덕기 목사 아내의 이종사촌이었다. 매번 식사를 올릴 때나 오전, 오후 그리고 밤에 간식을 낼 때도 어김없이 하야시가 심어놓은 궁녀가 김 상궁을 감시했다.

며칠 동안 왕은 꼼짝을 못하고 김 상궁과 내관 안호형은 고민에 빠졌다. 궁녀뿐만 아니라 첩자는 내관 중에도 있었다. 중견급 내관 안상학이 호시탐탐 왕 주변을 감시하고 있었다.

"안상학 저놈 눈빛이, 독이 충천한 뱀 같구나."

왕은 생각다 못해 친서를 쓸 수 없다면 국새를 찍은 백지 위임장이라도 내려야 한다고 마음 먹고 밤새도록 기회를 보다가 새벽에야 겨우 백지에 급히 서명을 하여 국새를 누른 다음 깔고 누운 요 밑에 넣어두었다. 그리고 지혜로운 김 상궁이 이부자리를 개는 척하면서 치마 속에 감추고 방을 빠져 나와 선교사 헐버트에게 전했다. 헐버트가 밀서를 품고 유유히 궁을 빠져나와 상동교회로 달려왔다.

"폐하께서 구구절절 내용을 쓸 수가 없어 백지에 국새를 찍고 겨우 서명만 하셨습니다."

"오, 폐하!"

백지 위임장을 받아든 일행들이 탄식했다. 아무리 감시가 심하다 하더라도 백지 위임장을 내릴 줄은 몰랐던 탓이었다.

"어명(御名) 몇 자마저 떨린 붓끝이 역력합니다."

"이럴 수가!"

"급히 서명을 하시느라 얼마나 가슴을 졸이셨으면!"

모두 서명을 바라보며 한탄했다. 일행은 왕의 백지 위임장을 놓고 둘러앉아 간절한 기도를 한 다음 이준에게 성공을 빌었다.

"부디, 성공을 빕니다. 일성(이준의 호) 동지."

"성공하지 못하면 돌아오지 않을 것이오!"

이준의 대답이 전율하도록 비장했다. 시각을 다퉈 이준은 장사치로 변장을 하고 극비의 장도에 올랐다. 이준은 왕이 내린 밀서와 석영이 내준 자금을 몸속에 감추고 무사히 경성을 빠져나가 블라디보스토크에서 기다리고 있는 이상설에게 왕의 밀서를 전했다. 밀서를 받아든 이상설 또한 선명하게 찍혀 있는 국새와 어명을 바라보며 눈물을 흘렸다. 눈물을 흘리며 "꼭 성공해서 폐하와 백성들을 기쁘게 해드립시다."라고 다짐했다.

신록이 우거진 6월, 두 사람은 함께 러시아로 건너가 이위종과 합류하여 네덜란드 헤이그에 도착했다. 헤이그의 6월도 싱그러운 초여름이었다. 세 사람은 숙소에 들자마자 태극기를 게양하고 성공을 기원하는 묵념을 올린 다음 이위종이 문서를 불어와 영어로 번역하여 회의에 제출할 모든 준비를 갖추었다. 하루하루가 초시계를 재듯이 초조했다. 초조함에 세 사람의 얼굴이 노을빛처럼 붉었다. 다혈질 이준의 얼굴은 아예 불꽃을 피운 듯했다.

"일성 동지께서는 얼굴에 화톳불을 놓은 듯하지 않습니까?"

이상설이 이준을 향해 고개를 갸웃거리며 말했다.

"아무래도 일성 선생님 얼굴이 예사롭지 않습니다!"

이위종이 이준의 얼굴을 유심히 바라보며 놀랐다. 이준이 움칠하며 얼굴을 감추려고 했다.

"이제 보니 일성 동지 얼굴에 종기가 난 게 아니오?"

뺨 중앙 기름진 곳에 종기가 나 있었다. 벌써 종기가 뿜은 열독이 달무리처럼 깊게 퍼져 있었다. 사실 종기는 경성을 떠나기 전부터 생긴 것이었고 열독으로 귓속, 머릿속까지 욱신거렸지만 그것에 관심을 둘 여력이 없었다. 이상설의 채근으로 서둘러 병원을 찾았다. 깊이 곪은 탓에 수술이 불가피하다고 했다.

"왜 이 지경이 되도록 천연했더란 말이오?"

"이 중요한 시간에 이따위 종기 하나 가지고 법석을 떨다니요."

"이따위 종기라니요. 세상천지 만물과 면대하고 살아가는 얼굴은 겉으로 드러난 심장입니다."

"효종 일을 생각해보세요. 효종께서도 얼굴에 생긴 종기로 돌아가셨지 않소이까."

조선 17대 왕 효종은 41세 젊은 나이에 얼굴에 난 종기에 침을 맞다가 출혈이 멈추지 않아 그대로 절명하고 말았다. 침을 놓은 신가귀는 사형에 처해졌다. 그러나 중대사를 며칠 앞두고 수술을 할 수도 없는 처지였다. 수술을 뒤로 미루고 치료제와 며칠 분 약을 받아왔다.

드디어 각국 위원 47명이 네덜란드 헤이그로 속속 모여들기 시작했다. 이상설 일행은 뛰는 가슴을 안고 미리 만국평화회의 의장인 러시아 대표 넬리도프 백작을 접견하고 회의에 참가하기를 희망한다며 한국 황제의 신임장을 제시했다. 그런데 뜻밖에도 넬리도프 의장은 한국의 회의 참가 여부는 회장의 권한이 아니라 각국 위원들과 합의해야 하는 일이라며 난색을 보였다.

일행은 서둘러 영국, 미국, 프랑스, 독일 등 각국 위원들을 방문하여 황제의 신임장을 내보이며 반드시 회의에 참석해야 한다고 호소했다. 기대했던 미국과 영국 위원들이 더욱 냉담했다. 프랑스는 미국과 영국의 눈치를 보며 고개를 갸웃거렸다. 네덜란드 외상을 만나봤지만 묵묵부답이었다. 눈앞이 캄캄했다. 속을 태우다가 각국 신문기자단이 개최하는 국제협회에 겨우 참석할 수 있었다. 이상설이 을사늑약의 부당성을 낱낱이 설명했다. 다행히 기자들로부터 조선의 처지를 동정하는 의미에서 겨우 결의안을 얻어낼 수 있었다. 기사회생으로 다시 희망을 가졌다.

가슴이 닳고 목이 까맣게 타도록 기다린 만국평화회의(1907. 7. 5)가 개최되었다. 개최국인 네덜란드 외상이 축사를 하자 미국 대통령 루스벨트가 세계평화주의의 성공을 축하했다. 그다음 각국 위원들이 의안을 제출하면서 토론이 시작되었다. 그러나 끝내 한국 밀사들에게는 참석권이 부여되지 않았다. 복도에서 회의가 끝날 때까지 서성이던 이상설이 넋이 나간 모양으로 창밖을 바라보고 있었다. 눈에서 눈물이 줄줄 흐르고 있었다. 천신만고 끝에 내린 황제의 백지 신임장을 품고 머나먼 헤이그까지 왔지만 회의장에는 발도 들이지 못한 채 돌아서야 했다.

허탈하게 회의장 로비를 나서는 이상설에게 네덜란드 기자가 다가와 "당신들에 대한 정보를 입수한 일본이 미리 차단해버린 탓입니다."라고 귀띔을 해주면서 한국의 억울함을 보도하겠다고 위로해주었다. 그러나 기자들의 말이 귀에 들어오지 않았다. 세 사람은 휘청거린 심신을 끌고 겨우 숙소로 돌아와 서로 끌어안고 통곡하기 시작했다.

"죽일 놈들, 여기까지 농간을 부리다니!"

이준이 벽을 치며 일본의 방해 공작을 질타했다. 분노하는 이준의 얼굴이 용광로 불꽃처럼 타오르고 있었다. 다음 날 네덜란드 신문이 만국평화회의 결과를 보도하면서 한국의 사정을 들어 일본의 폭거를 질타했다. 로비에서 말한 그 기자였다. 고마운 일이었지만 그것으로는 아무것도 할 수 없었다. 이제 헤이그를 떠나는 일만 남아 있었다. 그런데 도저히 떠날 수가 없었다. 일행은 주최국인 네덜란드 정부에 항의하기 시작했다. 만국의 평화를 위해 회의를 한다는 사람들이 일본에 강제 불법으로 당하고 있는 조선을 일부러 초청하여 사정을 헤아려야 마땅함에도 불구하고 황제의 밀서를 가지고 머나먼 길을 어렵게 찾아온 밀사들을 거부해버린 것은 평화를 짓밟은 처사라고 외쳤다.

세 사람은 7일 동안 외롭고 고독하게 항의 시위를 벌였지만 네덜란드 정부는 꼼짝하지 않았다. 일행은 지쳐갔다. 이준의 몸이 갈수록 나빠졌다. 얼굴이 농익은 홍시처럼 붉었다. 분통이 터져 약 먹는 것을 잊어버렸고, 통곡하면서 쏟아낸 눈물과 분노가 종기를 한껏 자극한 탓이었다. 이준은 뒤늦게 수술을 받았지만, 수술을 한 날 밤새도록 고열에 시달리다 끝내 목숨을 잃고 말았다.

"부재, 나라를 찾거든 나를 꼭 조국 땅에 묻어주시오. 부탁이오."

"일성 동지!"

느닷없는 동지의 임종 앞에 이상설은 억장이 막혔다. 이위종과 둘이서 49세 이준을 낯선 땅 헤이그 공동묘지(에이컨다위넌)에 가매장을 해주면서 한없이 통곡했다.

"반드시 나라를 찾아 동지의 유해를 고국으로 모시겠소. 그때까지만 이 낯선 곳에서 참아주시오."

이준은 백지 밀서를 품고 경성을 떠나던 날 성공하지 못하면 결코, 돌아오지 않겠다고 선언했던 그 비장한 각오를 실현하고 만 것이었다. 로비에서 만났던 그 고마운 기자가 안타까운 마음으로 다시 기사를 썼다.

만국평화회의에 한국이 초청되지 않은 것에 항의하던 한국인 중 이준이란 사람이 갑자기 사망했으며 에이컨다위넌으로 가는 장례는 그와 함께한 일행 두 사람과 융 호텔 주인이 뒤따랐을 뿐이다. (……)

일본의 방해로 밀사들이 만국평화회의에 발도 딛지 못했고 격분하여 이준이 자결했다는 소문이 국내를 뒤흔들었다. 갑자기 죽은 이준이 자결한 것으로 국내에 전해진 것이었다. 어떻든 이준은 일본 때문에 억울하게 목숨을 잃은 것이었다. 여기저기서 의병들이 봉기한다는 정보가 통감부로 쇄도하자 일본이 당황했다.

"황실에서 그따위 음모를 꾸미고 있을 동안 경들은 도대체 무얼하고 있었단 말이오?"

이토가 버럭 화를 냈다. 총리대신 이완용이 생각에 잠겼다. 이토의 추천으로 참정대신에 이어 총리대신에 오른 이완용은 이제 무슨 일이든지 마음껏 할 수 있었다. 일본에서는 헤이그 만국평화회의에 밀사를 보냈다는 이유로 보호조약을 위반했다면서 하야시를 서울로 보냈다. 이완용 총리대신은 서둘러 어전회의를 열었다. 역시 이토의 추천으로 일진회 거두이면서 농상공부대신이 된 송병준이 왕에게 "황제가 친히 일본 천황을 방문해 사죄하든지 아니면 하세가와 대장을 찾아가 사과해야 한다."고 윽박질렀다.

총리대신 이완용은 송병준이 하는 양을 말없이 바라보고만 있었다. 이완용은 무슨 일을 하든지 함부로 나서는 법이 없었다. 주변에서 초벌 작업을 해놓으면 상황을 봐가면서 자신에게 유리한 쪽으로 방향을 틀어가는 식이었다. 송병준이 왕의 기를 완전히 빼버렸다고 생각되자, 그때서야 이완용이 나섰다.

"폐하, 그래야 합니다."

순국 상

"네가 감히 짐에게 명령을 하다니!"

"황태자에게 정사를 대행케 하여 일본을 달래는 것이 최선의 방책입니다."

이완용은 이미 빛살을 거둔 해, 서산마루에 걸친 빛깔만 붉은 저녁해 같은 왕을 두려워하지 않았다. 세상에서 이토가 가장 두려웠고, 이토가 가장 존엄했다. 왕이 좀처럼 말을 듣지 않자, 이완용이 왕을 조르기 시작했다.

"이토 통감께서 통분하고 있습니다. 폐하, 이대로 가다가는 필시 국가에 중대 사태가 발생할 것입니다."

"중대 사태라니, 그게 무엇이냐?"

"나라의 운명이 걸려 있는 문제입니다. 그러니 태자에게 어서 황위를 대리케 하소서."

"경은 통감의 사주를 받아 짐을 팔아먹으려고 하질 않느냐?"

왕이 분을 못 이겨 자리에서 벌떡 일어나 고함을 지르다 쓰러지고 말았다. 그리고 이틀 만에야 겨우 의식을 회복하여 침실에 누워 있었다.

이완용은 다시 자리에 누워 있는 왕에게 줄기차게 대리를 독촉하고 나섰다. 이틀 동안 침실 밖에 진을 치고 앉아 밤낮을 가리지 않고 시위를 했다. 견디다 못한 왕은 이른 아침 "군국의 대사를 황태자에게 대리하게 한다."는 조칙을(1907.7.19, 새벽 6시) 발표했다. 조칙을 읽은 이토가 다시 이완용에게 화를 냈다.

"이건 황태자에게 양위가 아니라 잠정적으로 대리케 한다는 것 아닌가?"

"각하, 무슨 일이 있어도 일을 성사시키고야 말 테니 염려 놓으시기 바랍니다. 불속에 들어간 쇠도 대장장이가 두드리는 시간이 필요합니다."

이완용이 믿음을 주기 위해 안간힘을 썼다.

"어떻게 성사시킬 것인지 말해보라."

이토는 보호조약을 만들 때도 그랬던 것처럼 총리대신에게 가차 없이 반말을 하면서 분위기를 고조시켰다.

"양위대리식을 바로 양위식으로 거행하겠습니다."

"그러니까 경의 말은, 양위식을 겉으로 양위대리식을 하는 것처럼 하겠다는 말이오?"

"그렇습니다, 각하."

그런데 의전을 집행해야 할 궁내부대신 박영효가 이를 거부하려고 병을 핑계대고 입궐하지 않았다. 그러자 이완용은 스스로 임시 궁내부대신이 되어 다음 날 황제 양위대리식을 위장한 황제 양위식을 준비했다. 이 중차대한 의식을 위해 일본군 1개 대대가 덕수궁을 안과 밖으로 물 샐 틈 없이 에워쌌다. 남산에 있는 일본군 왜성대(倭城臺)에는 일본군 야포 6문이 배치되었다. 도성을 한눈에 내려다보는 남산은 아예 일제의 아성으로 변해버리고 말았다. 일본은 갑신정변 때 불타버린 일본 공사관을 남산에 세우기를 고집하더니 러일전쟁 중에는 일본 헌병대 사령부를 설치했다. 임진왜란 때도 일본이 남산에 성을 쌓고 도성을 점령했다는 말이 전해오고, 일본은 바로 왜성을 쌓았다는 그곳에 다시 헌병사령부를 설치한 것이었다. 그런가 하면 을사늑약 체결과 함께 통감부를 남산에 설치하고 일본 공사관을 통감부의 통감관저로 사용하고 있었다. 그래서 사람들은 남산 주변을 왜성대라고 부르고 있었다.

경운궁 중화전(中和殿)에는 이토를 중심으로 통감부에서 나온 일본인 관료들과 궁의 하수인들을 합해 30여 명이 모여 있었다. 그런데 정작 황위를 물려줄 황제와 황위를 물려받을 황태자는 보이지 않았다.

그 시간에 왕은 뜰을 바라보며 생각에 잠겨 있었다. 초여름이 너무도 푸르고 평화로웠다. 새들이 나무에서 쉬지 않고 울고 있었다. 새들은 자유롭게 이 나무에서 저 나무로 날아다니며 말을 주고받느라 부지런히 지저귀는 것이었다. 왕은 새들이 부러웠다. 그런데 뜰 주변에서 몇 명의 일본군이 왔다 갔다 하면서 숲의 평화를 깨버린 것이었다. 그리고 왕을 주시하느라 열심히 힐끔거렸다.

"저것들이 감히 짐을 향해 힐끔거리다니!"

왕은 분통이 끓어올라 문을 닫고 말았다. 내관 안호형이 헐레벌떡 달려와 아뢰었다.

"폐하, 지금 중화전에서 괴이한 일이 벌어지고 있습니다."

말을 마치자마자 눈물이 글썽거렸다.

"오라, 황제 양위식 연극 말이냐."

"폐하께서도 알고 계셨사옵니까?"

안호형이 깜짝 놀라 왕을 의아하게 쳐다봤다.

"알다뿐이냐. 여기 있어도 그들이 하는 짓거리가 환히 보이느니라."

왕이 말한 대로 중화전에서는 연극이 벌어지고 있었다. 연극은 그럴싸하게 진행되어 나갔다. 통감부에서 내관 두 사람을 뽑아한 사람에게는 황금 용포를 입혀 용상에 앉히고 한 사람은 양위조칙을 발표하게 했다. 양위조칙을 봉독한 내관이 엄숙하게 조칙문을 새 황제에게 바치고 나자 일국의 황제 양위식이 끝나버리고 말았다. 통감부는 이제 마지막으로 황제 즉위식만 남겨놓은 셈이었다.

그리고 며칠 뒤 마지막 황제 즉위식(1907.8.27)이 시작되었다. 이번에는 경운궁 돈덕전(惇德殿)에 마련한 용상에 멍하게 앉아 있는 태자 이척이 몸을 떨고 있었다. 을미사변 때 눈앞에서 어머니가 일본 낭인들의 칼에 피를 흘리며 죽는 모습을 보고 넋이 나간 탓이었다. 그때부터 이척은 정신이 나간 듯한 사람이 되고 말았다. 즉위식을 며칠 앞두고 단발을 시킨 머리에 어렵사리 얹어놓은 면류관이 도무지 어울리지 않았다. 어울리지 않는 데다 몸을 자꾸 떨자 면류관이 비뚤어져 있고 몸에 맞지 않는 용포가 이척을 꼼짝 못하게 둘둘 말고 있었다.

"이상하지 않습니까? 지난번 양위식 때와 지금 양위를 받는 황

순국 상

제가 다르니 말이오."

"매우, 매우 이상한 일입니다. 이렇게 어마어마한 중대사에 두 번 다 아버지 황제가 보이지 않으니 말입니다."

사진을 찍던 영국 기자 스토리와 미국 선교사 매킨지가 서로 속삭이며 고개를 갸웃거렸지만 일은 일사천리로 진행되었다.

그렇게 황제 즉위식이 끝나자 황제가 황태자에게 황제 지위를 양위했다는 소식이 온 장안에 퍼졌다. 장안이 뒤집혔다. 수만 명 시위대가 덕수궁 앞 대한문으로 몰려가 양위를 해서는 안 된다고 울부짖었다. 일본 경찰이 칼을 빼 들고 위협을 하면서 해산시키려고 했지만 소용없는 일이었다. 일본 경찰과 헌병이 시위 군중을 총칼로 휘둘렀다. 시위대가 피를 흘리며 쓰러지기 시작했다. 시위 군중이 피를 흘리며 쓰러졌다는 소식을 들은 조선군 수십 명이 총을 들고 현장으로 달려와 종로에 있는 일본 파출소를 습격했다. 일본 경찰 세 명이 총에 맞고 죽었다. 일이 이쯤 되자 이완용이 일본군에게 시위대 진압을 의뢰했다. 시위대는 일본군의 무력 앞에 허무하게 쓰러지고 말았다.

이토는 조선의 제왕이나 다름없었다. 이토가 조선의 제왕이면 이완용은 황태자 격이었다. 이완용은 공을 세운 보답으로 일본으로부터 훈장(욱일동화장)을 받았다. 황제가 된 순종으로부터는 "정사를 새롭게 하는 지금 내각 대신들이 충성을 다해 전력을 바친 탓에 대신들 공적이 현저하게 나타나고 있다."고 칭찬하면서 이완용에게는 이화훈장을 내리고 다른 대신들에게는 태극훈장을 내렸다. 순종은 이토를 황태자가 된 이은의 태사로 삼고 이완용을 소사로 삼았다. 이토는 형식상 태사이고 실질적으로 이완용이 이은을 맡은 것이었다.

12
통분

      아버지 황제를 밀어내고 허수아비 새 황제를 만들 어냈다는 소문을 듣고 이번에도 이강년이 의병들을 인솔하고 서울로 상경했다.

"처죽일 놈들, 매국노 집에 불을 지르러 왔소이다."

잠시 회영을 만난 이강년이 장졸들과 기회를 노리다 새벽을 틈타 이완용의 집에 불을 던졌다. 불이 붙은 집이 활활 불타오르자 구경하던 백성들이 박수를 치며 환호성을 질렀다. 일본 경찰들이 몰려와 환호성을 지르는 백성들을 잡아다 범인으로 몰아세웠다. 전국 구석구석에서 의병들이 벌떼처럼 쏟아져 나왔다. 사태를 주시하던 이토가 대한제국 군대를 의식했다.

"이러다간 조선 군대가 몰려올지도 모르니 이 기회에 조선 군대를 없애버려야 하오."

이토는 이완용과 함께 어차피 대한제국 군대를 강제로 해산시켜버릴 작전을 미리 짜놓은 터였다. 이토와 이완용은 연대장과 대대장들에게 통감 관저인 대관정으로 한 사람도 빠짐없이 모이라는 소집령을 내렸다. 참령(육군 참모총장) 박성환은 병을 핑계로 대관정에 나가지 않고 대대장실에 침통하게 앉아 있었다.

그 시간에 총독부는 새로 만든 정미7조약에 따라 대한제국 군대를 해산한다는 순종의 조칙을 낭독했다. 낭독을 끝낸 다음 이토는 군부대신 이병무에게 군대 해산식을 거행하겠으니 다음 날 오전 10시까지 전 부대에 무기를 휴대하지 말고 모이게 할 것을 지시했다. 이병무는 군인들에게 총기를 한곳에 모으고 집결하라는 지시를 내렸다. 소식을 들은 박성환이 밤에 미친 듯이 숨을 헐떡이며 회영을 찾았다.

"우당 동지, 결국 올 것이 오고야 말았소."

"무슨 말씀인지요?"

"군부대신 이병무 대감이 군인들을 집결시키라는 명령을 내렸소. 총기를 놓고 오라는 것이오."

"그럼 군대 해산을?"

"이럴 때 이 사람이 무얼 어찌해야만 하겠소. 도무지 방법을 몰라 우당 동지를 찾아왔소이다."

박성환은 회영이 5년 연하임에도 평소 회영을 의지했으므로 급히 달려온 것이었다.

일본은 조선을 침탈하는 마지막 관문인 정미7조약을 실행에 옮기기 시작한 것이었다. 아버지 황제를 퇴위시킨 일본은 조선이

272 순국 상

고등관리를 임용할 때 반드시 통감부의 승인을 받아야 하고, 또 통감부에서 추천한 일본인을 조선 고등관리로 임명해야 하고, 중요 행정과 시설 개선 전반을 통감부가 감독 관리하는 정미7조약의 규약 아래 군대 해산과 사법권, 경찰권을 일본에 위임한다는 비밀협정문을 몰래 숨겨두고 있었다.

"참령께서 명령을 내리지 않으신다면?"

"일본군을 앞세워 강제로 집행하겠지요. 그러나 내 입으로 어찌 그런 명령을 내린단 말이오. 이 사람은 이제 아무짝에도 소용이 없어졌어요."

"지금 우리 입에는 재갈이 물려 있고 손발은 묶여 있습니다. 참령께서 무슨 힘으로 이 현실을 이길 수 있단 말씀입니까. 다만 장래를 도모해야 하니 심기를 굳건히 붙드셔야 합니다."

"장래를 도모할 힘이 없습니다. 내겐 숨 쉴 힘도 남아 있질 않으니 어찌하오, 우당 동지!"

"조선 천하 참령께서 무슨 말씀을 하시는지요. 지금은 세차게 흐른 물길을 막아낼 방법은 없지만 앞으로 무슨 대책을 세워야지요."

"없습니다. 이제 우리에겐 아무것도 없어요."

"일본을 대적할 힘을 길러야 합니다."

"일본을 대적할 군대라도 기르잔 말이오? 무슨 수로?"

박성환의 말대로 참령 박성환이 명령을 내리거나 말거나 일이 집행되어가고 있었다. 다음 날 오전, 영문을 모르는 군인들이 총기를 병기 창고에 넣고 명령대로 한자리에 모였다. 그리고 군인 전원에게 대한제국의 새 황제의 이름으로 된 서찰이 주어졌다. 서찰을 들고 어리둥절해하는 군인들에게 일본인 교관이 외쳤다.

"자, 이제부터 조선 군대는 없다. 모두 고향으로 돌아가 부지런히 농사를 지으며 잘 살기 바란다."

서찰에는 10원씩이 들어 있었다. 1년치 보수였다. 군인들이 서찰을 개봉하고는 통곡하기 시작했다. 그중 몇 사람이 벌떡 일어나 "속지 맙시다. 자, 우리를 따르시오."라고 외치며 반납한 무기고를 향해 돌진했다. 무기고를 지키고 있는 일본군 수십 명을 죽이고 무기를 탈취했다.

회영을 만나고 돌아온 박성환은 대대장실에서 새벽을 맞았다. 그리고 이른 새벽 군대를 해산시키라는 황제의 명령서를 받았다. 박성환은 자리에서 벌떡 일어나 "이는 황제의 뜻이 아니라 적신이 황명을 위조함이니 내 죽을지언정 명을 받을 수 없다."라고 소리쳤다. 그런 다음 '대한제국 만세'를 외치며 차고 있던 총으로 머리를 쏴 자결하고 말았다. 총소리의 메아리는 제1연대, 제1대대, 제2연대를 울렸다.

군이 일제히 분기하여 전열을 가다듬고 전투 준비에 돌입했다. 사태를 미리 짐작한 일본군 전투 병력이 대기하고 있었다. 치열한 총격전이 벌어지고, 조선군은 끝까지 장렬하게 싸우다가 초개처럼 죽어갔다.

조선군은 기관총을 발사하는 일본군을 당해낼 수 없었다. 조선군은 수백 명이 사상되고, 일본군은 백여 명 사상자가 나왔다. 조선 군인들은 지방으로 흩어져 의병과 합세하여 전국 곳곳에서 일본군에 저항했다. 이완용은 생각 끝에 이토에게 조선인 헌병보조원을 모집해 토벌 작전에 투입해야 한다는 제안을 내놓았다.

"헌병보조원으로 조선인을 모집하자니?"

"지금 해산당한 조선 군인들이 지방에 흩어져 어리석은 백성들을 선동하여 소요를 일으키고 있는데, 이를 일본군으로 진압하게 하면 반감이 더욱 거세지게 될 것입니다."

"그야 당연한 일 아닌가?"

"그래서 조선인들로 헌병보조원을 모집하여 토벌함이 바람직하다는 생각입니다."

"너희들 손으로 너희 동족을 쳐라, 이건가?"

"그렇습니다. 오랑캐로 오랑캐를 치는 것과 같은 수단입니다. 그러나 이 작전은 자기네들끼리 싸우는 가운데 서로 화해할 수 있는 수단이 될 수도 있습니다."

"팔이 안으로 굽는다는 말과 같군. 동족을 생각하는 총리의 마음을 충분히 알겠소. 총리 생각대로 하시오."

이완용은 일본인 헌병 한 명당 조선인 헌병보조원 세 명씩을 붙이도록 명령했다. 그들 말대로 같은 동족끼리 싸움을 붙인 것이었다.

박성환 대장이 자결하자 지식인들은 절망하고 말았다. 회영이 양기탁을 데리고 석영을 만나기 위해 정동으로 갔다.

"형님, 부재를 만나러 가야겠습니다."

"부재는 지금 어디에 있느냐?"

"블라디보스토크에 있다는 소식을 들었습니다. 이제 그곳을 독립운동 기지로 삼을 모양입니다."

"부자유한 몸으로 어떻게 헤쳐 나갈지 큰일이구나. 자금이 만만치 않을 텐데."

"그렇습니다, 형님, 이번에 부재에게 어느 정도 자금을 마련해 주어야 할 것 같습니다."

"그래야겠지."

그런데 어쩐지 석영의 표정이 다른 날과 달랐다. 어둡고 근심에 싸여 있었다. 회영이 걱정이 되어 물었다.

"형님, 무슨 변고라도 있는지요?"

"설마설마 했는데, 우려가 현실로 나타났구나. 이번에는 홍엽정을 빼앗아갔지 뭐냐."

"홍엽정을 빼앗기다니요?"

통감부와 통감관저, 일본 헌병대 등 일제의 권력과 무력이 남산 주변을 둘러치자 홍엽정은 일제의 아성에 갇히고 말았다. 일본 헌병대와 통감부가 포위하듯이 홍엽정을 에워싸고 있었다. 석영은 홍엽정이 큰 걱정이었다. 할 수만 있다면 홍엽정을 들어내어 다른 곳으로 옮기고 싶은 심정이었다. 날이 갈수록 일본의 기세가 등등해지고 그럴수록 홍엽정의 숨통을 죄는 것만 같았다. 그리고 어느 날 사람이 찾아와 "홍엽정을 언제까지 그 자리에 둘 것이냐."고 물었다. 뒤에 알고 보니 이완용이 보낸 사람이었다. 홍엽정을 강제로 팔게 압력을 넣은 것이었다.

강제가 아니더라도 석영은 조상의 혼이 일제에게 압사당한 것만 같아 당장 팔아버리고 싶었지만 조상의 흔적을 함부로 팔 수는 없었다. 양부는 홍엽정뿐만 아니라 한강변 천일정 등 조상의 흔적을 찾기 위해 평생을 바친 분이었다. 그런데 홍엽정이 석영 몰래 조선에서 약종상을 하는 일본인 와다 쓰네이치(和田常市)라는 자에게 팔려 있었다. 소문은 이완용이 13만 냥에 사들여 다시 다섯 배를 붙여 일본인에게 팔아 넘겼다는 것이었다. 석영은 판 적이 없는데 그런 일이 벌어진 것이었다. 재산을 도둑맞은 것은 그것뿐만 아니었다. 한강변 천일정도 마찬가지였다. 쥐도새도 모르게 친일파 민영휘의 소유로 서류가 작성되어 있었다. 민영휘 역시 앞의 어떤 사람에게 거금을 주고 매입한 것으로 되어 있었다. 저동에 있는 가옥도 빼앗기긴 마찬가지였다. 저동 가옥은 일본 공병대 영사 부지로 사용하기 위해 통감부가 강제로 매입한 후 돈 6만 냥을 보내준 것이었다. 시가에 비해 절반도 안 되는 금액이었다.

"누구의 짓인지는 뻔합니다만, 법으로 해봐야 소용없을 것입니다."

"나도 알고 있다. 아무튼 조상님의 유산을 지키지 못했으니 가문에 큰 죄를 지었구나."

"형님 탓이 아니니, 그리는 생각하지 마십시오."

"엄연한 내 것을 빼앗기고도 말 한마디 할 수가 없다니!"

"앞으로 무슨 일이 일어날지 그게 더 걱정입니다."

석영은 천일정과 홍엽정을 찾기 위해 법에 호소해봤지만 역시 소용없는 일이었다. 이미 잘 꾸며진 음모를 일제를 배척하는 배일자가 이길 수는 없었다.

회영은 석영이 내준 자금을 몸속에 감추고 이상설을 찾아 길을 떠났다. 이상설과 이위종은 헤이그 밀사 실패와 왕의 강제 퇴위를 통탄하면서 다른 방법을 모색하기 시작했다. 조선의 억울함을 호소한 공고사(控告詞)를 평화회의와 각국 위원에게 보내기도 하고 영국, 프랑스, 독일, 미국, 러시아로 두루 다니며 일제의 침략을 폭로하기 위해 수단과 방법을 가리지 않았다. 일본이 두고 볼 리가 없었다.

일본은 궐석재판을 통해 이상설에게 헤이그 밀사에 대한 죄를 물어 사형을 선고하고 이미 사망한 이준과 이위종에게는 무기징역을 선고했다. 이상설과 이위종은 조국이 해방되지 않는 한 조국에 발을 디딜 수 없게 되고 말았다. 이상설은 신변에 위험이 따르자 용정에 설립한 학교 서전서숙으로 돌아가지 못하고 블라디보스토크로 피신하여 그곳을 새로운 독립운동 기지로 삼아 운동을 전개하기로 했다.

그때 블라디보스토크에서 내장원경 이용익이 위독한 상태에 있었다. 병원에 누워 있는 이용익은 일경에게 총을 맞은 상처가 악화되어 살아날 가망이 없었다. 이상설이 찾아와 손을 부여잡았다.

　　"참찬 대감, 내 손자에게 이 돈을 찾게 해서 독립운동 자금으로 사용하라 할 것이오. 33만 원이오."

　　이용익은 이상설에게 제일은행 통장을 보여주며 손자 이종호로 하여 돈을 찾게 할 것이라고 했다. 수십 구의 금광을 소유한 이용익이니만큼 놀랄 일은 아니었다. 이상설은 고개를 흔들었다. 제일은행이라면 일본인 민간기업으로 일본의 영향권 아래 조선의 중앙은행 역할을 하고 있었다. 거액이 들어 있는 통장은 이용익의 손자 이종호에게 넘겨졌지만 이상설의 짐작대로 일본이 이미 돈을 교묘히 처리해버린 뒤였다.

　　"참찬, 돈이란 참으로 남가일몽인 듯하오. 조선의 돈이 다 내 것인 듯했는데, 하긴 나는 처음부터 가난뱅이 집안에서 태어나 보따리장수를 했으니 다시 본래대로 돌아온 것이지요."

　　이용익은 헤아릴 수 없도록 많은 재산을 모두 일본에 빼앗겨버린 채 블라디보스토크에서 초라하고 쓸쓸하게 일생을 마치고 말았다. 이용익이 마지막 남기고 간 말을 곱씹으며 이상설이 허무한 심정으로 구름이 흘러가는 하늘을 바라보고 있었다. 그때 회영이 불쑥 들어섰다.

　　"대체 이게 누구란 말이오!"

두 사람은 누가 먼저랄 것 없이 와락 끌어안았다. 회영은 이상설이 안타깝고 이상설은 조국과 회영에게 미안했다.

"거사를 실패하고 목숨을 버릴까 했지만 우당 형을 생각했습니다. 꼭 한 번은 만나야만 할 것만 같은데 조국엔 발을 디딜 수가 없으니 머리끝까지 미쳐가던 중이었소. 게다가 헤이그 일을 빌미로 황제께서 퇴위를 당하셨으니."

"헤이그 일을 실패한 것이 어디 부재의 잘못이랍니까. 그리고 황제를 퇴위시킨 것은 저들이 처음부터 계획한 것입니다. 그나저나 우리 대한제국 군대를 해산시켜버렸습니다. 그래서 박성환 참령이 자결을 했고, 의병들이 처처에서 분기하고 있습니다."

"군대가 해산당하고 박성환 참령께서 자결을 하다니요? 아, 이럴 수가! 이젠 정녕 끝입니다."

이상설이 두 주먹으로 책상을 치며 분을 토했다.

"부재, 의병들이 일어나 삼천리강산에서 나라를 찾겠다고 목숨을 버리고 있는데 우리도 대책을 세워야 합니다. 그래서 영석 형님과 양기탁 동지와 은밀히 의논하고 부재를 만나러 온 것이오."

회영의 말에 이상설이 정신을 수습하며 결의에 찬 얼굴로 입을 열었다.

"그동안 세상을 돌아다녀보니 움직임이 심상치 않습니다. 러시아는 시베리아 철도에 복철을 부설하여 무기를 제조해 만주와 몽골 국경에 군대를 배치할 준비를 하고 있습니다. 미국은 장차 동아시아로 진출하는 데 방해가 되는 일본을 제지할 방법을 모색하

순국 상

는 중인가 하면, 중국이 일본을 향해 설욕을 다지고 있으니 머지 않아 이 세계에 전쟁이 일어날 것이 틀림없소이다."

"미국이 일본을 제지하는 날이 온다면 우리로서는 천운이겠지요."

"우당 형, 반드시 그런 날이 올 것입니다. 그러니 서둘러 군사기지를 세워야 합니다. 해외에 무관학교를 세워 독립군을 길러내야 해요. 그런데 군사기지를 세우자면 자금이 만만치 않으니 어찌합니까."

이상설이 자금을 크게 걱정하고, 회영은 잠자코 말이 없었다. 애국지사들 가운데 무관학교를 세울 만한 재력을 가진 동지가 없었다. 또 그만한 자금을 모금한다는 것도 현실적으로 어려운 일이었다. 회영이 고개를 들어 하늘을 우러르며 심호흡을 퍼낸 다음 입을 열었다.

"내가 맡으리다."

"우당 형이 그 큰일을 어떻게 맡겠다는 것이오?"

"영석 형님과 상의해야지요."

"영석 어른께서 지금까지 이모저모로 자금을 댄 것만 해도 헤아릴 수가 없는데."

"형님께서는 자금으로 운동을 하고자 하신 분이오. 이번에도 부재에게 자금을 보내셨소이다."

회영은 이상설에게 석영이 준 자금을 내놓았다.

"이럴 수가. 고립무원인 나에게는 천군만마를 얻은 것 같은 힘이오. 어르신께 그렇게 전해주세요."

"아무튼 무관학교 자금 문제는 형님과 의논할 테니 부재는 계획이나 잘 세워주세요."

이상설이 비로소 마음을 놓으며 고개를 끄떡였다.

"그럼 이제부터 신민회가 조직을 갖추어 비밀 항쟁을 할 준비를 해야 합니다. 형은 속히 고국으로 돌아가셔서 양기탁 동지와 함께 구체적인 비밀 결사를 조직하십시오. 이 사람은 광복 전에는 조국에 돌아갈 수 없는 운명이니 이곳에서 운동 방법을 찾을 수밖에요."

이상설을 만나고 돌아온 회영은 석영에게 이상설의 형편과 군사기지에 대해 논한 일을 설명했다.

"무관학교를 세워서 독립군을 기르자고 했단 말이냐?"

"이젠 국내에서는 꼼짝할 수가 없게 되었으니 나라 밖으로 나가긴 안목을 갖고 투쟁을 하자는 것입니다. 그리고 앞으로 세상이 달라질 것이라고 했습니다."

"달라지다니? 어떻게 말이냐?"

"세계에 지금 그런 기운이 돌고 있는데, 일본을 경계하여 전쟁이 일어날 것이라고 했습니다. 그러니 우리도 때를 대비하자는 것이지요."

"어차피 국내에서는 숨을 쉴 수가 없으니 일리가 있는 말이다. 그렇다면 먼저 신민회를 조직하여 구체적인 계획을 세운 다음에

학교 문제를 의논하자꾸나."

석영 앞에서 무슨 일을 해야 한다고 말하는 것은 곧 자금을 대라는 말로 통했다. 석영의 머릿속에는 벌써 학교 규모가 그려지고 애국심에 불타는 용감한 독립군이 그려졌다.

회영은 먼저 총책 양기탁과 함께 신민회 결성을 준비하기 시작했다. 때마침 미국에서 도산 안창호가 귀국해 있었고 이상설과 용정으로 갔던 이동녕도 돌아와 있었다. 상동교회 지하실에 회영과 총책 양기탁, 재무 전덕기를 중심으로 이동녕, 안창호, 이동휘, 이승훈 등이 모였다(1907.11.29). 이미 신민회란 이름이 갖추어져 있으므로 조직 체계에 대해 의논이 오고 갔다.

"우리는 비밀 결사이니만큼 한 사람을 중심으로 하는 회장 제도는 이롭지 못합니다. 횡으로 연결하는 집단 지도 체제를 선택해야 합니다."

총책 양기탁이 안을 제시했다.

"옳은 말씀이오. 단일 지도 체제는 위험하기 짝이 없습니다."

"그렇다면 총책도 없애야 합니다."

"도별로 나누어 총감을 두기로 합시다."

"찬성이오."

"그럼 각 지역 총감을 결정합시다."

"경기 총감은 양기탁 동지께서 맡아주시고 서울 총감은 전덕기 목사님께서 맡아주시오."

이동녕이 좌중을 둘러보며 먼저 입을 뗐다. 평북 총감에 이승훈, 평남 총감에 안창호, 황해 총감에 김구, 함경도와 만주를 포함한 이북은 이동휘가 맡았다. 이동녕은 서기를 맡고 재무는 이미 정해진 대로 전덕기가 맡았다. 회영은 해외 군사기지 설립에 대한 문제를 앞두고 있는 입장이라 다른 일은 맡을 수가 없었다.

가장 중요한 것은 회원을 모으는 일이었고 비밀을 유지하는 일이었다. 회원을 가입시킬 때 입회 회원에 대한 심사는 미국에서 한인회를 이끌어본 경험이 있는 안창호가 맡기로 했다.

"회원은 반드시 잘 아는 주변인을 입회시키되 첫째도 둘째도 신원이 분명, 명확해야 하고 회원 간에도 두 명 이상은 서로 모르도록 해야 합니다. 그리고 단재 동지가 작성한 규약에는 우리 신민회의 보안이 개인의 목숨보다 위에 있다는 것을 잘 나타내고 있습니다. 조국 광복이 되는 날까지 죽는 한이 있어도 비밀이 유지되어야 하고 우리는 규약을 가슴속 깊숙이 품고 잠을 자면서도 뇌어야 합니다.

회원이 만일 본회를 배반하였을 때는 어느 때든지 그 생명을 빼앗길 줄 알 것. 회원은 만일 탄로가 났을 때는 혀를 깨물어 말을 입 밖에 내지 말 것. 회원은 달고 쓴 생활과 힘들고 편한 활동을 회원들과 함께할 것. (……)"

의병들이 초개처럼 목숨을 버리면서 항전했지만 일본에 의병들이 붙잡히면서 항전도 막을 내리기 시작했다. 이강년도 강원도

인제 백담사 전투와 안동 서벽 전투, 봉화 내성 전투에서 혁혁한 전과를 올렸지만 결국 청풍 까치성 전투에서 일본군이 쏜 총탄을 맞고 붙잡히고 말았다.

갈수록 의병이 일본군에게 붙잡히자 의병만 진압하면 곧 조선이 일본에 병합될 것이라는 소문이 퍼지기 시작하고, 일본은 마지막 방법을 쓰기 시작했다. 숨어 있는 의병을 찾아내어 토벌하기로 작전을 세우고 2천 2백 명 일본 군인을 전라남도로 내몰았다. 전국 의병 규모의 절반을 차지하고 있는 전라남도 의병은 숫자나 전략이 군대를 방불케 해 공포의 대상으로 떠오른 탓이었다.

일본은 현지 경찰과 밀정들을 동원하여 의병을 일으킬 만한 주요 마을 외곽에 포위망을 치고 15세 사내아이들부터 60대까지 남자들을 빠짐없이 색출 소집하여 무차별 학살을 했다. 나중에는 나이를 가리지 않고 걸어 다닐 수 있는 남자라면 눈에 보이는 대로 씨를 말려 나갔다. 마을은 약탈하고 난 다음 불을 질러버렸다.

이토는 을사늑약과 함께 조선 통감으로 부임하여 임무를 완수(1909)하고, 천황의 자문기구인 추밀원 의장으로 임명되어 일본으로 돌아갔다. 후임은 부통감 소네 아라스케가 이어받았다. 그런데 이토는 사임했으나 계속 조선에 대하여 계획을 멈추지 않았다. 일본으로 돌아간 이토는 다시 내한하여 소네와 이완용을 불러 "조선 인민의 생명과 재산을 더욱 완벽하게 보호할 필요가 있는데 그러기 위해서는 조선의 사법권과 감옥 업무도 모조리 일본에 위임해야 한다."라고 하면서 두 사람에게 신속하게 일을 처리하도록 지시를 내렸다. 이토의 지시를 받은 소네 아라스케와 이완용은 다시 사법권에 관련한 작업에 들어갔다.

이완용은 서둘러 자기 집으로 대신들을 불러 모았다. 내부대신 박제순, 탁지부대신 임선준, 학부대신 이재곤, 군부대신 이병무, 법부대신 고영희, 농상공부대신 조중응이 모였고 이완용은 이토가 말한 대로 조선 백성들의 생명과 재산을 확실하게 보장하려면 사법권을 일본에 넘겨야 하는데, 의견을 말해보라고 했다. 먼저 탁지부대신 임선준이 나서서 "5백 년 동안 이어온 사법권을 하루아침에 남의 나라에 맡길 수는 없다. 만약 그렇다면 나라라고 말할 수 있겠는가. 내각이 총사직하는 한이 있더라도 그건 절대로 받아들일 수 없는 일이다."라고 했다.

학부대신 이재곤은 "총사직을 하는 것 외에 길이 없다."며 임선준의 말에 찬성했다. 내부대신 박제순은 짧게 "탁지부대신 말이 틀리지 않다."는 말만 했다. 군부대신 이병무도 짧게 "나는 중의에 따를 뿐이오."라고 했다. 법부대신 고영희는 "나는 법부대신으로서 그럴 수 없는 입장이오. 내 손으로 사법권을 남의 나라에 넘긴다면 그 죄는 다른 대신들과 달리 무거울 것이오. 그러니 나는 다른 대신들의 뜻과 관계없이 혼자서라도 사직하겠소이다."라고 강력하게 소신을 밝혔다. 농상공부대신 조중응은 "대신들의 말은 모두 일리가 있다. 그러나 우리가 총사직을 하게 되면 후임 내각은 이 요구를 거절할 수가 없어 더 어려운 처지에 빠지게 될 것이다. 이 점을 생각해야 한다."라고 했다. 이완용은 아무 말도 하지 않은 채 다른 대신들 말만 묵묵히 듣고 있었다.

다음 날 다시 모여 회의 끝에 임선준의 말에 따라 총사직하기로 결정하고, 하룻밤을 자고 다음 날 사직서를 조정에 제출하기로 했다. 그리고 아침이 되었다. 이완용이 전화를 받았다. 법부대신 고영희였다. 고영희는 "밤에 잘 생각해보니 농상공부대신 조중응의 말이 옳은 것 같습니다."라고 했다. 이완용은 고영희와 통화를 끝내고는 비서를 시켜 대신들에게 전화를 걸게 했다.

"법부대신과 농상공부대신에게는 전화 걸 필요 없다."

강력하게 소신을 밝혔던 법부대신 고영희가 생각 끝에 마음을 바꾸었고, 농상공부대신 조중응은 이토의 추천으로 대신이 되었다. 이완용의 충신인 탓이었다.

비서는 두 사람을 제외한 나머지 대신들에게 전화를 걸어 사법권 문제는 이미 결정이 되었으니 사직서를 낼 필요가 없다고 통보했다. 그런 다음 통감 소네와 단둘이 앉아 '대한제국의 사법권'을 일본에 모두 위임한다는 각서에 서명하여 5백 년 조선의 사법권과 감옥 업무까지도 일본에 넘겨주고 말았다.

그때 경천동지할 소식이 날아들었다. 한 애국자가 만주 하얼빈역에서 이토를 사살했다는 소문이 조선 땅을 흔들었다. 애국자이름은 안중근이라고 했다. 봉쇄된 입들이 열리면서 통곡 소리와 만세 소리가 뒤엉켰다. 친일파들이 안중근을 사형해야 한다고 성토하고 나섰다. 친일파들은 이토의 죽음을 애도하는 기간을 잡고 한성부민회가 이토 히로부미의 추도회를 개최하고 나섰다. 통감부는 칼을 빼어 들고 안중근 사건에 집중하기 시작했다. 안중근의 배후를 잡기 위해 애국지사들을 색출하는 과정에서 이동휘, 이갑, 안창호가 체포되고 말았다. 그때까지 일본은 아직 신민회 정체는 눈치채지 못하고 있었다.

이완용은 이토를 추모하기 위해 총리대신 명으로 전국에 사흘 동안 조의를 표하고 음주가무를 금지하라는 지시를 내렸다. 또 일본에 있는 황태자 이은에게는 스승이 상을 당했으니 3개월 동안 상복을 입고 추모하라고 지시했다. 새 황제는 이토에게 학문이 뛰어나고 오로지 나라만 걱정하여 모든 것을 바쳤다는 뜻에서 '문충공'이라는 시호를 내렸다. 이토의 장례는 일본 국장으로 치러졌다. 이완용은 농상공부대신 조중응을 대표로 하여 조문단을 파견하고, 이토 가족에게는 조의금 10만 원을 보냈다. 그리고 조선에서는 서울의 모든 학교 학생들을 동원하여 정부 주최로 장충단에서 이토 추도식을 거행하도록 명했다. 장례식에서 이완용은 '고 태자 태사 대훈위문충공 공작 이등박문 전하'라는 제목으로 조사를 바쳤다. 장례가 끝나자 조선의 유림들과 조선 13도 대표를 자처하고 나선 친일자들이 이토 암살에 대하여 '일본이 우리에게 죄를 내리도록 죄를 청해야 한다'면서 일본에 사죄사를 파견했다.

그 후 이토가 죽은 지 한 달이 지났지만 이완용은 이토를 잃은 슬픔에서 좀처럼 헤어나지 못했다. 농상공부대신 조중응이 이완용을 위로했다.

"총리 각하, 건강을 살피셔야 합니다. 죽은 사람은 죽은 사람이고 산 사람은 살아야지요."

"그분을 죽은 사람으로 취급하다니! 그분은 영원한 불사조라는 걸 몰랐단 말인가? 그분은 내 가슴속에 영원히 살아 계신다는 걸 정녕 몰랐느냔 말일세!"

"고정하십시오. 각하, 각하의 슬픔이 너무 큰 탓에 건강이 염려되어서 그만 실수를 했습니다."

이완용 말대로 조중응은 이완용 가까이서 은덕을 많이 입은 처지라 누구보다도 이완용과 이토의 관계를 잘 알고 있었다. 그런데 이완용에게 아부를 떤다는 게 그만 노여움을 사고 말았다.

1909년 12월, 이토가 암살당하자 일본에서는 조선에 대한 정책을 본격적으로 바꿔야 한다는 주장이 나오기 시작했다. 그것은 친일파들의 충성심을 충동질하기에 바빴다. 일제가 바라는 것을 미리 알아서 해준다면 그 공은 어마어마할 것이었다. 이완용보다 일진회의 송병준과 이용구가 일제의 속마음을 재빠르게 알아차렸다. 일진회는 서둘러 합방 성명서를 작성했다.

"일본은 일청전쟁을 통해 조선을 독립시켜주었을 뿐만 아니라 일러전쟁으로 러시아에 넘어갈 위기를 구해 은혜를 베풀어주었다. 이렇게 큰 은혜를 입었음에도 불구하고 조선은 이것을 고맙게 여기지 않고 이 나라, 저 나라를 좇다가 결국에는 외교권을 빼앗기게 되었으니 이는 우리 스스로 만든 일이다. 정미7조약을 체결하게 된 것도 헤이그 밀사 문제를 일으킨 우리에게 있다. 이등박문 태사가 백성들을 보살펴주고 태자를 이끌어주면서 조선을 위해 갖은 수고를 하신 것은 잊을 수 없는 일이다. 그런데도 하얼빈에서 변고가 생겼으니 이제 어떠한 위험이 닥칠지 알 수 없는 일이다.

이 또한 조선 사람들 스스로 자초한 일이다. 이렇게 어리석은 우리를 천황 폐하께서는 너그럽고 어진 마음과 큰 도량으로 우리를 책망하지 않고 형제나 자식처럼 어루만져주고 있는데 우리는 모든 면에서 신의를 잃고 있다. 지금 조선은 환자에 비유하면 이미 목숨이 끊어진 지 오래된 시신이나 다름없다. 우리가 이 시신을 끌어안고 통곡한들 무슨 소용이 있겠는가. 해마다 조선으로 들어오는 일본 사람들이 만 명 이상이다. 이대로 가면 조선은 일본 천지가 되고 조선 사람은 일본 사람의 종으로 전락하게 될 것이다. 그러니 지금처럼 보호받는 열등 국민으로 살기보다는 차라리 일본과 하나가 되어 세계 대제국을 만들어 세계 일등 국가, 일등 국민으로 일본 사람들과 똑같은 대우를 받으면서 살아야 한다. 이것이 조선 민족이 사는 길이며 황실을 보존할 수 있는 유일한 길이다."

이완용만 매국노가 아니었다. 일진회야말로 매국노들로 구성된 집단이었다. 그들은 수천 명 회원이 머리를 깎고 검은 옷을 입고 다니면서 마치 총독부 친위대처럼 행동했다. 옆구리에 칼을 차지 않아도 일본 경찰과 흡사했다. 의병들이 그들을 사살하기 위해 호시탐탐 노렸지만, 일본의 보호를 받는 탓에 쉬운 일이 아니었다. 이완용은 권력을 이용해 고차원적으로 매국을 한다면 일진회는 단체의 힘으로 밀어붙이기 식이었다.

일진회 수뇌는 송병준과 이용구이고, 합방 성명서도 그들이 꾸몄다는 것은 세상이 다 아는 일이었다. 송병준은 중추원 고문이었다. 그런데 합방 성명서가 나오자 중추원에서 펄쩍 뛰었다. 중추원 의장 김윤식이 "중추원 고문이 그런 짓을 했다는 것은 수치스러운 일"이라면서 송병준을 중추원에서 쫓아내야 한다는 공문을 총리대신 이완용에게 보냈다.

한성부민회 회장 유길준도 일진회를 해산시키고 그 흉악한 성명문을 실은 국민신보사를 폐쇄해야 한다는 요구서를 이완용에게 보냈다. 수많은 지식인들이 일진회를 향해 맹렬하게 비난을 퍼부었다. 『대한매일신보』는 사설을 통해 "이는 범의 입에 물려 생명을 장구히 유지하고 종의 문서를 만들어 바치면서 공경 대부가 되기를 비는 것과 같은 짓"이라고 연일 비난하는 기사를 실었다.

오늘날 대한제국의 형세를 살펴볼 때 사법권까지 넘겨주고 이제 남은 것은 대한이라는 빈 이름뿐이다. 이름이 있다고 나라가 망하지 않았다고 할 수 없으며 이름이 있다고 인민이 죽지 않았다고 할 수 없다. 그러나 너희가 이름과 실상이 같게 되도록 노력은 못 할지언정 어찌 차마 그 이름까지 없애고자 하는가.

이완용은 국민 대연설회를 열기로 하고 자신의 수족 노릇을 하는 이인직에게 모임을 주선하도록 지시했다. 서대문 원각사로 대한협회, 서북학회, 한성부민회 회원들과 시민들 수천 명이 모여들었다. 이완용은 일진회를 같은 인민으로 인정하지 않겠다고 선언했다. 이를 두고 『대한매일신보』는 이완용도 일진회와 다르지 않다고 비판하는 기사를 냈다. 『대한매일신보』는 "원래 일진회와 내각은 얼음과 석탄 같은 사이인데 이완용이 이번 기회에 조선을 영원히 일본에 붙여 자신의 지위를 굳히려고 할 즈음에 일진회가 먼저 합방 성명을 발표하고 나오자 이를 방해하기 위하여 이인직을 시켜 국민대회를 열게 했다."라고 썼다.

합방을 두고 이완용과 일진회가 서로 공을 다투는 속내를 보인 것이었다. 신민회 동지들이 이 문제를 두고 말을 주고받았다.

"그런데 이상하지 않소? 이완용은 합방이 되면 총리대신 자리를 잃을 게 뻔한데, 합방을 하지 않아도 그자는 온갖 것을 다 누리지 않소이까. 나라가 아예 이완용의 것이나 다름없는데 말이오."

순국 상

"나는 이완용이 이토의 소망을 이루어주고 싶었던 것이라고 보오. 이제까지 누릴 것 다 누렸겠다, 또 벼슬자리에서 물러날 나이도 됐겠다, 총리대신에서 물러간들 그 나이에 무슨 한이 있단 말이오?"

"일리 있는 생각이오. 벼슬에서 물러나도 세상이 다 이완용 것이니 무슨 걱정이란 말인가."

이완용이 일진회의 합방 성명서를 가지고 일진회와 갈등하자 백성들이 피장파장이라며 모두 웃었다. 그때 한쪽에서는 애국청년 이재명의 칼이 이완용을 노리고 있었다.

1909년 12월 22일 오전, 이완용은 종현성당에서 벨기에 총영사 주최로 열린 벨기에 황제 레오폴드 2세 추도식에 참석했다. 레오폴드는 벨기에 2대 국왕으로 콩고 식민지인 수천만을 학살한 것으로 세계를 놀라게 한 인물이었다. 콩고인들에게 상아와 고무를 바치라는 명령을 내리고, 할당량을 채우지 못하면 남녀노소를 가리지 않고 1차에 손목, 2차에 팔, 3차에 목을 잘라버리는 처벌을 가하여 3천만 명 콩고 인구를 9백만 명으로 줄여버린 악명 높은 살인마였다.

정오가 가까워진 시간, 이완용이 추도식이 끝나고 밖으로 나오자 해가 중천을 향해 떠 있었다. 겨울 날씨답지 않게 햇빛이 좋았다. 이완용은 잠시 서서 손으로 해를 가리며 하늘을 바라보았다. 두 달 전에 암살당한 이토를 생각하자 저절로 눈물이 흘러내렸다. 그는 하늘을 향해 "이 이완용이 당신이 못다 한 것을 꼭 이루어드리겠습니다."라고 다짐하며 발길을 옮겼다. 성당 정문에서 대기하고 있던 인력거꾼이 머리가 땅에 닿을 만큼 허리를 굽혀 인사를 하고는 재빨리 인력거를 들이댔다. 그가 인력거에 올라 자세를 바로잡을 동안 인력거꾼이 조금 기다렸다.

그때 획, 하는 바람 소리와 함께 한 청년이 인력거로 달려들었다. 양복을 차려입고 머리를 하이칼라로 깎은 청년은 가로막고 나선 인력거꾼을 단칼에 넘어뜨리고 비호처럼 이완용을 향해 칼을 휘둘렀다. 칼이 이완용 왼쪽 어깨를 찔렀다. 이완용이 인력거 밖으로 굴러떨어졌다. 청년은 길바닥으로 굴러떨어진 이완용에게 다시 달려들었다. 두 번 더 찌를 즈음 이완용 경호원(조선 사람)이 청년의 허벅지를 찔렀다. 청년은 붙잡히면서도 저항하지 않았다. 다만 이완용의 명줄을 완벽하게 끊어놓지 못한 것을 한탄하며 소리쳤다.

"하나님, 만약 저자가 살아나거든 죽는 것보다 더 고통스러운 고통을 내려주소서!"

청년은 23세였고 평양 사람으로 밝혀졌다. 독실한 기독교 신자였다. 일찍이 미국으로 건너가 노동을 하면서 살았는데 을사늑약 소식을 듣고 2년 전에 조국으로 돌아와 애국청년들과 함께 이완용 일파를 죽이기로 모의를 하고 기회를 노리다가 이제야 절호의 기회를 잡은 것이었다.

이완용은 목숨은 건졌으나 상처가 깊었다. 왼쪽 어깨를 뚫은 칼 끝이 왼쪽 폐를 관통한 것이었다. 이완용의 피습 사건은 국내는 물론 일본까지 흔들어놓았다. 일본에서는 이토의 제자이자 제2의 이토로 아끼는 사람이었다고 기사가 났고, 국내에서는 황실부터 모든 대신들이 마치 자기네들이 잘못하여 일어난 일이라도 되는 것처럼 몸둘 바를 몰랐다.

황실에서 사람을 보내 위문했다. 새 황제는 이완용이 입원해 있는 대한의원으로 직접 전화를 걸어 위로를 하면서 하루도 빠짐없이 사람을 보내 경과를 보고하도록 했다. 일본에서 황태자 이은은 스승이 다쳤다는 비보를 듣고 전보를 보냈다. 황족들과 대신들의 병문안이 이어졌다. 전국에서 관찰사들과 군수들이 앞다투어 위문 전보와 함께 위로금을 보냈다. 일본에서는 가쓰라 수상이 통감부를 통해 위문했고, 일본 고위직자들이 줄지어 대한의원을 찾아와 문안했다. 벨기에 황제도 위로금과 위로 전문을 보냈다. 날마다 위로금이 쑥쑥 쌓여갔다. 새 황제는 특별 위로금으로 2천 원을 보냈고 아버지 황제는 천 원을 보냈다. 여기저기서 보내온 위로금이 거금 2만 원이 넘었다.

어떤 백성들은 나라를 부강하게 살려 백성들에게 살길을 열어준 부모 같은 분의 몸이 상했다면서 발을 굴렀다. 또 어떤 백성들은 이완용이 죽지 않았다고 원통해하면서 발을 굴렀다. 술집이나 장터에서 두 갈래 사람들이 그 일로 싸우는 일이 빈번하게 일어났다.

"이토와 이완용 총리대신이 아니었으면 우리는 지금 서양 오랑캐들 종이 되었어. 알기나 해!"

"그건 일본이 두고 쓰는 문자지. 두고 보라고, 일본이 앞으로 무슨 짓을 하는지."

"매국노 이완용 때문에 일본놈 종살이하는 것도 모르고, 불쌍한 인간 같으니라고."

"뭐야? 불쌍한 인간?"

그쯤에서 싸움이 붙게 되고, 경찰이 출동했다. 경찰은 따질 것도 없이 이완용을 욕한 사람을 잡아다 유치장에 가두어버렸다. 사법권, 사법경찰권, 감옥 업무권까지 일본에 넘겨준 이완용은 철저하게 자기 보호 장치를 만들어놓았고, 백성들은 함부로 이완용을 욕하지 못했다.

일본 최고 의사들이 이완용을 살려냈지만, 구멍이 뚫린 폐에서 공기가 새어 나오는 것은 막지 못했다. 그때부터 이완용은 해수병을 앓게 되었다. 이완용은 6개월 만에 완쾌하여 다시 총리대신 업무에 복귀했다. 1909년 12월에 칼을 맞고 반년 동안 병상 생활을 했으므로 경술년(1910) 봄이 훌쩍 지나가고 말았다. 경술년 6월이 되자 벌써 더운 기운이 돌기 시작했다. 더운 기운과 함께 일본이 앞으로 무슨 짓을 하는지 두고 보라는 백성들 말대로, 일이 바쁘게 다가오고 있었다. 통감 소네가 일본으로 돌아가고, 육군대장 출신 데라우치 마사타케가 부임했다.

그는 일본 군부의 최고 실력자로 조선을 즉각 병탄해야 한다는 생각을 갖고 있었다. 그는 겉으로 드러내지 않은 채 은밀히 일을 추진하기 시작했다. 먼저 해야 할 일은 지난번 사법권을 빼앗을 때 남겨놓은 치안을 담당하는 하부조직 경찰권을 정리하는 것이었다. 그것까지 빼앗아버리면 조선은 사법권에 이어 경찰권까지 잃게 되어 꼼짝하지 못할 것이었다. 마지막 작업을 위해 내부대신 박제순에게 공문을 보냈다.

"지난번 조선 내각에서 사법권을 위임할 때 사법경찰권은 우리 일본에 넘겨주었으나 나머지 하부조직 경찰권은 조선에 남겨놓았다는 것을 기억할 것이오. 따라서 치안을 담당하는 일반 경찰 업무를 보는 데 많은 불편을 겪고 있다는 것도 알고 있을 것이오. 따라서 본관은 이번에 모든 경찰기관을 통합하여 더욱 완벽하게 조선 치안을 관리하여 조선 인민을 보호하려는 목적에서 알려드리는 바이오. 조선은 이제부터 일체의 경찰권을 남김없이 우리 일본에 위탁하여 더욱 완전한 보호를 받아야 한다는 것을 고려하기 바라오."

데라우치는 그렇게 절차를 밟아가면서도 합병을 입 밖에 꺼내지 않았다. 이미 조선에는 이토를 스승으로 존경하는 이완용이 있었다. 지금까지 해온 것만 보더라도 애써 말하지 않아도 제2의 이토라고 불리는 그가 알아서 나서줄 것이었다.

일본은 데라우치가 부임하기 전에 이미 합병에 대비해 한국에 헌병 1천 명을 증강해두었고 외곽 지역에 배치해둔 병력을 서울로 집결시켜놓은 상태였다. 그 정도만 해도 일이 성사되었을 때 반드시 일어날 저항을 충분히 막을 수 있는 규모였다. 이완용은 데라우치 통감 의중을 살필 것도 없이 일을 진행하기 시작했다. 이번에도 이인직을 불렀다.

이인직은 친일 소설『혈의 누』로 유명세를 타고 있는 작가였다. 소설의 주인공 옥련은 청일전쟁 중에 어린 몸으로 부모를 잃고 부모를 찾아 헤매던 중 총탄을 맞아 부상을 입는다. 그는 일본인 군의관 이노우에의 도움을 받아 치료를 받고 이노우에의 양녀가 되어 소학교부터 미국 유학까지 공부를 하는 행운을 얻게 된다. 그리고 유학을 마치고 귀국하여 조선을 문명한 나라로 만드는 일을 하겠다는 포부를 보여준다. 그러니까 이 이야기는 가엾은 조선 여성이 일본인의 도움으로 신학문을 공부하여 성공한 이야기로 당시 작가들 가운데 가장 먼저 친일 문학에 앞장선 이인직다운 소설이었다. 이인직은 이완용보다 4년 연하였지만, '다섯 살 차이는 어깨를 나란히 하여 따른다(五年以長則 肩隨之)'는 말대로 벗으로 지내면서 이완용의 수족 노릇을 하고 있었다.

"자네가 통감부에 가서 외사국장의 속내를 알아오게."

이인직은 당장 통감부로 달려가 외사국장 고마쓰를 만났다.

"선생님을 다시 뵙게 되다니요."

"자네 소설『혈의 누』재미있게 읽었네. 역시 천재적 재능을 유감없이 발휘했더구만."

"과찬이십니다."

이인직은 조선 관비 유학생으로 동경제대 정치과를 다녔고, 고마쓰는 그때 동경제대 교수였다. 이인직은 대학을 졸업하고 일본 육군성 통역병으로 러일전쟁에 종군하기도 했다. 을사늑약이 만들어진 후에는 신문사(국민신보와 만세보) 주필을 맡았고, 이완용이 천거하여 대한신문 사장이 되어 신문을 통해 친일 소설『혈의 누』를 발표하여 유명인사로 떠오르게 된 것이었다.

"지금 일본은 만반의 준비를 다 끝내놓고, 우리 쪽 처분만 보고 있습니다."

통감부 외사국장 고마쓰 미도리를 만나고 온 이인직이 이완용의 귀에 대고 나직이 속삭였다. 그때가 경술년 8월 4일이었다. 마음이 급해진 이완용은 다시 이인직을 외사국장에게 보냈다.

"뭐가 그리 급하단 말인가. 지금 날씨가 한창 더우니 선선한 가을이 좋지 않겠느냐고 총리 각하께 전하게."

"총리 각하께서 이런 중차대한 일은 빠르면 빠를수록 좋다고 전하라 하셨습니다. 그건 이토 각하께 배운 것이라고 강조하시면서."

"음, 생각해보니 맞는 말이군. 준비해둔 선물은 묵혀둘 필요가 없겠지."

고마쓰는 이미 만들어놓은 합방조약 문건을 이인직에게 내주었다. 이인직이 그것을 품속에 감추고 방을 나간 후, 고마쓰는 "그물을 치기도 전에 물고기가 먼저 들어오려고 야단이라니."라고 혼잣말을 했다.

이완용이 급한 건 사실이었다. 일진회 송병준 때문이었다. 고마쓰와 가까운 이인직이 어느 날 귀띔을 해주었다.

"어차피 조선은 합방되고 말 것인데."

"그건 피할 수가 없는 일이지."

"고마쓰 선생님 말을 들어보면 송병준 그자가 계속 물밑 작업을 하고 있는 게 분명해요. 그러면 죽 쑤어 개 주는 격이 되고 말 것이오."

"그렇겠지."

이완용은 이인직이 받아온 합방조약 문건을 가지고 맨 먼저 중추원 의장 김윤식과 의논했다. 김윤식은 "동양 평화를 위하는 일이고 우리 조선 인민을 구제한다면 무슨 일인들 못 하겠소."라고 하면서 찬성을 표시했다. 다음은 통감 데라우치 마사타케를 만나러 갔다.

"무더운 날씨에 총리 각하께서 왕림하시다니요."

"타향에 오셔서 고생하시는 통감님도 계시는데 무더위가 대수겠습니까."

"아, 그렇군요. 큰 경사를 앞두고 있는데 무더위쯤이야 대수가 아니고말고요. 외사국장에게 잘 들었습니다. 우리 천황 폐하께 좋은 선물을 마련해두었다고 하더군요."

"이토 스승님께서 이 사람에게 무언의 유언을 남기신 것을 어찌 차일피일 미룰 수 있겠습니까."

순국 상

"총리 각하의 성심을 금일 전보하여 천황 폐하께 잘 전해드리겠습니다."

이틀 후 이완용은 내부대신 박제순, 탁지부대신 고영희, 학부대신 이용직, 농상공부대신 조중응 등을 불러 모았다. 법부대신 고영희가 탁지부대신이 된 것은 사법권을 일본으로 넘겨주었으므로 법부가 없어진 탓이었다. 그나마 고영희가 탁지부대신으로 살아남은 것은 사법권을 넘겨주는 데 반대한다는 생각을 나중에 바꾼 것에 대한 보답이었다. 외교권은 이미 을사늑약 때 일본에 내주었으므로 외부가 없는 외부대신이 존재할 수 없었다. 이완용은 이들을 데리고 하나 마나 한 내각회의를 열었다.

학부대신 이용직이 "이 중차대한 일을 어찌 다섯 사람이 모여 결정한단 말입니까."라고 했다가 곧 혼자라는 걸 알고 더 이상 입을 열지 않았다. 이완용은 세 사람을 묵묵히 바라보았다. 조중응이 먼저 나서서 "대세에 따르는 것이 순리"라고 하자 나머지 두 사람이 고개를 끄떡이는 것으로 찬성을 표시했다. 조중응은 이완용의 수족 같은 사람이었다.

회의는 그렇게 끝이 나고, 최종 어전회의만 남아 있었다. 경술년 8월 22일 창덕궁 대조전 흥복헌에서 며칠 전에 모였던 대신 다섯 명과 중추원 의장 김윤식, 시종무관장 이병무, 그리고 몇몇 원로대신들과 황후의 작은아버지 윤덕영과 대원군의 장남 이재면을 포함한 황족 대표들이 모여 합방에 대한 어전회의를 열었다. 모두 비슷한 사람들이 모여 장차 나라의 운명을 결정짓고 있었다.

이날 회의에서 새 황제는 "백성과 나라의 곤궁한 형편을 구하지 못하고 이제 천오백만 인민의 화가 눈앞에 닥쳐왔으니 차라리 선진 유덕한 일본 천황에게 위탁하려 하는데 만약 인민을 구할 방책이 있다면 숨김없이 말해보라."며 모여 있는 사람들을 둘러보았다. 이재면이 먼저 입을 열었다.

"폐하의 하교는 부득이한 것인 줄 아옵니다. 그러나 지난날 태황 폐하의 실덕을 생각하면 오늘의 일은 이미 예측되는 것이었습니다."

이재면은 마치 오랜 세월을 아버지인 대원군과 함께 태황에게 맞서 갈등한 것을 복수라도 하듯이 말했다. 이재면이 모든 것을 왕이 잘못한 탓으로 돌리자 이완용이 만족한 미소를 띠며 입을 열었다.

"인민을 구제할 방책이 있다면 말해보라는 폐하의 하교에 대하여 신들은 드릴 말씀이 없습니다. 책임을 다하지 못한 죄를 스스로 자책할 뿐이며 황공하옵고 민망할 따름입니다."

이완용이 말을 마쳤지만 아무도 입을 열지 않았다. 침묵이 흘렀다. 모두 명령만 기다리는 표정이었다. 새 황제가 침묵을 깼다.

"그렇다면 모두 합의한 것으로 알고 짐은 대한제국의 모든 통치권을 대일본제국 천황 폐하께 맡기기로 하겠소. 합방조약의 전권은 이완용 총리대신에게 맡길 것이니 총리대신은 이 일을 잘 처리하기 바라오."

어전회의는 반대하는 사람 하나 없이 순조롭게 끝나고 이완용은 새 황제로부터 전권대사 위임장을 받아들고 서둘러 통감부로 달려가 데라우치 마사타케와 마주 앉았다. 그리고 "조선의 모든 통치권을 일본에 영구히 맡긴다"는 한일합방조약을 체결했다.

이제 모든 것이 끝났지만, 어전회의에 참석한 사람들 외엔 백성들은 아무것도 모른 채 며칠이 지나간 다음, 새 황제는 이완용과 궁내부대신 민병석에게 대한제국 최고 훈장인 금척대수훈장을 수여했다. 금척대수훈장은 황족이나 문신과 무신 가운데 서성대훈장을 받은 사람이 특별한 공훈을 세웠을 때 황제가 특별히 내리는 훈장이었다. 내부대신 박제순, 탁지부대신 고영희, 학부대신 이용직, 농상공부대신 조중응, 중추원의장 김윤식, 시종원경 윤덕영, 시종무관장 이병무에게는 두 단계 아래인 이화대수훈장을 내렸다.

이완용이 만들어낸 한일합방은 경술년 8월 29일 공식적으로 공포되었고, 공포되는 날부터 곧바로 시행에 들어갔다. 통감부는 조선총독부로 이름이 바뀌고 데라우치 마사타케는 조선총독부 초대 총독이 되었다. 대한제국 황실은 격하되어 새 황제는 이왕(李王)으로, 태황제는 이태왕으로 황태자는 왕세자로 바뀌었다. 황제가 되기 전으로 돌아온 것 같아 보이지만 의미가 전혀 달랐다.

왕조라기보다는 일본의 과거 전통에서 존재했던 어느 지역 봉작(封爵, 제후)에 불과한 지위였다.

나라는 갑자기 경사가 난 듯했다. 천황의 대사령으로 정치범들과 나랏일로 감옥살이를 하는 사람들 천여 명이 풀려나고 나랏돈을 도둑질한 경제사범들도 모두 풀어주었다. 3천만 엔이라는 은사 공채가 뿌려졌다. 은사 공채는 왕족과 대신들부터 시작하여 시골의 양반들 가운데 장수하는 유림들, 효자, 열녀 표창을 받은 자 등 만여 명에게 뿌려졌다. 그들은 마치 가뭄에 단비를 만난 것처럼 감격했지만 은사금 공채는 연리 5푼이었고 기명식인 탓에 일본의 허가 없이는 남에게 양도할 수도 저당 잡힐 수도 없었다. 은사 공채에 대해서는 5년 동안 이자를 내야 하고, 50년 이내에 전액 상환하는 것으로 되어 있었다.

잔치는 계속되었다. 합방에 공을 세운 내각 대신들과 왕족들을 위해 조선귀족령을 반포했다. 76명에게 작위와 은사금을 내렸다. 주필 양기탁을 잡아 가두고 『대한매일신보』를 빼앗아 대한을 떼어버리고, 통감부 신문으로 만든 『매일신보』에 이완용과 권중현을 중심으로 권력자들 76명이 합방 공로로 작위를 받았다는 기사가 화려하게 쏟아지기 시작했다.

조선귀족령이 만들어낸 후작 6명, 백작 3명, 자작 22명, 남작 45명을 선정하여 작위 수여식을 거행한 것이었다. 이완용, 한창수 등 일등공신 6명에게는 후작을 내리고 왕족들에게는 백작을 내렸다. 의친왕 이강, 대원군 장남 이재면에게는 공작을 내리고 은 사금 85만 원을 내렸다. 대원군의 조카 이재완, 철종의 사위 박영효, 명성황후 동생 민영란은 백작을 받았다. 이완용에게는 백작과 은사금 15만 원을 내렸다. 백작은 왕족들과 왕의 척족들에게 내린 작위였는데 특별 공신 이완용에게 특별히 내린 것이었다.

일본을 배척하는 배일자들에게도 작전상 작위를 수여하기도 했다. 김석진에게 남작이 내려졌다. 김석진은 불결하여 견딜 수 없다고 소리치며 몸을 씻은 다음 음독 자결을 하고 말았다. 자작이 내려진 김사준, 김가진은 보란 듯이 독립운동에 뛰어들어 작위를 박탈당했다. 왕의 매부 조정구에게도 남작을 수여했다. 조정구는 음독 자결을 시도했다가 실패하자 묘향산 첩첩산중 보현사로 들어가 은둔했다. 중추원 부의장에 김윤식, 고문에 이완용을 임명하고 찬의(贊議)에 한창수를 임명했다. 합방 이전에 내각의 자문 기구였던 중추원은 이제 총독부 자문기구가 되었다. 그리고 놀랍게도 부찬의에 회영의 동생 이시영을 임명했다. 이시영에게 부찬의란 벼슬이 내려졌다는 기사를 읽고 형제들과 신민회 동지들이 분통을 터트렸다.

한바탕 은사 잔치가 끝났을 때 이인직이 이완용에게 찾아와 축하 인사를 했다.

"백작님, 감축드립니다."

"자네 덕이 크네. 잊지 않겠네."

"지금까지 백작님께 입은 은혜만 해도 태산 같은데 무엇을 더 바라겠습니까."

"이제부터 시작일세. 자네도 이제부터 새로운 세상을 만나게 될 것이야."

"이제야말로 조선에 해가 새로 떴습니다. 이게 다 백작님의 탁월한 선택과 명민하신 지혜 탓이 아니고 무엇입니까."

"그 말은 틀렸네. 나는 이토 스승님께서 땀 흘려 갈아놓은 밭에 씨알 몇 개 뿌린 것이 전부네."

"그야말로 청출어람청어람입니다."

"당치 않는 말 하지 말래도. 어찌하여 내 빛깔이 스승님보다 더 푸르며 내 물이 스승님보다 더 맑단 말인가. 앞으로는 그런 말 삼가게. 벗이라도 용서하지 않겠네."

이완용의 야망을 짐작조차 하지 못하는 이인직은 고개를 갸웃거리며 입을 다물고 말았다. 이완용은 붕정만리(鵬程萬里)의 붕새를 꿈꾸고 있었다. 『장자』의 소요유편에 나오는 붕새는 등이 수천 리에 달하는 바다 물고기 곤이 변하여 새가 되었고, 그래서 붕새가 한 번 날아오르면 날개 길이가 몇천 리에 이르러 하늘의 구름을 덮는다고 했다. 붕새는 바다의 기운을 타고 장차 남쪽 바다로 가는 것이 꿈이었다. 남쪽 바다는 천지(天池)이고, 붕새가 날기 위해서는 그만한 바람이 필요하다고 장자는 말했다.

'바람'. 그것이 있어야 했다. 그래서 지금의 성과에 만족해서는 안 되는 것이었다. 그는 어떤 일을 시작하기보다 그것을 지켜나가는 일이 더 어렵다는『정관정요』의 창업이수성난(創業易守成難)을 떠올리며 앞으로의 일을 생각했다. 문제는 백성들의 마음이었다. 진정한 성공은 백성들에게 인정받고 백성들을 감동시키는 것이었다. 그것은 붕새가 거대한 날개를 펼치고 하늘로 날아오르는 데 필요한 바람이었다.

그는 마치 왕이 백성들의 삶을 살피기 위해 암행을 나가듯이, 말을 타고 거리를 다니며 백성들을 살펴보기 시작했다. 3일째 되는 날 장춘단을 지날 때 백성들이 장춘단에 절을 하는 것을 목격했다. 그는 말을 멈추고 유심히 그들을 지켜보았다. 장춘단은 을미사변 때 왕비를 지키려다 일본군에게 피살된 시위연대장 홍계훈과 궁내부대신 이경직 등, 그때 희생된 사람들을 추모하기 위해 왕의 명령으로 쌓은 단이었다. 그곳을 지나가는 백성들은 마치 약속이라도 한 것처럼 장춘단 앞에 두 손을 모으고 절을 하면서 추모를 하고 가는 것이었다.

"보잘것없는 것들 앞에 절을 하다니."

이완용은 몹시 불쾌한 얼굴로 장춘단을 쏘아보았다.

"가서 쫓아버릴까요?"

"그러면 민심을 잃는다."

그를 호위하는 조선인 호위병들이 당장 쫓아갈 것처럼 하자 그가 말렸다. 가슴속이 답답해지면서 기침이 나왔다. 이재명의 칼을 맞은 폐는 기분이 나쁠 때도 기침을 만들어내는 탓이었다. 한바탕 기침을 하고 난 다음 그는 장춘단을 노려보며 중얼거렸다.

"서울 한복판에 보잘것없는 홍계훈과 이경직 따위의 이름이 거룩하게 새겨져 있다는 것은 말이 안 돼."

그는 이토를 떠올렸다. 이제 거기에는 조선을 위해 고군분투하다 조선인의 총에 목숨을 잃은 이토의 이름이 올라가야 할 것이었다. 그리고 거기에 조선의 만백성이 가장 경건한 마음으로 두 손을 모으고 절을 해야 할 것이었다.

13
엄숙한 선택

    조선총독부 초대 총독 데라우치 마사타케의 말은 곧 법이었다. 통감에서 총독으로 승진한 그는 임명 '첫날' 이완용을 칼로 찔러 상해를 입힌 이재명을 사형에 처하는 것으로 업무를 시작했다. 화려한 훈장이 요란하게 붙은 그의 가슴을 대각선으로 가로지른 금빛 휘장이 햇살을 받아 섬뜩하게 빛났다. 말갛게 밀어버린 번들거리는 머리와 콧수염을 기른 커다란 얼굴과 얼굴에 비해 몹시 비좁은 이마가 조급하고 광폭한 인상을 풍겼다. 그리고 비좁은 이마 아래로 짙은 눈썹을 따라 그어진 눈, 매의 눈처럼 눈두덩이 툭 불거진 가늘고 긴 눈에서 무단 통치를 예고하는 독한 맹독이 흘렀다. 그는 푸른 맹독이 흐르는 눈을 번득이며 선언했다.

    "조선 사람은 일본에 복종하든지, 죽든지, 둘 중 하나만 선택하라!"

적막감에 휩싸인 조선 땅은 산천초목까지 싸늘하게 얼어붙고 말았다. 정동 이석영의 집, 아흔아홉 칸 저택은 무거운 침묵에 잠겼다. 방 안에는 서열대로 건영, 석영, 철영, 회영, 시영, 호영 등 6형제가 한자리에 모여 침통한 얼굴로 앉아 있었다. 회영이 결연한 얼굴로 입을 열었다.

"나라가 경술국치의 괴변을 당하여 반도 산하가 왜적에 속하고 말았는데, 우리 형제들이 이 나라 당당 명족(名族)으로서 대의소재(大義所在)에 영사(寧死)일지언정 왜적의 치하에서 노예가 되어 생명을 구도하면 어찌 금수와 다르겠는지요.

더욱이 세상 사람들은 우리 가문에 대해 말하기를 대한공신(大韓功臣)의 후예인 까닭에 국은(國恩)과 세덕(世德)이 일세(一世)에 관(冠)하였다고 말하고 있습니다. 이와 같이 우리 형제들은 국가로부터 동휴척(同休戚)할 위치에 있으니, 우리는 당연히 생사를 막론하고 처자노유(妻子老幼)를 인솔하고 중국 땅으로 망명하여 나라를 구하는 것이 우리가 해야 할 일인 줄 압니다.

나는 동지들과 상의하여 근역(槿域)에서 운동하는 제사(諸事)를 만주로 옮겨 실천하려고 합니다. 우리가 고군분투하여 타년(他年)에 왜적을 파멸하고 조국을 광복하면 이것이 대한민족 된 신분일 뿐만 아니라 일찍이 임진왜란 때 왜적과 혈투하셨던 백사(白沙) 할아버님의 후손 된 도리일 것입니다. 백중계(伯仲系, 형님들) 각위(各位)께서도 저의 뜻과 같으시리라 믿습니다."

형제들은 이미 나라를 위해 모든 것을 바칠 것을 각오했지만 회영의 말에 엄숙한 침묵이 흘렀다. 백사 이항복으로 뻗어 내린 대한 공신의 후예로서 세세토록 국가의 은덕을 입었으니 이제는 나라의 운명과 함께해야 함은 물론이고 그러므로 당연히 생사를 막론하고 가족을 모두 인솔하고 일제 치하를 떠나 중국 땅으로 망명을 해야 한다는 말이었다. 둘째 석영이 먼저 입을 열었다.

"우당 아우의 말대로 나라를 빼앗겨버린 지경에 우리 형제가 당당 명족으로서 왜적 치하의 노예가 되어 생명을 구도한다면 어찌 금수와 다르겠는가. 우리 형제들이 모두 각오한 일이니 우당 아우는 모든 일을 계획대로 진행해야 할 것이다."

지금까지 회영의 항일운동을 지원해온 석영의 말은 형제들에게 믿음과 용기를 불어넣었다.

"우당과 영석 아우 말대로 우리 형제들은 나라를 찾는 일이라면 무엇이든지 해야 하는 것이 옳다고 생각한다."

첫째 건영이 고개를 끄덕이며 함께하겠다는 의사를 밝혔다.

"이 사람도 일찍이 임진왜란 때 왜적과 혈투하시던 백사 할아버님의 후손 된 도리로 생각하는 바이니, 기꺼이 따를 것이오."

셋째 철영도 찬성했다.

"아버님의 유언대로 우리 6형제가 모두 일치단결했으니 백사 할아버님을 위시하여 모든 조상님들과 돌아가신 아버님께서 무척 흐뭇하게 여기실 줄 압니다."

다섯째 시영이 부친의 유언을 강조하면서 뜻을 말했다. 이어서 막내 호영도 흔쾌히 동조하고 나섰다.

"저 또한 생사를 막론하고 다섯 분 형님들의 뜻에 따를 것이니 우당 형님께서는 아무쪼록 일을 시행하시기 바랍니다."

"우리의 선택은 의를 위해 주나라 것을 먹지 않겠다는 백이, 숙제와는 다른 것입니다. 오직 나라를 찾기 위해 나라를 떠나야 하는 것이니, 이제부터는 가문의 영예를 초개처럼 버려야 할 것이며, 조선 최고의 것을 누리며 살아온 과거를 조금이라도 생각해서는 안 됩니다."

"나라가 없는데 가문이 무엇이며 명예란 무엇이란 말이냐."

석영이 회영의 말을 거들며 형제들을 둘러봤다. 모두 고개를 숙인 채 비장한 얼굴을 하고 있었다.

가을 하늘은 변함없이 푸르고 들녘은 황금물결이 파도쳤다. 나라는 비통하지만 3년 만에 돌아온 대풍이었다. 사람들은 머지않아 질 좋은 조선 쌀을 공출당할 것을 까맣게 모른 채 기뻐했다. 석영은 끝없이 펼쳐진 양주 황금들녘을 바라보았다. 이제 추수를 하고 나면 땅을 정리해야 할 것이고, 그러면 농사는 이번이 마지막이 될 것이었다. 양부 이유원 대감과 함께 들녘을 바라보며 나누었던 이야기가 엊그제처럼 선하게 떠올랐다. 눈에서는 눈물이 흘러내리고, 가슴속은 텅 비어버린 허공이었다.

추석이 돌아오자 마지막 햇곡식으로 추석 제사를 드렸다. 제사가 끝나자 형제들은 각자 재산을 정리하기 시작했다. 회영은 미

리 독립운동 기지를 건설할 현장을 답사하기 위해 만주로 떠나야
했다. 떠나기 전에 석영을 만났다.

"봉천이나 심양으로 가야겠지?"

"그곳은 사람 왕래가 잦아 독립운동 기지를 세우기에는 부적절
한 것 같습니다. 그래서 이번에는 유하로 가볼까 합니다."

"동행은 몇 사람이나 되느냐?"

"이동녕, 장유순, 이관직이 함께 가기로 했습니다. 장유순은 산
천지세에 뛰어난 안목을 가지고 있으니 큰 도움이 될 것입니다."

"어려운 답사인데 그 정도로 되겠느냐?"

"많이 가면 좋지만 혹시라도 비밀이 새어 나갈까 염려되어 세
명으로 줄였습니다. 비용도 만만치 않은 일이고."

"비용은 염려 말고 일을 제대로 해야 한다."

석영은 준비해놓은 자금을 내주면서 일을 제대로 해야 한다는
것을 거듭 당부했다.

중국으로 가는 길목마다 총독부에서 망명자들을 막기 위해 경
비를 강화한 탓에 일행은 지물장수로 변장하여 각각 지물을 한
짐씩 짊어지고 신의주 압록강 나루터로 갔다.

"잘 있었는가, 첸징우!"

나룻배 사공을 향해 회영이 인사를 건넸다.

"어서 오십시오, 선생님."

중국인 뱃사공도 회영을 만나자 무척 반가워했다. 몇 차례 만주
를 오가면서 알게 된 청년 뱃사공이었다.

"이번에는 어디로 여행을 가시는지요?"

"유하로 가볼까 하는데, 만주에서 가장 험한 곳을 찾아야 한다네. 그런 곳을 혹시 아는가?"

첸징우는 만주와 신의주를 왔다 갔다 한 탓에 조선말이 소통됐고, 회영은 압록강을 건널 때마다 이런저런 만주 사정을 들으며 도움을 얻었다.

"그거야 당연히 유하의 삼원포지요. 봉천에서도 한 2천 리쯤 더 가야 하는 먼 곳입니다. 워낙 산세가 깊고 험해서 호랑이, 검은 곰, 매화노루가 나온다고 할 정도니까요."

"그게 정말인가?"

회영이 깜짝 놀라며 되물었다. 아직도 그런 짐승들이 살고 있다면 오지 중 오지일 것이었다. 그동안 몇 번 만주를 돌아다녔으나 봉천과 심양이었고, 유하 쪽은 크게 관심을 두지 않았다.

"우리 할아버지께 들은 이야긴데 할아버지가 그곳에서 오래 사셨으니 아마 맞을 겁니다."

"유하라면 북만주와 가까우니 맞는 말일 것 같소이다. 동지들, 유하로 가면 어떻겠소?"

회영이 무척 상기된 얼굴로 두 사람을 향해 말했다.

"매화노루는 몰라도 곰과 호랑이라니."

장유순이 그럴 리가 있느냐며 고개를 흔들었다.

"젊은 뱃사공 말만 듣고 먼 길을 가다니요?"

이동녕도 첸징우를 못 믿겠다는 투로 말했다.

"가보시면 알게 될 것입니다. 저의 할아버지께서 평생 하시는 말씀이, 그곳은 사람 살 곳이 못 된다고 몸서리를 쳤으니까요. 그런데 왜 하필이면 험한 곳으로 여행을 가려고 하시는지요?"

첸징우가 고개를 갸웃거리며 물었다.

"그렇지 않아도 첸징우에게 부탁할 게 있는데, 현장을 답사하고 돌아와 의논하지. 첸징우의 도움이 필요한 일이라네."

"제 도움이 필요하시다니요."

첸징우는 어깨를 으쓱하며 노를 더욱 힘껏 저었다. 노를 아무리 힘껏 저어도 배는 나뭇잎이 떠가듯 느리게 흘러가고 있었다. 전장 2천 리에 달하는 압록강은 무한정으로 길고, 물도 깊어 한없이 푸르렀다. 물빛이 오리 목둘레 색을 닮았다 하여 압록수(鴨綠水)라 불렀다는 옛말대로 물빛은 진한 북청색을 띠고 있었다.

"강물 좀 보게나. 어찌 이리도 푸르단 말인가."

강물을 응시하던 회영이 두 사람을 향해 탄식하듯 말했다.

"압록강을 처음 보신 분 같습니다."

이동녕이 이제 곧 조국 산천을 떠나 남의 나라로 가야 하는 쓰라린 회영의 마음을 알면서도 짐짓 그렇게 말했다.

"맞네. 오늘에야 처음 보는 듯하지 않은가. 지금까지 수차 이 강을 건넜건만 이제야 우리 강토가 아름답다는 걸 알았으니."

아무도 말이 없었다. 모두 가슴이 울컥해지는 걸 참느라 입을 꼭 다문 채 멀리 강 끝을 따라 눈길을 돌렸다. 배들이 오고 갔다. 만주와 신의주를 연결한 나룻배들이었다. 강을 따라 만주로 올라 갈수록 군데군데 낚시꾼들과 그물을 치는 사람들이 보이고 배를 강가에 대놓고 밥을 지어 먹는 사람들도 보였다. 가을 햇살만큼이나 모두 평화롭게 보였다. 말이 없자 삑삑거리는 노틀의 마찰 소리가 유난히 크게 들렸다.

"뱃사공, 노에 기름칠이나 하고 갑시다."

이동녕이 침묵을 깨며 쉬어 가자는 투로 말했다.

"그러지요. 이놈의 놋좆이 늙을 대로 늙어 쓸데없는 소리를 냅니다. 배를 대겠습니다."

첸징우는 강가에 배를 댄 다음 쇠로 된 노틀에 기름을 듬뿍 발라주었다. 그리고 밥을 지어 회영 일행에게 권했다. 반찬이라고는 소금투성이 젓갈과 검고 불결해 보이는 만주 된장이 전부였다. 신의주와 만주를 오고 가자면 장시간 배를 타야 하므로 뱃사공들은 배에서 밥을 지어 손님들에게 팔았다.

배가 다시 뜨고 다섯 시간 만에 만주 땅 안동에 내렸다. 조선과 국경지대인 안동은 그래도 이웃 동네 같은 느낌이 드는 곳이었으나 안동만 벗어나면 만주는 올 때마다 낯설고 공허했다. 여관에 들어 밤을 머물고, 다음 날 유하현 삼원포를 향해 길을 떠났다. 봉천에서 2천 리쯤 더 가야 하는 유하현 삼원포는 만주에서도 가장 후미진 곳이었다. 일본을 피해 무관학교를 짓고 교육을 하면서 독립운동을 하자면 후미진 곳일수록 안성맞춤이었다.

힘 좋은 마차를 임대하여 3일 동안 달려 유하현 삼원포로 들어가 후미진 마을을 만났다. 추씨들이 모여 사는 집성촌이었다. 산이 첩첩이 둘러쳐진 추가마을은 중국 땅에서 가장 끝인 것만 같은 오지 중 오지였다. 산을 먼저 둘러보기로 했다. 만약의 경우 도피로를 염두에 둔 것이었다. 끝없이 이어진 산은 침엽수와 활엽수가 하늘이 보이지 않을 만큼 우거져 있고 땅에는 썩은 낙엽이 쌓여 있어 발이 푹푹 빠졌다.

"희귀한 나무들이 즐비합니다. 황벽나무, 천녀목란, 장백송, 황경피, 수곡 버드나무……."

산천지세를 잘 아는 장유순이 감탄했다.

"설마 곰이나 호랑이는 없겠지요?"

이동녕이 곰이나 호랑이가 있으면 어떻게 하느냐는 표정으로 장유순을 쳐다보았다.

"매화노루는 더러 있을 겁니다만 곰이나 호랑이는 있을 리 있나요."

"아무튼 우당 선생님, 제아무리 날뛰는 일본 놈들이라도 이곳은 범하지 못할 것 같습니다."

"상상도 못 할 오지입니다."

이동녕과 장유순이 감탄하며 회영을 돌아봤다.

"나도 이미 무릎을 쳤다네."

의견 일치를 본 세 사람은 산에서 내려와 이번에는 마을을 답사하기 시작했다. 한참을 돌다 우물가로 갔다. 두 남자가 물을 긷고 있었다. 물이 보이지 않을 정도로 깊은 우물에서 큰 두레박을 끌어올리는 남자들이 힘들어 보였다. 여자 대신 남자들이 물을 긷는 이유를 알 만했다. 물을 얻어 마시고 잠시 쉬는데 어떤 남자가 한 남자에게 '박삼사!'라고 부르는 것이었다.

"박삼사? 혹시 성이 박씨 아니오?"

회영이 정색을 하고 물었다.

"맞습니다."

뜻밖의 박씨 성을 가진 남자였다. 추가마을에서 유일하게 조선 성씨를 가진 박삼사라는 남자는 사실 중국인이나 마찬가지였다. 중국 이름이 있지만 돌아가신 부모님의 유언으로 박삼사로 부른다고 했다. 박삼사는 자기네 조상이 조선 사람이란 것을 서툰 조선말로 설명했다.

명나라에서 청나라로 교체되는 시대에 조선에서 강홍립을 파견하여 명나라를 도와 청의 누르하치를 공격했으나 명나라 군대가 전멸하자 강홍립이 5천의 군사를 데리고 누르하치에게 투항하고 말았다. 그때 박삼사의 조상이 강홍립의 수하에 있었는데, 조선으로 돌아가지 못한 채 만주 팔기에 편입되어 홍경(신빈현)에서 살다가 추가마을로 흘러들어 왔다고 했다.

박삼사는 부모 형제를 만난 것처럼 감격했다. 박삼사와 시원하게 말은 통하지 못해도 나라를 일본에 빼앗겼으며, 독립운동을 하기 위해 추가마을로 가족들을 데리고 오고 싶다는 말 정도는 전할 수 있었다. 회영 일행은 박삼사의 집에서 하루를 묵으며 추가마을을 둘러친 산이 소고산과 대고산이란 설명을 듣기도 하고 지역에 대한 설명을 자세히 들으며 더욱 자신감과 확신을 갖게 되었다. 친절한 박삼사는 헤어질 때 20리까지 나와 성심껏 돕겠다는 뜻으로 두 손을 모아 꼭 쥐어 보였다.

만주 유하현 삼원포 추가마을까지 가자면 서울에서 기차로 열시간쯤을 달려 신의주 종착역까지 가야 하고, 신의주에서 나룻배로 압록강을 건너 안동으로, 안동에서 다시 5백 리 길을 달려 횡도촌으로 간 다음, 횡도촌에서 최종 목적지인 유하현 삼원보 추가마을로 6백 리 길을 달려가야 했다. 멀고 험한 길이므로 신의주에서부터 목적지까지 징검다리를 놓듯 중간중간 쉬어 갈 수 있는 숙소를 마련해야 했다.

먼저 압록강을 건너기 위해 대기해야 하는 신의주 나루터 인근에 방이 대여섯 칸 되는 집을 얻어 행인들에게 술밥을 파는 주막집으로 위장하여 망명 동지들이 묵었다가 압록강을 건너도록 했다. 압록강 건너 만주 땅 안동현에는 여관 두 채를 임대하여 임시처소를 마련해두고 강을 건너오는 망명자들이 쉬었다가 다음 목적지로 갈 수 있도록 했다.

안동현에서 다시 5백 리를 달려가야 하는 횡도촌에도 다섯 칸짜리 집을 임대했다. 처소마다 믿을 수 있는 사람을 배치했다. 신의주는 두세 명 동지들이 맡고, 안동현 처소는 이동녕의 매제 이선구가 맡았다. 횡도촌 처소는 이병삼 동지가 맡았다. 이병삼 역시 이동녕의 집안 사람이었다. 처소마다 동지들을 먹일 양식과 김장 수십 독을 담가두도록 했다.

걱정은 일본 수비대를 피해 압록강을 무사히 건너는 일이었다. 뱃사공의 도움이 절실했다.

"첸징우도 알다시피 우리 조선은 일본에 나라를 강탈당하고 말았네."

"알고 있습니다. 장차 중국도 안전하지 못하다고들 하지요."

"그래서 우리는 독립운동을 하기 위해 만주로 갈 작정이네. 일차로 우리 가족 수십 명이 압록강을 건널 것이고, 뒤따라 동지들이 강을 건널 것인데 첸징우가 도와주어야겠네."

"그런 일이라면 염려 마십시오. 제가 동료 뱃사공들을 불러 모아 일을 도모하겠습니다. 그런데 언제쯤인지요?"

"아무리 빨리 준비한다 해도 서너 달은 걸릴 것이네. 그런데 그들을 믿을 수 있겠는가? 일본 첩자들이 처처에 숨어 있기 때문이네."

"제 아버지께서 압록강 뱃사공의 주장이시고 그들은 대부분 아버지의 도움으로 강에 배를 띄운 사람들이니 염려하지 않으셔도 됩니다. 그리고 아버지께서는 요령이 좋으셔서 일본 수비대들을 잘 후립니다. 그들도 하루 종일 강물을 바라보며 지키자니 지루해서 꾀를 부리기를 좋아하지요."

"앞으로 서너 달 후면 엄동설한인데 상황이 어떻겠나?"

"추운 것이 오히려 도움이 됩니다. 썰매가 배보다 빠르고 또 수비대를 피하기도 유리한 편이니까요."

"어찌하여 엄동설한이 일경을 피하기에 더 유리하단 말인가?"

"새벽 3시쯤 강을 건너는 겁니다. 제아무리 독한 일경이라 하더라도 콧물, 입김까지 짜르르 얼어버리는 추위가 무서워 그 시간에는 나오지 않으니까요. 정보만 새어 나가지 않으면 말입니다."

"그럼 첸징우 자네만 믿겠네. 우리 가족은 물론 동지들 목숨이 자네에게 달렸다는 말일세. 그리고 이걸로 동료들에게 미리 사례를 해두게."

회영은 뱃사공 첸징우에게 단단히 부탁하면서 석영에게 받은 자금을 건네주었다.

감시의 눈은 벽에도 있고 공기 중에도 있다고 생각하면서 형제들은 각자 재산을 정리하기 시작했다. 재산 정리는 은밀히 진행해야 하고 값을 따질 수가 없었다. 방매하는 것도 비밀이지만 사는 사람도 비밀을 유지해야 했다. 동지들이 여기저기에 줄을 놓았다.

재산 정리를 하는 데 가장 힘든 건 석영이었다. 한 해 소출이 소작인들의 도조까지 합해 2만 석에 달하는 땅은 조선 팔도에 선전을 해가면서 팔아도 어려운 일이었다. 집사 박경만과 김준태 부자(父子)가 땅을 방매하는 일을 맡았다. 땅은 도성 안 사람들 가운데 부자 소리를 듣는 사람들이 암암리에 사들였다. 시세의 절반 값으로 땅이 팔릴 때마다 박경만 부친과 김준태 부친이 원통하다며 펑펑 울었다.

"대감마님, 땅을 잔치 떡 나눠주듯이 거저 주다니요. 기가 막혀 견딜 수가 없습니다. 대감마님 대신 이 손으로 도장을 찍을 때마다 가슴이 무너져 내립니다. 나라야 어찌 되었든 다른 사람들은 모두 아무 일 없는 듯이 잘만 사는데, 왜 대감마님과 본가 형제님들은 이래야 하는지요."

"대감마님, 그 땅은 소인들의 자랑이었습니다. 가을마다 바리바리 볏섬이 들어올 때면 세상 부러운 것이 없었습니다."

"양주 사람들은 어떻고요. 그 땅 농사 지으면서 대감마님 댁을 하늘처럼 믿고 살았습니다."

석영은 그렇지 않아도 소작인들을 생각하면 가슴이 아팠다. 양부 이유원 대감이 소작민들을 향해 "저 사람들 다 우리 식솔들"이라고 했던 말을 한시도 잊은 적이 없었다. 소작인들뿐만 아니라 집사들과 하인들도 마찬가지였다. 집사 박씨 가문과 김씨 가문은 대를 이어 지금까지 재산을 관리해온 사람들이었다. 그들의 심정을 생각해 그들에게 양부의 유언은 말해주어야 할 것 같았다. 석영은 목구멍까지 차오른 슬픔을 억누르며 그들을 향해 말했다.

"자네들 심정을 내가 왜 모르겠는가. 그러나 아버님께서 생전에 말씀하시기를 백사 할아버님께서 그리하셨듯이 나라가 필요로 하면 재산뿐만 아니라 목숨도 바쳐야 한다고 하셨으니, 자네들도 아버님 유언을 받든다고 생각해야 하네."

"소인들도 알고 있습니다. 내리내리 흘러오는 대감마님 댁 정신을 왜 모르겠습니까. 그래도 너무 기가 막히고 절통하여 잠시 투정을 부렸습니다. 용서하여주십시오, 대감마님."

"훗날 나라를 찾아 춤을 추게 해줄 것이니 너무 가슴 아파하지들 말게."

땅을 매각할 때마다 박경만과 김준태는 그것을 금으로 바꾸어 나르면서 자금을 만들어나갔다. 그렇게 대충 땅을 정리한 다음 석영은 박경만 부자와 김준태 부자에게 문서 한 뭉치씩을 내밀었다.

"무슨 문서인지요?"

"논 쉰 마지기씩이네. 그거면 벼 백 석은 거둘 터이니 사는 데 크게 불편한 것은 없을 줄 아네. 대를 이어 고생한 보답이니 받게나."

"대감마님, 소인들에게 이 땅이 무슨 소용이랍니까. 서당 개 3년이면 풍월을 읊는다는 말이 있는데, 소인들도 대를 이어 대감마님 댁에서 살아오면서 배운 게 있습니다. 비록 핏줄은 다르지만, 소인들도 조상 대대로 내려온 대감마님 댁 혼이 뼈마디에 새겨져 있다는 말씀입니다."

박경만 부친이 펄쩍 뛰면서 사양하자 이번에는 김준태 부친이 말을 이었다.

"맞습니다. 소인들, 대감마님 댁에서 살면서 배운 것은 올바른 길을 가는 것이었습니다. 소인들에게 주고 싶은 땅 한 마지기라도 더 팔아 독립운동 자금에 보태야 할 줄 압니다."

석영은 완강하게 사양하는 그들을 이길 수 없어, 며칠이 지난 다음 땅문서를 그들 가정으로 하인들을 시켜 보내주었다. 그들은 어쩔 수 없이 땅문서를 받아들였다.

석영은 그렇게 땅을 정리한 다음 두 집사 가문에게 산소와 양주 가오실 별가와 정동 집을 부탁했다. 그리고 해마다 추수를 하면 보광사에 1년 치 쌀을 보내줄 것도 부탁했다. 양주 땅은 헐값에 대충 정리했지만 서울의 명례방(명동)에 있는 땅과 여기저기 흩어져 있는 땅은 일본의 감시권 안에 있어 손을 쓸 수가 없었다. 그대로 두고 가는 수밖에 없었다.

6형제가 태어나고 자란 종현고개(명동성당 자리) 아래 저동 본가 6천 평 집도 비워두기로 했다. 문제는 양쪽 집 모두 대를 이어 소장해온 고서적과 고서화, 도자기 등 유물이었다. 영의정 이유원이 소장했던 유물과 6형제의 부친이 소장해온 유물은 5백 년 조선의 혼이었다.

고민 끝에 회영이 대안을 내렸다. 상동학원 교사로 있는 최남선을 적임자로 결정했다. 최남선은 20대 초반의 청년이었지만 나라를 위해서라면 무슨 일이든지 할 수 있는 믿음직한 청년으로 신뢰받고 있었다. 을사늑약이 체결되었을 때도 『황성신문』에 조약을 반대하는 글을 올렸다가 옥살이를 했고, 와세다대학 재학 시절, 학교가 조선을 모욕한 것에 항의하여 자퇴해버린 뚝심이 마음에 들었다. '신문관'이라는 출판소를 창설하여 소년들에게 꿈을 주는 계몽 도서를 펴내기도 하고 『소년』이라는 잡지를 만들어 소년들에게 민족의 얼을 심어주는 것도 남다른 일이었다. 장차 훌륭한 학자가 될 것이라고 확신하며 회영이 최남선을 만났다.

"최 군, 영석 형님과 우리 가문의 유물을 자네가 맡아주어야겠네."

"선생님 가문의 유물은 조선의 혼인데 제가 어찌 그런 귀중한 보물을 맡을 수 있겠는지요. 더욱이 영석 어르신 가문의 유물을."

"그래서 최 군에게 부탁한 것 아닌가."

"정 그러시다면 성심껏 관리했다가 세상이 바뀌고 선생님들께서 돌아오시면 다시 돌려드리겠습니다."

"우리 서책으로 공부하여 훌륭한 학자가 되게나."

"제게는 큰 행운입니다. 귀한 서책으로 열심히 공부하여 훗날 보답해드리겠습니다."

14

귀족 가문의 대이동

재산을 정리하는 데 꼬박 3개월이 걸렸다. 석영과 형제들이 전답을 팔아 마련한 자금은 40만 원(해방 이후 추산 6백억 원)이었다. 사실 석영 외 다른 형제들은 큰돈이 있을 리 없었다. 회영을 제외하고 모두 관료 출신들이었고 일정한 국록을 받으며 살아온 형편이었으므로 각자 망명지에서 살아갈 자금을 마련한 것이었고, 거금은 석영이 내놓은 돈이었다. 한일병합 전인 1908년 대한제국 세입 총액이 1,300만 원이었고 그때 일본이 제멋대로 만들어놓은 국채도 1,300만 원이었다.

경술년 12월 신민회 동지들과 계획도 마무리되었다. 동지들은 해외 망명파와 국내파로 나뉘었다. 해외 망명지는 만주, 미국, 블라디보스토크 등지였다. 만주는 그야말로 험지 중 험지인 탓에 독립운동 중심기지로 삼았고, 대부분 동지들이 만주 지역으로 떠나기로 했다. 무관학교를 지어 독립군을 길러내자면 험할수록 보

순국 상

안에 유리한 탓이었다.

망명자들은 해외에 독립운동 기지를 세워 한인들을 결집하여 운동을 전개하기로 하고, 국내를 담당한 동지들은 자금을 모아 독립운동 기지로 보내주기로 했다. 전덕기, 김구, 이승훈, 안태국 등이 국내를 담당하기로 했다. 만주로 갈 동지들은 서울, 충청도, 경상도, 경기도 대표들이었다. 전라도 대표는 단 한 사람도 없었다. 전라도는 일본의 남한 대토벌 작전 때 지도급 인사들이 모조리 일본군에게 학살을 당한 탓이었다. 동지들은 일본의 감시 때문에 한꺼번에 몰리지 않도록 지역별로 나누어 출발 날짜를 잡았다. 형제들 가문이 일진으로 떠나기로 했다. 그다음 이동녕, 장유순 등이 뒤를 잇기로 했다. 계획한 대로 형제들이 움직이기 시작했다.

여섯째 호영을 제외하고 모두 젊은 나이가 아니었다. 집안의 장자인 건영은 58세였다. 건영의 가족은 아내와 24세인 장남 규룡 부부와 규룡의 소실 송동댁, 차남인 15세 규훈 등이었다. 규룡은 회영의 장남으로 맏형 건영에게 양자로 출계한 아들이었다. 아들을 얻지 못해 규룡을 양자로 들이고 10년 만에야 규훈을 얻었다.

망명의 핵심인물인 석영은 56세였다. 아내와 12세인 아들 규준이 있었다. 셋째 철영은 48세였다. 철영은 사간원과 의정부 대신을 지낸 인물로 아내와 아들과 딸이 있었다. 넷째 회영은 43세로 아내와 15세인 장남 규학과 태어난 지 9개월 된 아기 규숙이 있었다. 장남 규학은 전처 소생이었다. 전처는 규룡과 규학을 낳고 세상을 떠났고, 회영은 이은숙과 재혼하여 이제 막 9개월 된 딸을 얻었다.

다섯째 시영은 41세였다. 아내 박씨와 22세인 장남 규봉과 6세인 규홍이 있었다. 시영은 17세에 식년감시(式年監試)에 급제하고 총리대신 김홍집의 딸과 결혼하여 장남 규봉을 낳았으므로 규봉은 김홍집의 외손자였다. 전처 김씨는 아버지 김홍집이 역적으로 몰려 사형을 받고 백성들에게 타살되자 충격으로 병을 얻어 죽고 말았다. 그 후 박씨와 재혼하여 둘째 규홍을 낳았다.

여섯째 막내 호영은 36세였다. 아내와 어린 딸들이 있었다. 호영의 소실 안동댁도 함께 떠났다. 안동댁은 같은 처지인 송동댁과 인품이 달랐다. 안동댁은 욕심이 많고 허영심이 많아 호영에게는 늘 신경이 쓰이는 사람이었다. 만주로 가는 것도 송동댁은 나라를 찾아야 한다는 간절한 소망을 품고 떠난다면 안동댁은 단순히 가족을 따라가는 것이었다. 가족들은 송동댁은 오상고절 국화라면, 안동댁은 초여름 화려하게 피었다가 금세 시들어버리는 부용꽃이라고 했다. 젊은 나이인 막내 호영이 소실을 둔 것이나 20대 규룡이 소실을 둔 것은 아들을 얻기 위해서였다. 그런데 아직 안동댁이나 송동댁 둘 다 아들이고 딸이고 자식을 생산하지 못했다. 석영과 회영은 맨 나중에 떠나기로 하고 형제와 가족들을 먼저 압록강 나루터 주막으로 보냈다.

하인들은 이미 방면했고, 가족들과 짐을 모두 보내고 나자 텅 비어버린 넓고 넓은 집안이 괴괴하기 짝이 없었다. 박경만은 단 며칠이라도 석영에게 따뜻한 방에서 잠을 자게 하려고 석영이 마지막으로 머무는 방에 불을 넣으면서 눈물을 흘렸다. 그리고 며칠 동안 생각을 거듭하던 끝에 석영을 따라 만주로 가기로 결심했다.

"대감마님, 소인도 가겠습니다. 아무리 생각해도 대감마님만 보내드릴 수가 없습니다. 제가 가서 대감마님을 모시겠습니다."

"너는 집을 관리하면서 살라 하지 않았느냐."

"집은 저의 부친과 김준태 부자가 돌볼 것이니 염려하지 않으셔도 됩니다."

"이 길은 아무나 가는 길이 아니다. 갑자기 마음이 내킨다 하여 가는 길이 아니라는 말이다."

"소인도 모든 걸 버릴 각오를 하고 말씀드리는 것입니다."

"그래도 너는 못 간다. 더욱이 나를 위해서 간다는 것은 의미가 없느니라."

"왜 의미가 없겠는지요. 대감마님을 잘 보필하는 것은 곧 독립운동을 돕는 길입니다. 전쟁터에 총을 메고 나간 병사만 병사가 아니라, 그들을 수발하는 사람도 병사인 줄 압니다."

박경만은 포기하지 않았다. 이틀 동안 두 사람 사이에 줄다리기가 이어졌고, 3일째 되는 날 석영은 결국 허락하고 말았다.

"공자님 말씀하시기를 '대군의 장수는 빼앗을 수 있으나 필부라도 한 사람의 뜻은 결코 빼앗을 수 없다(三軍可奪帥也 匹夫不可奪志

也)'고 했는데 오늘에야 그 뜻을 알겠구나. 그런데 너도 한 고집한 다는 것은 우리 집안 식솔들이 다 아는 일이지만, 이 정도일 줄은 몰랐느니라."

"그게 다 대감마님 댁에서 배운 것이지 뭡니까."

박경만뿐만 아니라 본가에서도 이미 방면한 노비들이 함께 가 겠다고 회영을 찾아왔다. 노비 홍순이 주동자였다. 망명은 쥐도 새도 모르게 행해졌고 노비들도 감쪽같이 속였으므로 회영이 소 스라치게 놀랐다.

"자네들이 어쩐 일인가?"

"나으리, 저에게까지 숨기시다니요. 너무하십니다."

홍순이 엎드려 울었다.

"그럼 자네들도 이 일을 알고 있었단 말인가?"

"저희들을 방면하시면서 이번에야말로 집 근처에 얼씬도 말고 각자 농사를 지으며 잘 살아가라고 당부하실 때부터 눈치챘습니 다. 저희는 눈치 하나로 살아온 사람들입니다."

"일이 이쯤 됐으니 속이지 않겠네. 그러나 이번 일은 자네들이 참견할 일이 못 되니 어서 돌아가게."

"나으리께서는 장터에서 백정이나 상두꾼이나 하다못해 수표 교 다리 밑 거지에게도 나라를 위해 살아야 한다고 하셔놓고 왜 소인들은 안 된다고 하시는지요? 저희 같은 무지렁이들은 조선 백성이 아니란 말씀인지요?"

"나으리, 소인들 몸속에도 조선의 뜨거운 피가 흐르고 있습니다요."

"예, 맞습니다. 외람되지만 소인들 피도 펄펄 끓는 양반들 것과 똑같습니다요."

"떼를 쓴다고 될 일이 아니네. 거긴 자네들이 갈 곳이 못 돼."

"소인들만 편하게 살 수 없습니다. 나으리께서 목숨을 내놓으셨는데 저희 목숨이야 열 개 백 갠들 못 내놓겠는지요."

노비들은 눈물을 흘리며 왜 심정을 몰라주느냐고 가슴을 쳤다.

"나으리께서 소인들을 방면하실 때 사람은 반드시 어떤 목적을 갖고 살아야 한다고 이르지 않으셨는지요. 소인들도 이제 살아가는 목적이 생겼습니다."

노비들은 "우리 같은 무지렁이들도 어느 구석엔가 쓸모가 있을 것이니 제발 데려가달라"면서 물러서지 않았다. 회영은 어쩔 수 없이 그들을 받아들이기로 마음먹었다. 사실 반가웠다. 노비들 말대로 애국하는 데는 양반과 노비가 따로 없고 부자와 가난한 자가 따로 없고, 선비와 장사꾼이 따로 없다고 장터를 다니면서 열심히 외쳤던 일을 생각하면 가만히 앉아서 든든한 동지들을 얻은 셈이었다. 그것도 한두 명이 아닌 열세 명이나 몰려온 것이었다.

"그렇다면 자네들을 동지로 받아들이겠네. 이제부터는 노비가 아니라 당당한 독립투사로서 가는 것이니, 옛날처럼 나를 주인으로 여기지 말아야 하네."

노비를 방면했던 일은 두 번이었다. 첫 번째는 일본을 경계하면서 고민하던 왕이 국호를 '대한제국'으로 선포하면서 구본신참(舊本新參)을 천명할 때였다. 옛것을 근본으로 하여 새것을 수용한다는 광무개혁이었다. 석유를 사용한 가로등을 설치하여 밤길을 밝히고 전화와 전신, 전차를 놓는 것만 해도 딴 세상이 된 듯했다. 그때 회영의 몸속에서 큰 물결이 요동치기 시작했다. 왕이 직접 나섰으니 이제는 백성들도 본격적으로 자신을 스스로 개혁하고 개조해야 할 때라고 판단했다. 회영은 새로운 세상으로 나가는 것에 장애가 되는 것을 과감히 척결하기로 하고 구습부터 혁파해나갔다. 구습 중에서도 노비를 방면하는 문제를 가장 먼저 실행에 옮기기로 하고 아버지 앞에 뜻을 밝혔다.

"노비를 모두 방면하자는 말이냐?"

"그렇습니다. 노비 문서를 불태우고 그들을 모두 방면해야 합니다."

"아직 그런 일을 행한 가문이 없느니라."

"누군가 길을 닦아놓으면 사람들이 그 길로 걸어갈 것입니다."

"조선 5백 년 철벽 같은 신분의 벽에 정을 대고 망치를 내리치는 일이 아니냐. 이 나라 사대부들이 네 손에서 망치를 빼앗아 너를 치려고 할 것이다."

"각오하고 있습니다, 아버님."

"아무튼 이 문제는 너 혼자 결정할 일이 못 된다. 너의 형들과 의논을 거쳐야 하고, 단 한 사람이라도 반대자가 있을 시는 시행

할 수 없다는 것을 염두에 두어야 한다."

회영의 말을 들은 건영, 석영, 철영은 미리 약속이라도 한 것처럼 단 한 사람도 회영의 뜻에 반대하는 사람이 없었다. 회영은 노비들을 모아놓고 대대로 내려온 노비 문서를 없애고 그들을 방면하겠다고 선포했다. 그런데 춤을 추며 만세를 부를 줄 알았던 노비들이 안절부절못하는 것이었다. 노비들은 단 한 사람도 집을 나가려고 하지 않았다. 어려서부터 회영을 따른 홍순이 울먹이며 엎드려 애원했다.

"대감마님 댁에서 한 발자국도 나갈 수 없습니다."

그들은 막상 세상으로 나가는 것을 두려워했고 회영은 기가 막혔다. 주인에게 의지해 살아온 무기력이었다. 하는 수 없이 회영은 형제들과 다시 의논 끝에 매년 노임을 지급하기로 하고 모두 예전처럼 함께 살기로 결정을 내렸다.

그런데 아버지가 염려했던 대로 권문세가들이 비난을 퍼붓기 시작했다. 삼한갑족 세신가의 자제가 관계로 나가지 않는 것부터 나라에 대한 불충인데, 거기다 노비 문서를 없애고 방면까지 시도한 것은 나랏법을 무시한 처사일 뿐만 아니라 사대부의 질서를 어지럽히는 행위라고 분노했다. 일부 대신들은 일을 문제 삼아 사간원에 올려야 한다고 주장하고 과격파들은 왕께 상소해야 한다고 떠들었다. 그런 와중에 회영은 한술 더 뜨고 나섰다. 이상설을 만나 청상과부가 된 누님을 재가시키겠다고 은밀히 속삭였다.

"김 대감 댁 며느리가 된 순영 누님 말이오?"

"그렇소. 가엾은 누님을 이대로 두고 볼 수 없는 일이오."

"도대체 무슨 수로 김 대감을 설득시킨단 말이오?"

"부재가 염려한 대로 설득이란 어림없는 일이지요. 내게 묘안이 있어요."

회영보다 두 살 손위인 누님 순영은 열여덟에 혼인하여 스물에 과부가 되었고 일점 혈육도 없이 흰옷을 입고 별당에서 책을 읽거나 수나 놓으며 죄인처럼 살아가고 있었다. 남편이 죽은 여자는 죄인이었다. 가슴에는 남편을 잃은 여자라는 죄책감을 안고 발목에는 평생 그 집을 벗어나서는 안 되는 족쇄가 채워져 있었다.

마음속에 이미 혼처까지 찾아놓은 회영은 드디어 사돈인 김 대감 집으로 누님이 잠시 수표동 집에 다녀갈 수 있도록 해달라는 청을 넣었다. 회영은 혼인하여 저동 본가에서 가까운 수표동으로 분가하여 살고 있었다. 김 대감 집에서 다행히 회영의 청을 받아들여 과부 며느리를 회영의 집으로 보내주었다. 그런 방법으로 누님을 빼낸 회영은 누님이 열병을 얻어 크게 앓고 있다는 핑계를 대며 시댁으로 돌려보내지 않고 차일피일 날을 보내고 있었다.

"순영 누님을 시댁으로 돌려보내지 않겠다니요?"

"그렇소. 결코 돌려보내지 않을 것이오."

"우당 형이 세상을 아무리 앞서간다지만 이건 모험입니다. 어떻든 성공을 빕니다."

이상설이 놀란 대로 순영을 무작정 돌려보내지 않으면 사돈댁에서 용납할 리가 없었다. 회영은 매우 위험하고 대담한 계책을 짜냈다. 사돈댁과 본가 부모님께 순영이 갑자기 급사했다는 부고를 냈다.

임오군란 때 대원군이 왕비가 죽었다고 거짓말을 하고는 가짜 장례를 치렀던 것을 떠올린 것이었다. 그 일은 부모와 형제들도 속였으므로 부모 형제들은 깊은 슬픔에 잠겼다. 반대로 사돈댁에서는 침묵했다. 청상과부 며느리가 집 밖으로 나가 죽었다면 가문의 수치였다. 집 안으로 시신을 들이지 않아야 하고 장례도 집 안에서 치르기를 꺼리면서 암암리에 일을 마무리 짓는 것이 권문세가들의 관례였으므로, 그것으로 끝이었다. 회영은 각본대로 움직이기 시작했다. 동지들을 불러 모아 서둘러 장례를 치른 다음 쥐도 새도 모르게 순영을 혼인시키는 데 성공했다.

병술년 12월 말경, 석영과 회영은 마지막으로 집을 둘러보기로 했다. 석영은 마지막으로 양주 별가와 선영에 인사를 드리기 위해 양주로 말, 유휘를 몰았다. 경만도 따랐다. 먼저 선영으로 갔다. 선영에는 증조부 이석규와 조부 이계조 묘가 있고 그 아래로 영의정 대감과 양모를 합장한 묘가 있었다. 그는 할아버지들 묘에 차례대로 절을 올린 다음 양부와 양모의 합장묘 앞에서 통곡하고 말았다.

"아버님, 어머님, 소자 오늘 밤 망국의 길을 떠납니다. 아버님께서 그토록 염려하시던 나라를 위해 조상 대대로 물려받은 재산을 모두 정리했습니다. 아버님께서 전날 소자에게 말씀하셨던 대로 아버님의 뜻을 받들었습니다. 선산을 두고 멀리 떠나는 이 불효는 용서받을 수 없다는 것, 잘 알고 있습니다. 그러나 나라를 다시 찾을 때까지만 부디 용서하여주실 것을 간청 드립니다. 나라를 찾은 다음에는 소자, 무슨 벌이든 기쁘게 받을 것입니다."

무덤은 말이 없고 눈발만 날렸다. 석영에 이어 경만이 절을 하고는 엎드린 채 울며 다짐했다.

"큰사랑 대감마님, 제가 작은사랑 대감마님 잘 모실 테니 염려하지 마십시오. 저에게 작은사랑 대감마님 잘 모셔야 한다고 당부하셨던 말씀 잊지 않고 있습니다."

두 사람은 산소에서 내려와 별가로 향했다. 가오실은 평소처럼 그들을 맞아들였다. 석영은 행랑채부터 시작하여 집 안을 하나하나 살폈다.

"큰사랑을 보니 큰사랑 대감마님의 마지막이 생각납니다."

경만이 옛일을 떠올리며 눈물을 글썽였다.

"목숨을 걸고 글을 정리하시던 일을 나도 잊을 수가 없구나."

"그것도 그렇지만 저에게 부탁하신 말씀이 있어서입니다."

"부탁이라니?"

"그때 큰사랑 대감마님께서 소인에게 뭐라고 하신 줄 아십니까."

"뭐라고 하셨더냐?"

"큰사랑 대감마님이 세상을 떠나고 나면 작은사랑 대감마님 잘 모셔야 한다고 당부하셨습니다. 그냥 당부하신 것이 아니라 '나보다 더 잘 모셔야 한다'라고 하셨습니다."

"불효만 했는데 왜 그런 말씀을 하셨단 말이냐."

"이제야 무슨 말씀인지 알 것 같습니다."

"알다니, 무얼 말이냐?"

"사람은 부자가 되면 될수록 재산이 목숨보다 아까워진다는데, 그래서 한 푼만 나가도 살점이 뚝, 떨어져 나간 것만 같다는데 작은사랑 대감마님께서는 나라를 구하기 위해 다 버리시니 말입니다."

"경만의 말을 들으니 마치 공자님 말씀을 듣고 있는 것만 같구나. 그러나 앞으로는 내 앞에서 그런 말을 해서는 안 되느니라. 내 앞이 아니라 어디서든 나라를 찾을 때까지는 함부로 입을 열지 말아야 한다는 걸 명심하거라."

석영은 비밀을 발설하지 않도록 당부를 하듯 경만을 단속했다. 그는 자신의 선택을 사람들 입에 오르내리게 해서는 안 된다고 믿었다. 나라를 찾기 위해 무슨 일을 한다는 것은 곧 나라와의 엄중한 약속이었고, 그래서 제사처럼 엄숙해야 하고 경건한 심정으로 임해야 할 것이었다. 그리고 그런 칭찬은 나라를 찾은 다음에 들어도 될 것이었다.

석영은 큰사랑채에 들어가 양부가 쓰던 물건들을 더듬어보고는 다시 마당으로 나왔다. 사당은 위패를 다 옮겼으므로 텅 비어 있었다. 그래도 들어가 인사를 올렸다. 비록 위패를 옮겼더라도 지금까지 조상 대대로 위패를 모셔놓은 소중한 곳이었다. 대문 밖으로 나와 대문 위에 걸려 있는 현판 '귤산가오실'을 쳐다보며 작별 인사를 하고는 떨어지지 않는 발길을 돌렸다.

다시 말 유휘를 몰고 양주에서 돌아온 석영은 김준태에게 특별히 유휘를 부탁했다.

"다른 말은 다 없애도 유휘는 없애면 안 되느니라. 아버님께서 애지중지했던 말이다. 그러니 준태 네가 잘 보살펴주어야 한다."

그 말에 김준태가 눈물을 흘리며 차마 대답을 하지 못하자 경만이 나섰다.

"준태, 울지만 말고 어서 대감마님께 말씀드리게. 유휘를 무슨 일이 있어도 잘 돌보겠다고 말이네."

준태는 애써 눈물을 삼키며 "대감마님, 유휘 걱정은 마십시오. 무슨 일이 있어도 팔거나 없애지 않고 대감마님 모시듯 돌 볼 것입니다."라고 했다. 준태의 말을 들은 석영은 그때서야 유휘를 쓰다듬으며 안심이 된다는 표정을 지었다.

그런 다음 이번에는 아우 회영과 함께 태어나 부모 형제와 살았던 생가를 마지막으로 둘러보았다. 후원의 오죽 숲이 바람을 타고 있었다. 댓잎이 서로 살을 비비는 소리도 슬프게 들려왔다. 봄이면 따뜻한 후원에 모여 앉아 이야기꽃을 피우던 어린 시절이 꿈처럼 스쳐 갔다. 누이들이 거처했던 별당 돌계단을 따라 마른

모란 대가 앙상하게 떨고 있었다. 별당 아래 연못은 꽁꽁 얼어붙어 있었다. 감나무 우듬지에 아직도 남아 있는 몇 개의 홍시가 철없이 붉고 그 아래 줄지어 놓여 있는 장독대가 반짝반짝 윤기를 내고 있었다.

장독간은 어머니가 직접 관리했던 곳이었다. 어머니는 언제나 장독은 반짝반짝 윤이 나야 한다며 사당 다음으로 신성한 공간으로 여겼다. 장독에는 된장, 간장, 고추장이 모두 담겨 있었다. 언젠가는 밝혀지고 말 일이지만 사람이 사는 것처럼 위장한 것이었다. 앞마당으로 나와 본채 앞에서 안방과 사랑채를 둘러보며 "아버님 어머님, 이 땅에서 모시지 못한 이 불효를 용서하여주십시오!"라고 인사를 했다. 아버지가 손을 덥석 잡으며 부디 나라를 찾아야 한다고 당부하고 나섰다.

아버지의 뒤를 따라 돌아가신 심약한 어머니는 손을 부여잡고 도저히 그 험한 땅으로 보낼 수 없다고 통곡하는 듯했다. 외조부 이조판서 정순조의 맏이로 태어난 어머니는 정순조 대감의 유덕한 인품을 닮아 자애롭기로 소문난 분이었다. 형제들이 화목하다고 칭송을 받은 것도 다 어머니의 유덕한 인품 덕분이었다. 길게 늘어선 문간채를 따라 대문으로 가던 중 은행나무 앞에서 걸음을 멈추었다.

"은행나무는 예학(禮學)을 가르치는 문행(文杏)인 게야."

어느 날 아버지는 은행나무 두 그루를 후원에다 심지 않고 앞뜰에 심으면서 문행을 강조했었다. 성균관 명륜당 앞뜰에 서 있는 오래된 은행나무 두 그루를 행단이라고 했다. 그것은 고대 공자가 은행나무 아래에 있는 단에서 제자들에게 예학(禮學)을 가르쳤다는 것에서 시작된 것이었다. 중종 때 성균관 강당 앞에 은행나무 두 그루를 심자 각 지방 향교마다 은행나무를 심기 시작하면서 문행 제도가 생겼고, 아버지는 문행 제도를 따른 것이었다. 수십 년 전에 심은 것이니 은행나무는 중년을 넘어 장년으로 가고 있었다.

"너도 조선의 혼을 먹고 자랐으니 이 나라 선비목이니라. 부디 베이지 말고 잘 견디어야 한다."

두 사람은 은행나무를 쓰다듬으며 당부하고는 대문을 나섰다. 마지막으로 대문을 두 손으로 정성껏 모아 닫았다. 대문도 슬픈 현실을 아는 것처럼 짜악! 하면서 아픈 소리를 냈다.

12월 30일 밤, 때마침 송구영신을 위한 종현성당(명동성당) 종소리가 울려 퍼지고 있었다. 두 사람은 밤기차를 타고 달려 새벽에 신의주에 닿았다. 그리고 다시 마차를 타고 오후에야 신의주 나루터 주막에서 기다리는 가족들과 합류했다. 가족들만 남아 있고 망명의 이삿짐은 중국인 뱃사공들과 노비 출신 남자들이 안동으로 옮겨놓은 뒤였다. 계획은 빈틈없이 잘 진행되어가고 있었다. 주막에서 가족들과 함께 하룻밤을 자고 출발을 서둘렀다.

이제 국경을 건너야 했다. 새벽 3시, 잠에 빠져 있는 아이들을 깨웠다. 밖은 칠흑 같은 어둠이 추위를 동반한 채 짐승처럼 덮쳤

순국 상

다. 뱃사공이 준비해놓은 썰매 10여 대에 60여 명 가족이 나누어 탔다. 뱃사공 첸징우의 말대로 일경 수비대는 단 한 명도 보이지 않았다. 말이 끄는 썰매는 꽁꽁 언 강을 달리고 휘몰아치는 바람이 썰매를 집어삼킬 듯 흔들었다. 혹독한 첫 시련이었다. 두어 시간을 달린 끝에 무사히 안동(단동)에 도착했다. 사람들을 무사히 옮겨주고 나서 뱃사공 첸징우가 눈물을 글썽이며 인사를 했다.

"선생님, 부디 나라를 찾으셔야 합니다."

"고맙네, 첸징우. 자네가 아니었더라면 강을 무사히 건널 수 없었을 것이야. 자, 이걸 받게."

회영이 첸징우를 향해 두둑한 돈다발을 내밀었다. 석영이 준 돈이었다.

"이렇게나 많이 주시다니요. 이거면 새 나룻배를 한 척 사고도 남는 큰돈입니다."

"옳지. 첸징우의 배가 낡아서 소리가 많이 나더군. 이걸로 튼튼한 새 배를 사게. 그리고 부탁이 있다네."

"어서 말씀하셔요."

"앞으로도 계속 우리 동지들이 강을 건널 것인데 돈 없이 건너는 동지들도 많을 것이네. 그들을 좀 도와주게. 그리고 일본 경찰에게 쫓기는 동지들을 보거든 부디 도와주게."

"돕고 말고요, 선생님."

"그럼 첸징우 자네만 믿겠네."

"선생님, 이걸 가지고 가시지요."

귀족 가문의 대이동

첸징우가 깃발 하나를 내밀었다. 하얀 바탕에 알 수 없는 문양이 그려져 있었다. 글자 같았다.

"이게 무엇인가?"

"고대 몽골족들이 가지고 다녔다는 깃발인데 마적 떼를 만났을 때 이걸 보이면 그냥 돌아간다고 합니다. 만주벌판에는 마적 떼가 자주 출몰하니까요."

"이 깃발과 마적들과 무슨 연관이란 말인가?"

"자기네 조상의 표시라고 합니다. 그리고 마적들은 긴 장화를 신는다는데 옛날 몽골족들이 긴 장화를 신었다고 하니 맞는 말인 것 같습니다. 그런 자들을 보시거든 빨리 피하셔야 합니다."

"그런데 첸징우도 그들을 피하고자 소지하고 있는 것 아닌가?"

"염려 마십시오. 마적들은 우리 같은 뱃사공은 안중에도 없으니까요. 그들은 부자를 잘 알아볼 뿐만 아니라 집단으로 여행하는 마차를 곧잘 습격한다고 해 걱정이 되어 드린 것입니다."

"그렇지 않아도 걱정을 하고 있었는데, 그런 것까지 챙겨주다니. 고맙네."

절대로 마적 떼를 만나서는 안 될 것이지만 회영은 깃발을 접어 품에 넣었다.

안동에 마련해놓은 임시 거처에서 목적지 유하현 삼원포로 갈 준비를 갖추어야 했다. 60여 명의 사람과 열 가정이 넘는 이삿짐을 실을 마차 서른여섯 대를 임대했다. 마차마다 말 두 마리씩 배치되어 있는 쌍두마차였다. 6형제 가정과 노비들 가정을 합해 열두 가정이었다. 마차 절반은 이삿짐을 싣고 절반은 사람이 타기로 했다. 말 일흔두 마리와 마차 서른여섯 대가 모이자 큰 부대를 방불케 했다. 말들의 울음소리와 사람들 소리가 어우러져 장터처럼 웅성거렸다.

"독립군이 출동하는 것 같습니다."

안동 지역 처소를 담당한 이선구가 눈물을 흘리며 감격을 참지 못했다. 이선구가 밤새 지은 뜨끈한 주먹밥 10여 통을 마차에 올렸다.

"이게 조선 쌀로 지은 마지막 밥이니 가는 길에 어르신들 잘 대접해드리고 자네들도 잘 먹게나."

이선구가 눈물을 글썽이며 노비 출신 남자들에게 당부했다.

이제 안동을 떠나 장장 5백 리 길 횡도촌으로 가야 했다. 안동에서도 이른 새벽부터 출발을 서둘렀다. 회영은 이선구에게 뒤따라 삼원포로 들어올 동지들을 부탁하고 마차에 올랐다. 새벽의 어둠 속에서 쌍두마차 서른여섯 대가 전열을 가다듬고 일렬종대로 줄지어 서서 출발신호를 기다렸다. 마차마다 중국인 마부들이 말고삐를 잡았다. 중국 마부들이 허! 하고 출발 신호를 넣자 말들이 일제히 소리를 지르며 머리를 쳐들었다. 말들이 토해내는 더운 입김이 새까만 허공으로 안개처럼 퍼져나갔다. 중국 마부들이 다시 채찍으로 말 엉덩이를 후려치자 말들이 땅을 박차며 험난한 형극을 향해 만주벌판을 달리기 시작했다.

일흔두 마리 말들의 말발굽 소리가 황량한 만주벌판을 흔들었다. 이선구 말대로 앞만 보며 어둠 속을 헤치는 말들은 적을 향해 돌진하는 군대를 방불케 했다. 군대였다. 그것은 침략자 일본을 향해 돌진하는 비장하고 통렬한 독립군이었다. 끝없는 만주벌판은 지평선만 보일 뿐, 어디가 어딘지 분간하기 어려웠다. 길은 빙판이거나 험한 바위로 이어졌다. 빙판에서는 마차가 미끄러져 날아오르는 듯하고 바윗길에서는 공중으로 솟구쳐 올랐다가 땅으로 뚝 떨어지곤 했다.

험한 길을 달리면서도 수십 마리 말들은 한 치의 오차 없이 발을 잘도 맞추었다. 영하 40도 추위가 포장 내부로 맹수처럼 습격하기 시작했다. 사람들은 모두 약속이라도 한 것처럼 말이 없었다. 한 마차에서 찢어질 듯한 아기의 울음소리가 강추위의 침묵을 흔들었다. 회영의 아내 은숙이 겨우 9개월 된 어린 딸 규숙을 끌어안고 추위를 막기 위해 안간힘을 쓰고 있었다. 일행 중에 가장 어린 아기는 매서운 추위에 울음을 그치지 못했다. 아직 새댁인 스물한 살 은숙은 아기가 가엾어서 함께 눈물을 흘렸다.

"아가, 울지 마라. 아가."

은숙이 애처롭게 아이를 달래는 소리와 아이의 울음소리가 같은 마차에 탄 가족들의 가슴을 찢었다. 누구보다도 회영이 어린것과 아내를 생각하자 가슴이 미어질 것만 같았다. 그러나 아내를 믿었다. 결혼 첫날밤에 당당하게 애국가를 따라 부른 아내였다.

순국 상

회영은 한일병합이 되기 두 해 전에 이은숙과 결혼했다. 첫 번째 결혼이 가문과 개인사였다면 두 번째 결혼은 개인사를 넘어선 또 다른 시작이었다. 신부 이은숙은 이제 막 20세였다. 무남독녀 외동딸을 둔 은숙의 부친은 기꺼이 중년 홀아비 이회영을 사위로 선택했다. 회영은 그때 41세였으므로 신부 이은숙보다 21년 연상이었다. 남들은 가문을 보고 하나밖에 없는 외동딸을 재취 자리로 보낸다고 숙덕거렸지만 생각해보면 이은숙의 가문과 회영의 가문 정신은 서로 소통되고도 남음이 있었다.

이은숙의 가문은 고려 말기 충신 목은 이색이 방조였다. 한산 이씨 이색은 고려의 최고위직 문하시중을 역임한 재상이었다. 그는 고려 충신답게 끝까지 절개를 꺾지 않아 결국 이성계가 내린 독주를 마시고 의연하게 죽어간 인물이었다. 다행히 8도 유생들이 왕 앞으로 이색의 문묘복향(文廟福享)을 상소하여(1885) 충신의 절개를 높이 빛내준 덕에 명예를 회복할 수 있었다.

회영은 결혼식 날을 잡은 뒤 조선 최초로 신식 결혼식을 올리겠다고 선언했다. 그것 또한 개화 의식을 널리 알리자는 의도였고 혁명적인 발상이었다. 그런데 문중 원로들이 펄쩍 뛰었다. 회영이 아무리 나라를 위해 고군분투하는 개화주의자라 할지라도 뿌리 깊은 명문가에서 쉬 용납될 일이 아니었다. 그럼에도 회영은 전혀 흔들림 없이 학감으로 있는 상동교회 예배당에서 신부 이은숙에게 백설 같은 드레스를 입히고 스크랜턴 목사가 미국에서 가져온 오르간 반주에 맞춰 동시 입장을 하면서 결혼식을 올렸다.

첫날밤에 은숙은 조심히 고개를 들어 회영을 바라보았다. 남편이라기보다는 귀한 어른이었다. 한편 고고한 스승 같기도 했다. 희고 잘생긴 얼굴이 근엄하고 엄정했다. 그것은 나라를 위해 분투하는 지사의 혼이었다. 혼삿말이 오고 갈 때 은숙은 혈육이라고는 오직 하나밖에 없는 딸자식을 재취 자리로 보내는 아버지의 뜻을 미처 헤아리지 못한 채 원망했었다. 그런데 아버지가 "조선 최고의 명문가를 소원한 것이 아니라 나라를 위해 분투하는 애국지사를 선택했다."는 속뜻을 말해줄 때야 비로소 아버지의 깊은 뜻을 헤아릴 수 있었다. '과연 지사로구나!'라는 감동으로 은숙은 가슴이 뛰는데 회영이 입을 열었다.

"내가 오늘 밤 노래를 부르고 싶은데 괜찮겠소?"

뜻밖의 질문에 은숙은 당황하고 회영이 빙그레 웃으며 나직하게 노래를 부르기 시작했다.

성자신손 오백 년은 우리 황실이요
산고수려 동반도는 우리 본국일세
무궁화 삼천리 화려강산
조선 사람 조선으로 길이 보존하세
(……)

배재학당에서 지은 찬송가로 독립협회가 청나라 사신을 맞이하던 영은문을 헐고 독립문을 세울 때 정초식에서 불렀던 애국가였다. 그때 한창 애국가가 번창하기 시작했고, 여러 애국가 중에 가장 유명한 애국가였다. 은숙은 놀랐지만 곧 차분하게 귀를 기울이고 회영은 계속 애국가를 불렀다. 그런데 어느 결에 신부 은숙이 따라 부르고 있었다. 이번에는 회영이 놀랐다. 전혀 뜻밖이었다. 애국가를 다 부르고 난 후 회영이 경이로운 눈빛으로 은숙을 바라보며 칭찬을 쏟아냈다.

　"그대는 타고난 혁명가의 아내입니다."

　두 사람은 남녀가 결혼하는 것이 아니라 동지 결의를 맺는 심정이었다.

　그리고 회영이 선물이라면서 봉투를 꺼냈다.

　"내가 선물을 준비했어요."

　회영은 봉투를 개봉하여 은숙 앞에 펼쳐 보였다. '영구(榮求)'라는 글자였다.

　"호가 아닌지요?"

　"그렇소. 그대에게 내가 주는 새 이름이오."

　"일개 아녀자에게 무슨 이름자가 새로 필요한지요. 과분하기 짝이 없습니다."

　"일개 아녀자라니요. 이제부터 그대는 나의 아내이니 나와 동격이오. 내가 잘나면 부인도 잘나고 내가 못나면 부인도 못나게 되는 것이오."

"감당할 수 없는 말씀입니다. 다만 대대로 내려온 대신가(大臣家)의 가모(家母)답게 처신하라는 말씀으로 가슴에 묻겠습니다."

"부인이나 나나 고약한 시대를 함께 살아가야 하니 미안하고 한편 은애하는 마음에서요. 내 이름자 가운데 영화로울 영(榮)을 붙여서 영구(榮求)라고 했는데 어떻소? 마음에 드시오?"

"험한 세상을 살아가야 할 텐데 어찌 영화를 바랄 수 있겠는지요?"

"나와 함께 동역하여 나라를 찾는 것이 영화로운 생활이 아니겠소?"

은숙은 나라를 찾는 것이 형극일지라도 그것이 곧 영화로운 생활이라는 말을 가슴속 깊숙이 품었다.

좀처럼 산도 보이지 않는 만주벌판의 하늘엔 밤낮 먹구름이 덮이고 눈보라가 모래바람처럼 휘몰아쳤다. 가면서 중간중간 쉬어야 했지만 수십 마리 말과 수십 명 사람들이 쉬어 갈 수 있는 여관(마구간이 있고 음식도 파는 쾌전(快廛))을 만난다는 건 쉬운 일이 아니었다. 적당한 여관을 만나지 못해 밤길을 달려 이틀 만에야 큰 여관을 만났다. 거센 만주 바람에 쇠가죽처럼 단련된 중국 마부들의 얼굴도 시퍼렇게 변해 있었다. 불과 한 달 전만 해도 하인들의 시중을 받으며 살던 대신가의 어린 후손들은 추위에 꽁꽁 얼어붙어 울음보를 터트렸다.

여관에는 백여 명을 수용할 수 있는 넓은 홀이 있고 방이 수십

개가 있었다. 어린아이들과 나이가 많은 건영과 석영을 생각해 이틀쯤 쉬어 가기로 했다. 말을 풀어 매고 짐은 금이 든 것만 방으로 옮겼다. 사람들은 꽁꽁 언 몸을 녹이며 음식을 주문하여 저녁을 먹은 다음 지친 몸을 뉘고 죽은 듯이 잠에 빠졌다. 가끔 아기 규숙이 깨어 칭얼댔다. 밤중이 훨씬 넘은 시간, 은숙이 아기에게 젖을 물리며 다독여 재우려고 애를 쓰는데 밖에서 회오리치는 바람 소리가 들렸다.

말발굽 소리였다. 곧 10여 명의 사람들이 넓은 홀로 들어섰다. 여관 주인이 허리를 굽히며 술통을 내다 그들 앞에 공손히 놓았다. 그들은 시끄럽게 떠들며 술을 마셨다. 그리고 중심 인물인 듯한 사람이 마구에 매여 있는 수십 마리 말을 타고 온 일행들이 누구냐고 물었다. 여관 주인이 모른다고 고개를 살래살래 흔들었다. 은숙이 아기를 잠재워놓고 일어나 남자들이 자는 방으로 가 회영을 깨웠다.

"무슨 일이오?"

"이상한 사람들이 들이닥쳤는데 아무래도 우리 이야기를 하는 것 같습니다."

회영이 벌떡 일어나 홀을 내다봤다. 남자들은 모두 긴 장화를 신고 있었다.

"그렇다면 저들이 마적 떼?"

회영은 첸징우의 말을 떠올리며 낮게 소리쳤다. 손에 무기 따위는 들지 않았지만 생긴 모양새만 봐도 알 만했다. 여관 주인이 벌벌 떨며 회영을 찾았다. 짐작한 대로 마적 떼가 들이닥쳤다고 귀뜸해주었다. 말 주인을 찾으니 무슨 대책을 세우라고 했다. 사람을 인질로 잡아가기도 하니 미리 돈을 얼마 정도 내주는 게 좋다고 했다. 천부당만부당한 소리였다. 형제들이 재산을 팔아 만든 독립자금은 이제 형제들 개인 것이 아니었다. 단 한 푼도 내줄 수가 없었다.

돈을 줄 수 없다고 여관 주인에게 말하자 여관 주인은 안절부절 못하면서 그러다 사람이 잡혀가는 수가 있다고 했다. 회영은 내가 알아서 할 것이니 걱정하지 말라며 주인을 안심시켰다. 회영이 마음을 가다듬고 일어나 홀로 나갔다. 그들 앞에서 태연하게 미소를 지으며 눈인사를 했다. 인사를 하면서 첸징우가 준 깃발을 내보이며 같은 민족인 것처럼 연극을 했다. 그들이 깃발을 유심히 살폈다. 몇 사람이 돌아가면서 깃발을 살피더니 회영을 얼싸안으며 등을 다독였다. 회영도 그들을 끌어안고 등을 다독였다. 그들은 일단 잠을 자고 아침에 함께 밥을 먹으면서 이야기를 나누자고 했다. 깃발은 아침에 주겠다고 하며 돌려주지 않았다. 회영은 깃발을 돌려받기보다는 빨리 여관을 벗어나는 것이 상책이라고 생각하며 그들이 잠들기를 기다렸다. 술을 잔뜩 마신 마적들이 세상모르고 자고 있음을 확인하고 가족들과 마부들을 깨워 출발을 서둘렀다.

다시 새벽 어둠을 헤치고 모두 마차에 올랐다. 중국 마부들이

350

쉬지 않고 말을 몰아 이틀거리를 하루 동안에 달렸다. 다시 여관을 만났다. 턱없이 작지만 작은 대로 쉬어 가야 했다. 회영은 쉬면서도 가족들에게 마적 떼를 만났다는 말을 하지 않았다. 그렇지 않아도 지치고 힘든 지경에 마적 떼란 말을 입에 올렸다가는 모두 공포에 떨 것이었다.

석영 형님에게만 은밀히 입을 열었다. 석영도 아녀자들에게는 발설하지 말 것을 당부했다.

"생각할수록 깃발이 아깝습니다."

"위기를 넘겼으니 됐다."

"마적 떼가 언제 또 나타날지 알 수 없으니 걱정입니다."

"나중 일은 나중에 생각하자꾸나."

모든 것을 하늘에 맡기기로 했다. 작은 여관에서 하루를 쉬고 다시 전열을 가다듬었다. 안동을 떠난 지 엿새 만에 횡도촌에 도착했다.

기다리고 있던 이병삼이 일행을 맞이했다. 이병삼이 서둘러 방에 센 불을 지피기 시작했다. 다섯 칸 방에서 식솔들이 마지막 정착지로 갈 때까지 기거해야 했다. 사람들로 가득 찬 집은 잔칫집처럼 웅성거렸다. 방이 무척 따뜻했다. 미리 쌀과 김장을 준비해 두었으므로 밥 걱정은 없었다.

추위와 노독에 지친 몸이 풀리고 나자 사람들이 슬슬 밥을 먹는 둥 마는 둥 했다. 아이들은 아예 밥을 먹지 않겠다고 고개를 저었다. 만주 쌀은 푸석하고 깔깔한 탓이었다. 노비 출신 남자들도 상을 찌푸리며 만주 쌀을 탓했다.

"우리 조선 싸라기만도 못하지 않은가."

"조선 싸라기면 양반이게."

"맞아, 닭 모이지 이게 쌀이냐구."

"잔소리들 말아. 며칠 동안 주먹밥을 먹고도 견뎠잖은가."

"주먹밥이라도 그건 윤기가 자르르 흐르는 우리 조선 쌀이었지. 이선구 나으리께서 그러셨네. 이건 주먹밥이라도 조선 쌀이니 잘 먹어두라고."

노비 홍순이 만주벌판을 달리던 일을 금세 잊었느냐며 그들을 나무랐다.

"하긴 간사한 게 사람 마음이라고, 이제 불기 도는 방에서 살 만하니 입맛이 돌아온 것이지."

남자들은 그쯤에서 웃고 말았지만, 상황을 알아차린 회영이 앞으로 옥수수밥을 주식으로 먹고 살아갈 일을 생각해 일침을 놓았다.

"부지런히 먹어두게. 앞으로는 이런 밥도 구경하기 힘들 테니."

회영은 아내에게도 당부를 잊지 않았다.

"영구도 어린아이를 생각해 맛없는 밥이라도 많이 먹어야 하오."

회영은 가족들이 입주할 집을 미리 점검하기 위해 가족들과 큰 형님을 횡도촌에 남겨두고 석영, 철영 두 형님과 시영, 호영 두 아우와 함께 최종 목적지인 추가마을로 먼저 들어갔다. 추가마을을 둘러친 해발 8백 미터나 됨직한 대고산과 소고산이 기다리고 있었던 듯 그들을 맞았다. 산은 첩첩이 이어졌다. 석영이 감탄했다.

"듣던 대로 요새 중 요새가 아니냐."

"혹여 왜놈들이 쫓는다 해도 끝없이 이어진 저 산을 타면 될 것입니다."

"광복군을 길러낼 군사기지로는 안성맞춤이구나."

철영도 감탄을 금치 못했다.

마을에 들어서자 박삼사가 회영 일행을 맞이했다. 박삼사는 친형제를 만난 것처럼 기뻐하며 임시로 거처할 집 몇 채를 보여주었다. 만주는 땅이 무한정 넓은 탓에 마당이 넓고 집도 넓었다.

"불편하시더라도 우선 여기서 지내다가 집을 짓도록 할 생각입니다."

"편하게 살 생각이었으면 우리가 여길 왜 왔겠느냐. 아우는 쓸데없는 생각 말거라."

회영이 석영과 철영 두 형님에게 미안한 듯이 말하자 석영이 달랬다.

회영 일행은 추가마을에 입주할 준비를 마치고 다시 가족들이 기다리고 있는 횡도촌으로 돌아와 최종 정착지를 향해 이동할 준비를 서둘렀다. 횡도촌에서 목적지까지 장장 6백 리 길이었다. 서른여섯 대 마차가 다시 이동을 시작했다. 멀고 험한 산길을 따라 추가마을로 가는 동안 이 마을 저 마을을 거쳐야 했다. 마을마다 사람들이 뛰어나와 구경을 하며 넋을 잃었다. 사람들은 무슨 대열인지 궁금해 서로 물으면서 고개를 갸웃거렸다.

드디어 추가마을에서 마차 행렬이 멈췄다. 깊고 깊은 원시의 벽촌에 조선의 명문 집단이 대거 들이닥친 것이었다. 모여든 원주민들이 입을 딱 벌린 채 호기심으로 가득 찬 눈을 굴렸다. 마차에서 사람들이 줄지어 내렸다. 실어 온 짐도 놀랍지만 사람들이 많은 것에도 놀랐다. 모두 기품 있게 잘생긴 사람들이었다.

"분명히 꺼우리(고려인)인데?"

"저건 꺼우리들 살림이 아니다. 그들은 허름한 보따리에 짐을 싸서 머리에 이거나 등에 지고 오지 않던가."

조선에서 종종 이주민들이 주변 마을에 들어오는 것을 봤지만 모두 보따리 몇 개를 이고 진 것이 전부인 것을 생각하면서 그들은 고개를 가로저었다.

"저들은 귀족들이 틀림없다."

원주민들이 주위를 슬슬 돌며 짐을 살펴보기도 하고 사람들 얼굴을 자세히 들여다보기도 했다. 정작 놀란 것은 그들보다 이쪽이었다. 만주 사람을 처음 본 아이들과 여자들이 더럭 겁을 냈다. 변발을 한 남자들은 얼굴이 구릿빛처럼 검고 기묘했다. 남자들은 뒷머리를 길게 땋아 내렸고, 여자들은 머리를 철사로 감아 정수리에 똬리를 틀어 올려놓았으며 얼굴은 밀가루를 발라놓은 것처럼 하얀 분을 잔뜩 발라놓아 귀신처럼 보였다. 어린아이들이 엄마 치맛자락으로 얼굴을 가리며 숨었다.

"모두 침착해야 한다."

회영이 침착해야 한다고 당부했지만 여자들과 아이들은 놀란 표정을 감추지 못했다.

15
낯선 땅에서

　　신민회 동지들도 압록강을 건너기 시작했다. 더러는 목숨을 버렸고, 더러는 일본 헌병대에게 붙잡혀 국내로 압송되어 고문을 받기도 했다. 일본에 잡히면 혀를 깨물어 말을 입 밖에 내지 않도록 해야 한다는 신민회 규약대로 붙잡힌 동지들은 혀를 깨물었다. 그런 소문을 듣고도 동지들은 군사기지를 세우겠다는 일념으로 추가마을로 향했다.

　이동녕, 장유순이 가족을 거느리고 들어왔고, 서울, 충청, 경기 대표들이 줄지어 들어왔다. 경북 지역 대표들도 속속 들어오기 시작했다. 안동 지역 유림의 거두 이상룡과 김대락이 2대, 3대, 증손자까지 모두 데리고 들어왔다. 이상룡은 김대락의 매제였고, 김대락은 이상룡의 처남이었다. 이상룡은 목숨처럼 섬긴 조상의 위패를 땅에 묻고 가문의 위상인 아흔아홉 칸 집, 임청각을 버리고 안동을 떴다. 이상룡은 아들 이준형과 이준형의 아들, 며느리

등 3대를 인솔했다. 이상룡의 동생 이봉의도 아들 가족들을 데리고 이상룡의 뒤를 따랐다.

김대락은 서른여섯 칸 기와집을 신학문을 가르치는 협동학교에 헌납하고 왔다. 아들 김형식의 가족과 손녀와 손부, 종질, 당질, 종손자들을 인솔했다. 손녀와 손부는 배가 둥실한 만삭의 임신부였다. 김동삼이 대가족을 이끌었다. 일가친척과 문중 청장년들과 사돈들까지 데리고 왔다. 황씨 가문의 황호, 황만영, 황도영의 일가들과 이원일 일가들, 이의영 형제 일가들, 권팔도 일가들이 왔다. 의병연합부대 군사장을 지낸 허위 가문의 허환과 허형과 허형의 아들 허발 가족들이 왔다. 이상룡, 김대락, 황호는 경북 대표 중에서 가장 고령이었다. 이상룡은 53세였고 황호는 61세였고 김대락은 66세였다. 이상룡이 거센 만주 바람에 폭포수처럼 뻗어 내린 하얀 수염을 날리며 석영과 그의 형제들을 만났다.

"영석 장(丈)과 우당 가문이 나서서 군사기지를 세우는 데 앞장선다는 말을 듣고 다 버리고 왔소이다. 날개만 있다면 당장 날아오고 싶었지요."

"안동의 유림들이 오셨으니, 천군만마를 얻게 되었습니다."

석영과 회영이 그들 손을 붙잡고 고마워했다. 안동 출신 신민회 동지 류인식을 통해 서로 말만 들었을 뿐 면대는 처음이었다. 이상룡은 지금까지 말로만 듣던 석영과 회영을 눈앞에서 보자 꿈을 꾸는 것 같고, 석영과 회영은 안동 유림의 핵심 인물을 만나자 힘이 솟구쳐 올랐다.

이상룡의 긴 수염이 바람에 쉬지 않고 날렸다. 이상룡은 상투는 잘랐으나 수염은 자르지 않았다. 절체절명의 심정으로 조국을 떠나면서도 긴 수염을 자르지 않은 것은 아직도 철벽을 뚫으면 뚫었지 퇴계를 추앙하는 안동 보수 유림은 결코 뚫을 수 없다는 것을 말해주는 듯했다. 사실 안동 고을이 어디며 이상룡과 김대락이 누구던가.

안동의 보수 유림들은 대원군이 일으켰던 위정척사운동으로 반외세를 앞장서서 외치고 나선 사람들이었다. 그 후 러일전쟁 초기에 한일의정서가 강제되었을 때 왕에게 상소를 올리면서 의정서 폐기를 요구하고 나섰고, 을사늑약이 체결되자 안동에 충의사를 설립하고 배일 투쟁을 벌인 사람들이었다. 투쟁 방법은 정부기관과 외국 공사관에 일제 침략을 항의하는 글을 써서 투서하는 것이었고, 그 중심에 이상룡과 김대락이 있었다. 이상룡과 김대락, 이 두 사람은 신학문을 가르치는 협동학교를 적극지원하기도 했다. 유림들은 배일사상만큼이나 신학문도 용납하지 않았다. 맨 처음 고색창연한 안동을 들쑤신 것은 상동청년회의 류인식이었다. 류인식이 성균관에 입학하면서 성균관 선배 신채호를 알게 된 것이 근원이었다. 신채호는 류인식에게 서구 근대 사상과 신학문의 필요성을 역설하면서 상동청년회에 합류시켰고 류인식은 상동학원에서 신학문을 배우면서 선각자의 길로 나가게 되었다.

순국 상

안동의 유림들로부터 촉망받는 그가 거침없이 상투를 자르고 양복을 입고 고향 안동으로 내려가 서당에서 아이들을 신학문 세계로 불러내기 시작했다. 유림들은 천길만길 뛰며 분노했다. 유교 전통이 이끌어온 조선 5백 년을 뒤집어엎는 것은 조상을 배반한 행위를 넘어 역적이나 매국노에 다름 아니었다. 아버지 류필영이 땅을 치며 탄식하던 끝에 부자간 천륜을 끊겠다며 문중과 사당에 고했다. 류인식의 스승 김도화는 사제 관계를 끊겠다고 선언했다. 예안 의병장 이만도는 식음을 전폐한 채 죽음으로 맞섰다. 김대락의 동생 김소락은 둘째 손가락을 뚝 잘라 신교육을 엄금한다는 혈서를 써서 아들과 주변 사람들에게 엄중 경고를 했다. 이런 어마어마한 분노의 중심에 이상룡과 김대락이 버티고 있었다. 류인식은 이미 각오한 일이었지만 감당할 방법이 없었다.

그런데 왕이 흥학조칙(興學詔勅)을 공표하자(1906) 류인식은 때를 만나게 되었다. 류인식은 상동청년회 지도 아래 김후병, 하중환 등의 동지들과 규합하여 학교를 설립하고 '협동학교'라고 이름 지었다. 그 후 이상룡과 김대락 두 사람이 협동학교를 돕기 시작한 것은 일경에 끌려가 옥살이를 하면서 류인식이 하는 일이 옳다는 걸 인식한 탓이었다.

"석주 선생님의 수염을 보니 류 동지의 고군분투가 더욱 새롭습니다."

"시대가 독촉하니 상투는 잘랐지만 이것만은 자를 수가 없소이다."

"마치 폭포수처럼 뻗어 내린 수염에서 항일정신의 기운이 분출된 듯합니다. 부디 자르지 마십시오."

회영이 옛날 일을 생각하며 웃자 이상룡이 바람에 날리는 수염을 쓸어 모으며 흐뭇한 표정을 지었다.

이상룡이 합류하면서 안동 지역 망명객들이 계속 들어오자 추가마을이 망명객들로 가득해졌다. 집을 구하지 못한 사람들은 임시방편으로 나무를 베어다 얼기설기 걸쳐 대충 움막집을 짓고 옥수숫대로 지붕을 덮었다. 그런 식의 집들이 점점 늘어가자 처음부터 심상치 않게 여기던 추가마을 사람들이 겁을 내기 시작했다. 보기 드문 귀족풍의 사람들이 들어오고부터 계속 사람들이 모여든 것은 필시 무슨 계략이 숨어 있다고 믿었다.

"저들은 일본 첩자들이 틀림없다."

"일본 군대를 불러들여 우릴 몰아내려는 속셈이 분명해."

"일본이 무엇 때문에 이 오지를 욕심내지?"

"장차 만주 일대를 몽땅 차지하자는 속셈이겠지."

"그렇다면 이러고 있을 때가 아니다."

"그래, 저들을 하루빨리 몰아내야 한다."

추씨 대표들이 모여 회의를 열고 만장일치로 지서에 고발해야 한다며 입을 모았다. 추가마을 수십 리 밖에 지서가 있고 지서장을 '노야'라고 불렀다. 추씨 대표들이 노야에게 달려갔다. 노야는

다시 유하현 관청으로 달려가 신고하고, 유하현 관청에서는 군부
대에 신고하여 군인들과 순경 수십 명이 들이닥쳤다. 가장 먼저
회영이 거주하는 집을 조사하기 시작했다. 추가 사람들이 회영이
주도자라고 한 탓이었다. 집을 수색하기 시작했다.

"무기를 찾아내."

"무기는 한 점도 보이지 않는데요."

회영은 황급히 석영 형님 집으로 아내와 아기를 보냈다.

"영구는 영석 형님 댁으로 가, 방에 요를 펴고 요 밑에 금을 깔
고 누워 있으시오."

은숙은 서둘러 아기를 안고 석영의 집으로 달려가고, 석영은 회
영이 시키는 대로 했다.

일부 군인들이 석영의 집으로 몰려갔다. 방으로 들어간 군인들
은 아기를 안고 누워 있는 은숙을 환자로 보고, 내버려둔 채 집
안을 뒤졌다. 양쪽 집에서 군인들이 방과 부엌을 구석구석 뒤지
고, 옷가지를 털어가며 뒤졌지만 무기가 나오지 않자 고개를 갸
웃거리며 당장 추가마을을 떠나라고 요구했다. 회영이 박삼사에
게 통역을 시켜가며 열심히 사정을 이야기했다. 회영의 말을 듣
고 있던 높은 사람이 일본이 조선을 약탈했으므로 나라를 찾기
위해 망명을 왔다는 말을 이해했다. 곧 높은 사람이 회영을 향해
악수를 청하며 열심히 운동을 하라는 격려를 해주고는 돌아가고
말았다.

어려움은 거기서 끝나지 않았다. 예상하지 못했던 어려움이 계

속되었다. 추씨 원주민들은 거주는 허용하되 땅은 한 뼘도 팔 수 없다고 못을 박았다. 조상들이 개척해놓은 땅을 팔 수 없다는 것이었다. 박삼사를 통해 값을 많이 쳐주겠다고 했지만 어림없는 일이었다.

"만주 사람들 고집을 꺾느니 차라리 산을 들어 올리는 게 더 쉽다는 말이 있습니다. 제 힘도 한계에 다다른 것 같은데 어쩌지요."

입이 닳도록 사정하던 박삼사도 방법이 없었다. 모두 당황하기 시작했다. 누구보다도 일을 추진해온 회영이 깊은 고민에 빠졌다.

3월이 가고 4월이 갔다. 산과 들이 풍성하게 변해갔다. 끝없는 만주벌판의 옥수수밭에서 옥수수가 무성하게 자랐다. 바람이 옥수수밭을 지나갈 때마다 옥수수밭은 파도가 밀려오는 거대한 바다로 변했다. 겨울을 견뎌낸 아이들은 들판을 헤매며 신바람이 났다. 처음 본 옥수수밭을 누비고 다니며 숨바꼭질을 했다. 술래는 넓고 넓은 옥수수 숲에 숨어버린 아이들을 찾아내지 못했다. 술래를 해본 아이는 다시는 숨바꼭질을 하지 않으려고 했다. 거짓말처럼 봄이 지나가 버리고 성큼 여름이 다가오고 있었다. 아이들은 강으로 나가 물장난을 치기에 바빴다.

아무것도 하지 못한 채 봄이 지나갔다. 학교는커녕 땅 한 평 확보하지 못한 처지인데 군사기지 설립에 대한 꿈을 안고 애국지사들이 계속 들어왔다. 나쁜 소식도 날아들었다. 설상가상으로 국내에서는 신민회 정체가 드러나 신민회를 일망타진하기 위해 검거 열풍이 불고 있다고 했다. 발단은 안중근 동생 안명근이 독립 자금을 모집하다 체포되면서부터였다. 안명근을 체포한 일본 경찰은 칼을 빼든 김에 독립운동을 기도했다는 죄명으로 안악 지역 지식인들을 검거하기 시작했다. 양기탁, 이승훈이 붙잡히면서, 이어서 8백여 명이 붙잡혔다. 놀랍게도 그들은 모두 신민회 회원으로 밝혀졌다. 비밀결사체인 탓에 신민회 자체에서도 알 수 없었던 놀라운 숫자가 드러난 것이었고, 모진 고문 끝에 고르고 골라 105명에게 형을 집행한 것이었다.

105인 사건 외에도 여러 가지 소식이 날아들었다. 일본 천왕의 생일, 천장절 참석을 거부한 일로 잡혀간 사람들이 고문을 받다 옥중에서 집단 자살을 했고, 전국의 의병장들이 모조리 잡혀가 사형을 당했고, 조선 왕실을 무관으로 예우한다면서 일본 육군무관 제복을 왕에게 입혔으며 왕이 그 제복을 입고 "옷도 몸을 조이는구나!"라고 탄식했다는 소식이었다.

신민회가 들통나면서 추가마을로 들어오는 애국지사들과 함께 김준태도 들어왔다. 김준태는 석영 앞에 엎드려 한없이 흐느껴 울었다.

"대감마님, 다 빼앗겼습니다. 경만이 부친은 다리뼈가 부러지도록 고문을 받았고, 소인의 아버지는 고막이 터졌습니다."

김준태의 말에 의하면 일본은 양주 별가와 정동 집을 모두 조선

총독부에서 접수했으며 두 사람의 아버지는 신민회 회원들을 잡아갈 때 함께 잡혀가 석영이 간 곳을 대라며 문초를 받다가 그렇게 됐다고 했다. 그들뿐만 아니라 잡혀간 사람들 대부분이 고문으로 몸을 다쳤는데 다리가 부러지고 고막이 터진 것은 다친 것도 아니라고 했다.

"일이 그 지경인데 너는 아버지를 돌보지 않고 어찌하여 만주로 왔느냐. 다시 돌아가 네 아버지를 돌보거라."

석영은 집이 모두 압수당했다는 것에 큰 충격을 받았지만 늙은 집사 두 사람이 다쳤다는 것은 더 가슴 아픈 일이었다. 박경만은 아버지가 다쳤다는 말에 충격을 받고 펑펑 울기 시작했다.

"돌아갈 수가 없습니다. 사실은 제가 신민회 어른들 심부름을 하다가 들켜 일경이 저를 붙잡으려고 혈안이 되어 있습니다. 지금도 일경이 저를 찾아 헤맬 것입니다. 그리고 유휘는 총독부에서 쓰겠다면서 끌고 갔습니다. 그 뒤로 유휘는 데라우치 총독이 타고 다닌다는 소문을 들었습니다."

김준태의 말은 사실이었다. 신민회 숫자에 놀란 총독부는 전국적으로 해외로 나간 망명자들을 조사하여 명단을 작성했다. 그들은 망명자들을 신분별로 분류하여 사대부 가문을 별도로 분류했다. 당연히 조선 최고 가문 이석영과 이회영 형제들이 가장 핵심으로 떠올랐다. 더욱이 석영의 재산과 정동 집과 양주 별가는 조선총독부의 표적이 되기에 알맞았다. 총독 데라우치가 직접 정동 집과 양주 별가를 찾아다니며 집을 확인하고는 집을 압수해버렸다. 그리고 말 유휘를 보고 감탄하며 빼앗아가고 말았다.

석영은 눈을 감은 채 말이 없었다. 올 것이 오고야 말았다는 생각을 하면서도 슬픔이 밀려들었다.

"하긴 나라도 빼앗은 자들인데 무슨 짓인들 못 하겠느냐."

석영은 심호흡을 펴내며 오히려 준태를 위로하려고 애썼다. 한참을 울고 난 박경만이 총독이 유휘를 타고 다닌다는 말에 다시 충격을 받았다.

"유휘가 놈들을 순순히 따라가지 않았을 텐데, 놈들이 유휘를 어떻게 데려갔는가?"

"순순히 따라갈 리가 있나요. 난리가 났지요. 마치 신민회 사람들을 고문하듯이 며칠 동안 굶겨가면서 채찍으로 때려 힘을 뺀 다음 억지로 끌고 갔지 뭡니까. 그래도 발을 버티며 끌려가지 않으려고 얼마나 울던지."

석영은 멀리 딴 곳을 바라보고, 경만은 낮은 목소리로 "자존심이 강한 유휘가 오죽했으면 끌려갔을까!"라고 중얼거렸다.

추가마을은 갈수록 애국지사들 사이에 독립기지로 소문이 퍼져나갔다. 그리고 국내뿐만 아니라 해외 각처에서 애국지사들이 추가마을로 들어왔다. 그런데 시간은 대책 없이 흘러가고 있었다. 반년이 훌쩍 지나가고 말았다. 무더운 여름날(1911.7) 회영은 길림성, 요령성, 흑룡강성 등 3성을 주관하는 최고 책임자 조이손 도독을 만나봐야겠다는 생각으로 석영에게 복안을 말했다.

"어려운 일이지만 무엇이든 해봐야겠지."

회영은 이동녕과 함께 조이손을 만나러 봉천으로 향했다. 길을 가면서 회영은 마치 약속이라도 한 것처럼 "어서 서둘러 가십시다."라고 이동녕을 독촉했다.

"조이손과 미리 약조라도 해놓은 사람 같습니다."

"누가 아오. 하늘이 우리를 도우실지."

"제발 그런 일이 일어나준다면 내 백주 대낮에라도 춤을 출 것이오."

"지성이면 감천이라 하지 않았소. 하늘을 감동시켜봅시다, 석오 (이동녕의 호) 동지."

두 사람이 봉천에 도착하여 노독을 풀 시간도 없이 곧바로 관청으로 찾아갔다. 3개 성을 주관한 관청답게 분위기가 엄중했다.

회영이 글을 써서 비서에게 보이며 만나기를 청하자, 비서가 회영과 이동녕을 위아래로 훑어보며 기다려보라고 했다. 두 사람은 비서실 한 켠에 앉아 한참을 기다렸지만, 비서는 좀처럼 도독 집무실로 들어가지 않고 다른 일만 보고 있었다. 회영이 헛기침을 하면서 답답한 심정을 내비쳤다. 이동녕도 헛기침을 했다. 비서가 인상을 찌푸렸다. 30분쯤 지난 다음에야 비서가 도독 집무실로 들어가더니 이번엔 좀처럼 나오지 않았다. 그리고 30여 분 만에야 나오더니 서류를 뒤적이거나 무언가를 쓰면서 자기 일만 할 뿐이었다. 회영과 이동녕이 더 이상 참지 못해 비서에게 어찌 되었느냐고 물었다. 비서는 손사래를 치며 밖으로 나가라고 했다.

"제발 도독을 만나게 해주시오."

비서는 귀찮다는 듯이 또 인상을 찌푸리며 거듭 나가라고 했다. 거지를 쫓아내는 것 같았다. 비서실에서 나와 밖에서 하염없이 기다려봤지만 도독 조이손을 만날 수가 없었다. 그렇다고 그대로 돌아설 수는 없었다.

봉천에서 며칠 동안 묵으며 출퇴근 시간에 맞춰 관청 정문에서 지키고 있다가 부딪치기로 했다. 이틀이나 그렇게 관청 정문을 지켰지만 조이손에게 접근하는 것은 하늘의 별 따기만큼이나 어려웠다. 3일째 되는 날 아침 출근 시간에 회영이 수행원을 제치고 무조건 조이손 앞을 가로막고 나섰다. 조이손이 불쾌한 표정을 지었다. 눈치 빠른 수행원이 재빨리 회영을 제지하고 나섰다. 보다 못한 이동녕이 자존심이 상해 "그만 가십시다."라고 회영의 옷소매를 잡아당겼다. 두 사람은 힘없이 추가마을로 돌아오고 말았다.

아이들은 세상모른 채 여름을 즐기고 옥수수는 알이 배면서 수염을 내기 시작했다. 힘이 오를 대로 오른 옥수수 잎이 서로 부딪치는 소리가 창칼이 부딪치는 소리처럼 힘차게 들렸다. 사정을 알아챈 일부 동지들이 보따리를 싸기 시작했다. 추가마을 사람들이 옥수수를 따기 시작했다. 옥수수 수확도 끝나버렸다. 바람도 슬슬 갈기를 세우기 시작하고 마른 옥수숫대가 바람을 타느라 털

털거리는 소리를 냈다. 가을이 끝나가고 있었다. 만주는 10월이면 가을걷이를 끝내고 겨울 준비에 들어가야 했다. 석영과 회영은 속이 탈 대로 타들어갔다. 떠나는 동지들이 있는가 하면 새로 들어오는 동지들도 있었다. 새로 동지들이 들어올 때마다 마음이 더욱 조급해졌다.

회영이 자리를 박차고 일어났다. 한겨울이 오기 전에 조이손을 꼭 만나야 할 것이었다. 한 번만 더 시도해보기로 했다.

"형님, 다시 한번 시도해봐야겠습니다."

"나도 지금 그 생각을 하고 있었다. 그런데 이번에는 나도 가마."

"연세를 생각하셔야지요."

"아니다. 이렇게 앉아서 속만 태울 일이 아니다."

"그래도 안 됩니다. 형님은 우리 동지들의 기둥이라는 사실을 잊지 마셔야 합니다. 그것만으로도 형님께서는 우리가 하는 일, 열 배, 백 배를 하고 계신 것입니다."

회영은 석영을 설득하여 눌러 앉히고 이동녕과 함께 다시 봉천으로 향했다.

"그 거만한 조이손이 그새 변했을라구."

"사람이란 자주 변한다고 하니 그걸 믿어봅시다."

"그 비서란 놈이 더 얄밉지 뭡니까. 꼴도 보기 싫소이다."

"목마른 쪽이 샘을 파는 수밖에요."

"죽어라 샘을 파는데도 물이 나와야 말이지요."

"그래도 자꾸 파다 보면 어디선가 샘물이 솟구쳐 오를 것이오.

순국 상

반드시."

"우당 동지의 그 먹바위 같은 신념에 제발 하늘이 감동해야 할 텐데."

이동녕은 '그래도 누가 아오'라는 회영의 굳은 신념에 한편으로는 감동하고 한편으로는 안타까웠다. 제발 기적이 일어나주기를 바랐지만 조이손은 물론 비서는 여전히 냉정했다. 봉천에서 이틀을 머물고 다시 발길을 돌려야 했다.

"조이손을 만나는 것보다 하늘의 별을 따 오는 것이 더 쉽겠소이다."

두 사람은 허탈한 심정으로 관청의 높다란 깃대 끝에서 신바람 나게 휘날리는 청천백일기(중국기)를 바라보았다. 중국에서는 청 왕조를 무너뜨리고 새로운 국민국가를 세우자는 지도자 손문을 중심으로 한 신군이 신해혁명(1911)을 일으켰다. 그리고 혁명이 발발한 지 불과 2개월 만에 10개 성이 독립을 선포하자 줄지어 17개 성이 독립을 선포하는 대역사를 이루어낸 상태였다.

세상이 모두 중국에 주목하기 시작하고 손문이 임시 대총통으로 추대되었다. 남경에 중화민국 임시정부가 들어섰고, 청 황제가 물러가면서 전제군주 시대가 막을 내린 것이었다. 그런데 손문은 3개월도 못 가 호북 전선의 육해군을 통솔하여 구 정부를 무너뜨린 원세개에게 총통 자리를 빼앗기고 말았다. 회영은 기세 좋게 펄럭이고 있는 청천백일기를 바라보며 태극기도 하루빨리 신바람 나게 펄럭이게 해야 한다는 생각에 사로잡혔다.

"돌아가십시다. 여기 서서 남의 나라 국기를 바라본다고 무슨 수가 생기는 것도 아니질 않습니까."

부동으로 선 채 청천백일기를 뚫어지게 바라보는 회영을 이동녕이 흔들어 깨웠다. 그래도 회영은 차마 발길을 돌리지 못한 채 우뚝 서서 청천백일기에서 눈을 떼지 못했다.

"우당 동지, 그러다 남의 나라 국기에 구멍이라도 내겠소이다."

회영은 묵묵부답으로 선 채 눈썹도 까딱하지 않았다.

"이젠 조이손인지 조삼손인지 깨끗이 잊고 그만 돌아가십시다. 돌아가서 다른 길을 모색해보는 수밖에요."

이동녕이 안타까운 심정으로 조이손을 그만 포기하고 어서 돌아가자고 독촉했다. 그때 회영이 무릎을 치며 소리쳤다.

"석오 동지, 방법을 찾았소이다!"

"방법을 찾다니요?"

이동녕이 영문을 모르겠다는 표정을 지었다.

"바로 원세개요!"

"우당 동지, 지금 원세개라고 하셨소?"

"그렇소, 원세개 총통."

"일개 도독도 못 만나는 처지에 중국 천하 원세개라니요?"

"그러니 방법이란 것입니다."

"갈수록 모를 소리만 하십니다. 청 왕조를 무너뜨린 중국의 우상 손문을 내쳐버리고 단숨에 중국 천하를 한 손에 거머쥔 인물입니다."

"그야말로 중국 천하 무소불위가 아니겠소."

회영은 마치 문제를 해결한 것처럼 만면에 웃음을 머금고, 이동녕은 의아한 표정으로 회영을 바라보았다. 회영은 즉시 석영 형님을 만났다.

"형님, 원세개를 만나야겠습니다. 형님과 원세개가 통하지 않습니까."

"그렇구나. 그럼 내가 나서겠다."

"그렇지 않아도 이번에는 형님을 모시고 가야 합니다."

석영은 1885년 을유년에 원세개가 대원군을 호위하고 조선으로 들어왔던 일이 떠올랐다. 생각해보면 원세개는 조선에서 10년이 넘도록 살았고 조선 때문에 출세한 인물이었다. 조선에 대한 청나라의 영향력이 절정을 이루었던 1882년부터 1894년까지 12년간의 경력 때문이었다. 조선에서 임오군란(1882)이 일어났을 때 왕비의 요청으로 청은 오장경 장군 아래 4천 명 군사를 파견했고, 그때 원세개는 보잘것없는 오장경 수하 말단이었다. 그는 한성에 주둔하면서 조선 방어 임무를 맡고 있었다. 그때 원세개는 임무 수행에 탁월한 능력을 인정받아 신분이 껑충 뛰어오르면서 주찰조선총리교섭통상사로 부상하는 영예를 누렸다.

청나라를 대표하여 조선에 상주하게 된 원세개는 청나라 황제를 대신하여 내정 간섭까지 하는가 하면 오만방자하기 이를 데 없는 존재로 떠올랐다. 왕에게 마치 친구를 대하듯 인사하는 것부터 말과 행동을 제멋대로 해 조정 대신들이 분통을 터트렸다. 분통을 터트리면서도 대신들은 그의 비위를 함부로 건드릴 수 없어 전전긍긍했다. 성미가 불꽃 같아 무슨 일이든 단칼에 쳐야 직성이 풀렸다.

다행히 원세개는 영의정 이유원 대감의 말을 잘 듣는 편이었다. 대신들은 무례하기 짝이 없고 까다롭기 짝이 없는 골칫거리 원세개를 이유원 대감에게 떠넘겨버렸고 대감은 그를 집으로 종종 초청하여 음식과 차를 나누며 가까이했다. 그때마다 석영이 자리를 함께했다. 원세개는 그때 35세였고 석영은 39세였다. 원세개는 말술을 즐기는 사람이었고 석영은 술 한 모금 입에 대지 못했음에도 두 사람은 소통이 되었다.

"술은 차를 대신할 수 없으나 차는 술을 대신하는 법이지요."

석영은 곧잘 그런 변명을 하면서 말들이 술꾼과 몇 모금 차로 대작을 하고 나섰다.

"역시 이 공다운 말이오. 한잔 술에는 덧없는 인생이 있고 한잔 차에는 우주가 있는 법이지요. 그리고 인생은 그 우주 안에 있는 아주 작은 것에 불과합니다."

원세개는 무척 즉흥적이고 저돌적인 성격이면서도 상대가 마음에 들었다 하면 마음을 아낌없이 주는 의리가 있었다. 물론 그것은 원세개뿐만 아니라 중국인들의 특성이기도 했다. 원세개는 마음에 들면 밤새워 담소하기를 즐겼고 석영은 그를 기꺼이 받아주었다. 어느 날 원세개가 술이 거나하게 취하여 기분이 무척 좋아 보이자 석영은 슬며시 원세개의 오만을 지적하고 나섰다.

"우리 전하께서는 참 유덕하시고 성정이 고우신 분입니다."

"아, 그렇다마다요. 누구보다도 이 원세개에게 친절하신 분이오."

"그런데 언행을 함부로 하는 것은 용납하지 않으십니다."

"일국의 왕이니 그야 당연한 일 아니겠소."

"정녕 원 대인께서도 그리 생각하신다면 우리 전하께 고치셔야 할 것이 있습니다."

자칫 비위를 거스르게 되면 어떤 화가 미칠지 모를 일임에도 석영은 대담하게 말을 꺼냈다.

"그럼 내가 무례라도 저질렀단 말씀이오?"

"죄송하지만 그렇습니다. 인사부터."

"인사부터라고요?"

"대인께서도 예의를 숭상한 나라의 사람으로서 잘 아시다시피 우리 전하께 허리를 굽히지 않고 드리는 삼읍례는 대등한 친구 사이에 나누는 인사법이 아닌지요."

"하! 그렇군요. 조선의 왕께서 워낙 유덕하신 분이라 내가 그만 착각한 모양이오. 듣고 보니 이 공께서 나의 스승 노릇을 하셨소이다. 하하."

그런데 원세개는 호탕하게 웃더니 입을 다물고는 무슨 생각엔가 젖은 듯했다. 잠시 침묵이 흘렀다. 석영은 가슴이 조였지만 태연한 척했다. 원세개는 단숨에 술을 들이켜 마시고, 석영은 차를 마셨다. 그리고 잠시 후 원세개가 먼저 입을 열었다.

"이 공이 오늘 이 사람을 무척 놀라게 했다는 걸 아시오?"

석영은 가슴이 철렁 내려앉았다. 서둘러 사과를 하려고 하는데 원세개가 다시 말을 이었다.

"머리가 하얀 대신들도 내 앞에만 오면 쩔쩔매는데 이 공이 감히 나에게 충고를 한 것이니 어찌 놀라지 않겠소이까. 그런데 이상한 일이오. 모처럼 기분이 좋으니 말이오. 하하."

석영은 비로소 가슴을 쓸어내리며 사과를 했다.

"대인에게 결례를 했으니 부디 용서하여주시오."

"용서라니요. 훌륭한 벗을 얻었는데, 역시 조선 제일 가문의 후예답소이다."

원세개가 그렇게 우호적으로 나오는 데는 석파란(石派蘭)도 한 몫을 했다. 석영은 원세개에게 회영이 그린 석파란을 선물했다. 석파란은 추사 김정희의 삼전지묘법(三轉之妙)으로 그린 것으로 유명했다. 삼전지묘법은 난 잎을 세 번 돌려 빼는 기법으로 좀처럼 터득하기 어려운 탓에 선비들 사이에 선망의 대상이었다.

석파란은 대원군이 추사에게 배워 뛰어난 솜씨로 유명세를 떨쳤고, 회영은 대원군의 수제자로부터 배워 뛰어난 솜씨를 발휘했다. 회영은 형제들 가운데 재능이 특별히 뛰어나 난뿐만 아니라 악기를 다루는 솜씨로도 주변을 감동시켰다. 원세개가 맨 처음 석파란을 만나게 된 것은 대원군이 중국으로 잡혀갔을 때였다. 임오군란 이후 중국으로 잡혀간 대원군은 중국 주요 인사들에게

난을 쳐주었고, 그들은 석파란에 매료되고 말았다. 석파 난은 중국 정가에서 유명해지면서 고가에 팔려나기 시작하고 대원군은 큰 돈벌이를 했었다.

저돌적이고 거칠다고 소문난 원세개 역시 석파란의 삼전지묘법을 감상하면서 난에서 바람 소리와 심오한 향기를 느낀다고 했다. 난을 감상하는 그의 태도는 진정으로 바람 소리와 향기를 느낀 듯했고, 난을 바라보는 그의 눈빛은 심히 그윽하고 순수했다.

석영은 회영과 이동녕과 함께 원세개를 만나기 위해 북경으로 갔다. 세 사람은 청사 비서실에서 원세개 총통 알현을 시도했다. 비서실은 인사차 찾아오는 손님으로 북적댔다. 들뜬 분위기 탓에 알현을 청하기가 의외로 수월했다. 석영은 종이에 "조선의 전영의정 이유원의 자(子) 이석영이 감축 인사를 드립니다."라고 쓰고, 글 끝에 낙관처럼 회영이 약식으로 석파란을 쳐서 비서를 통해 들여보냈다. 비서가 갖다 준 종이를 펼쳐본 원세개는 이석영을 단번에 기억하며 자리에서 벌떡 일어나 비서실까지 나와 영접했다.

"아하, 이 공께서 나를 찾아오시다니. 이게 꿈이오, 생시요!"

원 총통의 반가움은 막역지우를 만난 듯했다. 역시 시원시원하고 호방 호탕한 성격의 원세개였다. 한편으로는 총통이 된 자기 위치를 과시하며 조금 호들갑을 떨었다.

"어젯밤 꿈에 한 귀인이 나에게 절을 하더니, 오늘 이 공을 만날 꿈이었나 보오."

석영은 망설일 것도 없이 단도직입적으로 간절하지만 단호하게 찾아온 목적을 말하기 시작했다.

"우리 한족(韓族)이 그동안 치국(治國)을 잘못하여 왜적에게 멸망당하였으니 그 수치와 분함을 한시인들 어찌 망각하겠는지요. 예로부터 귀국의 중화(中華)와 우리 조선(朝鮮)은 형제지국(兄弟之國)이라 승평상하(昇平相賀)하고 환란상구(患亂相救)하여왔습니다. 또한 앞으로 조선의 존망이 중국 안위에 크게 영향을 미치게 될 것이오. 그러니 총상(總相) 각하께서는 만주에 거주하는 우리 동지들과 수많은 망명자들에게 거주의 안전과 교육의 시설과 농상의 편리를 허락해주실 것을 원합니다. 그리하면 우리가 광복 대계를 완비하고 타일(他日)에 득기거의(得機擧義)하여 멸왜흥한(滅倭興韓)하였을 때 이런 공렬(功烈)은 원대인 각하께서 사(賜)하신 것이 될 터이니 우리 한족은 영세불망이로소이다."

"역시 이 공다운 생각이시오. 일본은 우리 중국과 조선의 공적(公敵)이오. 그리고 내가 오늘날 이 자리에 오른 것도 따지고 보면 조선에서 쌓은 업적 덕택임을 부인하지 않겠소. 이 공께서는 추호도 걱정하지 마시오. 전일 이 공께서 나에게 베풀어주신 호의를 생각해서라도 내 즉각 일을 처리해드릴 것이니 무엇이든지 청하시오."

원세개는 당장 붓을 들었다. '유하현, 통화현, 환인현 현장들은 조선 망명자들에게 동북 각지 거주를 허락할 것이며 산업 발전과 교육 활동을 할 수 있도록 도울 것이며 일정한 자주권을 주어 조선인의 독립 투쟁을 지지해야 한다. 만약 이를 어길 시는 누구든지 막론하고 엄벌에 처할 것'이라는 명령서를 작성하여 비서(호명신)에게 들려주며 즉시 봉천으로 내려가 도독 조이손을 만나 일을 처리할 것을 엄중하게 지시했다.

"꿈을 꾸는 것만 같습니다. 영석 어르신, 그리고 우당 동지."

이동녕이 흥분을 감추지 못했다. 이동녕은 도무지 믿을 수 없었다.

"하늘이 조선 민족을 불쌍하게 여기신 게요, 석오."

회영과 이동녕은 서둘러 봉천으로 조이손을 만나러 갔다. 원 총통의 지시를 받은 3성의 수장인 도독 조이손은 마치 원 총통을 대하듯 회영 일행을 깍듯이 영접해 맞이했다.

"전일 몹시 시국이 혼란한 관계로 무례를 범한 점을 사죄 드립니다. 부디 용서하여주시기 바랍니다."

조이손은 깊숙이 머리 숙여 사죄를 하면서도 전날 문전박대했던 행동에 대하여 마음이 놓이지 않은 눈치였다. 조이손은 뭔가 확실한 도움을 주어야 한다는 생각으로 그 오만방자한 비서 조세웅을 회영 일행과 함께 마차에 태워 각 현으로 급파했다. 그리고 허리를 굽혀 깊숙이 인사를 하면서 "총통 각하께 말씀 좀 잘 해주십시오."라는 말을 몇 번이나 되풀이했다. 회영은 꼭 그러마고 고개를 여러 번 끄덕여주었다.

이동녕이 꼴도 보기 싫다는 조이손의 비서 조세웅이 류하현, 통화현, 환인현 등 3현으로 마차를 몰았다. 그리고 유하현 현장(懸長) 장영예, 통화현 현장 번덕전, 환인현 현장 황무에게 원세개의 추상 같은 명령서를 전달했다. 3현의 현장들 역시 화들짝 놀라 회영 앞에 예를 갖추느라 분주했다. 조세웅이 할 일은 거기까지였음에도 돌아가지 않고 계속 붙어 있었다.

"조세웅 당신은 이제 봉천으로 돌아가야 하지 않소?"

이동녕이 얄밉다는 투로 말했다.

"석오 동지, 그냥 둡시다. 우리가 덕을 보면 봤지 손해 볼 게 없질 않소."

"간사한 게 사람이라지만 어찌 저럴 수 있단 말이오."

회영이 이동녕을 달래며 추가마을로 돌아왔다. 조세웅이 따라와 땅을 사들이는 것까지 거들고 나섰다.

추가마을 사람들이 원 총통의 명령 앞에 엎드렸다. 서로 앞다투어 사과하며 땅을 내놓았고 석영과 형제들은 땅을 매입하기 시작했다. 석영은 한인촌을 설계해두었던 터라 땅이 나오는 대로 사들였다. 앞으로 한인들을 수용하자면 땅은 있는 대로 필요하기 때문이었다.

땅을 사들이는 일은 박경만과 김준태가 맡았다. 만주에서 가난하게 살아가는 한인들을 불러들일 작정이었다. 박경만과 김준태가 땅을 사들이자 기쁨을 감추지 못했다.

"대감마님, 땅을 사들이다 보니 양주로 돌아간 것만 같습니다."

"그렇게도 좋으냐?"

"예, 이제야 숨을 쉴 것 같습니다."

학교를 설립할 곳은 신중하게 찾아야 했다. 조세웅이 학교 부지를 찾는 데 앞장서 주었다. 합니하를 추천했다. 합니하는 추가마을에서 백 리나 떨어진 곳으로 추가마을보다 넓은 땅이지만 너무 멀고 험한 탓에 원주민들조차 관심을 두지 않는 곳이었다. 말을 달려 합니하에 닿자 학교를 세우기에 알맞은 들이 한눈에 들어왔다.

들 아래로 세 개의 강이 흐르고 있었다. 세 개의 강이 흘러와 그곳에서 모두 만난 탓에 합니하라고 불렀다. 들의 맨 끝은 길고 긴 언덕이 둘러쳐져 있고 강 쪽에는 깎아지른 듯한 절벽이 병풍처럼 막아서 있었다. 거기서 남쪽으로 백 리쯤 가면 혼 강이 나오고 북쪽으로 10리 밖에는 광화진이 나왔다. 광화진에서 서쪽으로 80여 리를 더 가면 통화읍으로 이어졌다. 그렇게 이어진 길은 좁고 험한 골짜기와 험한 고갯길이었다. 광화진 뒤로는 길게 산맥이 뻗어 있고 그 산맥을 넘으면 고산자가 나오고 고산자에서 삼원포까지 7~80여 리였다. 만약 일본이 냄새를 맡고 추적해 올 경우, 광화진이나 통화읍이나 고산자를 통해서 들어올 것이었다. 그만큼 합니하로 오는 길은 복잡하고 험했다. 그러므로 합니하는 사방 어디로 보나 요새 중 요새였다.

"우리나라를 가엾이 여겨 하늘이 점지해준 땅 같구나."

자금을 대는 석영이 기뻐하면서 5만 평 땅값을 치렀다. 학교 부지를 확보하자 동지들이 땅을 사는 데 앞장서준 조세웅에게 감사의 표시로 석영이 만찬을 베풀었다. 만주에서는 귀한 쌀밥과 고깃국을 곁들인 술상을 차려놓고 모두 둘러앉았다. 술이 몇 순배 돌아가자 조세웅이 뜻밖의 제안을 하고 나섰다.

"존경하는 조선 귀족 형제분들과 제가 의형제를 맺고 싶은데 어떠하신지요?"

난데없는 제안에 모두 어리둥절한 표정으로 서로를 쳐다보았다. 회영이 재빨리 대답했다.

"조 공, 그게 진심이오?"

"조선의 명문가와 인연을 맺는다면 제 일생에 더없는 광영일 것입니다."

"우리 가문이 형제가 많다고는 하나 낯선 이국 땅에서 어찌 외롭지 않겠소. 조 공께서 우리의 형제가 되어주신다면 도리어 우리가 행운이지요."

석영이 형제들을 둘러보며 찬성을 유도했다.

"비록 성이 다르기는 하나 본시 의형제란 성을 넘나드는 것이니 더욱 인간애를 느끼지 않겠소."

셋째 철영도 한마디를 덧붙였다. 말할 것도 없이 조세웅의 속은 환히 들여다보이는 것이었다. 원세개와 가까운 조선 귀족 가문과 가까이하면 장차 큰 덕을 볼 수 있을 것이란 계산이었다. 조세웅의 계산이야 어떻든지 회영은 반가웠다. 앞으로도 예측할 수 없는 어려움이 닥칠 것이 뻔하고 그때마다 원세개 총통을 찾아다니며 도움을 청할 수는 없는 일이었다.

• 하권으로 이어짐

박정선 朴貞善

소설가, 시인, 문학평론가. 숙명여대 대학원 졸업(문학석사). 『영남일보』
신춘문예에 소설 당선. 장편으로 『백 년 동안의 침묵』(2012년 문광부 우수교
양도서) 외 『동해 아리랑』 『가을의 유머』 『유산』 『새들의 눈물』 『수남이』
등이 있고, 소설집으로 『청춘예찬 시대는 끝났다』(2015년 우수출판콘텐츠제
작지원사업 선정) 외 5권이 있다. 시집으로 『바람 부는 날엔 그냥 집으로 갈
수 없다』 외 8권, 장편서사시집 『독도는 말한다』 『뿌리』가 있다. 에세이집
으로 『고독은 열정을 창출한다』 외, 평론 및 비평집으로 『타고르의 문학
과 사상 그리고 혁명성』 『인간에 대한 질문 – 손창섭론』 『사유와 미학』
『해방기 소설론』 등이 있다. 심훈문학상, 영남일보문학상, 천강문학상,
김만중문학상, 해양문학대상(해양문화재단), 한국해양문학상 대상, 아라홍
련문학상 대상, 부산문학상 대상을 수상했다. 명진초등학교 교가를 지었
으며 현재 문예창작, 인문학 강사로 출강하고 있다.

수초 상

초판 1쇄 · 2020년 8월 16일
초판 2쇄 · 2021년 1월 15일

지은이 · 박정선
펴낸이 · 한봉숙
펴낸곳 · 푸른사상사

주간 · 맹문재 | 편집 · 지순이 | 교정 · 김수란
등록 · 1999년 7월 8일 제2-2876호
주소 · 경기도 파주시 회동길 337-16 푸른사상사
대표전화 · 031) 955-9111(2) | 팩시밀리 · 031) 955-9114
이메일 · prun21c@hanmail.net
홈페이지 · http://www.prun21c.com

ⓒ 박정선, 2020

ISBN 979-11-308-1694-4 04810
ISBN 979-11-308-1693-7(전2권)

값 20,000원